宁波大学中国语言文学系学术文库

近世中西文学
与文化关系论丛

尹德翔　著

浙江大学出版社
ZHEJIANG UNIVERSITY PRESS
·杭州·

图书在版编目（CIP）数据

近世中西文学与文化关系论丛 / 尹德翔著. -- 杭州 ：
浙江大学出版社，2024. 11. -- ISBN 978-7-308-25562
-2

Ⅰ. I0-03

中国国家版本馆CIP数据核字第2024UG7162号

近世中西文学与文化关系论丛

尹德翔　著

责任编辑	牟琳琳
责任校对	吕倩岚
封面设计	周　灵
出版发行	浙江大学出版社
	（杭州市天目山路148号　邮政编码 310007）
	（网址：http://www.zjupress.com）
排　　版	杭州林智广告有限公司
印　　刷	杭州宏雅印刷有限公司
开　　本	710mm×1000mm　1/16
印　　张	20.25
字　　数	320千
版 印 次	2024年11月第1版　2024年11月第1次印刷
书　　号	ISBN 978-7-308-25562-2
定　　价	98.00元

目录

上编 个案研究

下编 一般问题研究

上编

个案研究

中土西来第一人

——斌椿西方记述的话语方式

1866 年（同治五年）春，时任中国海关总税务司的英国人赫德（Robert Hart）因故回国，总理衙门派副总办章京斌椿偕子笔帖士广英及同文馆学生德明（张德彝）、凤仪、彦慧三人，随行赴欧洲游历，增广见闻。这是中国有史以来派往西方的第一个考察团。该团于 1866 年 3 月 7 日离京，5 月 2 日抵法国马赛，在欧洲期间，一共访问了法国、英国、荷兰、德国、丹麦、瑞典、芬兰、俄国、比利时等九个国家，于同年 11 月 13 日返回北京。这次游历所结成的文字，有斌椿《乘槎笔记》日记一卷，张德彝《航海述奇》日记四卷，斌椿《海国胜游草》《天外归帆草》诗稿两种。其中斌椿的《乘槎笔记》，在斌椿一行返京之后，由总理衙门钞录，进呈御览①。可以说，斌椿的诗文是晚清关于西方最早的亲历记述。

关于斌椿其人，《清史稿》无传，《清史列传》《续碑传集》等清人传记文献并不载。查清代官员履历档案，斌椿为正白旗出身，监生，曾任江西赣县知县，1850 年（道光三十年）48 岁时，服满候补，掣得山西平阳府襄陵县知县缺②。据总理衙门 1866 年 2 月的奏折，斌椿曾任山西襄陵县知县，后因病回旗。1857 年（咸丰七年），他捐了一个副护军参领的头衔（正四品），1864 年（同治三年），被总税务司赫德延请办理文案，并其子笔帖式广英，"襄办年余以来，均尚妥洽"。同文馆学生随赫德出国一事商定以后，总理衙门认为学生们少不更事，必须有"老成可靠之人"率领，照料指导，于是选定了斌椿，为壮观瞻，总理衙门请朝廷赏给他三品顶戴，并以总理衙门副总办章京的身份，率团游历海

---

① 　《筹办夷务始末》（同治朝）卷四十六，民国十九年故宫博物院影印清内府抄本，第17—18页。
② 　秦国经主编：《清代官员履历档案全编》第25册，华东师范大学出版社1997年版，第472页。

外①。从这些公文中，我们可以知道斌椿的大概身世，但对斌椿其人，很难有具体的印象。所幸《乘槎笔记》与两种纪游诗，颇有些自述与"言志"的内容，从中可以对这个人物的性格和思想，约略做些揣摩。关于斌椿，赫德在日记之中有颇多的记载，该日记由史密斯、费正清等数位美国学者整理出来，详加分析，以《赫德与中国早期近代化》为题，在1991年公开出版②。从赫德的日记中，能看到斌椿的另一面。当时熟识斌椿的一些西方人，对斌椿的印象都不佳，对他率领的使团也颇贬低，这些与斌椿的自述颇相刺缪，使我们对这一名留青史的"小人物"，一时难以定论。从这一事例，颇能见出近代中西交往的困难，以及解释置身其中的历史人物的复杂性。

长期以来，由于对西方缺乏直接的接触和观察，中国人关于西方的知识，往往历史与神话不分，真相与想象杂陈③。总理衙门命斌椿将西方见闻记载下来，"带回中国，以资印证"④，就是要通过他的实地考察，廓清关于泰西各国的迷雾，向国人介绍一个真实而不带臆想的西方。对两千年中西交通史而言，其中的重大意义，不言自明。斌椿对他的任务，亦有自觉的意识。在《乘槎笔记》作者按语中，斌椿说，此书将"所经各国山川险塞，与夫建国疆域，治乱兴衰，详加采访，逐日登记。……至宫室街衢之壮丽，士卒之整肃，器用之机巧，风俗之异同，亦据实直书，无敢傅会"。⑤然而，《乘槎笔记》的"据实直书"，并没有达到对西方的客观记述，相反，在《乘槎笔记》以及《海国胜游草》《天外归帆草》中，斌椿以一种特殊的话语方式来介绍西方，通过这种话语方式，作者引导了整部作品的趣味和价值取向，使西方文化的客观性及其意义无形中被消解。巴赫金说，"话语永远都充满着意识形态或生活的内容和意义"⑥，通过研究斌椿西方记述的话语方式，揭示其中的含义，可以更好地理解斌椿的作品，

---

① 《筹办夷务始末》（同治朝）卷三十九，民国十九年故宫博物院影印清内府抄本，第1—2页。
② Richard J. Smith, John K. Fairbank and Katherine F. Bruner eds., *Robert Hart and China's Early Modernization: His Journals, 1863—1866*, Cambridge, Massachusetts: Harvard University Press, 1991.
③ 关于古代中国与欧洲交通的事实，参阅张星烺编注：《中西交通史料汇编》第一册，中华书局2003年版。两汉到明代文献中关于欧洲的各种臆说，参阅钟叔河：《走向世界：近代中国知识分子考察西方的历史》第一章，中华书局2000年版。
④ 《筹办夷务始末》（同治朝）卷三十九，民国十九年故宫博物院影印清内府抄本，第2页。
⑤ 斌椿：《乘槎笔记·诗二种》，岳麓书社1985年版，第144页。
⑥ 《巴赫金访谈录》，《巴赫金文集》第5卷，钱中文等译，河北教育出版社1998年版，第416页。

对近代中西文化交流的复杂性也会有更深入的认识。

一

斌椿的使命，是对西方进行考察，表面上看，他也认真完成了总理衙门所指定的任务，记载了西方的"山川形势"和"风土人情"[①]。但是，斌椿虽然记载了这些内容，却不是从关心国计民生的角度出发的，而是从审美的角度出发的。比如，斌椿描述了轮船，只是觉得轮船华美；描述了火车，只是觉得火车飞快，这些都是诉诸当下的感受性，而没有进一步考虑轮船和火车于中国可能会有什么意义。对西方人的各种发明，《乘槎笔记》都将其置于非功利的单纯欣赏的框架之内，如对显微镜表演的描述：

> 法国使臣来答拜，告知有以显微镜照壁，见各异物者。往观，乃巨屋一大间，中颇暗，穴四面壁，嵌玻璃其上，如盖大，始有光。人面壁坐观。术者以水一滴弹玻璃上如黍大，映两丈壁上，皆作水纹。中有虫如大蝎千百只，往来如梭织。又滴醋照壁上，作虾蟹形。其金铁矿中水，变化各种形状，其异不能尽述。据云，皆水中本有之物，极纤细，非此镜不能见耳。然则蛮触之斗，殆非庄生寓言。[②]

显微镜究竟能够用来做什么，斌椿并不关心，他只是觉得观察的东西很有趣，遂联想到庄子讲过的故事。可以这样说，《乘槎笔记》所记述的大部分内容，全凭斌椿心之所好，以美妙可观为宗旨，而不计其政治、外交、军事、经济方面的潜在意义[③]。正因如此，《乘槎笔记》中关于风景、园林、戏剧、绘画、魔术、马戏、动物、宴会和舞会的文字比例，远远高于政治、军事、科技、教育的比例。由此看来，斌椿的审美，落到实处，其实就是西方花花世界的繁华所带来的感官享受。这里我们需要考虑斌椿作为传统文人与普通人的区别。在儒家思

---

① 《筹办夷务始末》（同治朝）卷三十九，民国十九年故宫博物院影印清内府抄本，第2页。
② 斌椿：《乘槎笔记·诗二种》，岳麓书社1985年版，第126—127页。
③ 斌椿由参观荷兰用"火轮法"筑堤排水，联想到中国用同样方法可以解除水旱灾害，这也许是唯一一次例外。见斌椿：《乘槎笔记·诗二种》，岳麓书社1985年版，第123页。

想传统中，并不反对自然的、符合身份的享受，但对过度的物质享受则怀抱高度的警惕，认为骄奢淫逸败家亡国，夏桀商纣足为镜鉴。然而在古典文学传统中，对物质的态度则遵循着另一道路：汉代大赋的铺张扬厉，六朝诗歌的采繁竞丽，历代小说笔记中的神仙世界，都以物质器用为基础，而古典诗文中的习文套语，又每以美物来形容，这些是古代文人喜欢描写物质享受的证明。由于这个原因，对西方的物质繁荣，一个文人可能浓涂重抹，极尽赞美，而一个思想家或道德家则可能严厉批评。例如，郭嵩焘的朋友张自牧就认为，西方人好为奇技淫巧，"凡饮食、衣服、宫室、车马，穷极逸乐，务以奢靡相尚"，"昔人所称玉杯象箸、酒池肉林、瑶台璇室，及夫鹬冠翠被、好鹤鬈龙诸事，皆有其过之无不及也。惟其贪多而不能守约，故其富亦不能久"。^①张自牧的议论，与斌椿《乘槎笔记》的意趣，差别非常明显。斌椿与当时具有新思想的人物的区别更加显著。作为一个传统文人，斌椿以一种非功利的、美学的态度看待西方，即便随身携带着徐继畲的《瀛寰志略》^②，他对西方各国的政治、军事和经济等重要方面，也熟视无睹，几乎没有探讨的兴趣。如果将斌椿与晚一年到达欧洲的王韬稍作比较，可以看得很清楚。王韬既是传统的民间文人，又是一个经世思想家；既有名士做派，风流放逸，又有现实意识，善于探察一个社会的内在问题。由于这些特点，一方面，《漫游随录》记述英、法的繁华嬉乐，比《乘槎笔记》还多，对外国女郎细腻而大胆的描写，比斌椿更加"文人"；但是，另一方面，在文人的心灵得到满足的同时，王韬能从欧洲生活的种种曼妙和外国女郎的款款深情中挣脱出来，不时将眼光投注到欧洲社会的重大方面，对其进行深刻的分析。《乘槎笔记》的内容，与后来志刚、郭嵩焘等人的使西日记相比，差别同样很大。从本质上说，郭嵩焘等人的出使日记，是对西方现实进行认知和分析的工具，而《乘槎笔记》中所抱的审美的态度，取消了西方的现实性，遮蔽了西方文化所提出的问题，斌椿对西方的津津乐道，实际上把真正的西方淹没了。

斌椿以审美的眼光打量西方事物，看到的却主要是中国式的美。试看《海国胜游草》中《二十二日戌刻由里昂登车，未明即至巴黎斯（法国都名，计程千里），街市华丽，甲于太西》诗一首：

---

① 张自牧：《蠡测卮言》，王锡祺辑《小方壶斋舆地丛钞》第十一帙，光绪十七年上海著易堂本，第7页。
② 斌椿：《乘槎笔记·诗二种》，岳麓书社1985年版，第91页。

康衢如砥净无埃，骏马香车杂遝来；画阁雕栏空际立，地衣帘额镜中裁；明灯对照琉璃帐，美酝频斟玛瑙杯；醉里不知身是客，梦魂疑是住蓬莱。[①]

以及《四月二十三日英国君主请赴宴舞宫饮宴》八首诗中的两首：

其一
玉阶仙仗列千官，满砌名花七宝栏；夜半金炉添兽炭，琼楼高处不胜寒。

其二
长裙窄袖羽衣轻，宝串围胸照眼明；曲奏霓裳同按拍，鸾歌凤舞到蓬瀛。[②]

这几首诗镂金错彩，极尽铺陈，然其所运用的词汇、意象、典故都是中国古典诗歌特有的，它在读者脑海中唤起的，不是巴黎的街道和温莎的宫廷舞会，而是中国文学中程式化、类型化的场景。不是说斌椿的所有诗歌都是如此，但至少可以说，他的大部分诗歌都是用古典诗文的习套去描写西方事物，让人觉得其中的"中国味"盖过了"西洋味"。将中国特有的意象和典故附会于域外事物，不自斌椿始，古代文学性强的外纪作品，大多如此，斌椿同时代的人物如郭连成、王韬、王芝等的西方记述，也每用这种方式。但斌椿将西方"中国化"的程度，要严重得多。斌椿第一次见到自行车，即认为是"木牛流马之遗意"[③]；听到英国女郎歌声动听，便"疑董双成下蕊珠宫而来伦敦也"[④]；见到汉堡一对姐妹的照片漂亮，就说"携之中华，恐二乔不能专美千古"[⑤]；为瑞典国王太后献诗，竟称"西池王母住瀛洲"[⑥]云云。诸如此类，《乘槎笔记》以及他的两部纪游诗，在叙述西方的时候，总是不知不觉用中国文化的特有语词来替换。

斌椿诗文的这一问题，既是一个语言问题，又是一个文化书写的问题。按

---

① 斌椿：《乘槎笔记·诗二种》，岳麓书社1985年版，第165页。
② 斌椿：《乘槎笔记·诗二种》，岳麓书社1985年版，第167页。
③ 斌椿：《乘槎笔记·诗二种》，岳麓书社1985年版，第108页。
④ 斌椿：《乘槎笔记·诗二种》，岳麓书社1985年版，第114页。
⑤ 斌椿：《乘槎笔记·诗二种》，岳麓书社1985年版，第124页。
⑥ 斌椿：《乘槎笔记·诗二种》，岳麓书社1985年版，第128页。

当代形象学的思想，一个作家笔下的异国形象，主要不是对异国社会的表现，而是对本国社会的表现①。斌椿的例子说明，当认识主体对客体的了解严重不足时，这个观点会更加有效。作为一个中国人，斌椿努力观察西方，而看到的只是自己；在记述西方的同时，却展现了中国文化的景观。应该说，这种情况并非有意为之，而是不自觉状态下发生的，然而恰恰因为不自觉，说明了斌椿身上中国文化因素所起到的关键性作用。

二

除审美态度以及"中国化"描述以外，斌椿身上的自我英雄主义同样值得注意。这种自我英雄主义在《乘槎笔记》中并不突出，在诗歌中的表现则十分醒目。如《天外归帆草》中有一首《方子箴都转招饮》诗说：

我皇仁如天，格苗用干羽；通道使八荒，慈祥广胞与；物色至散才，敕命历区宇。此行古未有，祸福畴能许？或云虎狼秦，待人以刀俎；又如使匈奴，被留等苏武；洪涛高荡云，所经多险阻；谁与涉重洋，试触蛟龙怒？所以千百年，此议无敢与。忽惊命自天，言王欲玉女；嗟予系何人，感奋岂退沮；衔命辞亲朋，萧萧易水渚；……大荒西南行，越国十有五；风俗各不同，迭为东道主；……重予非为他，所重在中土；咸云胆识强，不畏途艰苦；高谈惊四筵，有酒我酖酣。履险得生还，敢向知交诩：忠信动蛮貉，如我何足取！②

无惧苏武之困，敢冒荆轲之险，斌椿将自己描绘成一个有胆有识、不畏艰险、上报天子、下济百姓的英雄。斌椿的确有一定的冒险精神③。他主动争取随

---

① 孟华主编：《比较文学形象学》，北京大学出版社2001年版，第9页。
② 斌椿：《乘槎笔记·诗二种》，岳麓书社1985年版，第203—204页。
③ 根据斌椿的诗，他"壮岁饥驱不自主，西瞻华岳东罗浮；南登会稽临禹穴，北至娲皇炼石补不周"（《乘槎笔记·诗二种》，第161页），是一个性喜游历、走遍四方的人。

赫德游历欧洲①，这需要一定的勇气；当遭遇风险时，也能表现出相当的镇静②。但即使如此，斌椿诗中的英雄主义，只是自我英雄主义，诗中主人公形象只是作者的艺术自塑，与现实生活中的斌椿关系不大。在比利时，他买到一口刀，将其与传说中的西域昆吾刀联系起来，作诗云："何期神物入吾手，出匣寒光射斗牛；等闲恐遇不平鸣，惊人欲作蛟龙吼。"③回国时道经埃及，瘟疫暴发，海关怀疑致病源来自欧洲，不许他们下火车停留，斌椿遂作一诗云："爱人行政抱恫瘝，补救心诚疾自安；我是人间医国手，囊中救世有灵丹。"④无论诗中"侠行天下"的斌椿，还是"道德救世"的斌椿，与总理衙门大臣眼中"老成可靠之人"⑤斌椿，差别甚巨，与同时代西方人眼中的斌椿，则完全是两个人。关于斌椿的性格，赫德的日记中记有威妥玛（Thomas Francis Wade）的评论，威氏说斌椿脾气坏，喜欢指手画脚⑥。随同斌椿一道赴欧的翻译官英国人包腊（Edward C. Bowra）和法国人德善（Emile De Champs）对斌椿极为反感。在欧洲时，赫德因处理私人事务，经常与代表团分开，陪同斌椿一行的任务，自然落到包腊和德善的头上。据包腊给赫德的信，斌椿性情暴烈，随心所欲，蛮不讲理，以至于他和德善都"从心底里厌倦了斌和他的那一套"⑦。在斌椿和他们二人之间，赫德常常无所适从，不知哪一方更有理，最后，由于斌椿坚持早日回国，赫德只好取消了原定的美国之行，压缩了北欧和东欧的访问计划，让这次出使草草收场。

---

① 根据赫德1866年4月6日日记，斌椿因为偶然一次见到了恭亲王奕䜣，谈话以后，被总理衙门定为率团出国的人选（Richard J. Smith, John K. Fairbank and Katherine F. Bruner eds., *Robert Hart and China's Early Modernization: His Journals, 1863—1866*, Cambridge, Massachusetts: Harvard University Press, 1991, p.374.）。在这之后，他为争得赫德同意，还向后者做了一番游说（Ibid., p373.）。

② 根据赫德日记，1866年3月6日凌晨，他们的船在渤海航行时突然触礁，险些沉没。赫德问斌椿感觉如何，斌椿答言："愚以为舟人最善操舟，若舟人不惊，我等亦不必惊。"（Richard J. Smith, John K. Fairbank and Katherine F. Bruner eds., *Robert Hart and China's Early Modernization: His Journals, 1863—1866*, Cambridge, Massachusetts: Harvard University Press, 1991, p370.）

③ 斌椿：《乘槎笔记·诗二种》，岳麓书社1985年版，第179页。

④ 斌椿：《乘槎笔记·诗二种》，岳麓书社1985年版，第191页。

⑤ 《筹办夷务始末》（同治朝）卷三十九，民国十九年故宫博物院影印清内府抄本，第1页。

⑥ Richard J. Smith, John K. Fairbank and Katherine F. Bruner eds., *Robert Hart and China's Early Modernization: His Journals, 1863—1866*, Cambridge, Massachusetts: Harvard University Press, 1991, p.143.

⑦ Richard J. Smith, John K. Fairbank and Katherine F. Bruner eds., *Robert Hart and China's Early Modernization: His Journals, 1863—1866*, Cambridge, Massachusetts: Harvard University Press, 1991, p.389.

斌椿对自我形象的塑造，主要围绕出使西方这一主题做文章。他对作为出使西方的中国第一人很得意，写下了这样的诗句："书生何幸遭逢好，竟作东来第一人"[①]，"愧闻异域咸称说，中土西来第一人"[②]。为了说明所游之远，他向朋友夸耀"乘查直抵斗牛津，亲见天孙当户织"，"灯前验取织机石，不待君平卦肆占"[③]。为了纪念此行，他在欧洲拍了很多照片，知道自己的形象印到报纸上，不禁沾沾自喜："海隅传遍星使过，纸绘新闻万本多；中夏衣冠先睹快，化身顷刻百东坡。"[④]他最引以为自豪的，是作为使者的诗才[⑤]。他在诗中说自己"愧乏眉山麟凤表，敢云蛮貊动文章"[⑥]，又说自己"簪花亲劳杜兰香，下笔倾倒诸侯王"[⑦]。这些诗句，连同几首自述身世与志向的长诗，虽然有一定的现实基础，但都被浪漫式地夸大了。实际上，西汉张骞"凿空"出使西域，本来是历史事实（《史记·大宛列传》），但到了后世，演变为传说，竟有张骞乘槎及于天河见到牛郎织女的说法（周密《癸辛杂识》），"乘槎"遂成为中国古代文学中的一个原型，一个异域游记中广泛使用的母题。不仅《乘槎笔记》这一书名，就斌椿全体诗文而言，他都在努力发挥这一母题，在《海国胜游草》的题诗里，他的朋友们也一再弹奏出这一英雄主义的旋律。

三

审美的态度、对古典诗文的利用、自我英雄主义的塑形，综合起来，构成了斌椿欧洲记述的基本话语方式。这种话语方式，是斌椿的个人文化身份和民族文化身份共同发生作用的结果。从个人层面说，斌椿既非清政府要员，亦非专业外交家，只是一个一般的中国士大夫文人，因为工文能诗，颇有人缘，被介绍给

---

① 斌椿：《乘槎笔记·诗二种》，岳麓书社1985年版，第166页。
② 斌椿：《乘槎笔记·诗二种》，岳麓书社1985年版，第189页。
③ 斌椿：《乘槎笔记·诗二种》，岳麓书社1985年版，第207页。
④ 斌椿：《乘槎笔记·诗二种》，岳麓书社1985年版，第166页。
⑤ 钱锺书曾讥讽斌椿在国外到处赋诗卖弄，说他的诗比打油诗好不了多少（钱锺书：《七缀集》，上海古籍出版社1994年版，第154页），张隆溪也附和此说（张隆溪：《走出文化的封闭圈》，生活·读书·新知三联书店2004年版，第128—129页）。按斌椿诗中不乏佳作，钱氏之说或有过苛之处。钱氏不喜欢斌椿，或与后者的自我标榜有关。
⑥ 斌椿：《乘槎笔记·诗二种》，岳麓书社1985年版，第192页。
⑦ 斌椿：《乘槎笔记·诗二种》，岳麓书社1985年版，第208页。

赫德充当文案，成了奔走于赫德与总理衙门大员之间的媒介。率团游历欧洲的经历，并没有使斌椿变成职业外交家，相反，他身上传统文人的特色却得到了更大的发挥。正因如此，在《乘槎笔记》和《海国胜游草》《天外归帆草》中，我们看到的不是近代西方的民主政治、科学主义和功利精神，而是中国士大夫的诗性品格、闲情逸趣和自塑的英雄形象。从民族和国家层面说，斌椿自我英雄主义的基础，其实就是华夏中心主义。对中国文化根深蒂固的自信，妨碍了斌椿对西方文化的严肃对待；面对西方物质的发达，斌椿一方面感到震惊而艳羡，积极享受，另一方面却坚定认为中国圣教之优越，远非西方繁华可比。这种表现，实际是一种心理区格化的结果①。用文化研究的眼光看，斌椿所采取的话语方式，是他对西方文化进行自动选择的工具，是平衡自我与他者、中国文化与西方文化的枢机，也是他接受西方过程中自我心理调适的手段。通过这样一种话语方式，斌椿将对西方文化的叙述，不自觉地变成了对中国文化的自我欣赏；同时，也是通过这种话语方式，《乘槎笔记》维持了作者的主体感，避免了对西方的正视，因此也就避免了面对中西文化冲突时必然产生的内心矛盾和焦虑。

斌椿努力观察西方，而看到的只是自己，这个现象不是孤立的。近代中国人对西方文化的认识步履艰难，有历史条件的限制，有思想水平的问题，但更主要的，乃是自身民族与文化身份等因素的牵引。斌椿欧游十余年后，马建忠从马赛给国内友人写信，论及出使人员了解西方之少："问所谓洋务者，不过记一中西之水程，与夫妇女之祖臂露胸种种不雅观之事；即稍知大体者，亦不过曰西洋政治大都重利以尚信，究其所以重利尚信之故，亦但拉杂琐事以为证，而于其本源之地，茫乎未有闻也。"②这个评论，虽然苛刻，但衡诸文献，当时出使人员的大量日记和札记，确实存在斌椿那样将西方文化表面化、简单化的弊病。由于文化身份的作用，斌椿不能深入体察西方，在他的西方书写中，一方面，资本主义的深刻的社会矛盾，它的种种"喧嚣与骚动"，被表面的繁华和

---

① 杨国枢认为，文化本为一体，而近现代中国人常常将精神文化与物质文化视为截然不同的范畴，一方面承认西方的物质文化较优，另一方面则坚持中国的精神文明较佳，通过这样一种区格化，消除面对西方文化所产生的矛盾感和不快情绪（杨国枢：《中国人的心理与行为：本土化研究》，中国人民大学出版社2004年版，第330—331页）。

② 马建忠：《适可斋纪言纪行》，沈云龙主编《近代中国史料丛刊》第16辑第153号，文海出版社影印本，第111—112页。

娱乐遮蔽了；另一方面，资本主义工业化进步性，被中国古典诗文的优美辞藻所置换。这一情形，在后来一些出使人员身上广泛存在。作为西方文化的观察者，斌椿虽然没有发表过什么真知灼见，但是，西方这面镜子所折射出来的观察者自身，其所蕴含的民族、文化和历史内容，则是意味深长的。由斌椿的例子，可见不同文化之间的相互认识和写照，涉及许多复杂的因素，并非只是思想的问题。在某些时候，恰恰需要撇开对"思想"的注意，才能真正洞察近代中西交往的底蕴。

原载于《学术交流》2009 年第 7 期

《海国胜游草》考辨三则
——兼议对斌椿海外纪游诗的评价

　　斌椿出访欧洲所结成的文字，除《乘槎笔记》日记一卷，尚有《海国胜游草》《天外归帆草》诗稿两种。本文主要讨论《海国胜游草》。此为斌椿沿途所作诗歌的集结，从海程之所见，到欧洲各国之所历，凡有兴发，皆有诗志，与《乘槎笔记》表里相合，为晚清时期华人欧游不可多得之诗录。

　　《海国胜游草》中古、律、歌行各体皆具，集中咏"洋泾浜"诸诗、《越南国杂咏》诸诗、《至印度锡兰岛》诸诗、咏"西洋女"诸诗等，虽无"竹枝词"之题，实真正的竹枝词之作也。丘良任等所编《中华竹枝词全编·海外卷》（北京出版社 2007 年版）多有收录，堪称有识。

一、"携手同登油壁车"：丁韪良之误解

　　《海国胜游草》有一长诗讲到从西人处得来的地球自转的知识，提到美国驻华公使卫廉士（Samuel Wells Williams，一译卫三畏）赠给作者一部《联邦志略》，并"才士"丁韪良（William Alexander Parsons Martin，亦名丁冠西）赠给他《地球说略》等书 [1]。丁韪良 1863 年到北京传教并开办学校 [2]，1869 年被总税务司赫德荐为同文馆总教习，其间一直在北京活动 [3]。另根据赫德日记，赫德第一次见到斌椿，在 1864 年 6 月 19 日，当时赫德需要一个文案，恒祺和崇纶两位大臣

①　斌椿：《乘槎笔记·诗二种》，岳麓书社1985年版，第181页。
②　丁韪良：《花甲忆记》，沈弘等译，广西师范大学出版社2004年版，第150、160页。
③　丁韪良：《花甲忆记》，沈弘等译，广西师范大学出版社2004年版，第198页。

联袂向他推荐了斌椿①。由以上原因，丁韪良与斌椿同赫德的关系，分别都很密切，二人之间，自然发生了交往。斌椿在诗中提到过丁韪良，丁韪良在自传中也提到过斌椿，尤其提到斌椿出使这件事：

斌椿一副长髯，表情明智，举止高贵，在每一个地方都留下良好印象。更重要的是，他用两种方式仔细记录了他的印象：一卷诗，还有一册笔记。后者的现实主义修正了前者的浪漫色彩。在"黑水洋"——这一形容词至少不逊于荷马的"酒面洋"——上乘坐蒸汽轮船，斌椿不由得诗兴大发。接下来，他呼唤缪斯歌颂上海的妙景，其中之一是舒服的弹簧马车，刷着漆，很耀眼，斌椿受邀与漂亮女郎共同乘坐。想一想，中国马车没有弹簧，清朝官员从来不与中国妇女共乘一车，斌椿的热情不是很自然吗？但我必须让读者看看他的诗句，我未作一点儿改动：

> 西国佳人画不如，细腰袅娜曳长裙；
> 异香扑鼻风前过，携手同登油壁车。
> 敷粉施朱总莫加，天然颜色谢铅华；
> 莺声呖呖人难会，不让明皇解语花。②

丁韪良说斌椿在洋泾浜坐过洋人的马车，而且是应邀与漂亮女郎同坐，其根据是《海国胜游草》中《上海东门外，滨临大江两岸，起造洋楼十余里，俗呼"洋泾浜"》③诗中的一句话"携手同登油壁车"。读一读丁氏的译文就更清楚了：

No artist's pencil can do them justice,
Those fair ladies of the West!
Slender and graceful their waists;
Long and trailing their skirts.

---

① Richard J. Smith, John K. Fairbank and Katherine F. Bruner eds., *Robert Hart and China's Early Modernization: His Journals, 1863—1866*, Cambridge, Massachusetts: Harvard University Press, 1991, p.142.
② 丁韪良：《花甲忆记》，沈弘等译，广西师范大学出版社2004年版，第253—254页。
③ 斌椿：《乘槎笔记·诗二种》，岳麓书社1985年版，第156—157页。

When they pass you to windward,

A strange fragrance is wafted to your nostrils.

I have taken them by the hand,

And together ascended a lacquered chariot.

Their whiteness comes not from starch,

Nor their blush from cinnabar,

For nature's colors spurn the aid of art.

The twittering words are hard to comprehend,

But I do not yield to Minghuang in interpreting the language of flowers.[①]

在原诗中，"携手同登油壁车"，理应是斌椿眼里看到的景象，丁韪良译作"I have taken them by the hand"（我挽着她们的手），变成了亲身接触。以斌椿的年龄和身份，不至于与"西国佳人"在洋泾浜把臂挽手，共登马车，退一步说，即便曾有此事，也不至于将此番"艳遇"写入诗中，四处炫耀。但是，真相究竟如何呢？

斌椿在《乘槎笔记》同治五年二月初三日（1866 年 3 月 19 日）条中是这样写的："入口四十里，抵上海。黄浦江两岸，洋楼鳞次栉比。夹板洋船，一望如林，泰西十七国洋人之大聚处也。寓洋泾浜平阳里汪乾记丝茶栈。"[②] 没有提到西国佳人，也没有提到洋人马车，不能证明什么。但是检张德彝所撰的《航海述奇》，是日日记中云：

至未刻，抵上海县口内住船，见两岸修饰整齐，楼房高耸，鳞比卓立。江中小舟蚁集，细雨廉纤，岸边桃杏芙蓉，芭蕉槐柳，树交红紫，花斗芬芳，江南佳境，略识一般也。往来种作，熙熙攘攘。本地小轿，洋人马车，络绎不绝。

时有上海县差小轿四乘迎接，明等遂下船上轿，放炮迎入公寓。寓在上海

---

① W. A. P. Martin, *A Cycle of Cathay or China, South and North*, New York: Fleming H. Revell Company, 1897, p.373.

② 斌椿：《乘槎笔记·诗二种》，岳麓书社1985年版，第94页。

县新北门外洋泾浜西北盆汤衖汪乾记茶行。①

斌椿原诗共计四首，在丁韪良所引的两首之前，另有两首。其一，"两岸层楼接蔽天，绮窗雕槛斗新妍；蜂房万落高如许，想见阿房杜牧篇"；其二，"郊衢平坦净无尘，士女闲来共踏春；一阵轻雷声隐隐，四轮车子载游人"。很清楚，这些都是初到洋泾浜之所见，与张德彝日记若合符节。"西国佳人"云云，同样是初到洋泾浜的印象。据张德彝记述，他们的船到上海码头以后，上海县衙差四乘小轿来接，"下船上轿"，直入公寓，根本没有乘坐洋人马车的事，也没有这种机会。

丁韪良写作《花甲忆记》时，是当时数一数二的中国通，在中国已居四十余年，著有《天道溯源》《万国公法》等汉译，不数年后又出版英文的《汉学菁华》一书②，纵谈中国文史。斌椿所作的如此浅白的咏洋泾浜诗，他应该读得懂③。他的误解，笔者以为，主要源于一种文化上的想象和移情——他用西方人的心理揣摩中国人的行为，而发生了误读。在跨文化交流中，误读往往是免不了的，但是评判者总要留有余地，不能采取一味轻蔑的态度。因为这种轻蔑，到了真相大白的时候，往往会变成对自己的嘲讽。这大概是丁韪良不曾想到的④。

二、"荷兰自古擅名都"：一首诗的追踪

据《乘槎笔记》，五月十二日（6月24日），斌椿一行离开英国，乘船渡海赴荷兰访问。他们访问了海牙（"海他里"）、鹿特丹（"拉里，为荷兰南都"）、莱顿（"来丁"）之后，十六日来到阿姆斯特丹（"安特坦"）。从莱顿到阿姆斯特丹途中，斌椿见到了从未见过亦不能想象的一件事：填海造田。日记中这样说：

---

① 张德彝：《航海述奇》，岳麓书社1985年版，第451页。

② W. A. P. Martin, *The Lore of Cathay, or, the Intellect of China, South and North*, New York: Fleming H. Revell Company, 1901.

③ 丁韪良将"不让明皇解语花"一语，译作"我比'Minghuang'更善于解释花的语言"，是他不知唐玄宗和杨贵妃之间的典故。

④ 美国学者司马富、费正清在分析赫德日记时，援引斌椿的咏洋泾浜诗，但完全挪用了丁韪良的错误翻译，可谓失察。见Richard J. Smith, John K. Fairbank and Katherine F. Bruner eds., *Robert Hart and China's Early Modernization: His Journals, 1863—1866*, Cambridge, Massachusetts: Harvard University Press, 1991, p. 351.

看火轮取水器具，用泄亚零海水者。计立此法二十余年，涸出良田三十余万亩。有司以绘图与观。田畴明晰，沟洫条分。变斥卤为膏腴，洵为水利之魁。①

斌椿为此赋了一首七律，题目甚长：《十六日赴安特坦（荷兰北都），见用火轮泄亚零海水，法极精巧（旧为海水淹没，用此法已涸出良田三十余万亩）》。原诗如下：

> 荷兰自古擅名都，沧海桑田今昔殊；
> 处处红桥通画舫，湾湾碧水界长衢；
> 晶帘十里开明镜，璧月千潭照夜珠；
> 创造火轮兴水利，黍苗绿遍亚零湖。②

按"亚零海（湖）"，魏源《海国图志》所引西洋人玛吉士之《地理备考》（出道光《海山仙馆丛书》）述"贺兰国"曰："河至长者五，湖则甚多，其至大者曰亚尔零海"③。徐继畬《瀛寰志略》述"荷兰国"曰："北宋时，海潮决堤，数百里居民皆没，都城几陷，潮退之后，积水汇为巨浸，曰亚尔零海。"④斌椿使用的"亚零海（湖）"一词，应从《瀛寰志略》而来⑤。查今日荷兰地图，从莱顿到阿姆斯特丹，并无湖泊与"亚（尔）零"谐声者。这是怎么回事呢？笔者求教于台湾大学哲学系魏家豪（Wim De Reu）教授，得到的解答，所指应为"Haarlemmermeer"（意为"Haarlem 湖"），此湖在 19 世纪 50 年代以蒸汽机排干，汲水还土。斌椿所见之"火轮取水"，即是此种装置。

斌椿的诗题为"十六日"（6 月 28 日），实"十七日"（6 月 29 日）作。此日在阿姆斯特丹，斌椿等"乘船至泄水公所"，观看"用火轮法转动辘轳，以巨桶

---

① 斌椿：《乘槎笔记·诗二种》，岳麓书社1985年版，第122页。
② 斌椿：《乘槎笔记·诗二种》，岳麓书社1985年版，第170页。
③ 魏源：《海国图志》（中），岳麓书社1998年版，第1173页。
④ 徐继畬：《瀛寰志略》，上海书店出版社2001年版，第194页。
⑤ 斌椿出国前，徐继畬送给他《瀛寰志略》一部（斌椿：《乘槎笔记·诗二种》，岳麓书社1985年版，第91页）。舟过斯里兰卡以后，斌椿"惟据各国所译地图，参酌考订，而宗以《瀛寰志略》耳"（斌椿：《乘槎笔记·诗二种》，岳麓书社1985年版，第102页）。

汲起，由外河达海"。^① 十八日日记云，"昨观火轮泄水，题七律一章，已印入新闻纸数万张，遍传海国矣"。^② 核《海国胜游草》，以火轮泄水为题的七律，只有前引"荷兰自古擅名都"一首，故知"遍传海国"的，即是此诗。斌椿的诗上了荷兰的报纸，情况究竟怎样呢？笔者搜求的结果，在1866年7月4日的《鹿特丹报》（*Rotterdamsche Courant*），发现了一则关于斌椿访问阿姆斯特丹的报道，并附一首荷兰文译诗。兹译如下：

关于在本国访问的中国使团，《商务统报》（*Algemeen Handelblad*）6月29日报道说：

斌椿大使在北京的职务，相当于外交部的秘书；他的儿子，4名贵族，还有12个仆人，陪他一道出访。英国驻华使馆的随员包腊先生奉命担当翻译，旅行的费用则是中国皇帝承担的。这些外国访问者对阿姆斯特丹印象深刻；当他们昨天通过莱顿城门进入城市的时候，斌椿说："我要是在这里住就好了，它比巴黎和伦敦都美。"今天他观看了大水闸，随后访问了工业博物馆，范·埃克（J.A. van Eyk）和布瓦斯万（Ch. Boissevain）两位先生陪同参观了后者。他觉得整体的建筑很漂亮，在许多展品前都停下来查看。与所有绅士味道的中国人一样，斌椿也写诗。下面的一首诗是献给荷兰的，由包腊先生译成英文，可以代表他的诗才之一斑。

致荷兰

一个著名的王国，享有悠久的名声！

从前大海咆哮的地方，现在，草莓结果，玉米穗随风摇曳。

长桥把遥远的两岸连接起来，轮船在宽广的运河上航行。

一排排的楼舍辉映着月光，脚下的河水如钻石般闪烁。

衷心感谢那些用知识造成这些变化的人们，他们投入了巨大的能量，

使这个国家繁荣昌盛。

---

① 斌椿：《乘槎笔记·诗二种》，岳麓书社1985年版，第123页。
② 斌椿：《乘槎笔记·诗二种》，岳麓书社1985年版，第123页。

如此能力，如此业绩，如此努力，人们将永志不忘。

斌椿，中国使团团长

第 5 月之第 19 日从海牙到阿姆斯特丹途中

兹录荷兰文诗如下：

AAN HOLLAND.

Een koningrijk beroemd en van oude vermaardheid!

Waar eens de zee woedde, wild en woest, daar geven nu de aardbeien hare vruchten, en de wuivende aren haar graan.

Lange bruggen maken van verwijderde overs één, en schepen glijden liefelijk langs brede kanalen.

Lange rijen huizen fonkelen in het maanlicht, waaronder de stroomen helder als edelgesteenten glinsteren.

Dank, vriendelijk dank, is men schuldig aan hen, wier kunde dit heeft gewrocht, wier energie groot was, aan wie het Land zijn bloei is verschuldigd.

Zulke vermogens, zulk werk, zulken inspanning moeten nimmer vergeten worden.

PING-CHUN, *Chineesch Commisaris*,

Die van den Haag naar Amsterdam kwam

op den 19den van de 5de Maan[①]

刊登在荷兰报纸上的斌椿诗歌，显然为"荷兰自古擅名都"一诗的翻译。有一个问题需要注意。译诗标为五月十九日所作，检中西合历，同治五年农历五月十九日对应西元 1866 年 7 月 1 日，而《鹿特丹报》转引的《商务统报》报道日期为 6 月 29 日，今日刊载后日写出的诗，绝无此理。斌椿作此诗的实际时间为五月十七日，故"19"应为"17"之误植。至于是包腊译诗时发生的错误，还是《商务统报》排印时发生的错误，难于确定。

---

① *Rotterdamsche Courant*, 4 juli 1866.

比照译作与原作，差别是巨大的。斌椿的诗比较典雅，同时用了不少古典诗文的习语，"红桥""画舫""晶帘""夜珠"之类，令诗的"中国味"盖过了"西洋味"。译诗将与眼前景物不搭界的习语，一律删汰，只保留了诗句的主旨，比较切实。也可以说，平和典雅的古典主义变成了直抒胸臆的浪漫主义。斌椿的主题是填海造田，这个主题是以较长的题目来说明的；译诗把原题省去，变成了干脆利落的"致荷兰"，于是填海造田这个主题，退为次要，淹没在对异国风光的泛泛描述之中。这是诗意上的失落。原诗赞美"火轮取水"的创造，以及取水还田形成的崭新风貌，但是并没有直接赞美东道主。对实现填海造田的人们的"衷心感激"，对他们的知识、能力、业绩的赞美，对他们的努力"人们将永志不忘"这些话，在原诗中找不到对应。这些意思，可能是译者从斌椿的诗句中推想出来的，也可能是自作主张塞入诗中的，以使这个中国"团长"在外交方面更加得体。这是诗意上的扭曲。从中国传统来说，此种外交礼貌并不需要。一个诗人不需要把所有应景的东西都写出来，只要他写到最有趣的东西——填海造田就是如此——就包含了对东道主的感谢和赞美，对方对他的诗就应该很满意了。

根据报道，斌椿的诗是由使团翻译官包腊译成英文的，但何人再译成荷兰文，报纸没有提及。张德彝五月十七日日记云，"斌大人口占古风二章，包腊译以英文，本国复译以荷兰文，刻为新闻纸，传扬各国"①，印证了荷兰报纸的说法。由于包腊英文原稿已不可得，无法确定荷兰文译本的忠实性。所以，荷兰文译诗与斌椿原作的差别，究竟是包腊造成的，还是荷兰文译者造成的，亦无法知晓。值得一提的，包腊是《红楼梦》早期英译本的译者之一②，由他来翻译斌椿的诗，从技术上看，理应完全胜任。

斌椿在荷兰报纸发表即兴诗，还有一个尾声。五月二十九日（7月11日），斌椿受到瑞典"国主及妃"，实即卡尔十五世（King Carl XV）和路易莎王后（Queen Lovisa）的接见。路易莎王后原籍荷兰，婚前是荷兰的公主，她向斌椿提起了他的咏荷兰诗，颇有美言。斌椿受到接见后，送给她一柄诗扇，抵柏林后，复得王后以照片见赠，这是后话，留待下节再叙。

① 张德彝：《航海述奇》，岳麓书社1985年版，第539页。
② 国内对包腊《红楼梦》英译本的讨论，见任显楷：《包腊《红楼梦》前八回英译本考释》，《红楼梦学刊》2010年第6辑。

三、"西池王母住瀛洲"：斌椿在瑞典

五月二十五日（7月7日）傍晚，斌椿一行抵达瑞典首都斯德哥尔摩。据 7月9日瑞典报纸《今日新闻》（*Dagens Nyheter*），他们当夜住进了一家名为里德伯格的酒店（Hôtel Rydberg，张德彝称为"莱达柏"）①。中国人的到来引得前来看热闹的人如此之夥，为使大门得以出入，店家不得不请警察来清理现场。同篇报道说，中国使团的首领"斌大人"，是"中国外交部"的"一等或二等秘书"，知识相当渊博。7月8日，使团在海军中尉安纳思戴特（Annerstedt，张德彝谓"武官现充委员名安纳思者"②）陪同下，访问了工业展览馆（斌椿称为"水晶宫"③、张德彝称为"积新宫"④）、国家博物馆（斌椿称为"公所"⑤，张德彝称为"画阁"⑥），晚上又乘马车到皇家公园（Djurgården Park）游玩。依照通例，当天是周日，展览馆是关闭的，但因有特许，中国人仍得以入内参观。《今日新闻》7月10日云，斌椿不仅在展览馆参观，还购买了一件尤吉尼亚公主（Princess Eugenie，国王卡尔十五世之姊妹）亲制的雕塑品《保镖》。据《乘槎笔记》和《航海述奇》，五月二十七日（7月9日），斌椿拜见了瑞典总理大臣并各国公使。五月二十八日（7月10日），斌椿往工业展览馆，拜见"瑞国主之弟"，即后来的奥斯卡二世（Oscar II of Sweden，1872—1907在位）。奥斯卡赠给斌椿一枚印有头像的银币，并要来斌椿的照片和名片做纪念⑦。以"王弟"之尊而平易如此，斌椿对他的印象自然极好⑧。是日斌椿等游观坐落于王后街的科学院，参观了其中陈列的各类动物标本和骨殖，并试观了显微镜。（据《今日新闻》7月11日）显微镜下的微观世界给斌椿和张德彝留下了很深的印象，二人分别在日记中做了详细记录，斌椿复做了一首长诗。五月二十九日（7月11日），

---

① 张德彝：《航海述奇》，岳麓书社1985年版，第544页。
② 张德彝：《航海述奇》，岳麓书社1985年版，第544页。
③ 斌椿：《乘槎笔记·诗二种》，岳麓书社1985年版，第126页。
④ 张德彝：《航海述奇》，岳麓书社1985年版，第544页。
⑤ 斌椿：《乘槎笔记·诗二种》，岳麓书社1985年版，第126页。
⑥ 张德彝：《航海述奇》，岳麓书社1985年版，第544页。
⑦ 斌椿：《乘槎笔记·诗二种》，岳麓书社1985年版，第126页。
⑧ 斌椿有《见瑞典国王弟》诗云："位冠群僚太弟尊，治平嘉政赞邦君；温言优礼春风度，谦德遥传异域闻。"见斌椿：《乘槎笔记·诗二种》，岳麓书社1985年版，第173页。

瑞典国王卡尔十五世和王后路易莎在斯德哥尔摩城外的乌里斯达堡（Ulriksdal Castle，张德彝称为"夏宫"①）接见了斌椿使团。斌椿记云："国主与妃皆立待，慰劳甚切。妃云：'使君在荷兰咏诗甚佳，前于新闻纸内得见佳句，敝国有光矣。'妃荷兰公主也，故云。予谢不敏。"② 路易莎提到的斌椿咏荷兰诗，即上节所引的"荷兰自古擅名都"一诗。斌椿等游览各处以后，国王命备酒，斌椿"举觞立饮，因取尊以酢王及妃"③。路易莎看见斌椿的折扇，上有沈凤墀所画《采芝图》并杨简侯所书《月赋》，听斌椿讲解大意后，颇示喜爱，斌椿遂将此折扇献于王后，并咏绝句一首，此盖《呈瑞典国王（时在王宫游览饮酒即席书呈）》：

> 珠宫贝阙人间少，水木清华处处幽，
> 五万里人欣寓目，归帆传颂遍齐州。④

"五万里人"指中国使团，"齐州"谓中国。即从今日眼光看，斌椿呈给卡尔十五世的诗，内容也很得当。在细节上，张德彝的记述颇有出入：

游回，王劝饮"三鞭"（香槟）酒，吸烟卷。明辞以烟力猛，恐吸多必醉。王乃强予数枚，令放兜中。告以华服有兜者少，王曰："何其迂也！"复亲引明等游览各处，出正门，入右雁翅门，看藏书之府。斌大人赋诗二章，令翻译官译以西文，王见之甚喜。⑤

按斌椿的叙述，他只作了一首绝句；张德彝则说是两首。斌椿云其所作的诗，是"饮酒即席书呈"，张德彝则说，诗是参观书房以后做的，二者不知孰是。此诗之外，斌椿另有专门题献给王后的诗，是当日回到宾馆写在一把扇子上，请安纳思戴特代呈的⑥。斌椿题献给瑞典王后的诗扇，后来得到了回应。当

---

① 张德彝：《航海述奇》，岳麓书社1985年版，第546页。
② 斌椿：《乘槎笔记·诗二种》，岳麓书社1985年版，第127页。
③ 斌椿：《乘槎笔记·诗二种》，岳麓书社1985年版，第127页。
④ 斌椿：《乘槎笔记·诗二种》，岳麓书社1985年版，第174页。"遍"，原作"篇"字，从同治戊辰本《海国胜游草》改。
⑤ 张德彝：《航海述奇》，岳麓书社1985年版，第547页。
⑥ 斌椿：《乘槎笔记·诗二种》，岳麓书社1985年版，第174页。

使团从莫斯科返至柏林，斌椿得到王后寄来的照片。《海国胜游草》有诗赋云：

> 开缄奕奕见真仙，珠玉光辉下九天；
>
> 何幸琼瑶报芹献，归装珍重好流传。
>
> 不信游踪近北辰，乘查直到斗牛津；
>
> 天孙亲与支机石，彤管标题惠使臣。[①]

身为使者而得到异国王后寄来的礼物，此礼物又是她的照片，这种经历，堪称中国史上绝无而斌椿独有的了。

斌椿在瑞典时，还有一首诗是献给"瑞国太坤"（奥斯卡一世之妻、卡尔十五世之母约瑟芬，Joséphine of Leuchtenberg）的。约瑟芬做王后时，即在政治和艺术领域比较活跃；丈夫死后，虽潜居后宫，仍不少活动。这大概是她提出会见远道而来的中国使团的原因。"太坤"是斌椿和张德彝为约瑟芬起的雅号，《乘槎笔记》云，"西国国主之母称太坤"[②]；又《航海述奇》云，"太坤"者，华言王母也[③]，对应的是"queen mother"一词。《乘槎笔记》述会见情景云：

> 午正，乘轮船西行。海港中碧水湾环，山岛罗列。约四十里，峰回路转，始见琼楼十二，高矗水滨，苍松翠柏，一望无际，真仙境也。登岸，侍臣导登楼数十级，至宫。太坤迎见，云："中华人从无至此者，今得见华夏大人，同朝甚喜。"又问，"历过西洋各国景象如何？"予曰："中华官从无远出重洋者，况贵国地处极北，使臣非亲到，不知有此胜境。"太坤喜形于色，……予吟一绝为太坤寿，云："西池王母住瀛洲，十二珠宫诏许游；怪底红尘飞不到，碧波清嶂护琼楼。"乃归。[④]

"西池王母住瀛洲"一诗亦收于《海国胜游草》，题名《六月初一日见瑞典国太妃（轮船行三刻距城约四十里）》。约瑟芬王太后所居之处，称为

---

① 斌椿：《乘槎笔记·诗二种》，岳麓书社1985年版，第177—178页。
② 斌椿：《乘槎笔记·诗二种》，岳麓书社1985年版，第128页。
③ 张德彝：《航海述奇》，岳麓书社1985年版，第547页。
④ 斌椿：《乘槎笔记·诗二种》，岳麓书社1985年版，第128页。

Drottningholms slott，意译"皇后宫"，距斯德哥尔摩十五公里，今已辟为旅游胜地。"西池"即"瑶池"，为传说中西王母所居（《穆天子传》），"瀛洲"本在东海，斌椿用状皇后宫海水环绕，迥出尘外。以"西王母"比拟约瑟芬，今人或以为不伦，然此等人物，国史中没有先例，从神话中寻出西王母，亦是不得已之事。据《今日新闻》7月14日云，中国使团会见王太后以后，参观了皇后宫和中国宫（Kina slott）内部 [1]，复乘马车在皇后宫花园（Drottningholms slottspark）流览一小时后离去。临行时，他们在留名簿上签了名，为首的斌椿"十分礼貌地添了几行诗，并注译文"。关于诗的内容，报纸只说作者以"东方人的巧舌"夸赞此地的风光和城堡的富丽，未言其他 [2]。笔者未获译文，不知译者（或许仍是包腊）是如何翻译"西王母"的。斌椿作诗的事在更有影响的《画报》杂志（*Illustrerad Tidning*）7月21日一篇评论中亦有涉及，只是具有讽刺意味：

现在，这个坚冰之国，这一熊和野人共居的化外之地，来了文明之极的中国人，在一些事情上，他们是注定要笑话我们的。看看他们在莱达柏酒店写的日记吧——他们肯定受到了成群的、怀着好奇心的穿长蓬裙女士们的打扰——你将读到一些也许非常之有趣的段落，也许这些段落将很快翻译为瑞典文。

然而，他们还写了诗，精彩的诗，赞美我们的首都和它的迷人的环境。在这里，他们在皇后宫受到娴静女主人的招待，在中国宫也受到了热情的款待。中国宫的外部和内部，必已奏响不止一曲"故乡的旋律"，这一旋律，将在他们的善感的灵魂里，在他们的漫漫长途，一路回荡。[3]

四、结语

关于斌椿的《海国胜游草》，钱锺书先生在《汉译第一首英语诗〈人生颂〉及有关二三事》一文中这样说：

---

[1] 中国宫在皇后宫对面，张德彝记述了参观中国宫的情景，见《航海述奇》，第548页。

[2] *Dagens Nyheter*, 14 juli 1866.

[3] *Illustrerad Tidning*, 21 juli 1866.

　　最先出使的斌椿就是一位满洲小名士。他"乘槎"出洋，不但到处赋诗卖弄，而且向瑞典"太坤"（王太后）献诗"为寿"，据他自己说，他的诗"遍传海国"；他的翻译官也恭维说："斌公之诗传五洲，亦犹传于千古也。"他的一卷《海国胜游草》比打油诗好不了许多；偶尔把外国字的译音嵌进诗里，像"弥思（自注：译言女儿也 [miss]）小字是安挈，明慧堪称解语花"，颇可上承高锡恩《夷闺词》，下启张祖翼《伦敦竹枝词》。不知道是否由于他"遍传海国"的诗名，后来欧洲人有了一个印象，"谓中国人好赋诗；数日不见，辄曰：'近日作诗必多矣！顷复作耶？'"。①

　　从文献上看，斌椿对自己的诗才，一无自夸，二无自信。他在《过之罘岛至烟台观海楼登眺》诗中说，"登高思啄句，恨乏谪仙才"②；在《寄杨简侯表弟》诗中说，"十载不飞飞极远，欲鸣恐乏句惊人"③。他在欧洲时，确实有"今日新诗才脱稿，明朝万口已流传"④的自状，但这只是谐趣，是说西方"新闻纸"的快捷，并非说自己的诗做得好。斌椿没把自己当作不得了的诗人，他的朋友也是如此。徐继畬在《乘槎笔记》序中说，"斌君友松……于所谓欧罗巴各国，亲历殆遍。游览之余，发诸吟咏。计往返九万余里，如英、法、俄、布、荷、比诸国，土情民俗，记载尤悉，笔亦足以达其所见。"⑤"笔亦足以达其所见"，既说诗也说文，徐氏之评价，着实不高，亦着实实在，而作者不以为忤。《海国胜游草》录了十种题辞，一般都说到他"乘槎"出使绝域的胆略，说到诗歌本身，也只说"一卷新诗当水经"（方濬师）、"仗君彩笔题山海"（龚自闳）而已，除了蒋彬蔚"才较词人赋海优"一句，没有艳称其文才的。

　　斌椿在外人面前题诗奉赠，与在国内与友人酬唱和答一般，只是出于古代文人的素习，并非到国外以后，欺外人不懂，骄矜自大，矫情为之。非要做出第一流的诗歌才可以向外人出示，则心中先有了盘算计念，反而不自然了。这一点上，实不必强求他。以今天眼光而论，若有即兴赋诗的小小才能，在文化

①　钱锺书：《七缀集》，上海古籍出版社1994年版，第154页。
②　斌椿：《乘槎笔记·诗二种》，岳麓书社1985年版，第156页。
③　斌椿：《乘槎笔记·诗二种》，岳麓书社1985年版，第157页。
④　斌椿：《乘槎笔记·诗二种》，岳麓书社1985年版，第171页。
⑤　斌椿：《乘槎笔记·诗二种》，岳麓书社1985年版，第85页。

交流的场合，应景一用，虽诗本身不甚佳，也必得众人的欢喜，称为美事。斌椿以诗歌为与外国人交流之手段，无有不善，应该肯定。自斌椿以来，身至西洋的中国人，当场作诗而诗才劣于斌椿，又无不博得满堂喝彩的，不知凡几，何以对斌椿一人严苛如是乎？故知钱先生对斌椿的讥评，有失平允。

又，钱先生云，斌椿《海国胜游草》一卷，"比打油诗好不了许多"。对此又有说。盖斌椿纪游诗，主要为一种实录，民俗土风，随手而写，初不计较能否工饬与深辟。竹枝词一类，虽作法不同，而以简白流利、俚俗浅率为正则，既如此，则与打油诗亦不远。以笔者浅见，《海国胜游草》中最有价值的诗，恰在于写得比较"打油"的诗，凭借此等随意，斌椿记录了西洋景的真画图与作者的真感受，并以中国文人的方式，向所访问的国家传递了友善的信息，其效果是好的。如此，斌椿的海外纪游诗既具有中西文化交流的积极价值，就不能和一般"打油诗"等量齐观了。

原载于《宁波大学学报（人文科学版）》2013年第5期，作者尹德翔、Ingemar Ottosson

《初使泰西记》中的西方科技与中国思想

　　1867 年 11 月，以《天津条约》十年修约期将满，总理衙门奏命美国卸任公使蒲安臣（Anson Burlingame，1820—1870）为"办理中外交涉事务大臣"，并总理衙门章京、记名海关道志刚，章京、记名知府孙家穀，同为钦差出使大臣，以英国人柏卓安（John McLeavy Brown）、法国人德善（Emile de Champs）为左右协理，率同文馆学生、供事、马弁等，组成外交使团，前往有约各国。该团于 1868 年 2 月 25 日自上海出发，道经日本，越太平洋，于 4 月 1 日抵达美国旧金山。在美国停留了四个多月后，使团再度登船，横渡大西洋，于 9 月 19 日抵达英国利物浦。在欧洲，使团依次访问了英国、法国、瑞典、丹麦、荷兰、普鲁士、俄国、比利时、意大利、西班牙等十个国家，迄 1870 年 10 月 18 日返回上海，全程两年零八个月。蒲安臣使团是中国首次派往西方的正式外交使团，其在国外居留时间之长，为历次专使之最。

　　关于此次出使，计有三种文字记录，一为出使大臣志刚的《初使泰西记》，一为出使大臣孙家穀的《使西书略》，一为同文馆学生张德彝的《再述奇》。三部著作中，《初使泰西记》最初经避热主人及其子宜垕摘抄、编辑，于 1877 年（光绪三年）在北京付梓刊行；《使西书略》曾收入 1891 年出版的《小方壶斋舆地丛钞》第十一帙；《再述奇》则直到 20 世纪 80 年代才被钟叔河发现手稿，收入他所主编的"走向世界丛书"，易题《欧美环游记》出版。比较而言，同样作为晚清使西日记，《初使泰西记》出版最早，流行最广；《使西述略》不足千字，不甚重要；《再述奇》沉寂百年，影响甚微。本文主要讨论《初使泰西记》对西方科技的观察和见解。

一

关于志刚，史传无文。总理衙门保举志刚、孙家毂为出使大臣的奏折上，称"花翎记名海关道志刚，朴实恳挚，器识阔通"，建议将志、孙二人"均著赏加二品顶带"。[①] 从这一奏折，我们仅知志刚当时的官阶。但是，张德彝《再述奇》对志刚的身份有更全面的说法："花翎、二品顶戴、前任贵州石阡府知府、记名海关道、镶蓝旗满洲志刚（志庵）"[②]。据此，我们知道志刚的籍贯、字号，还知道他曾当过贵州石阡府的知府。查清代官员履历档案，发现1864年（同治三年）志刚掣得石阡府知府缺时的登记履历，知道他当年47岁，举人，以礼部员外郎候选知府身份在总理衙门任事[③]。志刚在总理衙门的具体职务又是什么呢？据《初使泰西记》，志刚与孙家毂二人临出京时，曾到养心殿谢恩，皇太后问及他从何衙门出身，志刚对曰："由礼部员外郎考取总理衙门章京。"[④] 根据有关规定，总理衙门章京的遴选，须先由京师六部各衙门保送司员，再由总理衙门大臣亲自出题，亲自主考[⑤]。由此可知，志刚是由礼部保送，以员外郎身份考取总理衙门章京的。另外，总理衙门章京不仅有考取制度，还有约束考核以及优叙保奖的办法。总理衙门设定之初，规定章京每两年保举一次，其中郎中保道员，员外郎保知府，后来又规定，凡历经三次保奖者，记名简放通商口岸道员[⑥]。志刚先由员外郎保举为知府，再由知府保举为记名海关道（直隶津海关道员），显然是总理衙门大臣手下的能员。实际上，志刚临出国前在总理衙门的身份，已非一般的章京，而是总办章京[⑦]，为诸章京之首了。

曾有人说，恭亲王奕䜣为首的总理衙门乃是一个"洋务内阁"[⑧]。当然，在"洋务内阁"任职的官员，未必皆赞成"洋务"；但是，志刚的思想却的确可以归入洋务派。最有力的证明就是《初使泰西记》关于西方科技和制器的记述。在

---

① 《筹办夷务始末》（同治朝）卷五十二，民国十九年故宫博物院影印清内府抄本，第1页。
② 张德彝：《欧美环游记》，岳麓书社1985年版，第617页。
③ 秦国经主编：《清代官员履历档案全编》第26册，华东师范大学出版社1997年版，第576页。
④ 志刚：《初使泰西记》，岳麓书社1985年版，第250页。
⑤ 吴福环：《清季总理衙门研究》，文津出版社1995年版，第89页。
⑥ 吴福环：《清季总理衙门研究》，文津出版社1995年版，第95页。
⑦ 志刚：《初使泰西记》，岳麓书社1985年版，第249页。
⑧ 钱实甫：《清代的外交机关》，生活·读书·新知三联书店1959年版，第173页。

《初使泰西记》的所有内容中，这项内容最为醒目，占到全书的近四分之一。从历史上看，同治时期洋务运动方兴未艾，无论奕䜣等朝中重臣还是曾国藩、李鸿章等督抚大员，无不主张"练兵""制器""自强"①，在积极入世的封建士大夫中间，考求西方军工与机械成为一时风气。志刚日记中的内容首推西方科技，即是这种时代精神的反映。他的观点，"若使人能者而我亦能之，何忧乎不富，何虑乎不强"②，与一般洋务派的思想相当一致。

《初使泰西记》对西方科技的记述，始于作者参观江南制造总局的兵器厂和造船厂，在日本横滨换乘美国轮船"斋纳"（China）号后，他详细记载了这艘船的结构、主要部件和动力原理。在美国旧金山，使团参观了当地的造船厂、毛毡厂、铸币厂和炼汞厂，每到一处，志刚都用心观察，在当天日记中仔细笔录。如4月12日（同治七年三月二十日）的日记：

观铸洋钱局。铸法：熔砂入槽成块，以提渣滓。熔块入水成麸，以入分炉。分金、出银，入铜以造钱，则用戕水。……造钱皆由气炉。先压银成条，用滚轴两轴相依，轮逼轴转，而夹条于两轴之缝，轴一滚而条成板矣。再紧轴而入板于缝，轴一滚而板又扁，合式为度。板之宽窄厚薄如式，则轧元。入板于轧机，机如卯榫，而入板于其间。榫轧于卯，而元即落。榫出于卯，而板又入。庋余之板，顷刻而元孔相连，而钱质及分数成而均矣。成净元饼，有肉无好。但挤边，有竖文而厚于肉，然后钱肉之文得不磨灭也。挤机如盘，外圈中有活底凸起如饼。饼圈之间相去，如钱径圆式，成四格五格。之相去之分数，视钱式之大小焉。边上立空铜筒于格旁，置净洋元于筒中，下有拨机，拨元入格则饼转。转由松渐紧，则边文出。又至于格，而落元矣。格中先宽后紧，则边厚起而竖文出矣。再入印文机，如盖底而阴其文。机动盖起，由推机送而置于底，则盖下轧而成文矣。盖复起，则前元推而出，后元送而入矣，则又轧。自前视之，则入钱如生吞。自后视之，则出钱如流水矣。又有数钱之具，为方盘。其有如钱式之槽五百。置散钱其上而摇之，则钱皆入槽，而五百之数出，易而准也。③

① 夏东元：《洋务运动史》，华东师范大学出版社1992年版，第30—35页。
② 志刚：《初使泰西记》，岳麓书社1985年版，第253页。
③ 志刚：《初使泰西记》，岳麓书社1985年版，第261—262页。从《小方壶斋舆地丛钞》本校，有改动。

从熔矿砂成块，经过分炉、压板、轧元、刻文，再到成币计数，志刚记录了以蒸汽机铸币的流水线全过程。较之《乘槎笔记》的同类介绍，志刚的记述远为具体和详明，也更有操作意义。以同样的方式，志刚对在纽约见到的林林总总的发明，包括显微镜、印刷机、农业机械、自来水管道、锯石设备、吊车、型钢轧制、三棱镜、织布机、印花机、空中索道等，都做了详细的记录。可以说，大至大炮军舰，小到抽水马桶，只要是他认为有用的东西，志刚无不悉心研究，反复参详，务求理解其工作原理与工艺过程。到欧洲后，志刚对西方先进科学技术及其应用，仍然很关注。在伦敦，他参观了泰晤士河隧道，询问了修建河底隧道的施工方法。在巴黎，他考察了煤气灯的原理与用途、西医外科手术治疗骨疽的方法、电报通信与银版照相的原理，以及热气球升空的原理与用途。与一般的洋务派一样，志刚对外国的先进军械十分注意，在法国时，他认真了解了比利时制造的"藕心"大炮、美国制造的"司班司尔"步枪，还与技师一起，对华侨商人买来的比利时造"工布勒郎贝"步枪与"各郎"手枪，详加验看。在德国，志刚参观了一个制糖厂，观摩了甜菜制糖的工艺过程。在俄国，他参观了一个藏有木乃伊的博物院、一个铸炮厂和波罗的海海口炮台。因为偶然发现了橡胶，他还记述了橡胶制品的制造和种种妙用。在比利时，志刚参观了爱斯考河右岸的炮台，并参观了一个采煤矿、一个炼钢厂和一个玻璃厂。对以上所见，《初使泰西记》皆有忠实而详明的叙述。从今天的眼光看，志刚能做到这样地步，已属不易，然而志刚自己却仍不满意。临回国前，他在日记中写道："泰西各家学问与制造之法，使者言仅得之时刻流览之间，无暇与之深究而切讲，则所述未能各尽其致，不无遗憾，读者谅之。"[①]这位二品衔的旗人出使大臣，对未能对西方科技进行更深入研究，表示了真诚的遗憾。

二

志刚对西方先进科技与产品如此重视，他的理解程度又是怎样的呢？从现存《初使泰西记》提供的材料看，志刚对机械制造、工程建设等方面的工艺过程，认识较明白；对工艺过程背后的科学原理，认识则很糊涂。例如，志刚对

---

① 志刚：《初使泰西记》，岳麓书社1985年版，第369页。

"斋纳"号轮船上的蒸汽机进行了认真考察，考察的结果，《初使泰西记》说：

> 如人之生也，心火降，肾水升，则水含火性。热则气机动而生气，气生则后升前降，循环任督，以布于四肢百骸。苟有阻滞违逆为病，至于闭塞则死。此天地生人之大机关也。识者体之，其用不穷。此机事之所祖也。[①]

志刚的思想，是中国传统的"天人合一"的思想，从这一思想出发，志刚对蒸汽机做了直觉的、人本式的解释。他用中医学的心肾关系，来说明蒸汽机的发动原理，于是，中国的中医学与西方的动力学这两种风马牛不相及的知识，在志刚的意识中自然地融汇了。类似的情况在《初使泰西记》中还有不少。在纽约长岛，志刚用中医思想解释了他所参观的精神病院[②]。以同样方式，他用中国阴阳学说解释了在巴黎通过望远镜所看到的月球[③]。通过这种主观化的理解，志刚成功把握了眼前的异文化现实。其结果，在志刚身上，传统中国思想不但没有受到西方科学思想的挑战，反而变得更加自信。在观察了旧金山的一个炼汞厂后，志刚在日记中写道：

> 然炼朱成汞，炼汞还朱，本中国古法。西人得之，以为化学之权舆。乃凡遇有形质之物，无不取炼之，以观其变。俟化成他物，考其形质，以施于用。有炼之而无所得者，有得之而无用者。就中取其有用者，乃愈出愈奇，以炫于人，而化学遂名家焉。孔子云，引而申之，触类而长之，天下之能事毕矣。通阅西法，不出此言。[④]

究竟如何"引而申之，触类而长之"呢？志刚在美国时，对美国人房屋中的抽水马桶产生了浓厚兴趣，他仔细研究了这种装置，对它化污秽为洁净的妙用很是欣赏，由此而联想到庄子"道在屎溺"的说法，于是发了一番治理天下的高

---

① 志刚：《初使泰西记》，岳麓书社1985年版，第256—257页。
② 志刚：《初使泰西记》，岳麓书社1985年版，第268页。
③ 志刚：《初使泰西记》，岳麓书社1985年版，第316页。
④ 志刚：《初使泰西记》，岳麓书社1985年版，第263页。

论曰："充斯道也，凡世间污浊，皆当有以涤之，何但用之屎溺乎哉！"[①] 本来是一个生活日用的机械设计，却被这样不知不觉引入道德主义的笼统教训之中。

当然，有时候，志刚对西方科学与中国思想的差异还是能够认识的，譬如在波士顿康桥城天文台，志刚透过望远镜观测到太阳的七种色光，虽然他将这种观察立即与中国历代《五行志》中的天人感应思想联系起来，但经过思考，还是认为"西人有候无占，不以日月之高远，牵合人事也"[②]。能够认识到中西之间对自然现象的解释有本质的不同，这对志刚是不容易的，也是不常见的。更多时候，志刚不仅对具体的科学原理不能正确理解，就是对西方科学本身，也不无贬词。纵观《初使泰西记》，志刚虽然对西方科技用心观察体会，但在他的身上，从未发生对知识本身的兴趣，相反，由于中国传统观念以及道德主义的干扰，他时时得出偏颇的结论。

1868 年 8 月 26 日（同治七年七月初九日），志刚在波士顿参观一个纺织厂。这是一个有男女工人两千余人的大厂，志刚推算，由于使用机器生产，提高了效率，一个工人能完成二十个工人的劳动，如此降低成本以后，产品运到中国，必然获致厚利。志刚对美国工厂的成就是如何反应的呢？有些令人意外。他既不是羡慕，也不是愤恨，而是从中国古典哲学的价值尺度，对美国人进行了批评："是由利心而生机心，由机心而作机器，由机器而作奇技淫巧之货，以炫好奇志淫之人。"[③] 在法国里昂，志刚听到发明自动织布机的法国工匠雅卡尔（Jacquard）的生平故事，感叹说："古人谓，日凿一窍，七日而混沌死。虽道家言，固不诬也。盖机心为道家所最忌，而造机器者恶乎知之？虽知而不已，谓机器成而享其利也。若无命，而家资之罄且不能偿，而利于何有？悲夫！"[④]"重义轻利"是儒家的传统观点，反对机械文明是道家的一贯哲学，以道德高尚与精神自由为准则，志刚对西方工业社会的逐利做了否定。显然，由于看不到普通人对更高物质生活的需要的合理性，志刚将其一概贬为"利心"和"机心"，这阻碍了他对西方近代物质文明的积极意义的认识。

---

① 志刚：《初使泰西记》，岳麓书社1985年版，第280页。
② 志刚：《初使泰西记》，岳麓书社1985年版，第288页。
③ 志刚：《初使泰西记》，岳麓书社1985年版，第290页。
④ 志刚：《初使泰西记》，岳麓书社1985年版，第368页。

志刚面对机械化所传达的观点，植根于同治时代中国绝大多数人对西方文明的共同观点，即认为西方重物质，轻精神。这方面的例子很多。在研究了火车隧道的修筑方法之后，志刚为西人叹息曰："乃以此心思才力，而止求形下之器也，惜哉！"① 游伦敦动物园，志刚看见了在中国从未见过的许多动物，如狮子、犀牛、长颈鹿（"支列胡"）、袋鼠（"袋兽"）、斑马（"花驴"）、食蚁兽（"蚁兽"）以及各种禽类、水生动物等，这些动物给他留下了深刻的印象。然而，在观察了这些从世界各地搜罗来的形形色色的动物以后，他做出结论说，这些动物中间，并没有中国的龙、麟、凤、龟等"四灵"，"（然则）所可得而见者，皆凡物也"② 。中国神话中龙的变幻莫测，以及"麟、凤必待圣人而出"的传说，给志刚以面对殊方异兽的自信力，但同时也干扰了他的理解力，使他对英国正在流行的动物学难以发生兴趣。由于认识不到西方科学具有真理性价值，志刚对眼前的科学事物，常常不当作科学，而是当作人生的教训。在彼得堡参观了一个陈设木乃伊的博物馆以后，志刚评论说，"若使死而速朽，何致为人发出暴露，供人玩赏哉？"③ 看了其中的连体婴儿等标本，志刚又猜测说，"盖由厥初不谨其容止，受胎未得其正，产难而死，因剐剔而出之，以示戒欤？"④ 从狭隘的功利主义出发，他将注意力集中在那些可能对中国有用的事物上面，对一些仅供娱乐的发明，以及暂时难以看出使用价值的东西，表示轻蔑。例如，在观看西方人的魔术幻灯之后，他虽然觉得匪夷所思，但认为是"奇技淫巧而无裨于国计民生"的东西，拒绝记录⑤ 。

把技术与科学分开来看，志刚容易理解的，是西方的技术，不能理解的，是西方的科学；而不论技术还是科学，从宏观上说，他都从中国传统思想出发，做了相当负面的评论。志刚对西方科学的接受如此困难，有否深刻的原因呢？长期以来，一直有观点认为，中国古代是没有自然科学的，而没有科学的原因，言人人殊，或者认为中国的文言文过于简练难以传达复杂的科学内容，或者认为中国人不长于抽象思维、不懂得归纳法，或者认为中国人懒于动手，喜欢凭

---

① 志刚：《初使泰西记》，岳麓书社1985年版，第363页。
② 志刚：《初使泰西记》，岳麓书社1985年版，第296页。
③ 志刚：《初使泰西记》，岳麓书社1985年版，第341页。
④ 志刚：《初使泰西记》，岳麓书社1985年版，第341页。
⑤ 志刚：《初使泰西记》，岳麓书社1985年版，第314页。

空推想。李约瑟通过长达半个世纪的研究，证明中国古代不仅有科学，而且在许多领域远比同时代欧洲先进；但他同时也认为，中国古代科学虽然先进，但以实验和数量化为标志的近代科学确实没有产生。这就产生出一个问题：近代科学何以只在欧洲文明中诞生，而没有在中国文明中成长起来呢？对这一"李约瑟难题"，李约瑟本人去世以前没有得出最后的、肯定的结论。从思想倾向上，他认为造成这一问题的原因，主要不在于中国人的语言、数理和逻辑能力，而在于中国的政治制度和经济结构[1]。据此，志刚对西方科学接受上的困难，或许与他"不科学"的思维习惯有关，而断非他的思维本性的必然结果。吴以义认为，志刚缺乏一个接受西方科学的合适的认识框架，因此他把所见到的各种科学现象析解变形，以使其与自己已有的知识框架相容[2]。无论如何，志刚作为清政府的官吏，自身既无科学研究的兴趣和特长，面对陌生的西方近代科学，从固有的思想框架出发，强行索解，是很自然的。

三、结语

志刚对西方科学的接受，所反映的主要不是知识本身的问题，而是接受者所属的社会的问题。志刚所处的时代，中国实际面临着两难的困境：一方面，面对西方的"船坚炮利"的威胁，为了不坐以待毙，必须学习西方的先进制器，以应对西方；另一方面，大张旗鼓地采纳"西学"，又势必影响到传统信仰的权威，造成中国在外国人面前尊严、地位乃至身份的丧失。在"西力东侵""西学东渐"的冲击下，许多中国人感到，既然难以抵挡西方的坚船利炮，就必须更加倾向传统，努力寻找自身内部的精神资源与之抗衡。因此"同治中兴"采取的策略，就是在"师夷之长技以制夷"（魏源语）的同时，实行文化的保守主义，更坚定地走向儒家道德和社会理想[3]。显然，这种充满功利主义的对西方的学习，处在民族利益与文化对立的夹缝中，很难学到西方文化的真谛。志刚的

---

[1] 刘钝、王扬宗：《中国科学与科学革命：李约瑟难题及其相关问题研究论著选》，辽宁教育出版社2002年版，第102页。

[2] 吴以义：《海客述奇：中国人眼中的维多利亚科学》，上海科学普及出版社2004年版，第31页。

[3] 参见芮玛丽：《同治中兴：中国保守主义的最后抵抗（1862—1874）》，房德邻译，中国社会科学出版社2002年版，第四章。

出发点虽然是学习西方，其学习的态度也是充满热忱、严肃认真的，但作为一个普通官吏，他的头脑中充满了不同意志和思想的冲突，他对西方科技的认知，不断受到民族主义和中国思想的干扰，所得到的结果，只能是肤浅的、充满错误的。

原载于《北方论丛》2008 年第 1 期

郭嵩焘使西日记中的西方形象及其意义

　　郭嵩焘是清廷向西方国家派出的首任驻外公使。从他 1877 年 1 月（光绪二年十二月）率团抵达英国伦敦，到 1879 年 1 月（光绪五年正月）离开伦敦取道东归，刚好两年。关于此次出使，郭嵩焘及副使刘锡鸿、翻译官张德彝各有日记，英人翻译官马格里有日记片段，参赞官黎庶昌则有札记[①]。诸家记述之中，郭嵩焘的使西日记文字最多，洋洋洒洒五六十万言。与同时代出国的人们比较，郭嵩焘对西方国家有更实质的接触，所知愈深，所见益远，提出的问题最多，引起的争议也最大。

　　传统上，对郭嵩焘使西日记的研究，由于近代化视角的影响，往往集中于他对西方科技、经济、政教等方面的记录，从中探求郭嵩焘思想中的近代化意识。笔者以为，郭嵩焘日记中的西方形象问题，值得特别注意。原因有三：首先，郭嵩焘笔下的西方形象在近代中国是破天荒的；其次，西方的正面形象，

---

①　郭嵩焘在使英途中，逐日记述见闻，间附国事议论，从上海始，迄伦敦止，汇成一册，发寄总署（总理衙门），总署将其题名《使西纪程》，刊刻印行。然此书问世不久，清廷即下诏毁版，禁其流传。20世纪80年代初，湖南人民出版社组织人力对湖南省图书馆收藏的郭嵩焘日记手稿进行整理，于1981年5月至1983年10月出版了《郭嵩焘日记》（四卷本）。《郭嵩焘日记》既包括作者使英途中所记（与《使西纪程》略有出入），也包括驻在期间所写的全部日记。1984年11月，湖南岳麓书社将郭嵩焘光绪二年至光绪五年的出使日记重新注释，题名《伦敦与巴黎日记》，作为"走向世界丛书"的一种出版发行。刘锡鸿的日记过去常见两个版本，王锡祺辑《小方壶斋舆地丛钞》本（1891年）题作《英轺日记》，江标辑《灵鹣阁丛书》本（1895年）题作《英轺私记》，后者为前者的摘编本。1981年湖南人民出版社收入"走向世界丛书"出版的刘锡鸿日记，以小方壶斋《英轺日记》为底本校点，仍题为《英轺私记》，并收入刘氏记述使德国情况的《日耳曼纪事》。张德彝的日记原题《四述奇》，最早由京师同文馆铅印刊行（1883年），后来《小方壶斋舆地丛钞》收入此书，将其分拆为《随使日记》《使英杂记》《使法杂记》《使俄日记》《使还日记》等5种。1986年岳麓书社将此书易题《随使英俄记》，与刘锡鸿《英轺私记》合刊出版。马格里的日记仅有数篇，记录赴英途中情况，参见Demetrius C. Boulger, *The Life of Sir Halliday Macartney, K.C.M.G., Commander of Li Hung Chang's Trained Force in the Taeping Rebellion, Founder of the First Chinese Arsenal, for Thirty Years Councillor and Secretary to the Chinese Legation in London*, London : John Lane, 1908, p.266. 黎庶昌的《西洋杂志》有遵义黎氏刊本（1900），1981年湖南人民出版社将其收入"走向世界丛书"排印出版。

为郭嵩焘衷心接受西方的先进科技和制度，提供了情感上、精神上的支持；再次，西方的正面形象，标志着郭嵩焘放弃了中国传统的国家理念，转而认同西方近代民族国家的价值理念，这种转变又引发出一些两难的问题，开启了郭嵩焘对中国国家道路和命运的先驱性探索。兹分别论述。

<h2 style="text-align:center">一</h2>

郭嵩焘使西日记中的西方形象，首先是西方人的形象。且看他赴英途中对船上白人的描写：

> 是日晚餐，坐间十余人，捶胡桃为戏。有以额触之而碎者，于是群引额撞之，或碎或不碎，而皆轰击有声。或横一指其上，引拳击之，立碎。或纳胡桃肘下，伸腕舒掌，一手拍掌上，立碎，见之咋舌。日间常十余人为投石超距之戏。一人曲腰立，其余诸人相距十余步，以次疾趋，按其腰，张两足一跃而过。继乃量地三尺，投石为记，不准纳足其中。渐增至五尺，则飞跃而过者两人而已，余皆纳一足石限内。已而六七人曲腰立，相距各五尺，十余人连跃而过，无一虚步。从容嬉笑，沛然有余。大率德国兵官也。其人白皙文雅，终日读书不辍。彼土人才，可畏哉！可畏哉！①

这种场面，在一般斯文的中国士大夫眼中，就算不是野蛮，也是无味。然而，在郭嵩焘眼中，却不是如此。他在西方人简单的游戏活动中，看到了他们的特殊品质，那就是身体强健，勇于竞争，善于学习，文武兼备。对这些品质，郭嵩焘激赏不已。这是一段关键性文字，它提示了郭嵩焘对西方某些重要文化质素的肯定，其中的意义在后来的日记中逐渐展开，愈来愈明确。

---

① 郭嵩焘：《使西纪程》，王锡祺辑《小方壶斋舆地丛钞》第十一帙，光绪十七年上海著易堂本，第13—14页。

　　西方人的强健给郭嵩焘留下了深刻印象，引起他对体质问题的注意①。但他更关注的是当时西方国家的各种冒险活动。早在赴英船上，在通过《泰晤士报》了解"滇案"②时，郭嵩焘就听翻译官爱尔兰人禧在明（Walter Hillier）介绍"英总兵勒尔斯探北极事"③，随即做了记录④。到英国以后，他又听马格里讲述英国人比赛泅渡英吉利海峡，败而不馁，终至成功的故事，以及一个美国人与一个爱尔兰人赌赛连续徒步三千里的故事⑤。这类比赛，中国人闻所未闻，也不会感到有什么意义，而郭嵩焘对西方"国人踊跃争胜，无所顾惜"的风俗⑥，则兴趣颇浓。据郭嵩焘日记，1877年9月至10月间，勒里卜利治地方一个叫格尔勒的人赌赛在1000个小时内走完1500英里路程⑦，此事在当地很轰动，人们纷纷下注赌彩，每日观者过万。郭嵩焘也关注此事，10月3日日记说，"见新报，格尔勒已行至一千四百英里，罢困不能支，然犹勉强起行。此邦人心，可云强狠矣"。⑧1878年3月，他听到又有一英国人泅渡直布罗陀海峡，因评论说，"（英人）争奇斗险，不畏艰阻而勇于自试，其心境岂可量哉！"⑨1878年6月12日，郭嵩焘在一次茶会上遇到北极探险家雷尔，听介绍说，数十年前英人法

① 光绪四年正月初一日，郭嵩焘第一次见到时为福建船政学堂留学生的严复，严氏同他谈起"西洋筋骨皆强，华人不能"，并举军事课中挖筑战壕为例说明，郭嵩焘感到"其言多可听者"（郭嵩焘：《伦敦与巴黎日记》，岳麓书社1984年版，第450页）。此后他参观德国克虏伯兵工厂子弟学校时，对学生的体操锻炼特别注意（同上，第642页），参观法国圣希尔军事学校时，对师生的军事训练也很留心（同上，第668页）。关于中国人人种问题（包括体质问题）的讨论，是20世纪初一个重要的社会话题，郭嵩焘和严复对这个问题的注意，应为最早。
② 1875年春，英国使馆译员马嘉理持清朝总理衙门所颁护照，前往云南，迎接取道缅甸来华的英国武装探路队，在腾越厅蛮允地方被当地人杀死，探路队被逐回。此即近代史上有名的"滇案"。事件发生后，英国驻华公使威妥玛借机生事讹诈，以撤使、断交、进兵云南相要挟，逼迫清政府满足广泛的侵略利益。除赔款、通商、税务各条，英方要求中国派"一二品实任大员"亲往英国道歉，这是郭嵩焘出使的直接原因。
③ 1875—1876年，英国航海家、海军军官奈热斯（George Strong Nares，1831—1915）率领两艘英国船警觉号（Alert）和发现号（Discovery）于北极探险。"勒尔斯"即此人。
④ 郭嵩焘：《使西纪程》，王锡祺辑《小方壶斋舆地丛钞》第十一帙，光绪十七年上海著易堂本，第4页。
⑤ 郭嵩焘：《伦敦与巴黎日记》，岳麓书社1984年版，第291—292页。马格里所言，乃英国人韦布船长（Captain Mathew Webb，1848—1883）1875年首次成功横渡英吉利海峡之事。此举招致多人仿效，但成功者甚少。日记中之"嘎非尔"，殆即众多仿效者之一。互相赌赛行走的两个人，分别是美国人"威斯登"（Edward Payson Weston）和爱尔兰人"窝里烈"（Daniel O'Leary）。
⑥ 郭嵩焘：《伦敦与巴黎日记》，岳麓书社1984年版，第292页。
⑦ 郭嵩焘笔下的"勒里卜利治"，即Lillie Bridge，在伦敦之西布朗普顿（West Brompton），当时许多运动项目都在那里进行；"格尔勒"，即William Gale，当时一位著名的徒步行走家。
⑧ 郭嵩焘：《伦敦与巴黎日记》，岳麓书社1984年版，第315—316页。
⑨ 郭嵩焘：《伦敦与巴黎日记》，岳麓书社1984年版，第513页。

兰克林"始寻北海"而失踪,其妻变卖家产请人寻找,雷尔冒死乘船出入冰海,终于找到法兰克林的遗骨和笔记[①],现在又有人将赴北极,以竟法兰克林之事业。郭嵩焘说:"西人立志之专,百挫不惩,遇事必一穷其底蕴。即北海冰雪之区,涂径日辟。天地之秘,亦有不能深闭固拒者矣。"[②]比较而言,郭嵩焘对非洲探险最为关心。1877年10月27日,郭嵩焘在日记中记录了一条消息:《纽约先驱报》与《伦敦每日电讯》派人深入中非进行考察,历时三年,现考察队已完成任务,回到纽约[③]。不久,他见到了英国前驻华公使、时任皇家地理学会会长阿礼国,从阿礼国处,他获知此次率队探险之人为斯丹雷,看到了斯丹雷的照片,以及此次探险之重要成果刚果河源图。他还颇有兴致地聆听了阿礼国讲述的非色尔里、立文斯登、斯丹雷的探险故事[④],在当日日记中做了生动的记录[⑤]。1878年2月7日,阿礼国邀请郭嵩焘出席地理学会集会,听取斯丹雷本人关于非洲探险的报告,郭嵩焘以"不能通洋语",请福建船政留学生监督李凤苞偕马格里代为赴会。第二天,李凤苞向郭嵩焘介绍了斯丹雷报告的情形,郭嵩焘援笔记之。一般来说,郭嵩焘日记很少故事性描写,而此日记述,则对斯丹雷非洲探险,绘声绘色,描摹备细[⑥]。从以上事例,郭嵩焘认识到,西方人的探险活动并非个别人的偶然行为,而是一种社会风尚。他说:"英人好奇务实,不避艰

① 郭嵩焘日记中的"雷尔",今译雷伊(John Rae, 1813—1893),"法兰克林",今译富兰克林(John Franklin, 1786—1847),均为英国19世纪探险家。1845年,富兰克林率探险队出海,寻找西北航道,然而此去之后,了无消息。数年以后,英国政府派出救援队伍多次寻找,富兰克林的妻子也先后派出船只到不同的地方搜索。雷伊是一次重要搜寻的负责人之一,他为解开富兰克林失踪之谜提供了重要线索,但最终找到富兰克林等人遗骸和航海日志,弄清富兰克林死因真相的,并非雷伊,而是麦克林托克(Francis Leopold McClintock, 1819—1907)。郭嵩焘之误,盖记忆混淆所致。
② 郭嵩焘:《伦敦与巴黎日记》,岳麓书社1984年版,第623页。
③ 郭嵩焘:《伦敦与巴黎日记》,岳麓书社1984年版,第339页。
④ 根据郭嵩焘日记,阿礼国当日提到的三个人为"非色尔里""立文斯登""斯丹雷"。"非色尔里"待考。"立文斯登",今译利文斯敦(David Livingstone, 1813—1873),"斯丹雷",今译斯坦利(Henry Morton Stanley, 1841—1904),皆为英国19世纪著名探险家。1866年,利文斯敦第三次深入非洲,此后连续数年,一直没有音信。1870年,《纽约先驱报》派记者斯坦利前往非洲腹地找寻利文斯敦,费尽周折,于1871年11月在坦噶尼喀湖畔找到了他。时利文斯敦已极为憔悴,但他拒绝同斯坦利一起回国,仍继续探险,直到两年以后于非洲去世。1872年,斯坦利出版《我怎样找到了利文斯敦》,风行一时。此日郭嵩焘从阿礼国口中听到的,正是斯坦利寻找利文斯敦的传奇故事。
⑤ 郭嵩焘:《伦敦与巴黎日记》,岳麓书社1984年版,第396—398页。
⑥ 郭嵩焘:《伦敦与巴黎日记》,岳麓书社1984年版,第456—459页。

苦，亦其风俗人心有以成之也。"[①] 他这里讲的只是英国，但实际上，英国不过是西方的一个突出代表而已。

在郭嵩焘眼中，西方人有许多优点，但他最欣赏的，还是他们的探索精神和喜欢冒险、挑战极限的性格。所谓探索精神，包含着参透自然奥秘、驾驭物理世界以获取幸福的信念，它可以追溯到西方文明的源头，古希腊神话中先知普罗米修斯教人类以天文、医药和占卜，指导人们使用马车、造船航海、地下勘探[②]，就是这种信念的形象的说明。至于冒险性格，则是探索精神在实践过程中的反映，《荷马史诗》里奥德修斯十年返乡过程中的种种历险，实际包含着古希腊人对世界的强烈的好奇心和占有欲。探索精神和冒险性格，既是西方文化的一般特质，又表现为近代社会人生观和价值观的一般取向。郭嵩焘日记有这样一段：

格里云："凡电气皆从煤力发出。煤者，太古以前自有生气。日光不知生自何时，然固自生也。煤之发光亦自生，故功与日并。英人讲求电学，日益求精，然其理终不能推求至尽处，亦如人力所至，终究有止境。要此一种电气，其用最广，直是取用日日生新。即如火轮车一事，比之马车加速三倍。人人趋事赴功，以一倍计之，则是生四十年便做得八十年事业，何利如之！"其言颇多可听者。[③]

格里不过是伦敦一家电器厂的工作人员，但从这个普通英国人口中，我们仿佛听到了浮士德的巨大声音：不断探索，不断创造，向大自然索取，向人生索取，积极向上，永不停息！史华兹说，西方文化的浮士德-普罗米修斯性

---

① 郭嵩焘：《伦敦与巴黎日记》，岳麓书社1984年版，第459页。
② 斯威布：《希腊的神话和传说》，人民文学出版社1958年版，第1—2页。
③ 郭嵩焘：《伦敦与巴黎日记》，岳麓书社1984年版，第331页。

格①，导致了西方的空前富强②。西方近代的快速发展，固然有经济和政治等许多原因，但西方人的文化性格实起了巨大的支撑作用。正是由于西方人的性格在近代发挥得如此充分，才使得西方文明超越其他文明，获得了优势地位。郭嵩焘在西方人身上所感受到的，正是这种浮士德 - 普罗米修斯性格，他的日记中所不自觉凸现的，也正是体现浮士德 - 普罗米修斯性格的西方人形象。

依学者通常所说，近代中国向西方学习的过程，分三个阶段，即器物层面之学习、制度层面之学习、精神层面之学习。应该说，郭嵩焘对西方器物文化、制度文化的学习，虽远出时代之上，但他对西方历史和人文知识的了解，还是很有限的。有一些例子可以说明这一点。到伦敦不久，他得出结论说，"此间富强之基，与其政教精实严密，斐然可观；而文章礼乐，不逮中华远甚"。③ 他最早知道莎士比亚与荷马，是在英国出版家卡克斯顿（William Caxton）纪念会上听到的④。他观看莎剧，说莎剧"专主装点情节，不尚炫耀"⑤，这是他对莎士比亚戏剧的唯一评论。在与西人谈话中，郭嵩焘知道了荷马史诗《伊里亚特》与维吉尔史诗《伊尼德》的大概内容，但他错把诗当作历史，以为"罗马原始，得两诗人纪载而始详"⑥。他的日记中多次出现诗人白朗宁的名字⑦，但对这位诗人本人从未表示过兴趣。比较而言，郭嵩焘感兴趣的是西方哲学，他从马格里、马建忠口中知道了一点西方哲学，但受自身知识结构的影响，他用中国儒学去解释西方哲学，又造成明显的误读⑧。钟叔河在郭嵩焘出使日记的序言中说，郭嵩焘

① 奥·施本格勒在《西方的没落》中曾反复讨论"浮士德文化"，对我们理解"浮士德精神""浮士德性格"很有帮助。但他将浮士德文化作为与欧洲古典文化、中国文化、印度文化相对照的东西，并非西方的普遍精神。实际上，以中国和东方文化眼光观察，浮士德文化的核心精神，古典文化同样具备，二者是相通的。史华兹所说的浮士德-普罗米修斯性格，将欧洲古代文化与近代文化统一起来，以示西方文化有别于其他文化的独特性，可从。

② 本杰明·史华兹：《寻求富强：严复与西方》，叶凤美译，江苏人民出版社1990年版，第162页。

③ 郭嵩焘：《伦敦与巴黎日记》，岳麓书社1984年版，第119页。

④ 郭嵩焘：《伦敦与巴黎日记》，岳麓书社1984年版，第275页。

⑤ 郭嵩焘：《伦敦与巴黎日记》，岳麓书社1984年版，第873页。

⑥ 郭嵩焘：《伦敦与巴黎日记》，岳麓书社1984年版，第869页。

⑦ 郭嵩焘：《伦敦与巴黎日记》，岳麓书社1984年版，第135、232、237页。

⑧ 如郭嵩焘日记云："马眉叔言希腊言性理者所宗主凡三。初言气化：曰水，曰火，曰气，曰空。至梭克拉谛斯乃一归之心，以为万变皆从心造也。后数百年而西萨罗乃言守心之法，犹吾儒之言存心养性也。近来英人马科里乃兼两家之说言之。英人始言性理者洛克，法人始言性理者戴嘎尔得，并泰西之儒宗也。"（郭嵩焘：《伦敦与巴黎日记》，岳麓书社1984年版，第850页）在郭嵩焘的意识中，西方哲学同于中国的"性理之学"，苏格拉底、西塞罗、贝克莱、笛卡尔也成了治"性理之学"的人物。

"对西方的历史文化进行系统考察和比较研究"①，王兴国在《郭嵩焘评传》中说，郭嵩焘"预见"了必须有一个从思想意识层面学习西方的阶段②，此种言论都揄扬过甚，不符合实际。实际上，郭嵩焘的确抓住了西方文化的根本精神，但这不是通过历史文化的学习，而是通过对西方社会现实的整体观察达到的。由活现眼前的西方人的作为和思想，郭嵩焘触到了西方近代文化精神的核心。

郭嵩焘日记中的西方人形象，是破天荒的，在同治时代和光绪初年，包括王韬《漫游随录》在内的所有海外记述，没有任何人塑造出这样的西方人形象，也没有任何人达到对其中所含的正面、积极的文化价值的认识。毫无疑问，如果郭嵩焘不是对西方人如此欣赏，他对西方文化的学习，就会有所保留；换句话说，西方的正面形象，为他接受西方的先进科技和制度，提供了情感上、精神上的支持。以笔者所见，这种情形，在同时代其他人身上，是没有的。

二

郭嵩焘日记中的西方人形象既如此，西方国家的形象又如何呢？《使西纪程》有一段专论西方列国，其文曰：

> 西洋以智力相胜，垂二千年。麦西、罗马、麦加迭为盛衰，而建国如故。近年英、法、俄、美、德诸大国角立称雄，创为万国公法，以信义相先，尤重邦交之谊。致情尽礼，质有其文，视春秋列国殆远胜之。而俄罗斯尽北漠之地，由兴安岭出黑龙江，悉括其东北地以达松花江，与日本相接。英吉利起极西，通地中海以收印度诸部，尽有南洋之利，而建藩部香港，设重兵驻之。比地度力，足称二霸。而环中国逼处以相窥伺，高掌远跖，鹰扬虎视，以日廓其富强之基，而绝不一逞兵纵暴，以掠夺为心。其构兵中国，犹展转据理争辨，持重而后发。此岂中国高谈阔论，虚骄以自张大时哉？③

第一次鸦片战争之初，英、法等国被视为蛮夷之邦，犬羊之性，反复无常，

---

① 钟叔河：《走向世界：近代中国知识分子考察西方的历史》，中华书局2000年版，第220页。
② 王兴国：《郭嵩焘评传》，南京大学出版社1998年版，第266页。
③ 郭嵩焘：《使西纪程》，王锡祺辑《小方壶斋舆地丛钞》第十一帙，光绪十七年上海著易堂本，第13页。

不可理喻。到第二次鸦片战争时，西方国家通过《天津条约》，明确规定京外各式公文并不得用"夷"字①，力争与中国平等，即所谓"洋夷之辨"。然而，直到光绪初年，在一般士大夫心中，西方列强仍然是缺少礼仪教化的蛮夷。但是，在《使西纪程》中，郭嵩焘却向国人描述了一个崭新的西方形象，既强大，又文明，这同样是破天荒的。"仁""义""理""智""信"为儒家的"五常"，是中国文化的道德根本，郭嵩焘把这些字眼用于西方国家，说西方也有同样的道德水平，于是引起国内士大夫的强烈不满，群言鼎沸，诟骂四起。

仔细分析《使西纪程》这段文字，其中确有许多问题。依郭嵩焘所言，西洋既"以智力相胜"，又何能"以信义相先"？既"重邦交之谊"，又何能"环中国逼处以相窥伺"？既"构兵中国"，"据理争辨，持重而后发"又有何意义？郭嵩焘用中国传统概念表述西方，造成逻辑混乱，论证不力，实际上没有讲清楚。而国内士大夫对郭嵩焘将西方与中国混为一谈，不能接受，在一定程度上，也并非全然没有道理。

那么，郭嵩焘究竟在说什么呢？实际上，《使西纪程》所表达的是他对西方近代民族国家的看法。比较而言，儒家文化持天下一家的观念，在处理民族与国家关系中，重"德"不重"力"，主张怀柔，反对征服，贬斥穷兵黩武。而西方近代民族国家的价值理念，则是在主权独立基础上，将其他国家和政治实体作为自己的竞争目标，尽可能壮大和扩张。将同治年间志刚的《初使泰西记》与《使西纪程》合观，可以看到郭嵩焘的思想较一般中国士大夫距离有多远。对志刚来说，西方国家以强弱相陵夺，勾心斗角，互相争霸，没有什么道德可言，而中国为了自存，被动应付，实出于无奈②。而对郭嵩焘来说，西方各国国力强大，称雄天下，是值得夸耀和肯定的；西方列强虽然咄咄逼人，但却是讲文明、有规范的，因此，积极面对新形势，以西方为样板，壮大自己，是中国应取的目标。从志刚到郭嵩焘，显示了中国接受西方近代民族国家的模式，并以之作为自己理想的思想轨迹。郭嵩焘《使西纪程》中的文字，虽然表述上有许多歧误，却抓住了近代民族国家的某些本质特征，以及处理国家间关系的文明游戏规则（《万国公法》）。在当时的历史条件下，他的这些思想是国内绝大多数人

① 褚德新、梁德主编：《中外约章汇要 1689—1949》，黑龙江人民出版社1991年版，第139页。
② 志刚：《初使泰西记》，岳麓书社1985年版，第377—378页。

难以理解的。

在郭嵩焘出使的年代，英国正值"维多利亚盛世"的巅峰，法、德、美、俄各国也都处在资本主义发展的黄金时代，无论内政外交，各项事业都蒸蒸日上。《使西纪程》中塑造的西方国家的形象，虽然激起国内的激烈反应，但在后来的日记中得到进一步的确认。从文学的眼光看，郭嵩焘出使日记中关于西方科技、军事、工商、政教、法律方面大量的学习和考察活动，实际上都在不断肯定、修饰、细化这一形象，以篇幅关系，兹不悉述。

如上所述，西方的正面形象，促使郭嵩焘放弃了中国传统的国家理念，转而认同西方近代民族国家的价值理念。但是，这将引发一些两难的问题，这些问题又与中国未来的道路和命运密切相关。

郭嵩焘对西方近代国家的认同，集中体现在他对西方殖民主义的态度上。有一个例子最能说明这一问题。船入红海时，马格里给郭嵩焘讲了一个故事："入红海三百五十四里，有岛曰毕尔林。法使有至亚丁者，言其国人寻得此岛，犹荒土也。方谋据其地开垦，亚丁以闻于孟买总督，驰檄所部将官，领兵十余，夤夜至其地树旗。逾两日，法使至，见英国旗帜，废然而返。"听了英、法两国攘夺海外殖民地的小插曲，郭嵩焘的反应如何呢？他说，"英人谋国之利，上下一心，宜其沛然以兴也"[1]，对胜利者很是称道。显然，在判断这件事的时候，郭嵩焘已经运用实利标准，而放弃了传统儒家的道德标准。近代西方的大规模殖民活动，既是西方人浮士德 - 普罗米修斯性格的反映，也是欧洲民族国家这一政治形式的必然结果。它带来了复杂的道德伦理问题：发达国家有理由对落后国家进行征服吗？有理由烧杀抢掠吗？或者换一种说法，有理由改造落后国家，使之"文明化"和"现代化"吗？郭嵩焘作为中国这个东方古国的代表，必然面对这样一些问题。郭嵩焘驻英时，正值俄土战争，英国议会针对英国是否介入此一战争，多次辩论。1878 年 1 月 18 日，郭嵩焘旁听了一次辩论，会上一位议员反对英国出兵帮助土耳其，理由是：

> 往册所载，国家有道，得以兼并无道之国，自古皆然。如英人兼并印度，

---

① 郭嵩焘：《使西纪程》，王锡祺辑《小方壶斋舆地丛钞》第十一帙，光绪十七年上海著易堂本，第7页。

人多言其过，吾意不然。印度无道，英人以道御之，而土地民人被其泽者多矣，此亦天地自然之理也。土国无政事，无教化，浊吏污俗，为害人民，无可久存之道。俄国于欧罗巴，政教风俗未能求胜诸国，而在亚细亚一洲高出各国之上，亦岂必保全一无道之土国乎？①

　　文明国家可以征服不文明国家，这是社会达尔文主义的观点，也是西方殖民主义者的霸权逻辑，但在郭嵩焘看来，似乎是很有道理的。郭嵩焘知道有达尔文②，但他并不了解达尔文的学说，更不知道社会达尔文主义将生物学的自然选择观念用于人类社会的见解。虽然如此，近代西方崛起以后造成的国家、地区间剧烈的生存竞争，鲜明地呈现在郭嵩焘眼前，这是他接受社会达尔文主义观点的现实基础。郭嵩焘日记中的一段话，可以证明他获得了社会达尔文主义的精髓，他写道："《书》曰：'兼弱攻昧，启乱侮亡。'无乱亡之征无由致侮，而非昧不足以召攻。强者糜烂，弱者兼之，此人事自然之理，无古今中外一也。"③这里，郭嵩焘准确地传达了人类社会也要服从"优胜劣汰""弱肉强食"的丛林法则。二十年之后，郭嵩焘所接受的社会达尔文主义思想，在严复所译《天演论》里得到了充分的阐发，成为中国知识社会相当普遍的信念。

　　根据社会达尔文主义的观点，文明程度同时也是正义尺度，文明发达国家对野蛮落后国家进行征服，是符合道义的。郭嵩焘日记中许多文字表明，对这

---

① 郭嵩焘：《伦敦与巴黎日记》，岳麓书社1984年版，第431页。

② 郭嵩焘光绪三年十二月二十四日日记云，"达韦始考求动物之学"，是"白名登人"。见郭嵩焘：《伦敦与巴黎日记》，岳麓书社1984年版，第443页；又见吴以义：《海客述奇：中国人眼中的维多利亚科学》，上海科学普及出版社2004年版，第38—39页。

③ 郭嵩焘：《伦敦与巴黎日记》，岳麓书社1984年版，第923页。

样的观点，他是认同的^①。依近代西方的标准，世界分为文明、半文明、野蛮三个不同等级，中国属于半文明国家。郭嵩焘虽然不情愿，还是接受了这个分类。郭嵩焘光绪四年二月初二日记云：

> 盖西洋言政教修明之国曰色维来意斯得（按：civilized），欧洲诸国皆名之。其余中国及土耳其及波斯，曰哈甫维来意斯得（按：half-civilized）。哈甫者，译言得半也；意谓一半有教化，一半无之。其名阿非利加诸回国曰巴尔比里安（按：barbarian），犹中国夷狄之称也，西洋谓之无教化。三代以前，独中国有教化耳，故有要服、荒服之名，一皆远之于中国而名曰夷狄。自汉以来，中国教化日益微灭；而政教风俗，欧洲各国乃独擅其盛。其视中国，亦犹三代盛时之视夷狄也。中国士大夫知此义者尚无其人，伤哉！^②

在巴黎，郭嵩焘与李凤苞、黎庶昌等参观荣军院，其中展示世界各地古今各种兵器，并持兵器士兵之塑像，"各以其时为军事装束，以表记之。而所塑（塑）阿非利加、亚墨利加所属土番及各海岛番人，凡四十余国，而赤体者居其中，文身雕题，及别为额具、唇具、穿鼻装齿，奇形诡状，无一不具。中国及日本、印度亦错杂其间"。中国被西方置于野蛮人之列，郭嵩焘只有"对之浩叹而已"。^③

由于将文明等同于道义，郭嵩焘往往将文明与落后的概念，用"有道"与"无道"代替，视"文明"为"有道"，将社会发达程度与道德正义性混而说之。

---

① 郭嵩焘对落后国家或地区沦为西方殖民地，在感情上颇矛盾。一方面，他感叹这些国家和地区的沦亡；另一方面，他未始不认为殖民化使当地文明水平得到提高。有两个例子可以说明这个问题。赴英途中，经锡兰岛（斯里兰卡）时，郭嵩焘听说此岛落入英人之手后，国王失势无权，贫困难支，将王宫卖给商人，不知何往。郭嵩焘感叹之余，说："西洋之开辟藩部，意在坐收其利。一切以智力经营，囊括席卷，而不必覆人之宗以灭其国，故无专以兵力取者，此实前古未有之局也。"（郭嵩焘：《使西纪程》，王锡祺辑《小方壶斋舆地丛钞》第十一帙，光绪十七年上海著易堂本，第5页）西方的征服，是一种文明形式的征服，与简单的武力制服，不可同日而语。后来，郭嵩焘又听拉各斯总督介绍说，英国将西非黄金海岸（今加纳）变成殖民地后，"抚定其地，因其本俗以治之，而稍变易其敝俗：如掠买黑奴有禁，擅杀人有禁"，"而其地各小国亦乐倚附英人，以免他国之侵暴。所以设官司尹其民，皆保生聚计耳"（郭嵩焘：《伦敦与巴黎日记》，岳麓书社1984年版，第482页），较被殖民以前，百姓各安其业，社会更加安定。

② 郭嵩焘：《伦敦与巴黎日记》，岳麓书社1984年版，第491页。

③ 郭嵩焘：《伦敦与巴黎日记》，岳麓书社1984年版，第568页。

他说："三代以前，皆以中国之有道制夷狄之无道。秦汉而后，专以强弱相制。中国强则兼并夷狄，夷狄强则侵陵中国，相与为无道而已。自西洋通商三十余年，乃似以其有道攻中国之无道，故可危矣。"① 既然"有道"之国可以兼并"无道"之国，而中国又属于"无道"，郭嵩焘只好认为，中国被西方征服似乎是合理的。他说："秦汉以后之中国，失其道久矣。天固旁皇审顾，求所以奠定之。苟得其道，则固天心之所属也。"②

郭嵩焘虽然看到了这个问题，但最终选择的是另一种出路，即学习西方，自立自强，在激烈竞争的国际环境中艰难图存。这从他对土耳其和日本的不同态度可以见出。他认为，土耳其虽然效法西方，但内政不修，问题丛生，在俄国进攻面前，节节失利，足为中国殷鉴③。反之，日本则是郭嵩焘心目中的楷模。他说："日本之考求西法，志坚气锐，二三十年后，其制造之精必可以方驾欧洲诸国。"④ 又说："日本大小取法泰西，月异而岁不同，泰西言者皆服其求进之勇。中国寝处积薪，自以为安，玩视邻封之日致富强，供其讪笑，吾所不敢知也。"⑤ 这些预言，皆为历史所验。从某种意义上说，这种立场同样符合社会达尔文主义。从理论上说，一旦将自然选择引入人类社会，会造成两种相反的效果，社会达尔文主义既可以为西方先进国家的殖民征服提供口实，也可以为落后国家和人民所利用，表现为一种自强和斗争的理论。郭嵩焘不了解社会达尔文理论本身，他的选择，与其说来自社会达尔文主义的思路，不如说来自他的民族和国家立场。他对社会达尔文主义的接受方式，预示了后来严复所持的策略⑥。

---

① 郭嵩焘：《伦敦与巴黎日记》，岳麓书社1984年版，第626—627页。
② 郭嵩焘：《伦敦与巴黎日记》，岳麓书社1984年版，第961页。
③ 郭嵩焘：《伦敦与巴黎日记》，岳麓书社1984年版，第119、146、362、423页。
④ 郭嵩焘：《伦敦与巴黎日记》，岳麓书社1984年版，第400页。
⑤ 郭嵩焘：《伦敦与巴黎日记》，岳麓书社1984年版，第909页。
⑥ 严复译著《天演论》，反对赫胥黎的伦理主义，赞成斯宾塞的社会达尔文主义，尤其赞成斯宾塞把自由竞争看作对弱者的激发，肯定弱者在自然选择中奋斗的观点。

三、结语

郭嵩焘出使日记记录了他对中西文明重大问题的思考轨迹，在中国近代史上，具有独特价值，值得深入研究。这些文字表明，郭嵩焘考虑之深入，想法之大胆，非国内士大夫可以想见。然而在当时，这只是他个人的精神隐秘，既不成熟，也不能公诸于世。从郭嵩焘出使日记之一例，可见使西日记有时会有某种强烈的私人性，并因此而更具文献价值。

近代史上的两次鸦片战争，给中国的仁人志士带来了一个压倒一切的主题，就是民族主义。冯桂芬在《校邠庐抗议》中说："有天地开辟以来未有之奇愤，凡有心知气血，莫不冲冠发上指者，则今日之以广运万里、地球中第一大国而受制于小夷也。"[①] 近代中国人对西方的千愁万恨，基于此；不论洋务派还是清议派、改良派还是革命派，其对西方投注关心，念兹在兹者，也基于此。郭嵩焘对西方人的浮士德-普罗米修斯性格的欣赏，对西方国家形象的认同，实潜藏着强烈的民族主义动机。如果说，当时一般士大夫的民族主义，表现为对西方的切齿深恨，郭嵩焘的民族主义，则表现为与西方比肩竞争的愿望。比较而言，郭嵩焘"通洋务"以应外患的目标，摆脱了非理性，包含了更多的理性。出于这种理性，他在日记中对国内士大夫的虚骄无知、盲目自大、麻木昏昧的状态，经常痛加诋斥。然而由于民族主义因素的作用，郭嵩焘对西方文化的认同，不完全出于对西方文化本身的认识，而更受到了实用主义和功利主义的左右。他在回国后曾说，对洋人，"但幸多得一二人通知其情伪，谙习其利病，即多一应变之术"[②]，又说，"西洋之入中国，诚为天地一大变；其气机甚远，得其道而顺用之，亦足为中国之利"[③]。郭嵩焘之实用主义最重要的表现，就是认同西方近

---

① 冯桂芬：《校邠庐抗议》，上海书店出版社2002年版，第48页。
② 郭嵩焘：《养知书屋文集》卷三，沈云龙主编《近代中国史料丛刊》第16辑第152号，文海出版社影印本，第19页。
③ 郭嵩焘：《养知书屋文集》卷十二，沈云龙主编《近代中国史料丛刊》第16辑第152号，文海出版社影印本，第20页。

代民族国家的价值理念，放弃儒家传统的道德主义，选择国家功利主义①。事实证明，这一选择也将是历史的选择。伴随着近代中国民族主义的滋长，民族国家的意识将不断得到确认，最终成为共识。在这一问题上，郭嵩焘又一次成了先觉者。

原载于《社会科学战线》2009 年第 1 期

---

① 有一个例子最好地说明了郭嵩焘的思想动态。在返国的船上，江南制造局翻译傅兰雅向郭嵩焘介绍英国海外殖民的方略，大抵教士先行，继之以商人，设立口岸，积久之后，争端必起，国家以兵助之，乃至削地黜君，将其变成本国属地。对此，郭嵩焘日记中评论说："教师（传教士）传教而与国事相因，亦使狂榛顽犷之习，一变而为富庶。中国章句之儒，相习为虚骄无实之言，醉梦狂呼，顽然自圣。……教师化异己而使之同，中国士大夫议论则拒求同于己者而激之使异，其本源已自殊绝，宜其足以病国也。"（郭嵩焘：《伦敦与巴黎日记》，岳麓书社1984年版，第930页）郭嵩焘本人并不赞成基督教，但他对传教士本身并无愤慨，反而把传教士的殖民先锋作用看成一种功绩，以与中国"章句之儒"的无能相对比。

郭嵩焘与西方文学

——中国人为活动主体的近代中西文学关系（1840—1898）考论

以 1897 年严复与夏曾佑在天津《国闻报》发表《本馆附印说部缘起》和 1898 年林纾翻译《巴黎茶花女遗事》为标志，中国人开始自发地大规模引进西方文学。在此之前，溯及晚明，无论向西方译介中国文学，抑或向中国输入西方文学，主导者都是西方传教士或驻华外交官。最近三十年，学术界对西方传教士利用西方文学传教，或干脆撰著汉文小说，有非常丰富的研究，台湾学者李奭学、美国学者韩南（Patrick Hanan）、大陆学者钱林森、宋莉华皆可为代表。反之，以中国人为活动主体的研究，则相当稀少。这里必须谈到钱锺书先生。钱锺书 1948 年以英文发表、1982 年以汉语改定的《汉译第一首英语诗〈人生颂〉及有关二三事》（以下简称《二三事》）长文 [1]，广泛论及 1840—1898 年间晚清士人与西方文学的接触，是研究近代中西文学关系的力作，影响巨大。钱文认为，晚清出使西方的外交官对西方社会的方方面面无不热心记录，"只有西洋文学——作家和作品、新闻或掌故——似乎未能引起他们的飘瞥的注意和淡漠的兴趣"，即使偶尔提到西方文学，也是出于他故，或充满误解 [2]。在钱文发表之后数十年间，这一领域罕有人深涉。笔者以为原因主要有三：第一，钱锺书于近代文献闻见淹博，他所研究的问题虽然远未穷尽，但基于对钱氏学问的崇信，后人每于此止步，而倾向于接受他所做出的结论；第二，从文献角度说，一般相信，1840—1898 年间，中国人对西方文学的接触，事实不多，资料寡少，挖掘不易，慑于问题的难度与时间精力的代价，研究自然较少；第三，在 1898 年

---

[1] Ch'ien Chungshu, "An Early Chinese Version of Longfellow's Psalm of Life"，收入杨绛编：《钱锺书英文文集》，外语教学与研究出版社2005年版；钱锺书：《汉译第一首英语诗〈人生颂〉及有关二三事》，《外国文学》1982年第1期。此文后来又经作者改定，收入《七缀集》，上海古籍出版社1985年版。

[2] 钱锺书：《七缀集》，上海古籍出版社1994年版，第156—158页。

之前，国人对西方文学即使有接触，也不具有"启蒙"的思想性和政治性意义，在学者的眼中，价值也就有限。

　　这里，笔者不拟讨论"价值"的问题，而更乐于专注文学史的事实。现在，随着可利用文献的增多，把中国人作为主体，对近代中西文学关系重新考察，再做结论，是有条件的。实际上，钱锺书关于晚清外交官对西方文学不感兴趣的判断，在很多人身上都不能成立。长期担任驻德、法使馆翻译和参赞的陈季同不用说了，在法文著作中，他经常对巴尔扎克等作家旁征博引[①]；善于做英文演说的驻英公使罗丰禄对英国文学的掌握丝毫不差，有英国人评论说，罗丰禄比一般英国人更熟悉英国文学，"他能在斯特拉福发表莎士比亚风格的演讲，在爱丁堡引用彭斯，在每一个有文学协会的城市都说当景的话……"[②]；从同文馆学生渐次晋升为驻英公使的张德彝在日记里记录了大量西方戏剧的内容，其接触愈多，鉴赏能力愈强，远远超出了"热闹热闹眼睛"（钱锺书引《儿女英雄传》语）的程度[③]。这是几个显例，除此之外，驻德公使李凤苞、驻英公使曾纪泽、驻美公使张荫桓、赴俄专使王之春、出使九国大臣戴鸿慈、驻美公使伍廷芳等，都曾对西方戏剧或文学做过一些记录[④]。凭这些事例，我们很难斩截地说，踏上西方土地的这些中国人对西方文学不感兴趣。

　　关于晚清外交官对西方文学的态度，郭嵩焘值得特别注意。与陈季同、罗丰禄、张德彝以及李凤苞、曾纪泽不同，郭嵩焘不懂外语，接触和理解西方文学的条件最差。钱文里说，李凤苞在出使日记中提到过歌德，"当时中国驻西洋外交官著作详述所在国的大诗人，这是惟一次；像郭嵩焘、曾纪泽、薛福成的书里都只字没讲起莎士比亚"[⑤]。孙柏曾指出，曾纪泽出使日记出版过《使西日记》《曾候日记》等几个本子，均有删节，而全本日记中有数次观看莎剧的记

①　李华川：《晚清一个外交官的文化历程》，北京大学出版社2004年版，第48页。
②　"London and Other Notes", *The Derby Mercury*, January 17, 1900.
③　参见尹德翔：《东海西海之间——晚晴使西日记中的文化观察、认证与选择》，北京大学出版社2009年版，第六章第三节。
④　尹德翔：《晚清使臣与西方文学——对钱锺书先生一个学术观点的修正》，《跨文化对话》（第29辑），江苏人民出版社2012年版。
⑤　钱锺书：《七缀集》，上海古籍出版社1994年版，第156页。

载，钱锺书未及见①。关于郭嵩焘，钱锺书后来在《七缀集》为此断语做了补注，表示他在钟叔河手中见到了郭嵩焘日记未刊手稿，记载光绪三年七月初三日郭嵩焘在卡克斯顿纪念会（Caxton Celebration）上，获知莎士比亚其人。但钱氏并未深究此事，而是补充说："光绪三年正月初九日，他到英国还不满一月，已下了结论：'此间富强之基与其政教精实严密，斐然可观，而文章礼乐不逮中华远甚。'"②显然在回护自己"不感兴趣"的基本观点。刚到英国的郭嵩焘的想法，固不能取代充分接触和考察英法以后的郭嵩焘的想法，但问题主要不在这里。笔者关心的是，除了这个例子，郭嵩焘对西方文学有没有别的接触？如果有，他的反应是怎样的？

解决这些问题，需要耐下心来，做一些文本细读和考索的工作。对郭嵩焘来说，比之于科学实验、工商政教，文学缺乏直观性，是不易了解的，因此他日记中关于西方文学的记载着实不多。但这不意味着郭嵩焘对西方文学采取鄙薄的态度。他的初衷还是关注和学习。从他日记中的蛛丝马迹来分析，完全能证实这样一种态度。

一、郭嵩焘与荷马

荷马史诗最初在什么时候、以何途径传入中国，已不可考。杨宪益民国时写过两篇有趣的短文，《板桥三娘子》和《唐代新罗长人故事》，从唐人笔记中居然找到《奥德赛》中的情节③。当然这只是推断。李奭学在《中国晚明与欧洲文学》中，检出荷马被耶稣会士写入汉文著作的线索④。1837年（道光十七年），德国传教士郭实猎（Karl Friedrich August Gützlaff, 1803—1851）主编的中文杂志《东西洋考每月统记传》刊出一篇题为《诗》的短文，提及欧罗巴"诸诗之魁，为希腊国和马之诗词，并大英米里屯之诗"。⑤这里的"和马"即"荷马"，"米里

---

① 孙柏：《文学建制和作为问题的剧场——从晚清使臣西方观剧笔记的认识框架论戏剧研究的重新语境化》，《文艺研究》2020年第4期。
② 钱锺书：《七缀集》，上海古籍出版社1994年版，第166页。
③ 杨宪益：《零墨新笺》，中华书局1947年版，第49—52页，第59—60页。
④ 李奭学：《中国晚明与欧洲文学——明末耶稣会古典型证道故事考诠》（修订版），生活·读书·新知三联书店2010年版，第242页。
⑤ 爱汉者等编：《东西洋考每月统记传》，黄时鉴整理，中华书局1997年版，第195页。

屯"即"弥尔顿"。1844 年（道光二十四年），梁廷枏在所著《海国四说》中，根据《东西洋考每月统记传》文字，称"穆王时，希腊国人马和（和马）所作之推论列国诗，及国朝顺治间英吉利国人米里屯所作之论始祖驻乐园事诗，并推为诗中之冠"①。这可能是中国人最早提到荷马。魏源据传教士《外国史略》② 一书，在《海国图志》"希腊国"部分说，"商太丁二年，结群相斗，围古城陷之，其国诗人能述其事" ③，指的自然是荷马歌咏的特洛伊战争，但未提荷马之名。

郭嵩焘最早获知荷马，是在 1877 年伦敦卡克斯顿纪念会上，日记中说："闻其最著名者，一为舍色斯毕尔，为英国二百年前善谱出者，与希腊诗人何满得齐名。（何满得所著诗二种，一曰谛雅得，一曰阿锡得。）" ④ "舍色斯毕尔"即莎士比亚，后文详叙，而"何满得"则是荷马无疑。至于"何满得"的两种诗，"谛雅得"当为《伊利亚特》(*The Iliad*)，而"阿锡得"必是《奥德赛》(*The Odyssey*)。玩味日记，郭嵩焘对荷马的诗人地位和名声，显然是接受的，记其作品，是做一解释，也是为了备忘。从"何满得"与 Homer、"谛雅得"与 Iliad、"阿锡得"与 Odyssey 发音之不甚相符，可知郭嵩焘是听来的 ⑤，其中有一种勉力的痕迹。

1877 年 11 月 25 日（光绪三年十月二十一日），郭嵩焘日记中忽然出现了一段希腊哲学家第欧根尼（即下文之"谛窝奢尔斯"，Diogenes）的故事：

> 希腊数百年前有名谛窝奢尔斯者，隐居一岩穴中，敝衣草履，负暄以为温。

---

① 梁廷枏：《海国四说》，中华书局1993年版，第6页，标点有改动。此段文字中，"马和"应为"和马"，为原书之误；"推论列国诗""论始祖驻乐园事诗"，标点本用书名号，不当。

② 据邹振环推断，本书为英国传教士马礼逊（Robert Morrison）、马儒翰（John Robert Morrison）、马理生（Martin C. Morrison）父子三人合著。见邹振环：《〈外国史略〉及其作者问题新探》，《中山大学学报（社会科学版）》2008年第5期。

③ 魏源：《海国图志》（中），岳麓书社1998年版，第1367页。

④ 郭嵩焘：《伦敦与巴黎日记》，岳麓书社1984年版，第275页。

⑤ 钱锺书认为，郭嵩焘误听"荷马"有"得"音，"培根"（毕尔更）有"尔"音，见钱锺书：《七缀集》，上海古籍出版社1994年版，第166页。准此，《伊利亚特》和《奥德赛》记音也有偏差（或"阿锡得"为"阿得锡"的笔误）。胡译之在《荷马的13个中文名字》一文中说："'河满'无疑来自Homer，'何满得'则来自Homerids，后者一般翻译为'荷马氏族'、'荷马门徒'或'荷马的子孙'。在西方，《荷马史诗》的成书过程存在较大的争议，郭嵩焘称Homerids乃史诗作者，亦不排除他关注过荷马身份的争议，知道《荷马史诗》'非一人手笔'的可能。"（《文汇报》2017年11月17日）衡之郭氏后来日记对荷马的记录，他不可能知道"Homerids"这个概念，也不可能关注过荷马身份的争议，胡文求之过曲，不可从。

希腊主闻其名，就见之，问曰："先生穷若此，吾能为之援。"谛窝奢尔斯以手挥之曰："若无当吾前，隔断太阳光，使不得照我。我但求若早去，不望若援也。"其居止惟以一灯自随，出则提以行。人问白昼以灯行何说？曰："吾遍求一好人不可得，故引灯以求之耳。"希腊文学盛于西土，如诗人河满及谛窝奢尔斯，皆有高世之行，而安贫乐道，遗弃一世，有类古高士之所为。西洋人无此一种风骨。亦略见希腊文教盛时，与中土高人逸士相颉颃也。[①]

　　犬儒哲学家第欧根尼与亚历山大大帝之间的轶事，在西方流传甚广，明末意大利传教士高一志（Alfonso Vagnone，1568—1640）汉译之《励学古言》，即变其形貌讲过这一故事[②]。郭嵩焘未提这一故事的来源，盖是从外人处听来。核其记，除原故事中的"木桶"变为"岩穴"而外，内容颇为精准，讲述也委曲动听，足见其博闻强记的本领。可注意者有二：一，郭嵩焘在故事中将第欧根尼与荷马并提，作为"希腊文学"的例证，表明他心目中的"文学"取的是中国古意，如孔门四科之"文学"，并非西方近代学术分科的概念。二，郭嵩焘在评论第欧根尼时，援荷马以为证，说明荷马已属于他的固有知识。但其中有一个问题。第欧根尼是有事迹流传的，例如，活跃于公元三世纪的罗马作家拉尔修（Diogenes Laertius）的《名哲传》就有对第欧根尼的长篇叙述[③]。而荷马则没有什么事迹流传，其真实情况仍在雾中。既然如此，也就谈不上"高世之行"。从两部荷马史诗内容观之，英雄们往往"好勇""好货""好色"，正是犬儒主义简朴生活观的反面。因此，这段文字把荷马与第欧根尼并提，赞为"有风骨"，实为想当然。之所以如此，笔者以为，是因为郭嵩焘内心预先接受了荷马，不自觉地把他视为与中国先贤一样有美德的"高人"。

　　1879 年 1 月 16 日（光绪四年十二月廿四日），郭嵩焘得到一位伦敦女学者倭里巴尔的赠书，"其书盖论教旨，与希腊罗马古教异同，亦泰西讲学之书也"[④]。郭嵩焘特地转述了关于希腊诗人荷马与罗马诗人维吉尔的部分：

① 郭嵩焘：《伦敦与巴黎日记》，岳麓书社1984年版，第373—374页。
② 李奭学：《中国晚明与欧洲文学——明末耶稣会古典型证道故事考诠》（修订版），生活·读书·新知三联书店2010年版，第166页。
③ Diogenes Laertius, *Lives of the Eminent Philosophers*, New York: Oxford University Press, 2018, pp. 269—297.
④ 郭嵩焘：《伦敦与巴黎日记》，岳麓书社1984年版，第869页。倭里巴尔其人待考。

泰西诗人以希腊何满为最，罗马费尔颉尔次之。两人各著书言罗马原始。何满书曰《伊里亚特》，纪伊里恩王掠得邻国一公主，美艳绝伦，公主拒不从。希腊因兴问罪之师，围攻伊里恩，经年始克之。盖纪事诗也。其时泰西尚无记载，以何满诗详其事，泰西相与传诵，遂据以为史录。其后费尔颉尔著书曰《意拟亚斯》，则叙希腊攻克伊里恩，其国人名意拟亚斯者，负其父安开色斯以逃至西舍里，又转至罗马。其后生二子，一曰洛莫勒斯，一曰里麦里（斯）。洛莫勒斯始开罗马城。罗马原始，得两诗人记载而始详。①

本处所记，"何满"今译荷马（Homer），"费尔颉尔"今译维吉尔（Virgil），"意拟亚斯"今译伊尼亚斯（Aeneas），"安开色斯"今译"安喀塞斯"（Anchises），"洛莫勒斯"今译罗慕洛斯（Romulus），"里麦斯"今译雷莫斯（Remus），这些译音与英译皆吻合。用"伊里恩"，即伊里昂（Ilium），指称特洛伊（Troy），本是史诗自身的用法。从罗马建国的角度交代两部史诗的内容与关系，也很清楚。本处所述惟一有出入者，特洛伊王子帕里斯访问希腊之斯巴达时，诱拐斯巴达国王墨涅拉俄斯之王后海伦与之偕奔，不能说是抢夺，亦无不从之事。另外，两部史诗本是传说，而被后世视作信史，郭嵩焘不能辨，是情理之中的。笔者要强调的是，倭里巴尔的书内容必然很多，而郭嵩焘从中特挑出两部史诗叙述，十足表明了他对了解西方文学的热心。

1879年1月31日（光绪五年正月初十日），郭嵩焘离开伦敦，结束在英国的使命。在法国办理交接后，去巴黎，取道瑞士、意大利，入意大利后，郭嵩焘见到"色萨尔纪功塔"（凯撒纪念碑），发议论说：

罗马征服诸国，多出色萨尔之功，在耶苏前三十年。生平出师，以希腊诗人何满诗自随。后拿破仑第一仿之，兼携色萨尔《行师笔记》一部。泰西人言色萨尔《行军（师）笔记》，及拿破仑第一笔记，多纪用兵方略，皆名著也。②

凯撒行军时是否带着荷马史诗，笔者在《凯撒战记》（含《高卢战记》等五

① 郭嵩焘：《伦敦与巴黎日记》，岳麓书社1984年版，第869页。
② 郭嵩焘：《伦敦与巴黎日记》，岳麓书社1984年版，第895页。

种）和普鲁塔克、苏维托尼乌斯、阿庇安的史传著作中没有查到佐证。据普鲁塔克的《希腊罗马名人传》，亚历山大大帝倒有把亚里士多德校订过的《伊利亚特》和自己的短剑一起放在枕头下面的轶事①。罗森在《罗马史》里说，"亚历山大因想到荷马的阿喀琉斯而夜不能寐，恺撒却在无眠时默念拉丁名词和动词的变化"②，或者郭嵩焘把亚历山大的故事误置在凯撒身上。笔者这里只想强调，郭嵩焘提及这一轶事，说明他对荷马比较敏感，且注意到荷马史诗具有军事文学的意义。

1879年2月11日（光绪五年正月二十一日），郭嵩焘从意大利那不勒斯起行回华。舟行途中，盖暇豫，郭嵩焘读了不少书，其中一本是美国传教士高第丕（Tarleton Perry Crawford，1821—1902）③的《古国鉴略》。这本书是用汉语官话（白话）写的，概述了犹太、巴比伦、亚述、埃及、希腊、罗马、印度和中国共八个古国的历史。郭嵩焘用文言摘录了前七个国家的简史，另外还记了一些宗教和文化的内容，其中有一段是关于古希腊文学：

> 希腊言性理及诗，尤多著名者。耶苏前一千四百余年，有奥非吴、木西吴、希西吴诸诗人，著作尚存。奥非吴有一诗论地动，其时已有此论。耶苏前九百零七年有胡麦卢（至今西人皆称曰河满），有二诗，一曰《以利亚地》，论特罗亚窃示八打王后相攻战事；一曰《胡底什》，论玉立什攻特罗亚回，迷路二十年所历诸险异事。④

核原书索引，"奥非吴"即俄尔甫斯（Orpheus，一译欧非厄士），在希腊神话中是作诗的鼻祖，"木西吴"即缪塞俄斯（Musaeus），是俄尔甫斯的弟子。高第丕原文说，"在耶稣前一千四百二十六年，有奥非吴和木西吴，奥非吴写的诗有二十八篇，论敬神、守礼、敦伦的道理，内中有一篇论金羊毛的事情，有一篇论宝玉的灵异，有一篇论地动。他的诗变化了百姓的粗暴，所以有过实的

---

① 普鲁塔克：《希腊罗马名人传》（二），席代岳译，吉林出版集团有限公司2009年版，第1202页。
② 蒙森：《罗马史》（第五卷），李稼年译，商务印书馆2014年版，第389页。
③ 高第丕是美国南浸会传道士，1852年来华，曾在上海和山东登州等地传教。郭嵩焘以为他是"英人"，误。
④ 郭嵩焘：《伦敦与巴黎日记》，岳麓书社1984年版，第946页。

古话说他一弹琵琶禽兽都来飞舞，石头树叶子也都跳动。也说他作乐感动了地狱的神，放他的亡妻还阳"[1]。俄尔甫斯是神话人物而非历史人物，高第丕言之凿凿给出此人的年代，知识来源显然不可靠。另外，高第丕说"希西吴"（即赫西俄德，Hesiod）"在耶稣前一千二百八十年"，"胡麦卢"（即荷马，Homer）"在耶稣前九百零七年"[2]，舛错更甚，不待多辩。故郭嵩焘日记中的年代错乱，主要源于高第丕。高第丕言俄尔甫斯的诗有 28 篇，笔者查阅米德（G. R. S. Mead）的专著，归于俄尔甫斯名下的诗歌共 37 篇，其中第 3 篇《阿耳戈英雄》述阿耳戈英雄盗取金羊毛事迹，第 23 篇《论玉石》主题为雕刻玉石做护身符，第 29 篇《论地震》主题为地震[3]，与高第丕举的三个例子相符。从郭嵩焘日记中，可看出他有一定的选择性：如关于俄尔甫斯的介绍，略去了神话成分；三首诗只取了地震诗，这和他的科学兴趣有关。可惜的是，原文介绍的赫西俄德的《工作与时日》《神谱》和《列女传》，郭嵩焘都没有摘录，对这位希腊历史上第一个历史人物和大诗人，径直忽略了。

再说荷马。《古国鉴略》云："耶稣前九百零七年有胡麦卢，他写了许多诗，内中有一本论特罗亚的战事，共二十四篇，名《以利亚地》。有一本论玉立十从特罗亚得胜回来，迷路在外二十年，走过许多危险异地的事情，共二十四篇，名《胡底十》。这两本诗囫囵传下来，作了西方诸国作诗的样式，到于今没有诗赶得上他。"[4]《以利亚地》当然就是《伊利亚特》（Iliad），《胡底十》就是《奥德赛》（Odyssey），"特罗亚"就是特洛伊（Troy），"玉立十"就是尤利西斯（Ulysses），也即奥德修斯（Odysseus），这些音译，均为《古国鉴略》自造。比较原文，郭嵩焘日记抄录了大概，并做了一点增删。原文"论特罗亚的战事"，为了说得更清楚，改作"特罗亚窃示八打（斯巴达，Sparta）王后相攻战事"。这是郭嵩焘已然了解的情节，但直接取于《古国鉴略》的"希腊国鉴略"章的历史部分[5]。另外，他对"胡底十"和"玉立十"的用字不满意，改为"胡底什"和"玉立什"，对"胡麦卢"译音不满意，特地标注"至今西人皆称曰河满"。这说

---

[1]　高第丕：《古国鉴略》，同治十二年本，第39页。

[2]　高第丕：《古国鉴略》，同治十二年本，第39页。

[3]　G. R. S. Mead, *Orpheus*, London: Theosophical Publishing Society, 1896, pp.39-46.

[4]　高第丕：《古国鉴略》，同治十二年本，第39—40页。

[5]　高第丕：《古国鉴略》，同治十二年本，第36—37页。

明郭嵩焘已不是简单抄录，而能做一点甄别了。这是郭嵩焘日记中第五次涉及荷马。

从以上材料可知，从一开始，郭嵩焘就接受了西方人给荷马的大诗人定位，因之发生了兴趣。虽然他对荷马及荷马史诗只是粗知，但一有机会，就会作笔录。这种兴趣，尤表现在他对高第丕《古国鉴略》的希腊文学部分的抄录。这与他对《圣经》的态度相反。他曾从英国人手中获赠一部《新约》，但"每读不能终篇"，直到回国海程途中，才奉读一过 [①]。从接受角度看，郭嵩焘把荷马与第欧根尼并提，认为他们和中国古代的高人逸士接近，这一细节表明，他在接受西方文学的同时，也在下意识地寻找古希腊文化与中国传统文化的共通点。

二、郭嵩焘与莎士比亚

1839 年（道光十九年），林则徐组织编译《四洲志》，书中说，"有沙士比阿、弥尔顿、士达萨、特弥顿四人工诗文，富著述" [②]，这是莎士比亚首次进入中国读者的视野。这几个诗人的信息，为魏源《海国图志》、姚莹《康輶纪行》转录 [③]，流传益广。作为首任驻英公使，郭嵩焘对《四洲志》与《海国图志》中对英国的记述，应能注意，然而他亲知莎士比亚，是在 1877 年 8 月 11 日（光绪三年七月初三日）英国出版家卡克斯顿（William Caxton, 1422—1491）纪念会上：

闻其最著名者，一为舍色斯毕尔，为英国二百年前善谱出者，与希腊诗人何满得齐名。……其时有买田契一纸，舍色斯毕尔签名其上，亦装饰悬挂之。其所谱出一帙，以赶此会刻印五百本。一名毕尔更，亦二百年前人，与舍色斯毕尔同时。英国讲求实学自毕尔更始。[④]

"舍色斯毕尔"即莎士比亚（Shakespeare），"毕尔庚"即培根（Bacon），"何

① 郭嵩焘：《伦敦与巴黎日记》，岳麓书社1984年版，第912页。
② 林则徐：《四洲志》，华夏出版社2002年版，第117页。标点有改动。
③ 魏源：《海国图志》（中），岳麓书社1998年版，第1383页；刘建丽：《康輶纪行校笺》（下），上海古籍出版社2017年版，第521页。
④ 郭嵩焘：《伦敦与巴黎日记》，岳麓书社1984年版，第275页。

满得"（Homer）前文已论。卡克斯顿是英国印刷之父，也是古腾堡发明金属活字印刷术后第一个在英国使用此种技术印制图书的人。根据《1877 年卡克斯顿纪念会展品名录》（以下简称《名录》），此次纪念会展品分 14 类，从 A 到 O，共计 4374 件。其中 D 类主要是善本书，在此项下有四件莎士比亚相关展品：1599 年出版的长诗《维纳斯与阿都尼斯》、1609 年出版的《莎士比亚十四行诗集》、1623 年出版的莎剧全集第一对开本（The First Folio）、1632 年出版的莎剧全集第二对开本（The Second Folio）①。据《名录》前言，第二对开本是维多利亚女王亲自送展的②。这套书的可珍惜之处，还在于书中有查理一世（Charles I，1600—1649）的亲笔题字"Dum spiro, spero"（一息尚存，希望不泯），很可能是被软禁期间写下的③。郭嵩焘当时所寓目的莎士比亚作品，不外以上四种。在《名录》中，笔者未查到有莎士比亚签名的田契记录，亦未查到为纪念会特地赶制的五百本莎剧是哪一部。

卡克斯顿纪念会展品多达四千余件，甚至包括了《康熙字典》等中国书籍④，而他唯独记录了善于"谱出（编剧）"的莎士比亚和最早讲求"实学"的培根，是意味深长的。郭嵩焘记录培根，是因为他的"富强"心结；记录莎士比亚，岂不说明他对英国人崇拜的文学家是很留心的吗？莎士比亚签名以及赶刻莎士比亚剧本这些细节，显然说明郭嵩焘对莎士比亚的浓厚兴趣。

郭嵩焘在出使日记中第二次提及莎士比亚，是在 1878 年 9 月 26 日（光绪四年九月初一日）。这一天晚上，郭嵩焘邀请英国驻华公使威妥玛（Thomas Francis Wade）、德国驻华公使巴兰德（Max August Scipio von Brandt）、俄国驻华公使布策（Eugene de Butzow）小酌，中方翻译官马格里（Halliday Macartney）和留学生洋监督日意格（Prosper Marie Giquel）坐陪。几个人有这

---

① 参见George Bullen ed., *Caxton Celebration, 1877: Catalogue of the Loan Collection of Antiquities, Curiosities, and Appliances Connected with the Art of Printing, South Kensington,* London: N. Trübner & Company , 1877.

② George Bullen ed., *Caxton Celebration, 1877: Catalogue of the Loan Collection of Antiquities, Curiosities, and Appliances Connected with the Art of Printing, South Kensington*, London: N. Trübner & Company , 1877, Introduction.

③ George Bullen ed., *Caxton Celebration, 1877: Catalogue of the Loan Collection of Antiquities, Curiosities, and Appliances Connected with the Art of Printing, South Kensington,* London: N. Trübner & Company , 1877, p.199.

④ George Bullen ed., *Caxton Celebration, 1877: Catalogue of the Loan Collection of Antiquities, Curiosities, and Appliances Connected with the Art of Printing, South Kensington,* London: N. Trübner & Company , 1877, Introduction, pp.75-76.

样一番闲谈：

> 布策问："西洋天气宜否？"曰："天气和平。君等若在中国，正恐未宜。"曰："暑热、蚊蝇皆可受，所最难受总理衙门。"问巴兰德："较在中国为瘦？"答曰："梭罗麦克斯法尔。"马格里云："舍克斯比尔所编出本语也，译云'伤心会胖'。"①

虽然是谈天，布策却是枪里夹棒，把矛头指向总理衙门。郭嵩焘岔开话题，问巴兰德为什么比在中国时瘦了？巴兰德说，"伤心会胖"，这是接着布策的话说的，意思与总理衙门打交道比较郁闷，离开中国就正常了。两个人一唱一和，轻巧而又肆意地发挥对中国政府的不满。

"梭罗麦克斯法尔"，《伦敦与巴黎日记》整理者注曰："按马格里译语'伤心会胖'，原文当系：Sorrow makes fat. 但未能在莎士比亚剧本中找到出处。"② 孟宪强以为这是根据《亨利四世》的一段台词概括出来的③。可注意者，这一段在原文中是夹注，摹声肖口，活灵活现。这样的夹注在郭嵩焘日记中比较罕见，显然他对当时情景印象较深。莎士比亚的隽语令对手谈吐有力，郭嵩焘遂将当时对话完整笔录下来。

1879 年 1 月 18 日（光绪四年十二月二十六日），郭嵩焘提到观看莎剧的情况：

> 是夕，马格里邀赴来西恩阿摩戏馆，观所演舍克斯毕尔戏文，专主装点情节，不尚炫耀。其戏馆新创成，世爵夫人百尔代得顾兹④ 捐资为之者也。⑤

"来西恩阿摩戏馆"即 Lyceum Theatre，传统上译作"兰心剧院"，是伦敦一

---

① 郭嵩焘：《伦敦与巴黎日记》，岳麓书社1984年版，第744页。
② 郭嵩焘：《伦敦与巴黎日记》，岳麓书社1984年版，第775页。原文"sonow makes fat"为手民之误，改之。
③ 孟宪强：《中国莎学简史》，东北师范大学出版社1994年版，第3页。孟宪强所引朱生豪的译文："都是那些该死的叹息忧伤，把一个人吹得像气泡似的膨胀起来！"原文为："A plague of sighing and grief! it blows a man up like a bladder."（William Shakspeare, *King Henry IV*, Part I, New York: Samuel French, 1869, p.35）
④ 从记音看，当是伯德特-库茨男爵夫人（Baroness Angela Burdett-Coutts, 1814—1906），一个以富有知名的女慈善家。
⑤ 郭嵩焘：《伦敦与巴黎日记》，岳麓书社1984年版，第873页。

著名剧院。据当代传记家迈克尔·霍尔罗伊德（Michael Holroyd）的《一段光怪陆离的历史》，1878 年 8 月，英国最受欢迎的演员亨利·欧文（Henry Irving）从贝茨曼夫人（Mrs Bateman）手中获得兰心剧院三年租期，成为兰心剧院经理。他大胆聘用后来著名的女演员爱伦·特里（Ellen Terry）扮演奥菲利娅一角，对兰心剧院内部也做了翻修①。1878 年 12 月 30 日，由欧文和爱伦·特里主演的《哈姆莱特》在兰心剧院首演。从时间上推断，马格里请郭嵩焘所看的戏，必然是《哈姆莱特》②。中国驻英公使观看《哈姆莱特》，这是中西文化交流史上值得注目的一刻，但郭嵩焘只留下一句简单的评论，"专主装点情节，不尚炫耀"。这个评价很一般，不免令读者失望。

然而这里需要了解一点背景情况。晚清使臣及其随员到欧洲以后，一个最大的乐趣，就是看戏。1866 年（同治五年），第一个到英国访问的斌椿，在《乘槎笔记》中记载："台之大，可容二三百人。山水楼阁，顷刻变幻。衣著鲜明，光可夺目。女优登台，多者五六十人，美丽居其半，率裸半身跳舞。剧中能作山水瀑布，日月光辉，倏而见佛像，或神女数十人自中降，祥光射人，奇妙不可思议。"③斌椿所看到的，是用光电手段制造的令人眩惑的舞美效果。孙柏认为，"用机械的效果娱乐眼睛"，本来就是十九世纪西方剧场的主流④。和其他人不同，郭嵩焘在国外并不喜欢看戏，光绪三年三月二十九日记云："生平不喜戏局，三十年未一临观。至伦敦以友朋邀请，五至戏馆。此邦君民相为嬉游，借此酬应，不能相拒，意甚苦之。"⑤在中国一般士大夫心目中，戏曲只是消遣嬉戏的玩具，郭嵩焘为人严肃，专注事功，不喜看戏，是他的个性的结果。由于看不出西方戏剧与中国戏曲的分别，他的眼中，外国人看戏同样只是寻开心、看热闹而已，没有什么社会意义。

这样，我们就能明白，他在日记中给莎剧的评语"专主装点情节，不尚炫

---

① Michael Holroyd, *A Strange Eventful History: The Dramatic Lives of Ellen Terry, Henry Irving and Their Remarkable Families*, London: Chatto & Windus, 2008, Chapter 16, "Their Coronation".

② 孟宪强、Murray J. Levith 皆主此说。见孟宪强：《中国莎学简史》，东北师范大学出版社1994年版，第3—4页；Murray J. Levith, *Shakespeare in China*, London: Continuum, 2004, p. 3.

③ 斌椿：《乘槎笔记·诗二种》，岳麓书社1985年版，第109页。

④ 孙柏：《十九世纪的西方演剧和晚清国人的接受视野——以李石曾编撰之〈世界〉画刊第二期〈演剧〉为例》，《文艺研究》2019年第4期。

⑤ 郭嵩焘：《伦敦与巴黎日记》，岳麓书社1984年版，第192页。

耀"，是颇为褒扬的。他试图从"热闹"的反面理解莎士比亚的高明之处。如果在他的内心中不是已经有了对莎士比亚的重视和好感，就不会有这样一个积极性的评价。

关于郭嵩焘观剧，还有一点花絮。郭嵩焘抵伦敦不久，即有英国报纸关注到他去剧院观剧的事：

> ……除此之外，他曾到我们的一两个剧院去过，但愿他在那里开心。世界上没有任何民族比中国人更喜欢演戏，我们没准儿可以听到大使阁下经常造访伦敦不同剧院的消息。无论到哪里访问，他都由翻译官马格里博士陪同；但我们却不能说羡慕博士的工作。到现在为止，他只是要把新上演的歌剧"Biorn"，以及一两部同样不起眼的剧目的意思，向大使解释清楚；但是，当他开始把图尔先生[1] 匪夷所思、乐死人的双关语译成中国话的时候，我们担心他的能力将被真正考验，他怕是会承受不了。[2]

在此评论之前，即 1877 年 2 月 16 日（光绪三年正月初四日），郭嵩焘在日记中写了"是夕，就魁英园观出"的话。从发音看，应是伦敦女王剧院（The Queen's Theatre）。根据史料，当时的剧目为弗兰克·马歇尔（Frank Marshall）改编、劳罗·洛西（Lauro Rossi）作曲的新歌剧《麦克白》（Biorn）。因为改编与莎剧原作较远，甚至不甚严肃，英国的观众并不看好[3]。郭嵩焘当时还不知道莎士比亚，没有引起特别的注意。在女王剧院观看《麦克白》后半个多月，郭嵩焘又应几位外国友人的邀请"赴阿剌鼾不剌戏馆听戏"。从发音看，此剧院应为阿尔汗布拉剧院（The Alhambra Theatre），当时郭嵩焘所观何剧，笔者不能考出。郭嵩焘评论演出说，"专尚跳跃，视前次又一局面"[4]，估计是歌舞剧。从简单的评论，已见出郭嵩焘毫无享受。郭嵩焘后来多次到剧院看剧，包括请同僚和外国人观看节目，笔者不能断定他看过几出莎士比亚戏剧，想必除了《哈姆莱特》

---

① J. L. 图尔（John Lawrence Toole，1830—1906），英国19世纪后期著名的喜剧演员、戏剧制作人。

② *Western Mail*, February 19, 1877.

③ Joseph Bennett, *Forty Years of Music, 1865—1905*, London: Methuen & Company, 1908, pp.264-268.

④ 郭嵩焘：《伦敦与巴黎日记》，岳麓书社1984年版，第124页。

与《麦克白》，还有别种。也许因为这个原因，在他驻英一年半以后，英国报纸居然传出他正在翻译莎士比亚戏剧的流言[①]。没有比这件事更不可信的了。

郭嵩焘对莎士比亚的相关记载，长期以来不为世人所知。李奭学认为，直到严复1894年始译《天演论》，戏剧家莎士比亚（"词人狭斯丕尔"）才广泛出现在中国人眼前[②]。虽然如此，郭嵩焘对莎士比亚的接触和反应，代表了中国人认识莎士比亚的一个阶段的个案，是很有意义的。

三、郭嵩焘与其他诗人

郭嵩焘对看戏不感兴趣，对诗歌却不然。笔者曾在1878年4月18日英国《利兹水星报》（*Leeds Mercury*）上发现一则郭嵩焘与白郎宁 (Robert Browning, 1812—1889) 晤面的记录，可谓中西文学交流史上珍贵的材料。遗憾的是，这次见面沟通颇不顺畅。白郎宁问郭嵩焘："大使阁下写哪种诗呀？——田园的，幽默的，史诗的，还是什么？"郭嵩焘不知如何作答，只能以"费解的"作答，二人的交谈，颇形尴尬。[③]

郭嵩焘与大诗人白郎宁的交往不顺畅，但他与一个不那么知名的诗人傅澧兰（Humphrey William Freeland, 1814—1892）[④]的交往却是不错的。傅澧兰对东方文化有特别的兴趣，郭氏驻英时，应邀加入伦敦雅典学会，傅澧兰是该会会员，二人由此结识[⑤]，后来颇多往还。1879年郭嵩焘回国，傅澧兰赋诗相送，此诗由美国传教士林乐知（Young John Allen）与蔡锡龄合译，题名《译英人傅澧兰赠别郭星使诗》，刊在《万国公报》上。[⑥]从诗的内容看，傅澧兰对郭嵩焘的人品和思想是比较了解的，对郭嵩焘在英国期间"留心制作"的勤勉是肯定的，

---

① *Western Mail*, September 9, 1878.

② 李奭学：《中西文学因缘》，联经出版事业公司1991年版，第60页。

③ 尹德翔：《当郭嵩焘遭遇白郎宁——关于晚清中西文学交往的一个问题》，《文艺理论与批评》2011年第3期。

④ 傅澧兰著有《诗集》（*Poems*, 1848）、《关于文学剽窃的演讲录》（*Lecture on Literary Impostures*, 1857）、《拉马丁的生平和作品》（*Life and Writings of Lamartine*, 1857）等作品。见Michael Stenton ed., *Who's Who of British Members of Parliament: A Biographical Dictionary of the House of Commons, Volume I, 1832—1885*, Hassocks: The Harvester Press Limited, 1976.

⑤ 郭嵩焘：《伦敦与巴黎日记》，岳麓书社1984年版，第216、226页。

⑥ 林乐知主编：《万国公报》（第十一卷），华文书局1968年影印本，第480页。

甚至对他的家庭也是熟悉的，二人结下了真挚的友谊，故而颇为相惜。如果说郭嵩焘和白郎宁的交往是隔膜的，郭嵩焘与傅澧兰的交往，则顺利穿透了异文化的壁障。

除了现实中的白郎宁和傅澧兰，郭嵩焘日记中还提到几个历史上的诗人。1878 年 10 月 18 日（光绪四年九月二十三日），郭嵩焘游苏格兰时，来到阿萨尔公爵（Duke of Atholl）领地观卜鹿阿瀑布（Falls of Bruar）。郭嵩焘日记云：

始诗人卜仑斯来观卜鹿阿瀑布，留诗一篇，以山左右宜多种树为言。时阿萨尔之祖故以植树为务，乃因其言，沿嘎里拜山口直上至瀑布，两山皆种树极繁密。至今乡人犹传诵其事。[①]

"卜仑斯"，"走向世界丛书"版《伦敦与巴黎日记》整理者注："可能即 Byron，拜伦（1788—1824）"[②]。实际上，这个诗人是彭斯（Robert Burns，1759—1796）。据史料，1787 年 8 月 31 日至 9 月 1 日，彭斯访问布莱尔阿萨尔（Blair Atholl）和布莱尔城堡（Blair Castle），与阿萨尔公爵和夫人共度时光。9 月 2 日，他开始创作《卜鹿阿河向高贵的阿萨尔公爵的吁请》（"The Humble Petition of Bruar Water to the Noble Duke of Athole"），此诗最初发表在 1789 年 11 月号的《爱丁堡杂志》上[③]。彭斯在此诗附注中说，阿萨尔的卜鹿阿瀑布风光如画，极为优美，但因为树木稀少，景色大打折扣。全诗以卜鹿阿河的口气向阿萨尔公爵求告：

愿我尊敬的主人
恩准我最大的愿望；
用高耸的大树和可爱的灌木
为我的两岸遮阳。
那样，我的主人，您将双倍欢喜

---

① 郭嵩焘：《伦敦与巴黎日记》，岳麓书社1984年版，第765页。
② 郭嵩焘：《伦敦与巴黎日记》，岳麓书社1984年版，第776页。
③ Martin Garrett, *A Romantics Chronology, 1780—1832*, London: Palgrave Macmillan, 2016, p.26.

在我的岸上散步，

听许多只感恩的鸟儿

用悠扬的感激对您歌唱。①

约翰·穆雷（John Murray，1755—1830）即阿萨尔公爵四世在彭斯去世后，感于此诗内容，在卜鹿阿瀑布一带广植树木，使卜鹿阿风貌彻底改观，足慰诗人的亡魂。这一轶事至今写在卜鹿阿瀑布景点的介绍中。郭嵩焘日记对此事的记录，可谓准确。

值得注意的还有郭嵩焘在瑞士游历时的记录。郭嵩焘在游赖孟湖（按：Lac Léman，今译莱蒙湖或日内瓦湖）时提到：

湖心一阜，方广数十丈，中有小屋一区，古木轮囷，纵横罗列。西湖一石像，为法国诗人罗沙，创为草木之学者。

赖孟湖为泰西名胜，法诗人瓦卑得尔及罗沙、英诗人巴雍多有题咏。②

《伦敦与巴黎日记》整理者认为"罗沙"是龙沙（Pierre de Ronsard），"瓦卑得尔"未注，"巴雍"是拜伦（Byron）③。笔者同意拜伦的说法，首先是音声较合；其次，拜伦在《恰尔德·哈洛尔德游记》中多次吟咏莱蒙湖，且有十四行诗《致莱蒙湖》，以及长诗《锡雍的囚徒》，符合史实。但是说"罗沙"是"龙沙"，即"七星诗社"的魁首，恐不能成立。查龙沙一生行迹，主要在故乡卢瓦-谢尔省和首都巴黎，不闻在瑞士莱蒙湖有何留痕。笔者以为，"罗沙"其实是卢梭（Jean-Jacques Rousseau，1712—1778）。卢梭出生在日内瓦，以"日内瓦公民"自诩，因他的盛名，1834年，日内瓦人把莱蒙湖汇入罗纳河处的"船岛"（Île aux Barques）更名为卢梭岛（Île Rousseau）；1838年，日内瓦出生的雕塑家普拉迪（Jean-Jacques Pradier）制作的卢梭铜像在岛上竖立，成为引人注目的景

---

① Yann Tholoniat，"Robert Burns: Nature's Bard and Nature's Powers"，Philippe Laplace eds.，*Environmental and Ecological Readings: Nature, Human and Posthuman Dimensions in Scottish Literature & Arts (XVIII-XXI c.)*，Besançon: Presses universitaires de Franche-Comté, 2015, pp.75-92.

② 郭嵩焘：《伦敦与巴黎日记》，岳麓书社1984年版，第892页。

③ 郭嵩焘：《伦敦与巴黎日记》，岳麓书社1984年版，第902页。

观。郭嵩焘日记所说"石像"，应即是此。另外，卢梭曾有一部《植物学通信》（*Lettres Elementaires Sur La Botanique*,1789），是写给里昂的德莱塞尔夫人（Mme Delessert）的，目的是帮助她还在稚龄的女儿学习植物学。"创为草木之学"，说的正是卢梭开启的植物学教育的新方式。至于"瓦卑得尔"，比较大的可能是伏尔泰（Voltaire，1694—1778）。除了单词首尾发音较似，伏尔泰也是与莱蒙湖关系最密切的名人之一。伏尔泰的最后二十年主要居住在距莱蒙湖不远的费尔内（Ferney）城堡，这里地处法瑞交界，方便自由写作和政治活动。拜伦《致莱蒙湖》首句云"这些姓名不负你奇丽的湖光：/卢梭，伏尔泰，德斯达[①]，我们的吉本"[②]，《恰尔德•哈洛尔德游记》用四个诗节歌颂伏尔泰和吉本[③]，提示"瓦卑得尔"是伏尔泰的可能性最大。

当然，郭嵩焘说几位诗人对莱蒙湖"多有题咏"是不恰当的，题咏更多是中国传统诗人的做法，这里涉及的人中，真正以莱蒙湖为诗料的人是拜伦，伏尔泰与卢梭只是在莱蒙湖活动过被纪念而已。

四、结语

对郭嵩焘说来，作为驻外公使，对西方文学的一定了解，偶尔会是一种刚性的需要[④]。这是从消极方面谈的。从积极方面说，如上文所示，无论对荷马和莎士比亚的长久留心，还是对彭斯、卢梭的随机记录，无论是对白郎宁的主动接触，抑或是与傅澧兰的彼此交好，郭嵩焘都显示了他对西方诗人的关注。除了少量记音、事实不够精准，郭嵩焘的相关记述相当可靠，这是笔者在研究过程中特感佩服的。

晚清时期，因中西隔绝的原因，普通中国人不知西方有文学，既闻之，则

---

① "德斯达"，斯达尔夫人（Madame de Staël，1766—1817）。19世纪初年她所居住的科佩城堡（Château de Coppet）坐落在莱蒙湖畔，是文人的雅聚之所。

② 《拜伦抒情诗七十首》，杨德豫译，湖南人民出版社1981年版，第105页。

③ 拜伦：《恰尔德•哈洛尔德游记》，杨熙龄译，上海译文出版社1990年版，第181—183页。

④ 例如，1877年5月9日（光绪三年三月二十六日），郭嵩焘应邀出席"老儒会"（皇家文学基金会，The Royal Literary Fund）成立八十八周年的酒会，席间郭嵩焘代表"其他国家"发言，由翻译官马格里以英文口译。比较郭嵩焘日记与英文报纸（参见*Daily News*, May 10, 1877），郭嵩焘说的是"学问"，而马格里的翻译是"文学"。郭的发言被一家英国报纸嘲笑，认为他无资格谈文学（"Notes"，*The Sporting Times*, May 12, 1877）。

不免怀疑。西方传教士最早注意到这一点。前文提到的1837年的《诗》中说："汉人独诵李太白、《国风》等诗，而不吟咏欧罗巴诗词，忖思其外夷无文、无词。可恨翻译不得之也。"[①] 此种情形一直持续到1898年以后。曾朴1928年给胡适的信里，曾这样回忆：

> 那时候，大家很兴奋的崇拜西洋人，但只崇拜他们的声光化电，船坚炮利；我有时谈到外国诗，大家无不瞠目挢舌，以为诗是中国的专有品，蟹行蚓书，如何能扶轮大雅，以为说神话罢了；有时讲到小说戏剧的地位，大家另有一种见解，以为西洋人的程度低，没有别种文章好推崇，只好推崇小说戏剧……[②]

曾朴所述，无疑是真实且生动的；但是，在大家都怀疑西方文学的时候，他这个同文馆的法文生，不正是个例外吗？在中西交通不利的时代，身至海外的中国人是个例外；身至海外的中国人中，思想开放、乐于接触和接受西方文化的人同样是个例外。而这些例外是更关键的、具有先导性的。钱锺书在《二三事》里说："在历史过程里，事物的发生和发展往往跟我们闹别扭，恶作剧，推翻了我们定下的铁案，……给我们的不透风、不漏水的严密理论系统搠上大大小小的窟窿。"[③] 信哉斯言！郭嵩焘让我们看到，不懂外文、双目如盲、对西方文学一无所知的中国首任驻外公使，出国以后，却能对西方文学表现出相当的关注。虽然这种关注是零星的，不成系统的，但也足以推翻"晚清外交官对西方文学不感兴趣"这样的结论了。

晚清至海外的中国人与西方文学接触，郭嵩焘差不多是最早的。他对西方文学的点滴所知主要来自听闻而不是阅读，所给出的评论也很少。客观地说，虽然郭嵩焘迥超时代，思想先进，在根本上，他仍是个儒家士大夫，因此他对西方文学的认识，还是带着传统中国的眼光的。比如，他对西方文学的兴趣集中在诗歌方面，对其他文学都不甚重视。有一个例子可说明这一点。东归途中，

---

① 爱汉者等编：《东西洋考每月统记传》，黄时鉴整理，中华书局1997年版，第194—195页。
② 欧阳哲生编：《胡适文集》（4），北京大学出版社1998年版，第618页。
③ 钱锺书：《七缀集》，上海古籍出版社1994年版，第159页。

有外国人送给郭嵩焘几本科幻小说，包括凡尔纳的《环球旅行记》，他对其中的科学内容感到兴味，但"以其语涉无稽，仍发还之"[①]。这一反应，和他讲求实际、不愿去外国"戏馆"差不多。他多次记录荷马史诗，泰半出于史学的兴趣。他心目中的"文学"，与现代西方纯艺术的"文学"，也不是一回事。

不论怎样，郭嵩焘对西方文学的积极的接受姿态，是值得特别肯定的。本文所考察的个案，只是1898年前中西文学关系的一个"边角的事实"，在郭嵩焘之后，仍有许多类似的事实等待挖掘。如果把所有这些边角的事实摆列出来，近代中西文学关系的整个图景就会发生变化。因此，关于1840-1898年这一特殊时段的中西文学关系，实有重新省察的必要。长期以来，学界对这一领域一直是忽视的，不但掌握的细节过少，在研究上亦安于流行的成说，不能耐心和深入。这就造成了在现有的中西文学关系图谱中，1898年之前与之后是打成两截的，仿佛西方文学大潮的涌入是一夜之间的事。我们归结于林纾等几个人的作用，而未能看到近代中国人"开眼看世界"，这个世界也是包含了文学的，在许多人身上，对西方文学的好奇与热情，随着中西交往的深入而潜滋暗长。大而化之地否定这一事实，或粗线条、简单化地概括这一阶段的中西文学关系，难称妥洽。应该做的，是对文学交往细节的贯通描绘，与对参与者内在精神的有分寸的把捉。如此，才能使这一时段中西文学关系的有机景观得以浮现，才能合理说明1898年前后两个阶段的中西文学关系，而确立其内在的关联。

原载于《文学评论》2022年第2期

---

① 郭嵩焘：《伦敦与巴黎日记》，岳麓书社1984年版，第922页。

郭嵩焘与《古国鉴略》

郭嵩焘（1818—1891）是中国首任驻英法公使，也是同光之际能够"开眼看世界"的少数先觉者之一。出国以后，他对近代西方世界获知更多，亦更深体会到向西方先进文化学习的必要性。自20世纪80年代郭嵩焘出使日记公开以来，学术界对郭嵩焘驻外的细情，有了更多了解；对郭嵩焘学习西方的真诚态度，也更为称道。但是，因为文献不足，学者们在赞美郭嵩焘的时候，偶尔也会出现毁誉过当的问题。兹举一例。

1982年，郭嵩焘的出使日记手稿，由湖南人民出版社古籍编辑室校点，杨坚、钟叔河整理编辑，作为《郭嵩焘日记》五卷本的第三卷，由湖南人民出版社出版。1984年，钟叔河将这一部分日记题作《伦敦与巴黎日记》，纳入"走向世界丛书"，由岳麓书社再版，并撰《论郭嵩焘》长文以为叙论，后易题《西方文明对郭嵩焘的影响》，收入《走向世界：近代中国知识分子考察西方的历史》一书。在大陆学者中，钟叔河先生对郭嵩焘的研究，推进最力，贡献最大，然在具体的论述上，也不无可议。如《走向世界：近代中国知识分子考察西方的历史》介绍云，光绪五年二月十六日，郭嵩焘花了七千余字分述"犹太、巴比伦尼亚、亚述利亚、挨（埃）及、希腊、罗马、印度及中国凡八国"的历史，其中一段讲到古希腊哲学：

有退夫子（泰勒斯）言天地万物从水火出来。有毕夫子（毕达哥拉斯）尤精音乐、天文，论行星转动远近、大小、快慢，有一定声音节奏。有琐夫子琐格底（苏格拉底），爱真实，恶虚妄，言学问是教人有聪明、德行、福气，作有用之事，教别人得益处。有巴夫子（柏拉图）言凡物有不得自由之势……巴夫子有一学生，为亚力克山太先生，名亚父子（亚里士多德），……言天地万物原来的动机就是神，这个动机不能自立，有一个自然之势叫他不得不然。……耶稣前四百二十年有安夫子（安提西尼），言福气不在加在减，常减除心里所要的，就是德行；所以常轻视学问知识、荣华福贵。其学生杜知尼（第欧根尼）名尤著，常住木桶中。……其后又有　夫子（伊壁鸠鲁），言天地万物是从无数原质配合起来，自然成了所有的诸形。——近世格致家言，希腊皆前有之。——希腊学问从亚力克山太以后传播天下，泰西学问皆根源于此。[1]

以此为凭，钟叔河先生说，"国人译述古希腊哲学，盖以此为嚆矢；文词亦复简洁可喜，要言不烦，实在可以称为珍贵的早期西学文献"，并将此作为郭嵩焘"对西方的历史文化进行系统考察和比较研究"的例证。[2] 近年有人在谈及艾约瑟编译"西学启蒙"丛书（1886）的意义时，也举郭嵩焘为例，说当时"像郭嵩焘那样虚心而努力的探究西学，并且知道希腊哲学的代表人物有退夫子、毕夫子、琐夫子、巴夫子及其学说的实在是凤毛麟角"。[3]

实际上，这些文字是郭嵩焘摘录《古国鉴略》的一部分，这也是郭嵩焘日记明白记载的（"英人高第丕著《古国鉴略》"）[4]。《古国鉴略》是怎样一本书，笔者十余年前在撰写博士论文时，也曾疑惑，查阅徐维则《增版东西学书录》、顾燮光《译书经眼录》等书，均无收录，请上海图书馆徐家汇藏书楼工作人员帮助，亦无所获。所幸，近由友人协助，从牛津大学包德里安图书馆（Bodleian Library）获致此书的电子本（见图1）。书的封面贴有"CENTENNIAL EXHIBITION, China Protestant Mission"（百年博览，中国新教差会）标签，应为1876年美国费城世界博览会（主题为美国建国百年）传教士方面提供的展品。《古国鉴略》为线装排印本1册，宽24.2公分，双栏，半叶10行，行23字，封面题"《古国鉴略》（官话）"、扉页署"耶稣降世一千八百七十三年 同治十二年

① 钟叔河：《走向世界：近代中国知识分子考察西方的历史》，中华书局2000年版，第220—221页。括号内文字为钟氏所加。
② 钟叔河：《走向世界：近代中国知识分子考察西方的历史》，中华书局2000年版，第220—221页。
③ 艾约瑟等：《西学启蒙两种》，赖某深校点，岳麓书社2016年版，叙论。
④ 郭嵩焘：《伦敦与巴黎日记》，岳麓书社1984年版，第934页。

图1　牛津大学包德里安图书馆藏《古国鉴略》书影

登州高第丕著"，无出版地项①，有小序百余字，正文 81 页，附"人名地名"中英文对照 4 页。全书为犹太等八个文明古国的简史，以官话（白话文）写成。

据郭嵩焘日记，《古国鉴略》是郭嵩焘回国海程途中（1879 年 3 月）读到的一本书。郭嵩焘对高第丕应无所知，当时与郭嵩焘同船回国的人是江南制造局译员傅兰雅（John Fryer, 1839—1928）②，这本书很可能是傅兰雅送给郭嵩焘阅读的。傅兰雅是英国人，或因此郭嵩焘把《古国鉴略》误作"英人高第丕著"。

高第丕（Tarleton Perry Crawford, 1821—1902）是 19 世纪后半叶美国来华传教士。他生于肯塔基州沃伦县（Warren County, Kentucky）一农民之家，幼时从其母获启蒙教育，性嗜阅读。16 岁归信基督，发心传教。其后高第丕离开家乡赴外地学习。1848 年，高第丕受西田纳西浸信会的资助，入田纳西莫夫里兹堡联合大学（Union University, Murfreesboro, Tennessee）学习，1851 年以班级第一名毕业。实际上，尚未毕业，他就被设在弗吉尼亚州里士满的美国南浸会差传部（Foreign Mission Board of the Southern Baptist Convention）派作来中国传教的传教士。毕业当年，他与来自阿拉巴马州塔斯卡卢萨县（Tuscaloosa County, Alabama）的玛莎·福斯特（Martha Foster）结婚。1852 年 3 月，高第丕与夫人抵上海传教。因健康原因，1863 年 8 月，二人移驻山东登州（治所在蓬莱）。高第丕夫妇在登州生活三十余年，他们无儿无女，把主要精力全部投注于传教，虽历尽辛苦，而发展会众有限，不能算很成功。1892 年，因与南浸会差传部的传教理念和做

① 此书极有可能由上海美华书馆出版。美华书馆（The American Presbyterian Mission Press）为美国长老会传教士创办，1860 年从宁波迁入上海，拥有当时最先进设备，能同时印刷中英文书籍。书馆主要出版基督教书刊及供教会学校使用的教科书。

② 据驻德公使李凤苞，是时傅兰雅在英国翻译《万国公法》，郭嵩焘约请其伴送回华。见张文苑整理：《李凤苞往来书信》（上册），中华书局 2018 年版，第 75 页。海程途中，郭嵩焘常与傅兰雅谈论，见郭嵩焘：《伦敦与巴黎日记》卷二十九，岳麓书社 1984 年版。

法长期唱反调，高第丕被南浸会除名。1894年，高第丕与少量支持者移至泰安继续传教。1900年，因义和团运动在山东愈演愈烈，高第丕与夫人回到美国，两年后高第丕因肺炎病逝，享年81岁①。他在中国的传教，包括其间数次返回美国，接近50年。

对19世纪立志到中国拯救"灵魂"的新教传教士而言，因条件关系，汉语几乎是难以逾越的障碍。1814年，较早到中国传教的英国传教士米怜（William Milne, 1785—1822）写道："掌握汉语这种活儿，要求人有铜铸的身子，铁打的肺，橡木般硬的脑袋，弹簧做成的手，鹰的眼，使徒的心，天使的记性，和玛士撒拉②的寿命！"③高第丕的汉语学习，当然也是很不容易的；但他有一股韧劲儿，同时也很有创造性。他发明了一种上海话记音方法，其表音系统，既不是取用拉丁字母，也非其他拼音文字字母，而是吸收汉字部首形态独创的一套符号（高第丕：《上海土音字写法》，1855）。他用这种记音方法出版过《圣经志略》等好几本书。另外，高第丕还写了一本《文学书官话》（1869），这部书以白话文书写，借用英语语法的观念，系统描述和分析了汉语口语语法，比马建忠的《马氏文通》早了30年。高第丕在汉语方面的工作，尤其是《文学书官话》，得到国内学界的注意和研究④。

高第丕撰写《古国鉴略》的目的，根据福斯特的高第丕传记《在华五十年》

---

① 以上内容取自Rev. L. S. Foster, *Fifty Years in China: An Eventful Memoir of Tarleton Perry Crawford, D.D.*, Nashville, Tenn.: Bayless-pullen Company, 1909.

② 《旧约·创世纪》中，玛士撒拉特别长寿，活了969岁。

③ D. MacGillivray, *A Century of Protestant Missions in China (1807—1907)*, Shanghai: American Presbyterian Mission Press, 1907, p.2.

④ 国内对高第丕的研究主要集中于他对汉语语法的贡献，关于此人生平经历与传教活动的研究，则十分稀少。杨萌萌的《高第丕人生悲剧述论》（山东师范大学硕士论文，2012年）只是小海雅特所著《三个美国传教士在山东东部》（Irwin T. Hyatt, Jr., *Our Ordered Lives Confess: Three Nineteenth-Century American Missionaries in East Shantung*, Cambridge, Massachusetts: Harvard University Press, 1976）一书高第丕部分的编译。

所说，是为了"学校使用和一般性阅读"①。据小海雅特《十九世纪三个美国传教士在鲁东》，高第丕夫人曾创办一个男童学校，虽然后来学校因高第丕的意见而解散，在1876年以前，高第丕曾十分积极于办学。至于"一般性阅读"，小海雅特解释为"试图给来登州参加科举考试的士子留下印象"。考虑到高第丕与一般传教士不同的特点，即通过做生意赚钱来获得传教的自由，这部书的撰写也可能兼顾了赢利。学者余文章就是这样解释高第丕夫人1866年以中文出版的《造洋饭书》的②。

《古国鉴略》的宗教特色比较鲜明，比如第一章"犹太国鉴略"，起首便说"犹太国有最古最确的经书，名为《旧约》。看这本书知道在起头有一位真活神，先造成天地万物，然后造出两个人……"③，下面基本是《旧约·创世纪》缩写。体现其独创性的，是作者改变了《旧约》里诸先祖的寿数的表达，如《创世纪》说，亚当活了930岁，而《古国鉴略》写作"亚当名下有九百三十年"。之所以这么写，是因为高第丕受一个中国人的启发，认为《旧约》中某先祖的寿数并不是这个人所活的年头，而是他的族或国延续的时间④。虽然在这一点上表现出对《圣经》的理性化理解，但高第丕整体上还是一个基要派，因此他把大洪水、巴别塔、亚伯拉罕被拣选、摩西出埃及直至耶稣复活等故事，全部作为信史。而巴比伦、亚述、埃及、希腊、罗马、印度的历史，也有很多地方是以基督教的眼光和尺度叙述的。正因为这一原因，这本小册子就偏于褊窄而浅显，与十三年后英国传教士艾约瑟（Joseph Edkins，1823—1905）编译之《欧洲史略》，或

---

① Rev. L. S. Foster, *Fifty Years in China*: *An Eventful Memoir of Tarleton Perry Crawford*, D.D., Nashville, Tenn.: Bayless-pullen Company, 1909, p. 315. 本处《古国鉴略》的英文为"An Epitome of Ancient History"，正确（见Rev. T. P. Crawford, *The Patriarchal Dynasties from Adam to Abraham*, Richmond, VA.: Josiah Ryland & Company, 1877, Introduction）；标注出版时间为1878年，误。另，小海雅特提到"古国鉴略"（Ku kuo chien liieh）时加了一个括号，注明"Brief history of the ancient world"（Irwin T. Hyatt, Jr., *Our Ordered Lives Confess: Three Nineteenth-Century American Missionaries in East Shantung*, Cambridge, Massachusetts: Harvard University Press, 1976, p.23），实为书名释义，国外有图书馆盖据此录入英文名（如美国James P. Boyce Centennial Library），而国内有人即认为另有一本《官话古代简史》（王瑶：《〈文学书官话〉研究》，南京师范大学2012年硕士论文，附录），皆误。

② 余文章：《饮食书写与文化对话：高第丕夫人与〈造洋饭书〉的成书问题》，《东北农业大学学报（社会科学版）》2020年第1期。

③ 高第丕：《古国鉴略》，同治十二年本，第2页。

④ Rev. L. S. Foster, *Fifty Years in China*: *An Eventful Memoir of Tarleton Perry Crawford, D.D.,* Nashville, Tenn.: Bayless-pullen Company, 1909, p.180; Rev. T. P. Crawford, *The Patriarchal Dynasties from Adam to Abraham*, Richmond, VA.: Josiah Ryland & Company, 1877, p.54.

艾约瑟自著之《西学略述》相比，此书可谓既乏客观，又无新知，时代精神十分微弱。

但这样一本不起眼的小书，却得到郭嵩焘的珍视，一日之中，以七千余言摘录，是不是有点奇怪呢？也不是。郭嵩焘在欧洲期间，震惊于西方的现代和发达，痛感自己"年老失学""善忘"，只要有机会学习，无不热心为之。《古国鉴略》的内容是世界古代史，这是郭嵩焘所知不多的，他不惮其繁记录下来，并不奇怪。值得注意的是他对《古国鉴略》的摘录，并非原文照录，而是做了几种改变：

第一，易白话为文言。《古国鉴略》是用白话文书写的，郭嵩焘记录的时候，则改用文言。文言比较简省、精练，也与日记风格一致。但本日文字最末，出现了少许口语。笔者最初对前后日记文风之不类颇生疑窦，待读到《古国鉴略》原文，才知来历。大概郭嵩焘写到最后，已然夜深，不耐烦推敲用字，索性抄录原文。

第二，内容的拣选。郭嵩焘摘录的内容，以历史为主，他转抄了犹太等七个国家的史略，而略去中国。逐一述史之外，他还把一些特殊的文化内容抽取出来单独记录，如印度、波斯之宗教，巴比伦之古城，亚述之楔形文字，埃及亚历山大里亚图书馆、金字塔、狮身人面像，并古希腊之文学、哲学等。这些内容无疑是原书的精华，诵读一过，于各国历史脉络与风物名胜，了然于胸。

除上文所引关于希腊哲学的文字，他还摘录了一段述希腊文学：

希腊言性理及诗，尤多著名者。耶苏前一千四百余年，有奥非吴、木西吴、希西吴诸诗人，著作尚存。奥非吴有一诗论地动，其时已有此论。耶苏前九百零七年有胡麦卢（至今西人皆称曰河满），有二诗，一曰《以利亚地》，论特罗亚窃示八打王后相攻战事；一曰《胡底什》，论玉立什攻特罗亚回，迷路二十年所历诸险异事。[①]

郭嵩焘特别摘抄文学的内容，显示出他对西方文学的重视。核原书索引，

---

① 郭嵩焘：《伦敦与巴黎日记》，岳麓书社1984年版，第946页。

"奥非吴"即俄尔甫斯（Orpheus，一译欧非厄士），在希腊神话中是作诗的鼻祖，"木西吴"即缪塞俄斯（Musaeus)，是俄尔甫斯的弟子。高第丕原文说，"在耶稣前一千四百二十六年，有奥非吴和木西吴，奥非吴写的诗有二十八篇，论敬神、守礼、敦伦的道理，内中有一篇论金羊毛的事情，有一篇论宝玉的灵异，有一篇论地动。他的诗变化了百姓的粗暴，所以有过实的古话说他一弹琵琶禽兽都来飞舞，石头树叶子也都跳动。也说他作乐感动了地狱的神，放他的亡妻还阳。"[①] 俄尔甫斯是神话人物，高第丕言之凿凿给出此人的年代，知识来源可疑。另外，高第丕说"希西吴"即赫西俄德（Hesiod）"在耶稣前一千二百八十年"，"胡麦卢"即荷马(Homer)"在耶稣前九百零七年"，舛错更甚，不待多辩。故郭嵩焘日记中的年代错乱，主要源于高第丕。高第丕言俄尔甫斯的诗有 28 篇，笔者查阅米德（G. R. S. Mead）的专著，归于俄尔甫斯名下的诗歌共 37 篇，其中第 3 篇《阿耳戈英雄》述阿耳戈英雄盗取金羊毛事迹，第 23 篇《论玉石》主题为雕刻玉石做护身符，第 29 篇《论地震》主题为地震[②]，与高第丕举的三个例子相符。从郭嵩焘日记，可看出他有一定的选择性：此前他多次提及荷马史诗，这里再次记录，并增加了俄尔甫斯等人。高第丕原文中特别提及俄尔甫斯的三首诗，郭嵩焘只取了"地动"诗，这和他的科学兴趣有关。可惜的是，原文介绍的赫西俄德的《工作与时日》《神谱》和《列女传》，郭嵩焘都没有摘录，对这位希腊历史上第一个历史人物和大诗人，径直忽略了。

　　第三，历史化处理。郭嵩焘在摘录时，有意去除宗教因素与神话传说，做历史化的处理。如犹太国部分，郭嵩焘将上帝创世、大洪水的故事，简单写作"（而）亚喇伯教书[③] 以亚当为始（犹中国之有盘古），十传至挪亚，避洪水之难。有三子，曰闪，曰含，曰雅弗"[④]，将原书中诸"人类先祖"的生养、寿数与宗传，一概摒而不书。出埃及故事，郭嵩焘直写作"其后以色列族迁居挨（埃）及，挨（埃）及王心害之。至摩西，又率其族回迦南，名以色列国"[⑤]。又如，耶

---

① 　高第丕：《古国鉴略》，同治十二年本，第39页。

② 　G. R. S. Mead, *Orpheus*, London: Theosophical Publishing Society,1896, pp.39-46.

③ 　"亚喇伯教书"，原文为"亚喇伯书"（高第丕：《古国鉴略》，同治十二年本，第3页），盖当时流行的一种神学书，待考。

④ 　郭嵩焘：《伦敦与巴黎日记》，岳麓书社1984年版，第935页。

⑤ 　郭嵩焘：《伦敦与巴黎日记》，岳麓书社1984年版，第935页。

稣是高第丕重点写的，原文稍繁：

到耶稣前三十六年，有个以东人名叫希律，他的妻子是马加庇族的女儿，他奉了罗马皇帝的命做犹太全国的王。到了他的末年，就是汉平帝元始元年，救主耶稣降世在犹太的伯利恒。耶稣降世不多几月，希律就死啦，留下遗命把国分给他三个儿子，次子亚基老接续他为王，在耶路撒冷。在位六年，罗马皇帝将他充军到法兰西，立总督管辖犹太地方。到了第五个总督彼拉多的时候，耶稣讲天道，替人赎罪，被犹太人钉在十字架上。死后三日复活，吩咐门徒传他的道理给万民听。说完了话就升上天，坐在真神的右边。他的门徒遵他的吩咐，传开他的道理，立了耶稣教。[①]

这些内容，在郭嵩焘日记中如是对应：

罗马既并有希腊，分犹太地，立希腊为王，而耶苏始生。（耶苏生于伯利恒，为大辟之后。）已而改设大酋辖治其地。大酋彼拉多实钉毙耶苏。[②]

如是，则耶稣降世与升天的故事被统统抹去，耶稣其人则被历史化了。以同样的方式，郭嵩焘舍弃了丢卡利翁夫妇丢石头造人的故事，唯言"毒蛤连"（丢卡利翁）为希腊族始祖[③]；舍弃了俄尔甫斯"一弹琵琶禽兽都来飞舞，石头树叶子也都跳动"的故事，只说他做过地动的诗。但有的传说，如伊阿宋猎取金羊毛，希腊人攻取特洛伊，高第丕做历史叙述，郭嵩焘不能辨，亦作历史叙述，则责不在彼了。

由以上事实，可见郭嵩焘只是摘录而非"译述"古希腊哲学，更未"对西方的历史文化进行系统考察和比较研究"。郭嵩焘不懂外文，他对西方的了解，主要来自"眼观"和"耳食"，故他的收获主要在工商科技和社会组织，对西方历史和人文知识的了解是很有限的。这是实际情况。但从另一方面说，郭嵩焘虽

---

① 高第丕：《古国鉴略》，同治十二年本，第13页。
② 郭嵩焘：《伦敦与巴黎日记》，岳麓书社1984年版，第936页。
③ 郭嵩焘：《伦敦与巴黎日记》，岳麓书社1984年版，第939页。

不屑于基督教的教义①，却对《古国鉴略》这么一本传教士写的普通小册子如此重视，反过来亦说明郭嵩焘"好而知其恶，恶而知其美"，对西方文化求学之忱。从他一日之内以文言摘录《古国鉴略》内容之大半，汰去宗教传说，而提炼历史骨架，披沙拣金、去伪存真的细节，能看出郭嵩焘脑力之强、笔力之健、杂学旁收之能。虽然没有想象的那么"进步"，但真正的郭嵩焘，却更加令人钦佩。

原载于《宁波大学学报（人文科学版）》2023年第1期

---

① 郭嵩焘：《伦敦与巴黎日记》，岳麓书社1984年版，第912—913页。

美文还从形象说

——黎庶昌《卜来敦记》的形象学解读

《卜来敦记》是晚清著名外交官黎庶昌（1837—1898）的海外纪游名篇。卜来敦，英文"Brighton"，今译"布莱顿"，距伦敦不远，18世纪末以来一直是英国最著名的海滨度假区。《卜来敦记》作于1880年（光绪六年），时作者任驻日斯巴尼亚（西班牙）使馆二等参赞，已多次到过这个地方。关于黎氏的海外纪游之作，他的好友吴汝纶在读过他的《拙尊园丛稿》后给他的信中这样评价：

> 某尤服余编内外（按：指黎氏出国期间所写的关于东西洋的文章），以为尊著极盛之诣，非他家所有。曾、张（按：指曾国藩、张裕钊）深于文事而耳目不逮；郭、薛（按：指郭嵩焘、薛福成）长于议论，经涉殊域矣，而颇杂公牍笔记体裁，无笃雅可颂之作。余子纷纷，愈不足数。[①]

黎氏的海外纪游之所以取得较大的成绩，是有多方面原因的。从自觉意识上说，在清末考据之学支解零碎已无剩义可循的年代，他以斯文自任，把古文写作当作一种神圣的召唤："今天下似亦考据将衰之时也，救敝之术，莫若古文。斯文废兴，盖有天命。"[②] 从写作实践上说，他幼时师从西南大儒郑珍习古文；既年长，入曾国藩门下为"曾门四弟子"之一，深受桐城派的影响；中年放洋以后，目睹了西方社会林林总总的事物，眼界大开，文思更敏，遂用老到的笔风和意境写出了许多浑然天成、华赡而隽永的篇章。他的《西洋杂志》等作品无论从艺术还是内容上，都为当代学者推崇。郭预衡认为它们是有清一代"别开生面"的

[①] 《答黎莼斋》，收入《吴汝纶全集》第3册，施培毅、徐寿凯校点，黄山书社2002年版，第231页。

[②] 黎庶昌：《拙尊园丛稿》，沈云龙主编《近代中国史料丛刊》第8辑第76号，文海出版社影印本，第87页。

作品①，郭延礼认为它们是清代"散文新变的先声"②，钟叔河称黎氏用古文描写异邦景物，不少篇章"不在朱自清用白话文写的《欧游杂记》之下"③，还有学者认为，他的作品描绘西洋生活的优美片段，"已实具有现代美文的特点"④。

《卜来敦记》作为黎庶昌海外游记的代表作，与作者早年所写的具有"坚强之气"（曾国藩语）的雄肆刚健的文章相比，写得从容闲舒而又意味绵长，确乎具有某种现代"美文"的气质。从行文上说，作者开篇交代卜来敦的胜景，简洁而错落有致；中间选择白昼和夜晚两个时景，描写不同性别、不同阶层、使用不同旅游载具的人们嬉游的盛状，笔法细密，意境奇迷，接着补叙自己对卜来敦的熟悉和追念，明放一步，暗收一层；结尾处生发关于如何立国的疑问，如撞晚钟，余音不歇。套用黎庶昌自己编选《续古文辞类纂》的标准，直可说是"神、理、气、味、格、律、声、色"⑤无一不备。

然而仅仅看到《卜来敦记》的"美文"特点是不够的。一部作品之所以打动我们，不仅由于它的形式之美，更由于它的深层的文化含义。《卜来敦记》的深层的文化含义主要体现在其所描写的异国形象上，因此最好的办法，就是对这部作品进行一点文学形象学的分析。

在黎庶昌的笔下，卜来敦是代表英国的，而英国又是一切西方发达国家的代表。通过记述卜来敦的富足、繁华、优美、惬意，作者勾画了一个和谐的、艺术的、自在逍遥的西方国家形象。这个形象是真正的英国吗？当然不是。"形象学拒绝将文学形象看作是对一个先存于文本的异国的表现或一个异国现实的复制品"⑥，"在按照社会需要重塑现实的意义上，所有的形象都是幻想"⑦。从历史看，黎庶昌所见到的卜来敦是英国19世纪下半叶兴起的休闲（leisure）文化的最重要场所，是中产阶级新型生活方式的展台：人们来卜来敦度假的时候，用更衣车（bathing machine）下海洗澡，在新造的图书馆读书，在草坪上打橄

① 郭预衡：《中国散文史》，上海古籍出版社1999年版，第588页。
② 郭延礼：《近代文学与中国文学》，百花洲文艺出版社2000年版，第113页。
③ 钟叔河：《从东方到西方——走向世界丛书叙论集》，岳麓书社2002年版，第384页。
④ 梅新林、俞樟华主编：《中国游记文学史》，学林出版社2004年版，第409页。
⑤ 黎庶昌：《拙尊园丛稿》，沈云龙主编《近代中国史料丛刊》第8辑第76号，文海出版社影印本，第80页。
⑥ 孟华主编：《比较文学形象学》，北京大学出版社2001年版，第24页。
⑦ 孟华主编：《比较文学形象学》，北京大学出版社2001年版，第39页。

榄球，如此种种，体现出维多利亚时代的严谨道德、对文化教育的重视和中产阶级特有的健康意识。这种休闲被赋予的特有的时代和阶级内容，黎庶昌当然是看不到的。在他的眼中，只有"邦人士女，联袂嬉游"的欢乐，而看不到他们之间攀比嫉妒的烦恼，只有"豪华巨家"的"鲜车怒马"，看不到留在污染严重的伦敦城区工人的劳作之苦、衣食之艰。在现实层面，卜来敦确实是一个异国世界；在文本层面，它却是中国古诗文中繁华旧梦的翻演。这一点从语言上也可以看出来，黎庶昌用"古文"描写卜来敦，因为使用了许多古典文学中的习句套语，不但没有表现出什么"异国情调"，反而给人以相当熟识的"中国"印象。所以《卜来敦记》中的英国，只是作者所能理解的英国，是英国表象与他自己心目中先在文化图式的重叠，归根结底是一个中国传统文人的想象。

孟华认为，游记在塑造异国形象时具有两种功能：它既折射出社会对异国的集体想象，又生成个性化的新的异国形象，从而对既有的社会集体想象发出挑战[①]。同光之际国内士大夫开明阶层对西方的集体想象可以用两个字概括，就是"富强"。"富"就是技器发达，工商繁荣；"强"就是船坚炮巨，驰逐海外。说这是一种想象，因为它是一个包含了等级观念的判断：与中国相比，西方只有富强之术而无治平之道，从根本上说是不值得推崇的。曾国藩、李鸿章和总理衙门的大员们大都持这种立场，兹不细述。随着清廷对西方国家设馆遣使，驻外使官对西方社会有了更切实的了解，他们的看法发生改变，于是在他们的笔墨中出现了新的西方形象。《卜来敦记》就是这样一个例子：针对人们对西方国家唯有"机匠厂师"、到处"贾客帆樯"的心理期待，《卜来敦记》描写了一个宁静优美的诗性社会；在西方国家"船坚炮巨、逐利若驰"的传统形象上，涂抹了一层人民安居乐业，"优游暇豫""绝特殊胜"的油彩。这一新形象不仅是对传统西方形象的纠正，而且也是对它的颠覆，因为在这一崭新的描述中，传统的西方形象与中国的自我认同在某种程度上被颠倒了。黎庶昌对西方文明曾有这样一段评论：

其人嗜利无厌，发若鸷鸟猛兽。然居官无贪墨，好善乐施。往往学馆、监

---

① 孟华：《试论游记在建构异国形象中的特殊功能》，中华读书网，2002年9月19日，https://www.docin.com/p-260941841.html。

牢、养老恤孤之属，率由富绅捐集，争相推广，略无倦容。亦不为子孙计画，俨然物与民胞。而风俗则又郑卫桑间濮上之余也。每礼拜日，上下休息，举国嬉游，浩浩荡荡，实有一种王者气象。决狱无死刑而人怀自励，几于道不拾遗。用兵服而后止，不残虐其百姓。蒙尝以为直是一部老、墨二子境界。老、墨知而言之，西人践而行之。鉴其治理，则又与《孟子》好勇、好货、好色诸篇意旨相合。吾真不得而名之矣！①

拿这段话与《卜来敦记》相印证，后者所塑造的西方形象的含义就更清楚。"邦人士女，联袂嬉游，衣裙杂袭，都丽如云"，说的恰恰是"郑卫桑间濮上之余也"，然而这种"好色"因能"与百姓同之"（《孟子·梁惠王下》），不但不妨碍社会的健康和秩序，反而会使社会更加和谐，更加向上。也正因为如此，卜来敦的嬉游才会有一种"浩浩荡荡"的"王者气象"。在儒家文化的语意中，说一个社会有"王者气象"，是一句极高的评语，因为它既通于孟子的"王道"理想，又与孔子"吾与点也"（《论语·先进》）的境界意会神合。黎庶昌的同时代人只见到西方列国在海外的"霸道"，黎氏却在其国内看见了"王道"；在中国三千年难以实现的圣人理想，在被目为"无道"的西方社会中却已经生根开花：在这种显而易见的悖论中，我们看到晚清西方形象与中国自我形象（self-image）互动的一个样例。

根据形象学的理论，异国形象具有意识形态和乌托邦两种功能，前者将自我的价值观投射在他者身上，通过叙述他者而取消了他者；后者则相反，由对一个根本不同的他者社会的描写，展开对自身文化的批判。从上面的分析可见，《卜来敦记》所塑造的西方的乌托邦形象，客观上已经包含了对晚清社会现实的质疑和批判的意义。而这一点被《卜来敦记》文末的议论明白点破了：在这里，作者提到"坚凝"的问题，他引用荀子的"立国惟坚凝之难"的观点，借题发挥，明里赞美英国，实际上则针对中国发言。《荀子·议兵篇》原文说：

兼并易能也，唯坚凝之难焉。齐能并宋而不能凝也，故魏夺之；燕能并齐

---

① 黎庶昌：《拙尊园丛稿》，沈云龙主编《近代中国史料丛刊》第8辑第76号，文海出版社影印本，第407—408页。

而不能凝也，故田单（按：齐国名将）夺之；韩之上地（按：指上党之地），方数百里，完全富足而趋赵，赵不能凝也，故秦夺之。故能并之而不能凝，则必夺。不能并之又不能凝其有，则必亡。能凝之，则必能并之矣。得之则凝，兼并无强。古者汤以薄（按：通"亳"），武王以滈（按：通"镐"），皆百里之地也，天下为一，诸侯为臣，无它故焉，能凝之也。[①]

像同时代许多人那样，黎庶昌把他的时代看作春秋战国重现的时代[②]，这是《荀子》这段文字的现实指涉。如果做不到"坚凝"，面对东西交汇、诸国纷争的情势，不但不能晏安无事，恐怕还难以自保，甚至落到破国亡家的结局。这是黎庶昌对晚清社会现实的判断，是对当政者的提醒，也是由《卜来敦记》描述的西方形象所演绎出的民族危机意识。

不管作者如何衷心喜爱卜来敦，并在文章中塑造了一个乌托邦式的西方形象，这一形象对黎庶昌来说仍然是一个他者。他者对自我来说是有意义的，同时也是有距离的，这是自我的文化身份决定的。在《卜来敦记》中，黎庶昌使用的"觇人国"字眼，明确指证了他的民族文化身份。实际上，和其他使西官员一样，他是把对西方社会的考察和摸底作为使命的。临出国时，也是"曾门四弟子之一"的张裕钊特作《送莼斋使英吉利序》相赠，告诫他"觇国之道，柔远之方，必得其要，必得其情"[③]。出国以后，囿于光绪前期的时代局限，以及对西方社会的深入程度，他的中国儒士的文化身份没有根本改变。这个文化身份限制了他对《卜来敦记》中西方形象的解释，使卜来敦不再是西方自身，而是中国圣贤思想的证明。他在文章中真正艳羡的，不是西方，而是古人的境界；他通过西方形象对中国现实的发问，不能从西方，而只能从汤武和周孔的榜样中求解。面对国内风俗坏乱、国外列强威逼的危急形势，同光时代绝大多数士人不是把学习西方文化、而是把恢复正统儒家教化作为解决现实问题的根本的出路，黎庶昌虽然在西方历练数年，仍然不能摆脱这一道德主义的窠臼。

原载于《名作欣赏》2006年第2期

---

① 王先谦撰：《荀子集解》（下册），中华书局1988年版，第290页。
② 黎庶昌：《西洋杂志》，岳麓书社1985年版，第540页。
③ 张裕钊：《濂亭文集》卷二，《清代诗文集汇编》第694册，上海古籍出版社2010年版，第15页。

张德彝所见西洋名剧考

　　钱锺书先生《七缀集》中有一篇《汉译第一首英语诗〈人生颂〉及有关二三事》，从美国诗人郎费罗《人生颂》的汉译谈开去，颇涉晚清公使及其随员对西方文学的记录，其中说，出使人员对西方世界的林林总总都加意采访或观察，"只有西洋文学——作家和作品、新闻或掌故——似乎未引起他们的飘瞥的注意和淡漠的兴趣。他们看戏，也像看马戏、魔术把戏那样，只'热闹热闹眼睛'，并不当作文艺来观赏，日记里撮述了剧本的情节，却不提它的名称和作者"①。这段话看似轻描淡写，却触及了一个问题，即对晚清使西记述中有关西方戏剧文献的总体评价。笔者以为，晚清出使人员在西方各国剧院里"看戏"，这是早期中西文学交流的重要事实，值得特别重视，也需要重新研究。关于这类活动，在1866—1911年间的使西记载里，有颇丰的记录。而在这些记载中，张德彝的日记《述奇》尤其值得注意。从1866年（同治五年）作为同文馆学生随同斌椿出洋考察，到1905年（光绪三十一年）从出使英、意、比国大臣任上卸职归国，张德彝共有八次出国，七次赴欧美，一次去日本，其中在欧美游历、居留与任职的各种活动，都记录在他的七部《述奇》之中（《述奇》名为八部，实第七部述日本之行没有成稿）。笔者检读张氏日记对所观西洋戏剧的记载，虽然繁简不同，内容各异，但综合起来看，足以反映晚清使官在欧美观剧的经历，也代表了他们的认识和欣赏的最高水平。本文拟就张德彝所见西洋剧目进行一点考证，试图在一个个案上解决钱文所云记录西洋戏剧只撮述情节却不提名称和作者的问题，同时结合具体情况，对张德彝的相关记述稍事评论。《述奇》涉及了西方戏剧的方方面面，剧目问题只是其中一个重要方面。仔细研究张德彝的记述，不光会修正我们对使西记载中有关西方戏剧文献的总体评价，也会使我们掌握

_____

① 钱锺书：《七缀集》，上海古籍出版社1994年版，第155页。

更多的晚清中西文化与文学交流的事实，进而重新检讨中国人接受西方文学的历史①。

这里应该说明，19世纪下半叶张德彝游历与任使欧美各国之时，正是欧美戏剧演出最繁盛的历史时期，这时的剧场，是上至君主王公、下至贩夫走卒汇聚的热闹场所，人们到剧场去观看演出，不仅是文化和艺术活动，也是社交和娱乐活动，不仅看戏，也欣赏音乐、歌舞、杂技和魔术。光电等科技手段在舞美中采用所引起的眩惑效果，以及普通观众的流行口味，加上剧院经理们的商业运作，使19世纪后半叶的欧美舞台，充斥着各类轻喜剧、情节剧、滑稽剧，严肃戏剧并不占主流。这些通俗剧在欧美的戏剧舞台上倏生倏灭，时过境迁，在文学史上已不留印痕。张德彝记载的许多剧目，由于这样的原因已难以考索。所以本文只考虑《述奇》所记录的西洋名剧。以下分剧目依次说明。

1.《沙皇与木匠》

《再述奇》记同治七年四月二十二日（1868年5月14日）往华盛顿"宽街大戏园"（Broad Street Theatre）观剧，"所演系俄罗斯伯多罗王在荷兰学铁木匠，工成回国，百官来迎，荷兰始知为王故事"。② 根据日记记述，张德彝此时正与"蒲安臣（Anson Burlingame）使团"的两名中国"钦宪"志刚与孙家榖访问华盛顿，本日晚间所看的戏，应该是德国作曲家洛尔岑（Albert Lortzing）改编谱曲的歌剧《沙皇与木匠》（1837）。据笔者所知，19世纪以彼得大帝到荷兰微服考察为题材的作品，似乎只有这部歌剧最为流行。这是张德彝较早记录西方戏剧内容的文字，记载比较简略。由于他对西方戏剧这种艺术形式还比较陌生，所以只注意了沙皇隐姓埋名学木匠的奇特，而忽略了剧中"沙皇彼得"与"木匠

---

① 笔者见到的涉及使西载记中有关西方戏剧文献的论著，多数从西方戏剧对中国话剧发生和影响的角度立论，由于这些文献与中国本土早期话剧实践基本没有直接的关系，因而在这些论著中既没有受到充分研究，也没有得到公正评价。参见田本相主编：《中国现代比较戏剧史》第一章，文化艺术出版社1993年版；袁国兴：《中国话剧的孕育与生成》第二章，文津出版社1993年版；孙宜学：《星轺日记对中国戏剧发展进程的影响》，《中国比较文学》1997年第4期；左鹏军：《中国近代使外载记中的外国戏剧史料述论》，载《华南师范大学学报（社会科学版）》2001年第2期。另外，孙柏在《戏剧》（中央戏剧学院学报）2004年第3期上发表的《清使泰西观剧录》一文，选取19世纪欧洲戏剧文化的格局与晚清海外中国人对西方戏剧文化的接受这一角度，对"使官看戏"这一问题，做了新的开掘。但由于所掌握文献的关系，孙文忽视了使西记中有关西方经典戏剧的记述，而这一内容恰恰是最能代表"西方戏剧文化"的。
② 张德彝：《欧美环游记》，岳麓书社1985年版，第662、666页。

彼得"（伊万诺夫）之间人物安排的喜剧效果。

2.《格罗斯坦大公爵夫人》

《再述奇》记同治七年五月初六日（1868 年 6 月 25 日）在纽约观剧，"薄暮入城，至一戏园。是夕所演，系法郎西之戏文，出名'格郎局哂'，译言大公爵夫人也。见有少女，首冠盔，手持剑，往来歌舞如风，转喉比娇莺，体如飞燕，'楚腰一捻掌中擎'，悉不过是也"[①]。按文中提示，"大公爵夫人"的法文为 Grande Duchesse，其音与"格郎局哂"正近；考当时法剧中使用这个剧名又在美国演出的作品，必为德裔法国著名作曲家奥芬巴赫的歌剧《格罗斯坦大公爵夫人》（La Grande-Duchesse de Gerolstein）无疑。由《再述奇》的记载可知，本剧在纽约的上演与在法国杂剧院（Théâtre des Variétés）的首演仅隔两个月。张德彝这里使用中国古典文学的程式化语言描述西方演员的表演，这是早期出使人员描绘西方所见事物的惯用手法。

3.《浮士德》

《三述奇》记同治十年八月二十四日（1871 年 10 月 8 日）在巴黎"格朗戏园"（L'Opéra de Paris）观剧，"所演者，一人年近六旬，意欲还童，乃登山采药。正在松下寻觅间，忽来一鬼，身着红衣，远看如火判。鬼知其意，乃使其须落黄，面腴神足，变一风流少年。其人大喜，且言久有一女，爱而不得。鬼遂领去见女"[②]。张德彝对本剧情节的记述共用了 200 多字，篇幅所限，不再照录。这段文字曾被有的学者注意，在文章中引证，但"可惜未能知晓其剧作名称"[③]。笔者以为，这部剧其实就是《浮士德》。一个年近六旬的人，遇到魔鬼，魔鬼使他返老还童，帮助他追求爱而不得的女郎，这正是歌德《浮士德》第一部的情节。至于"女不允，乃故遗一箧于园，内有金刚石镯钏耳坠等。女见以为天赐，喜而佩之，方去照镜，见是男立于其后"云云，与歌德原作也完全一致。但日记中接着又说，"女父知而大怒，携其长子出街寻获，遇之于途则对

---

① 张德彝：《欧美环游记》，岳麓书社1985年版，第666页。从稿本校阅，有改动。

② 张德彝：《随使法国记》，岳麓书社1985年版，第510页。

③ 见左鹏军：《中国近代使外载记中的外国戏剧史料述论》，《华南师范大学学报（社会科学版）》2001年第2期。

斗。而男有鬼助，乃刺死女父"。这种说法，与《浮士德》原作中玛格丽特的哥哥瓦伦廷寻找浮士德决斗被刺死的过程颇不合。这如何解释呢？从张德彝记述中"跳舞歌唱"以及"仙女数十，飞腾半空"等文字，可知本剧是歌剧；当时在法国舞台上演的根据《浮士德》原作改编的歌剧，乃是法国作曲家古诺（Charles Gounod）谱曲的歌剧《浮士德》，其戏剧脚本源于卡雷（Michel Carré）的《浮士德与玛格丽特》，在这个脚本里，剧作家为了使人物关系更加复杂，增添了一个追求玛格丽特的年轻人席贝尔（Siebel）。张德彝在看戏之时，大约错把玛格丽特的哥哥瓦伦廷当成了"女父"，而把席贝尔误作为瓦伦廷的"长子"。还有一点，日记开头说浮士德欲求返老还童在松间采药遭遇魔鬼靡菲斯特，这既不合《浮士德》原作，也不合歌剧版本，应该是张德彝的记忆不正确，其中也见出中国仙道文化对他的潜意识影响。钱锺书先生曾从李凤苞《使德日记》的一段文字推断，"历来中国著作提起歌德，这是第一次"①，按李凤苞光绪四年（1878年）方出任驻德国公使，而张德彝于同治十年（1871年）就记载了《浮士德》的演出与剧本内容，他虽然不知道歌德其人，但这件事实本身，在中西文学交互传播的历史上，还是值得一提的。

4.《瑞普·凡·温克尔》

《四述奇》记光绪三年三月初六日（1877年4月19日）在伦敦"太子妃戏园"（The Princess's）观剧。"所演系一人名辛寿者，年近三旬，好饮酒，终日在醉乡，不理生人产"，结果被邻居巧设骗局，险些失去房地和田产，被"其妻怒而逐之"。"辛出门，手执火枪，信步入山。夜半遇一鬼，肩负酒桶，见辛至，置之地。鬼不言，而以手指桶，继而指肩，开桶，双手作饮状。意似求辛代负登山，开桶共饮。辛会意，乃置桶于肩。鬼前行，辛从之。山甚高。抵其地，见白发老鬼十余，盖山临大海，鬼皆百年前覆海之水手也。众见辛，敬之如神，开桶畅饮。甫一杯，辛即醉卧山顶，二十年方醒。醒则须发皆白，衣已化灰……"。② 此段记述近500字，文字简洁，格调清奇，颇有蒲松龄小说韵味。从上面所引文字极易辨别，张德彝在伦敦所见的戏，一定本于美国作家华

---

① 钱锺书：《七缀集》，上海古籍出版社1994年版，第156页。
② 张德彝：《随使英俄记》，岳麓书社1986年版，第379—380页。

盛顿·欧文的小说《瑞普·凡·温克尔》。但戏剧中有心术诡诈的邻人企图骗夺善良而诸事漫不经心的瑞普之田产的戏剧性情节，在小说中并无依据。实际上，这一情节是当时美国著名演员约瑟夫·杰弗逊（Joseph Jefferson）在1859年创出来的，1865年英国剧作家迪恩·布希科（Dion Boucicault）在与杰弗逊合作将《瑞普·凡·温克尔》推上英国舞台时，将杰弗逊的创意写成定本。张德彝所见，应就是这一版本。顺便说，张德彝也许是最早记述《瑞普·凡·温克尔》故事的中国人，到林纾等1907年把华盛顿·欧文的作品译入中国（《拊掌录》），已经是三十年以后的事了。

5.《伊凡·苏萨宁》

《四述奇》记光绪五年九月二十七日（1879年11月10日）在"麻林斯吉戏园"（The Marriinsky Theatre）观剧，"所演系俄三百年事：俄被波兰征服，有一小王子出奔。当波人追觅时，遇一老农名苏萨年。……波兵以伊知王子所在，乃入其家，勒令导往。苏初不允，继而慨然诺之，暗令其子疾驰告警。苏将行，伊女牵衣而泣。众兵举刀吓之。苏引众兵步行一昼夜，入旷野森林，距王子已数百里……"①。张德彝此日所见，乃俄国作曲家格林卡所作的歌剧《伊凡·苏萨宁》，收入"走向世界丛书"的杨坚校点本（按：易名《随使英俄记》）已在边批注明，这里不再辞费。

6.《八十天环游地球》

《五述奇》记光绪十三年十一月初六日（1887年12月20日）在柏林"威克兜里亚戏园"（待考）观剧，"所演系英国六七富绅，一日闲谈，谓不知至少若干日可得周游四大洲，有谓须百日者，有谓须三个月者，惟某甲谓只八十日足矣……"②。以下叙述文字颇长，从略。显然，这里说的是法国作家儒勒·凡尔纳的《八十天环游地球》。该小说1872年底在法国报纸上连载，1873年单行本出版发行，两年后被搬上巴黎舞台，风行欧美剧场，长演不衰。张德彝用了1200余字对福格充满刺激与悬念的旅行过程进行了详细叙述，虽然他没有记下人物

---

① 张德彝：《随使英俄记》，岳麓书社1986年版，第754页。
② 张德彝：《稿本航海述奇汇编》第五册，北京图书馆出版社1997年版，第80—86页。

的名字，但对故事情节与人物关系的掌握，相当准确。大概这部剧给他留下了甚深的印象，十六年以后，当他出任英、意、比国大使时，又特意将伦敦一家报纸所报道的"四十五天绕地一周"的消息及经行路径写入日记[①]。《八十天环游地球》在1900年被福建女诗人薛绍徽以《八十日环游记》的题名翻译出版（经世文社），是目前所知这部小说第一个汉译本，张德彝对小说内容的记录，比这早了十三年。

7.《哈姆莱特》

《五述奇》记光绪十六年正月初四日（1890年1月24日）在柏林"柏林乃（Berliner）戏园"观剧，"所演系四百年前和兰典故，乃国王被弟毒死，弟乃报后称王。当时后子哈米蕾年幼，未知伊父身故之由也。及其长成，一夜出游，遇鬼于途，即其父之魂灵，向伊诉其当日如何遇害。哈闻之大怒，急思代父报仇……"[②]。不消说，这部剧正是大名鼎鼎的《哈姆莱特》。据郭嵩焘《伦敦与巴黎日记》，"舍色斯毕尔，为英国二百年前善谱出者，与希腊诗人何满得齐名"[③]，这是所有晚清使西记中最早出现莎士比亚；曾纪泽的出使日记中一次提到"偕内人率儿女观歇克司搀儿所编'罗萨邻'之戏"[④]，一次提到"偕内人率珣女、铨儿往给利园观甲克设帕之剧"[⑤]，还有一次虽然没有提莎士比亚的名头，但他与随员们一起观看的剧，"所演为丹国某王弑兄、妻嫂，兄子报仇之事"[⑥]，为《哈姆莱特》无疑。较之曾纪泽的只言片语，张德彝400余字的记述相当清楚地说明了戏剧情节的复杂和人物之间的矛盾，或许是中国人对这部剧具体内容的最早记录。所遗憾者，日记中将丹麦王子说成是"和兰（荷兰）典故"，显是误记；将御前大臣（Lord Chamberlain）波洛涅斯的官职记作"礼官"，与原意微有不合；将从雷欧提斯闯宫到哈姆莱特跳入奥菲利娅坟墓一大段情节全然略去，

---

① 张德彝：《稿本航海述奇汇编》第九册，北京图书馆出版社1997年版，第207页。
② 张德彝：《稿本航海述奇汇编》第六册，北京图书馆出版社1997年版，第241—243页。
③ 郭嵩焘：《伦敦与巴黎日记》，岳麓书社1984年版，第275页。
④ 曾纪泽：《出使英法俄国日记》，岳麓书社1985年版，第322页。本书的校订者认为"罗萨邻之戏"是《奥赛罗》，笔者以为非是。"罗萨邻"不大可能是"Othello"，因为二者发音相距甚远，而更可能是"Rosalind"，她是《皆大欢喜》的女主角，可能这个人物给曾氏留下了突出印象，所以才说"罗萨邻之戏"。
⑤ 曾纪泽：《出使英法俄国日记》，岳麓书社1985年版，第889页。
⑥ 曾纪泽：《出使英法俄国日记》，岳麓书社1985年版，第184页。

变成了克劳狄斯直接向打上门来的雷欧提斯建议与哈姆莱特比剑，乍读之下，这样的情节似乎更加紧凑，然而失去了莎士比亚原作的开阔与变化。

8.《威廉·退尔》

《五述奇》记光绪十六年正月十五日（1890年2月4日）在柏林"朔斯皮拉戏园"（待考）观剧，"所演瑞士国将改民主之前，有某省总督，为人暴虐，民心不服，且国主亦昏，因而民多结党欲叛。有某甲善射，百步之外，星点能中。一日，甲将持弓箭入党，告其妻以打猎；甲之子年十三岁，欲随往。其省中某处，立有高杆，上置总督帽，下有兵卒看守。凡人过者，皆须脱帽以示恭敬，否则执以治罪……"①。不难判断，本日张德彝所观，乃是德国诗人席勒的名剧《威廉·退尔》。通观张德彝对本剧的介绍，线索清楚，叙述干净，文字也颇动人。但其中有两处情节上的错误。一个是关于退尔的脱逃。在"箭射苹果"考验以后，根据席勒原剧，退尔即被总督盖斯勒亲自押解上船，准备渡过四林湖到吉斯那特堡。船到山岬近处，因地势极端险恶，船工不敢再开，说只有让退尔开船才能逃过劫难，盖斯勒遂给退尔松绑，命其掌舵。而退尔利用船行贴近崖壁之机，趁其颠簸，纵身上岸而逃。但张德彝的日记说，"总督谕将甲发往某处小岛，永军不回。……遂将甲以舟渡登小岛。恰值某日有人行舟海内，不得出路，因见甲在岛上，遂求指引。甲即登舟，引至彼岸。未及泊舟，甲先飞步驰道……"显然，张德彝误以为盖斯勒发令以后，退尔就已经被发往"小岛"充军去了，不知道这只"不得出路"的船，正是盖斯勒亲自押解退尔的船，而不是另外某一天一只别的什么船。另一个情节上的错误，是关于一队妇孺拦阻盖斯勒。席勒原剧中，退尔因预先知道盖斯勒欲往吉斯那特城堡，遂抄近路赶往其必经过之隘道，准备将其射死。而这时碰巧来一位妇女带着她的几个孩子截住乘马行进的盖斯勒与其仆从，妇女哀求盖斯勒释放其丈夫，给全家以活路；盖斯勒既不予置理，而且厌恶这位妇女的纠缠，扬鞭纵马，欲从此妇女与其儿女身上踏过。此时退尔发出利箭，将盖斯勒射死。而张德彝的日记中则说，"……甲先飞步驰道，其时正值总督乘马猎于乡间，甲见之，乃先求于贫妇，携其子女，迨总督到时，在某墙树之间跪求财物，如不听欲去，即拽其马不使行，仍跪求

---

① 张德彝：《稿本航海述奇汇编》第六册，北京图书馆出版社1997年版，第251—254页。

之。甲乃匿于树后墙边。总督到来，正值贫妇拽马叩求之际，甲即一箭射总督坠马"。这一误解，把巧合变成了谋划，增加了原剧的才智因素；同时把"求释丈夫"变成了"跪求财物"，减低了原剧的思想意图。这一加一减，微妙地反映了晚清中国人看西洋剧在语言不能尽懂、内容不尽明的情况下，对西洋剧的中国式的变形。

9.《基督山伯爵》

《六述奇》记光绪二十三年四月十一日（1897 年 5 月 12 日）在伦敦"恩培尔园"（待考）看"大戏一出，典故系一岛距法国不远，名克里斯兜，村中一女，名莫尔赛，早经但太斯者聘定，后被该女之情人傅尔楠娶去。娶时通村男女庆贺跳舞，极闹热。但太斯探知告官，乃同系博尔楠及当娶时嗐经之神甫于犴。神甫年迈，自知将死，乃掀窗破壁，悄唤傅尔楠入彼屋，告以故，并给以地图一幅，言在某处某桃树下埋有珠宝一匣，另交钢刺一把，傅尔楠去……"[①]。法国作家大仲马的小说《基督山伯爵》1845 年问世，三年以后，由作者本人改编的剧本在巴黎历史剧院（Théâtre Historique）首演；同年，伦敦珠瑞巷剧院（Drury Lane Theatre）也上演此剧，获得很大成功。张德彝所见，应是这一版本的重演。日记对《基督山伯爵》剧情的介绍较为简括，他交代了主人公被诬身陷囹圄的事实，重点记述了其从狱中脱逃以及掘地寻宝经过，对于基督山伯爵重归故乡之后的一系列复仇活动，则没再提及。从引文中可见，张德彝笔下的"但太斯"（Dantes）实际是"傅尔楠"（Fernand），"傅尔楠"才是"但太斯"，两个人的名字被张冠李戴了；原作中傅尔楠于莫尔赛爱而不得，并未将其"聘定"；狱中之意大利神甫（Faria）一直系于狱中（二十七号犯人），并未出现在但太斯婚宴之上（实际婚礼亦未进行）。本篇日记之错误，主要是记忆不正确所致。

10.《美女与野兽》

《六述奇》记光绪二十四年正月十三日（1898 年 2 月 3 日）在伦敦"阿兰布拉戏园"（Alhambra）看"大戏"，"系一巨商，装如印度人名鲁西者，携仆阿立

---

① 张德彝：《稿本航海述奇汇编》第六册，北京图书馆出版社1997年版，第726—728页。

游山路迷，误入野兽之王之行宫。……鲁乃率仆信步入园，冀有所得以充饥。时值隆冬，冷气袭人，乃见园中鲜花一丛，趋视之，玫瑰也。……鲁以现值冬季，花不易得，因思摘一朵与伊女阿美。然花之香艳，朵朵可爱，忽见红色者尤竞秀，乃急自花仙胸前摘下。才入手，他花皆不见，惟野兽王在前，遍体黄毛，其状如猿，顶生两耳，则又如狼，后一小兽精，双手捧一弯刀。兽王云：'我遇尔以酒食，尔仍窃我上等第一朵鲜花，罪自当死。'……"①。按"美女与野兽"是西方著名的童话故事，自1756年法国女作家鲍芒（Jeanne-Marie Leprince de Beaumont）将其写定为今天家喻户晓的散文故事以来，该童话在西方世界被编写成各种戏剧样式，常演常新（著名一例为美国迪斯尼公司1991年出品的《美女与野兽》动画片）。张德彝所见的演出，是1898年伦敦阿尔罕布拉剧院上演的《美女与野兽》芭蕾舞剧。关于日记对本剧叙述的准确性如何，由于今天已难觅当时演出的脚本，很难评断。在鲍芒的散文故事里，贝尔（Belle，"美女"之意）请父亲出门回家时给自己带一枝玫瑰；在此日记中，则是父亲偶见玫瑰，心生欢喜，主动为贝尔摘了带回，贝尔事先并不知情。除此之外，日记的记述与通行说法并无歧异之处。值得注意的是，张德彝对本剧似乎情有独钟，他花了大约1500字对剧情作了详述，不光记载主干情节，而且颇为精细地摹画了戏剧的优美场面和人物的不同心理，成功传达了舞台气氛。

11.《马铃之声》

《六述奇》记光绪二十四年二月十七日（1898年3月9日）在"莱色木戏园"（The Lyceum）看一短一长两出戏，"其长者，乃倭特路一茅店主人，名马斯亚者，于十五年前某月日，大雪缤纷，厚逾四尺，适有波兰犹太教人某甲，自乘雪床投宿，其雪床俄式，于两檐头马项之上，横有弯木，上系铜铃，行动丁东有声。其人极富，携有皮袋，满盛金钱。马斯亚见而祸心生，入夜刺死，焚其尸，纵其马，而毁其车。乡人罕有知者……"②。按张德彝在此篇日记开头说，"莱色木戏园之东主兼班头伊武英帖请星使与余今晚观剧"。"莱色木戏园"现通译为"兰心剧院"，"伊武英"，即 Henry Irving，现通译为"亨利·欧文"，是

---

① 张德彝：《稿本航海述奇汇编》第七册，北京图书馆出版社1997年版，第415—423页。
② 张德彝：《稿本航海述奇汇编》第七册，北京图书馆出版社1997年版，第461—467页。

英国 19 世纪最著名也最有影响力的演员。1871 年 11 月 25 日，伦敦兰心剧院公演了利奥彼德·刘易斯根据一个法国戏《波兰犹太人》改编的悲剧《马铃之声》（*Bells*），由于欧文的出色表演，该剧获得极大成功，经营不景气的兰心剧院从此生意兴隆，一路兴旺。1878 年，欧文成为兰心剧院的经理，此后二十年他一直在经理这个位置上工作，一边管理剧院，一边亲自演出，直到 1899 年卸职为止。张德彝应邀观赏欧文的演出，就在欧文退职的前一年。本篇日记不光记载了众多人物的名字，详述了主要情节，还对马斯亚这个人物因受犯罪感压迫陷入幻觉的情状做了绘影绘声的描绘。尤可注意者，张德彝还注意了演员的表演艺术，说欧文"所扮之相貌既非善良，足令观者为之切齿。按其人忽作龙钟之老翁，忽扮贪残之凶徒，其登台装演之技，亦可谓精能矣"。

12.《唐·璜》

《八述奇》记光绪二十八年四月十一日（1902 年 5 月 18 日）在马德里受西班牙国王的邀请，在"里亚戏园"（Teatro Real）观剧，"所演系法人某所编，据云二百年前，某城有富室某甲，为人不良，戏谑名人某乙之女。某乙闻之，怒，约甲林间斗剑。乙不敌甲，被刺，甲携仆逃。乙之子女寻得，大痛彻心，不知何人所害。后闻为甲，遂著素衣，四处缉访踪迹……"[①]。日记中的"某甲"，实际是西方著名的文学人物唐·璜；剧中的关键情节，即唐·璜风流放逸，诱拐妇女，遭到多人复仇，而他一意妄为，竟至邀请他所杀死的军官的石像来宅中赴宴，石像果如约前来，将其拖入地狱的故事。西班牙剧作家莫利纳（Tirso de Molina，本名 Gabriel Tellez）最早将这一唐·璜故事写入戏剧（《塞维尔的花花公子》），后来许多剧作家包括莫里哀和普希金都曾用过这一题材。从张德彝日记提供的信息，似乎难以断定他所见到的《唐·璜》究竟是哪个版本。日记云"所演系法人某所编"，大约指莫里哀的《唐·璜》，但莫里哀的《唐·璜》开头并无唐·璜与骑士决斗将骑士杀死的舞台场面，被侮辱女子的哥哥虽然找到唐·璜复仇，但也没有日记所说拔剑互斗、不分胜负的情节。从张德彝所叙的开场和结尾看，本剧更像是意大利诗人达·篷特编剧、奥地利作曲家莫扎特谱曲的歌剧《唐·乔凡尼》（意大利语 "Don Giovanni" 即西班牙语 "Don Juan"），但日记

① 张德彝：《稿本航海述奇汇编》第八册，北京图书馆出版社1997年版，第602—605页。

中并未提及本剧有演唱和歌舞，所以也不能断定。无论是哪个剧本，舞台上演出的是《唐·璜》一剧仍是无疑的。《八述奇》对《唐·璜》的说明文字不是很长，虽然如此，其对石像叩门以后唐·璜仆人"魂魄丧失，齿欲相击，强言'石人来矣！'"的惊惧之状，以及唐·璜"见石人立，抛剑奔回，耳闻地板橐橐，石人紧随其后"的紧张情景，都有出色的叙述。

13.《艾米丽》

《八述奇》记光绪二十九年六月初九日（1903年8月1日）在伦敦"阿代勒扉戏园"（Adelphi）看戏云，"戏分四节，其文为船户贝高第之侄女埃木里，原允配水手哈木，后被纨绔少年司悌佛拐去，携游法、比。司悌佛始恋其美，既憎其贫，终则弃之伦敦马尔萨小店中……"[①]。此日记中之贝高第（Peggotty）、埃木里（Emily）、哈木（Ham）、司悌佛（Steerforth）、马尔萨（Martha）等，都是狄更斯自传体长篇小说《大卫·科波菲尔》中的人物；张德彝所见之剧，乃是根据《大卫·科伯菲尔》改编的话剧《艾米丽》（Emily）。《大卫·科波菲尔》在1908年由林纾与魏易以《块肉余生述》的名字译入中国，张德彝的观剧较此为早。另外，《八述奇》除忠实记述《艾米丽》的剧情而外，还讲到了观看此剧的缘由："英俗，凡创排新戏，第一日出台，则园主或班头柬请贵客往观以为荣。伶人喀特来新排一出，名《埃木里》（幼女名也），今日戌正，在特兰街阿代勒扉戏园初演，已经艾拉木太太代函请观，备有包箱。"[②] 1903年8月1日，《艾米丽》一剧在艾德尔菲剧院举行隆重的首场演出，喀特来（实为Georges Cartwright，《艾米丽》一剧的出品人）托人邀请中国公使及家人亲到剧场观摩，张德彝的日记遂为这部剧的首演留下了一个特殊的见证。

14.《罗密欧与朱丽叶》

《八述奇》记述光绪三十一年五月初六日（1905年6月8日）在"克文灯园"（Covent Garden）观剧，"所演之戏，系义国事。按义大里旧风，两家世仇，永不解释，互相杀害。有甲男与乙女情爱相投，后乃知为仇家。然二人情重，终

---

① 张德彝：《稿本航海述奇汇编》第九册，北京图书馆出版社1997年版，第415—416页。

② 张德彝：《稿本航海述奇汇编》第九册，北京图书馆出版社1997年版，第414—415页。

不欲离，虽其母阻止，院户搜捉，亦不顾。而乙族人众，终不允许，仍事谋杀。一日某甲举刀自楼窗跃出，乙女骇而仆，昏绝于地。共演三出。"① 遗憾的是，本篇日记未记人物姓名，关于本剧的剧情，张德彝的记述也仅止于此。但如果把上面的文字与莎士比亚的《罗密欧与朱丽叶》的前半对照来看，二者十分吻合，应可断定就是《罗》剧。但为什么剧情只进展到"朱丽叶卧室"一场，罗密欧跃窗而出就完了呢？笔者浅学，难以研析究竟。也许是张德彝记录的疏略，也许，如日记述第一出场景"楼阁花园，皓月当空，晚景幽雅，女立阶前，男藏花下，相歌情爱"所显示的，当天的演出本就是歌剧或芭蕾舞的几个片段。在晚清使西载记中，同样讲到观赏《罗密欧与朱丽叶》一剧的，还有出洋考察大臣戴鸿慈的《出使九国日记》②，与《出使九国日记》中对该剧完整而典雅的记述相比，张德彝的记述确实不能令人满意；不过张的记述比戴的记述早一年，应该是中国人文字中较早讲到《罗密欧与朱丽叶》内容的，在中西文学交流史上，是不该被忽略的 ③。

以上是笔者对张德彝《述奇》所载西洋名剧的考察。一般来说，他的记录的特点主要是客观叙述，在大多时候对剧情或剧中人物很少发表意见。但是，仔细地研究他关于西方戏剧的记述，还是可以总结出他对西方戏剧作为西方文化的一项内容的基本看法，这个问题笔者将另文专述，这里不再讨论。还是回到本文开头的话题。钱锺书先生在文章中说，张德彝对外国的制度、风俗、衣食住行，无不切实调查，详细记录，"就只绝口不谈文学，简直像一谈文学，舌头上要生碗大疔疮似的"④。通观七部《述奇》，张德彝确实没怎么提到西方的诗人、作家，这从他看了《浮士德》而不知有歌德、看了《唐·璜》而不知有莫里哀、看了《罗密欧与朱丽叶》而不知有莎士比亚可以见出。但这只是问题的一方面。另一方面，我们发现他对戏剧一直抱有很深的兴趣，不光是本文所谈的具体作品，他日记中对与西方戏剧相关的剧院建筑、观众席、商业运营、演员表演都有大

① 张德彝：《稿本航海述奇汇编》第十册，北京图书馆出版社1997年版，第405—406页。
② 戴鸿慈：《出使九国日记》，岳麓书社1986年版，第383页。
③ 1903年上海达文社出版了根据兰姆姐弟《莎士比亚戏剧故事集》节译的十个故事，题为《澥外奇谭》（译者不详）；1904年林纾和魏易把故事集全译出版，题为《英国诗人吟边燕语》。这两种著作均较张德彝本日记为早。对莎士比亚戏剧的原文翻译，则要到20世纪20年代。
④ 钱锺书：《七缀集》，上海古籍出版社1994年版，第157页。

量的记录，其丰赡详明的程度，出乎当代研究者的想象①。与晚清其他使官相比，除了陈季同这个特例②，张德彝关于西方戏剧各方面的知识最多，体验也最丰富。如本文开篇所言，戏剧是文学的一种，晚清使官在西方剧院里看戏，是中国人较早地直接面对西方文学，其虽然以社交和娱乐活动的方式进行，仍不能改变这一小撮特殊人群在19世纪下半叶欣赏西方文学（包括著名文学作品）这一事实。如果我们接受这一事实，就会承认，张德彝不仅"谈文学"，而且谈得非常多，非常细。固然，张德彝对所观剧目的介绍有时不够准确，一般很少评论，而且他自始至终喜爱歌舞剧胜过"白而不唱"的话剧，但从他留给我们的文字记录来看，他对西洋剧的欣赏，已远远超过了"热闹热闹眼睛"的程度。从《航海述奇》到《八述奇》，他所写下关于西方戏剧的文字愈来愈多，专有名词使用得愈来愈多，剧情介绍愈来愈细，文字传达也愈来愈富于感染力。他所展开记述的剧目里有这么多西洋名剧（还有笔者未考出的），说明了他的欣赏水平。文学是能够跨越民族、跨越国界、跨越时代的，张德彝留给我们的洋洋洒洒的观剧记录，是这一时代中西文化交流的宝贵纪念。

原载于《东方文学研究通讯》2005年第1期

---

① 学者们谈论晚清使官与其他游历人士对西方戏剧的了解，主要依据王韬、郭嵩焘、黎庶昌、李凤苞、曾纪泽、戴鸿慈的出使或游历载记，对张德彝日记也有参考，但主要是用钟叔河"走向世界丛书"所已排印出版的数种，不含《五述奇》《六述奇》和《八述奇》，而后几部著作对西方戏剧方方面面的记载尤多。
② 陈季于1886年以法文出版过一部《中国人的戏剧》，在介绍中国戏剧的同时，往往与西方戏剧作对比；他本人还曾以法文写过喜剧。

《四述奇》俄京观剧史料述评

中国人真正接触俄国的文学艺术，是从清朝所派的外交官在俄国观剧开始的。晚清到过俄国的外交官，除了历任常驻公使及其随员而外，还有好几个外交使团的成员，人物繁多。但这些人之中，著有出使记的人不多，谈及俄国戏剧的人更少。就笔者所见，被学者引用过的几个例子，1866年（同治五年）率团游历欧洲的斌椿，在彼得堡见到"演戏二次"[①]，1880年（光绪六年）起任驻俄公使的曾纪泽，提到在俄国看过译为"俄语声调"的法国剧[②]，都是只言片语，只有1895年（光绪二十一年）赴俄吊唁沙皇亚历山大三世之丧的专使王之春，在他的《使俄草》里记述在彼得堡皇家大戏院观看芭蕾舞剧《天鹅湖》的情况[③]，比较具体些，但亦是绝无仅有的特例而已。大概由于资料稀少的原因，关于晚清使官在俄国的观剧，中俄文化交流史的专家不曾给与足够的重视。戈宝权先生在他的《谈中俄文字之交》长文里约略提到一两件相关事实，没能深入[④]；而李明滨先生所著《中国与俄苏文化交流志》，则干脆没有涉及。

在这方面，还有一个人物长期以来一直没有引起注意，他就是张德彝。从1878年12月（光绪四年十二月）到1880年2月（光绪六年正月），张德彝作为"出使俄国钦差全权大臣"崇厚的随员，在俄国京城彼得堡待了一年有余，其间出席了许多观剧活动，并做了大量记录。这些载在《四述奇》中的观剧记录[⑤]，是晚清中国人对俄国19世纪下半叶戏剧演出的不可多得的见证，颇具学

---

① 斌椿：《乘槎笔记·诗二种》，岳麓书社1985年版，第130页。
② 曾纪泽：《出使英法俄国日记》，岳麓书社1985年版，第373页。
③ 王之春：《使俄草》，沈云龙主编《近代中国史料丛刊》第7辑第67册，文海出版社影印本，第202—203页。
④ 戈宝权：《谈中俄文字之交》，《中国社会科学》1987年第5期。
⑤ 《四述奇》在清末曾有刊本（《小方壶斋舆地丛钞》），20世纪80年代出版家钟叔河出版"走向世界丛书"将其列入，易名《随使英俄记》排印出版。本文依据的主要是岳麓书社1986年"走向世界丛书"版本，参以1997年北京图书馆出版社《航海述奇稿本汇编》影印版本。

术研究价值。观剧是张德彝作为外交人员在国外的一种社交和娱乐活动，从他自身来说，并没有习学所在国文艺的主观意图，但在客观上，这种活动使他直面西方的艺术形式，他将所见所闻记载下来，公诸于世，起到了向国内传播西方文化艺术的作用。笔者认为，仔细研究张德彝使俄载记中有关俄国戏剧的文献，会使我们了解他在俄国观剧的情况，进而掌握早期中国人对俄国乃至西方戏剧文化的接受，丰富我们对中俄文学与文化交流史的认识。

张德彝在俄国究竟看过些什么剧呢？具体的剧目，已难于考证，但涉及的品类，却颇为不少。以下就从这一角度，分别说明。

1. 芭蕾舞剧

张德彝在俄京的第一次观剧，为光绪五年正月初五日（1879 年 1 月 26 日），俄皇亚历山大二世为庆祝公主大婚，帖请各国公使、随员及本国王公大臣与夫人等，在"巴立帅戏园"（皇家大戏院）看戏。《四述奇》记曰，"旋二出开，乃一跳舞场也。幼女百数十人，服短裙，色分五彩，分群列队，作线成环，忽燕飞而鱼跃，忽鸿骞而龙游，殊觉闹热可观"[①]。这场演出，是两幕芭蕾舞剧，但张德彝这时大约还不知道"芭蕾舞"一词。又过了半个月，张德彝再入同一剧院观剧，看的仍然是芭蕾舞，这回他对演出的情形作了更详尽的记录，并加上了自己的解释：

是晚舞而不歌，名曰巴蕾塔，义亦跳舞也。伶人皆幼女，服五彩衣，有百数十名。……时值冬令，幼女跳舞，衣履皆白。忽而入春，和风暖日，景象一新，幼女跳舞，衣履皆绿。继而入夏，赤日烘云，花芳树密，幼女跳舞，衣履皆红。继而入秋，风吹木落，千里寂寥，幼女跳舞，衣履皆黄。忽又入冬，山寒水冻，烟雾苍茫，幼女跳舞，衣履皆黑。[②]

与其他出使西方的外交官员一样，比起"白而不唱"的西方话剧，张德彝更

① 张德彝：《随使英俄记》，岳麓书社1986年版，第654页。
② 张德彝：《随使英俄记》，岳麓书社1986年版，第660页。

喜欢西方的歌舞剧①，因为这类戏剧有与中国戏曲相一致的地方，"闹热可观"，适合中国人的口味，而且在语言不通的条件下也能够欣赏。所以他用古典文学的语言，骈词骊句，层层布排，对舞台的奇妙景观极力描绘。这样的描绘对于晚清的中国读者来说，足以引起一种好奇之心，甚或神往之情，然而也有其缺点，就是太过写意，不能介绍得具体。由于使用这样一种修辞学，张德彝不可能说出芭蕾舞的舞蹈技术（包括腰、腿、足尖的动作），这就使国人只能止于神往"忽燕飞而鱼跃，忽鸿鸾而龙游"的"闹热"，而不得芭蕾舞的究竟了。

2．乡村滑稽剧

同年闰三月二十九日（1879 年 5 月 19 日），张德彝随崇厚"赴温宫左看乡戏"②。"温宫"就是"冬宫"，即沙皇的皇宫；"温宫左"就是"冬宫附近"的意思。但"乡戏"又是怎么回事呢？查《四述奇》二月初三日（2 月 23 日）的日记，原来在这一年斋戒期到来之前，俄国政府"在御夏园旁设大木房数所，内演乡戏，入者每人五十考贝至二卢布半不等"③，斋戒期过去以后，设施仍没有拆除，于是张德彝得以一见其中的演出。当日演出的内容是什么呢？

当时所演，系一乡民游巴里，在凯歌路木榻昼眠，梦驾炮弹而上天。入月遇仙，携有美酒，仙饮而玉山颓倒，其人乃窃其衣冠而服之。旋有众人奏乐，以肩舆迎入广寒宫，谒见嫦娥。正畅谈间，多人以木笼舁仙至，盖目仙为俗子而捕之也。仙出笼，控诸嫦娥。继而彼此辨驳，其人语塞。嫦娥令强纳其人于炮弹，命大鹏以爪掷出月宫。甫出门，爪舒而炮弹落海，不意正抵龙宫。乃入，谒见龙王，大悦，相与步游。见宫室之富丽、花木之新奇，又与霄汉不同也。未几而醒。④

此剧写一个法国农民的黄粱美梦，与中国小说《枕中记》和《南柯太守传》

---

① 张德彝：《随使英俄记》，岳麓书社1986年版，第384页；张德彝：《稿本航海述奇汇编》第六册，北京图书馆出版社1997年版，第291页。

② 张德彝：《随使英俄记》，岳麓书社1986年版，第691页。

③ 张德彝：《随使英俄记》，岳麓书社1986年版，第671页。

④ 张德彝：《随使英俄记》，岳麓书社1986年版，第691—692页。

用的是一个套式，只不过它的内容不是升官发财，而是游历冒险，显出中西生活观念的不同。但是到月球上冒险，这个题材很不一般，有些科幻的味道，一个乡村的草台班子恐怕不会有这种奇思妙想。笔者揣测，1865 年法国作家儒勒·凡尔纳发表的小说《月界旅行》，讲了一个用炮弹将探险家送上月球的故事，这部剧的灵感，或源于此。遗憾的是，张德彝用中国神话中的"神仙""嫦娥""大鹏""龙王""广寒宫""龙宫"等语汇讲述演出的内容，使得原剧的本来面目，已经相当模糊。但是，尽管有这些"误读"，一个思想正统的晚清公使随员能够前往参加俄罗斯民众的戏剧"狂欢"，并从中感到乐趣，还是难能可贵的。

3．历史剧

《四述奇》记光绪五年八月二十四日（1879 年 10 月 9 日）在"阿来三德戏园"观剧，"所演系三百年前俄王米晒事迹。王暴虐不仁，王子愚骏，王病弥留，袭位不受，乃请转让他人"[①]。按时间推断，本剧中的"三百年前俄王"，应是伊凡四世（伊凡雷帝）；而其中"王暴虐不仁，……乃请转让他人"等情节，与阿·康·托尔斯泰的历史剧《伊凡雷帝之死》和《沙皇鲍里斯》颇吻合。托尔斯泰的历史剧三部曲《伊凡雷帝之死》（1865）、《沙皇费尔多》（1868）、《沙皇鲍里斯》（1870），除第二部一直被禁演而外，另外两部在俄国 19 世纪后半叶的戏剧舞台上多次演出，有很大影响，张德彝所见或者就是《伊凡雷帝之死》和《沙皇鲍里斯》（本日演剧直到"丑初"，也就是到第二天凌晨一点以后才散场，时间较长，应该不止一部）。也许因为张德彝对俄国历史不熟悉，或者他不懂俄语，欣赏俄语话剧比较困难，他对剧中内容的介绍只有寥寥数语，未加任何评断。

4．歌剧

同年九月二十七日（1879 年 11 月 10 日），张德彝被一位同事（桂冬卿）邀请前往"麻林斯古戏园"观剧，当晚他记录了演出的内容：

---

① 张德彝：《随使英俄记》，岳麓书社1986年版，第745页。

俄被波兰征服,有一小王子出奔。当波人追觅时,遇一老农名苏萨年。伊生子女各一,子年未及冠,女字而未嫁,婿名索巴呢音,一门素称忠孝。波兵以伊知王子所在,乃入其家,勒令导往。苏初不允,继而慨然诺之,暗令其子急驰告警。苏将行,伊女牵衣而泣。众兵举刀吓之。苏引众兵步行一昼夜,入旷野深林,距王子已数百里。兵既力疲,又值天冷,大雪烈风,众兵举刀追问,苏谅王子必闻信而逃,乃大声急呼曰:王子所居,我亦不知,今领汝等至此,不过少延以令之逸耳。而众兵怒杀之。当苏之去也,其女昼夜哭泣。邻人询知其事,再三劝慰,亦料苏必无生理。伊婿闻之,聚众乡人执械往救。后王子得志,追封苏为义士,赏其子女及婿以地亩官爵,名传至今。①

这部剧是俄国戈罗杰茨基编剧、著名作曲家格林卡谱曲的歌剧《伊凡·苏萨宁》。从张德彝的记述来看,他对剧中主人公性格的描写相当生动,对背景环境的渲染富于感染力,对事件过程的记述条理也很分明。这些都说明他对这部剧很欣赏。张德彝为什么会欣赏这部剧呢?从特定时代的角度考虑,本剧描写了俄国战胜波兰入侵的历史,宣扬了被侵略国家对侵略国家的胜利,具有民族主义精神,这对饱受西方列强侵凌的大清帝国的臣民,会引发某种共鸣。但还有另一个原因。从张德彝的记述看,他误会了《伊凡·苏萨宁》的情节:剧中波兰人命令苏萨宁带路寻找的,不是什么"出奔"的王子,而是挺进莫斯科的义勇军将领米宁的队伍;苏萨宁将侵略者带入森林,也不是要远离"王子",而是要让他们找不到出路,冻饿而死。造成这种误会的原因,是张德彝的忠君观念。由于有这样一种先入为主的观念,他错解了剧情,在他的记述中,苏萨宁"一门素称忠孝",为了掩护出逃的王子,他刚毅果决,情知必死,而将波兰人带入几百里外的森林中。最后他的美德得到报偿,名传千古。张德彝欣赏的苏萨宁,不只是个爱国的俄国农夫,还是个忠君的烈士。显然,这种明主忠臣式的演绎,是对《伊凡·苏萨宁》的中国化。

5. 悲剧

光绪五年十二月十四日(1880年1月25日),张德彝受另一位同事(塔木

---

① 张德彝:《随使英俄记》,岳麓书社1986年版,第754页。

庵）的邀请再在"巴立帅戏园"观剧：

> 所演系甲乙二人，同私一茶肆之女。甲已娶，乙未婚，女不知之。久则女喜甲而厌乙。乙妒之，潜之甲家告其妻：伊有外遇。是晚值甲他往，其妻步入茶肆，跽求女弃其夫，另觅未婚之男，免致终身之误。女始知甲已娶，因而恶之。一日甲持糕饼一裹，入茶肆觅女，见与乙欢笑相偎。甲奉糕饵，女力却之。甲怒掷于地而诘之，女言汝已有室，勿再纠缠。问其何以得知，答以闻由其妻。甲愈怒，呆立者移时。当甲与女口角之际，有一囚首丧面之铁匠，竟攫糕饼而窃食焉。食毕，乃弹筝而歌曰："人心乱兮觅其知意，思不得兮吾有妙计。至难处兮当解其疑，力不及兮吾有利器。"往复高歌，使之闻之。甲知歌有隐义，遂掖之出，奉卢布二百而求计。铁匠纳诸怀，笑谓之曰："且先转家，随行自有妙策。"乃同行，约三里许，至一山墅。铁匠踌躇再四，掷其筝于地，由靴内出一匕首而与之，曰："唯此可雪不平。"甲持之，急驰而归，铁匠遂走歧路逸去。甲抵家，扣门而入。良久，闻女声哀号，甲旋拖女尸而出，鲜血满面。观之殊令人凄惨也。[①]

笔者浅学，没有考出这部剧究竟是哪部作品，因而难于从张德彝的记述与原剧的对比中发现问题。就所记述的内容看，人物的行为有些莫名其妙，不大能讲通。甲的妻子知道丈夫有了外遇，找到了那个第三者，告诉她遭了欺骗，跽求她不要再与自己的丈夫来往。这种行为，只能说是人之常情，极正常的反应，甲就算对妻子不满，也绝不至于杀了她。剧中的铁匠，仿佛有些侠士的意思，急人之难，慷慨好义，但是他怂恿甲回家杀妻，其道德的正义性，同样站不住脚。张德彝为什么会有这种疏漏呢？笔者以为，这缘于他对西方伦理生活的不赞成的态度。在张德彝的眼里，为了爱情，置社会伦理于不顾，这就是西方戏剧反映出来的西方社会的缺陷[②]。抱定中国儒家传统，他试图从西方的戏剧里寻找一些具有道德警示意义的东西，结果没有找到，于是索性不去深究剧中人物行为的合理性。对这样一出由三角恋爱引发的家庭悲剧，张德彝仿佛只是

---

① 张德彝：《随使英俄记》，岳麓书社1986年版，第779—780页。
② 张德彝：《稿本航海述奇汇编》第八册，北京图书馆出版社1997年版，第294页。

客观照录，没做任何评说，但从字里行间，能够感觉到他对西方婚姻生活所持的否定态度。

以上是《四述奇》所载的主要剧种和剧目。实际上，张德彝有所记录的剧目只占所见剧目的一部分，未做记录的剧目，包括到俄国友人家中观看的家庭演剧①，尚有不少。如上文所分析的那样，这些史料除了反映当时俄国戏剧舞台上演的内容而外，更多地反映了晚清使官对俄国戏剧的特殊的接受方式，体现了早期观察西方世界的中国人的眼光。考虑到这一因素，对这些海外观剧的史料，阅读时需要格外仔细。如张德彝在俄京的第一次观剧，《四述奇》详细叙述了所见的情形：

戏园极大，式与英法同。惟楼上头层正中大敞屋一间，正面红椅三十余，横列三行，后厦设案挂镜，华丽整齐。左右各小楅十五，每楅容六人。楅皆斜形向台。屋左各楅，坐国戚王公夫妇子女。屋右各楅，坐英、法、德、奥、土耳其、中华头等公使，日斯巴尼亚、葡萄牙、瑞典、丹尼、合众、日本、和兰、波斯、比利时、义大利、巴西、秘鲁二等公使。台前坐各文武大员。左右与楼上二三层坐文武仕宦。男女老幼共五千余人。楼顶中悬万烛玻璃灯一，状似花篮，玻璃开花挂叶，缕缕垂珠。烛焰、玻璃，互相映照，更觉光明。每层左右距九尺，插十烛灯一架。末层两鄙，又加电气灯各三，则通堂光同白日，如开不夜之城。

亥正一刻，俄皇到，由后厦入敞屋。台前奏乐，百官立起，转身面向正屋，高呼万岁。各国公使及各妇女皆立起，面向鞠躬。俄皇亦向众鞠躬而后坐。郡主着粉红色衣，袒胸露臂，坐于正中。驸马着黑毡袄裤，佩刀，挂宝星，坐其左。俄皇着大红长袍，金丝玉带，坐其右。后则国戚及御前大臣、命妇等二十余人，分坐两行。即时开场。②

---

① 张德彝：《随使英俄记》，岳麓书社1986年版，第677—678页。
② 张德彝：《随使英俄记》，岳麓书社1986年版，第653—654页。

有学者说，晚清使官在欧洲观剧的时候，光是对物质的东西感兴趣[1]，从张德彝这段记述中看，并非如此。张德彝确实描绘了彼得堡皇家剧院的结构、装饰与照明等东西，但他对剧场中的其他事物同样兴趣盎然。他观察各国公使的位次，留意沙皇到场时百官起立鞠躬与沙皇还礼的细节，特别介绍了"郡主""附马""俄皇"的服饰、形象与活动。张德彝眼中的剧场，不只是一个演出与观看演出的空间，而是西方社会的缩影，是西方文化的表征。他在向我们介绍俄国戏剧的同时，也提供了从戏剧活动中所反映出的俄国君民关系、社会秩序与仪礼风尚。而这些是他从一个中国人的特殊角度看到的。

除了以上内容，《四述奇》还提供了19世纪后半叶俄国戏剧的其他资料，也值得介绍。首先是彼得堡的剧院。光绪五年九月十一日（1879年10月25日）的日记云："俄京有四戏园，其至大者名巴立帅，专演法朗西、义大利国戏；一名麻林斯吉，专演俄戏；一名阿来三德，演法、俄二国戏；一名米海拉，演德、法二国戏。此外马戏园一、小戏园六七、小曲馆十余处，演杂曲。"[2] 这段话简明扼要，既概括了彼得堡各类剧院的分布，也说明了当时俄国首都戏剧演出的总体形势。其次，《四述奇》还讲到演员。光绪五年正月十九日（1879年2月9日）在彼得堡皇家大戏院观看芭蕾舞剧以后，张德彝在日记中写道："闻俄国各戏园，官为建造，官为管辖。当夜跳舞，皆系贫女，由四五岁入官学习，给以衣食。学有成效，则令入园，所获工值入官。年限满后，愿出者听，否则每年给卢布五百。其每日工值，仍须入官。"[3] 这里介绍了当时彼得堡皇家剧院招收和训练舞蹈演员的体制，以及演员的报酬。《四述奇》也讲到黄牛包卖门票的现象。光绪五年十二月十三日（1880年1月24日）的日记云："按外国戏园，欲往观者，须前期或当早买票。而俄国有包卖票者，其价稍昂，每遇新异戏文、著名角色，其人获利尤重。买票稍迟，则不得其门而入，无论贵贱皆然。俄皇斥其所为，因谕所司：凡包卖戏票人被获，先罚五十卢布，纳讫，囚禁半年。"[4] 高价倒卖门票要在罚款之外，治以半年的监禁，这一方面说明俄国戏剧演出的

---

[1]　参见左鹏军：《中国近代使外载记中的外国戏剧史料述论》，《华南师范大学学报（社会科学版）》2001年第2期。

[2]　张德彝：《随使英俄记》，岳麓书社1986年版，第749—750页。

[3]　张德彝：《随使英俄记》，岳麓书社1986年版，第660页。

[4]　张德彝：《随使英俄记》，岳麓书社1986年版，第779页。

兴盛，而另一方面，沙皇专制下的严酷，由此也见一斑。最值得注意的一则资料，在光绪五年二月初四日（1879 年 2 月 24 日）的日记中，张德彝讲到沙皇政府借用戏剧维护其风雨飘摇的统治："俄京虽有斋戒四十九日之例，而茶会、舞蹈、演剧，闻由上年改为七日一礼拜而已，余日仍旧举行。据云因国帑不足，宫理不善，以致盗贼风起。所以改例令其演剧者，亦聊为安养贫民耳。"[①] 为了化解阶级对立的紧张局面，沙皇政府宁肯违反斋戒期的传统律例，允许人民到剧院娱乐消遣，这也是对戏剧社会功能的挖空心思的发挥了。

在所有晚清出使西方的外交官中，张德彝对西方世界林林总总的记录最为丰富。他生平八次出国，七次赴欧美，一次去日本，除了去日本的一次，每一次出国都有一部《述奇》留下来，合计二百余万言，是一个"大游记作家"[②]。他兴趣广泛，爱好多样，有所闻见，辄笔之于书，成为对万花筒式的西方世界最勤勉的记录者和评判者。他关于俄国戏剧方面的史料，是早期中俄文学交流史的重要文献，应该引起学界的相当重视。

原载于《哈尔滨工业大学学报（社会科学版）》2005 年第 5 期

---

① 张德彝：《随使英俄记》，岳麓书社1986年版，第671页。
② 钟叔河：《从东方到西方："走向世界丛书"叙论集》，上海人民出版社1989年版，第60页。

曾纪泽《普天乐》考辨

长期以来，学术界普遍接受这样一个说法：晚清驻英公使曾纪泽创作了中国最早的国歌。其根据主要采于两种文献，一种是曾纪泽的出使日记。1883年10月20日（光绪九年九月廿日），曾纪泽在日记中写道：

作乐章一首，兼排宫商，以为国调。……客去，听女儿奏国调。[①]

岳麓书社版曾纪泽《出使英法俄国日记》（"走向世界丛书"之一种）点校者旁注云，"创作国调（国歌）"[②]。11月27日（十月廿八日），曾纪泽又记：

夜饭后，录所作国调，名曰"华祝歌"。[③]

这是《华祝歌》的由来。在此之后，1884年1月至6月，曾纪泽又有两次提到《华祝歌》。据此，一些学者认为，曾纪泽在英国创作了《华祝歌》作为中国的国歌。

另一种文献见于薛福成《出使英法义比四国日记》。该书卷二1889年6月27日（光绪十六年五月十一日）条云：

查旧卷，英外交部于丁亥年咨送兵部尚书节略，询取中国国乐乐谱，以备兵丁谱奏之用。前任刘大臣照复云："查中国乐章，译为欧洲宫商，可合泰西乐器之用者，仅有一阕，名曰《普天乐》。相应将乐谱一册，备文照送查收。"按

---

① 曾纪泽：《曾纪泽日记》（中册），岳麓书社1998年版，第1280页。
② 曾纪泽：《出使英法俄国日记》，岳麓书社1985年版，第669页。括号文字为原书所加。
③ 曾纪泽：《曾纪泽日记》（中册），岳麓书社1998年版，第1288—1289页。

《普天乐》者，曾侯所制也。①

岳麓书社版薛福成《出使英法义比四国日记》（"走向世界丛书"之一种）标点者旁注："曾侯所制中国国歌"。② "丁亥年"即 1887 年（光绪十三年），"刘大臣"即刘瑞芬，他是继郭嵩焘、曾纪泽后清廷派驻英国的第三任公使。根据这段材料，一些学者认为，曾纪泽在英国作过一首《普天乐》，《普天乐》才是中国的国歌。

两种文献的可信度都非常高，而二者传递的信息又很不一致。因为没有人见过《华祝歌》与《普天乐》的词谱，就产生了两个问题：第一，如日本学者小野寺史郎在文章中的发问，《华祝歌》与《普天乐》是否是同一首歌？到底是什么样的歌？③ 第二，国歌是西方近代民族国家的物事，中国自有文字以来，从无"国歌"一说，曾纪泽在海外写中国国歌，已经是破天荒的事，他怎么会写一首不满足，又要写第二首呢？

现在，这些疑问已经有了部分答案。2010 年，台湾唱片收藏家潘启明发现，自己八年前在美国某拍卖网站购得的一张美国海军 1914 年灌制的唱片，曲名 "China National Air: The World's Delight"，就是曾纪泽当年所作的《普天乐》。此事引起轰动，一些海外媒体以"清代国歌出土"为题做了报道④。经查证，这张唱片的底谱，收录于美国作曲家索萨编辑的《万国歌曲选》（1890）⑤，确是《普天乐》无疑。2013 年，宫宏宇著文（以下称"宫文"），公布了他所发现的曾纪泽《华祝歌》的歌词与曲谱⑥。潘启明和宫宏宇的发现，让我们对曾纪泽首制

---

① 薛福成：《出使英法义比四国日记》，岳麓书社1985年版，第151页。核《薛福成日记》稿本，此段文字出现在同年6月26日（五月初十日）即刻本之前一天，无"曾侯所制也"一语（薛福成：《薛福成日记》，蔡少卿整理，吉林文史出版社2004年版，第549页）。笔者按：《出使英法义比四国日记》刻本为薛福成本人亲自整理编订，日期或有舛误，语义则是可靠的。

② 薛福成：《出使英法义比四国日记》，岳麓书社1985年版，第151页。

③ 小野寺史郎：《平衡国民性与民族性：清季民初国歌的制定及其争议》，《中山大学学报（社会科学版）》2009年第1期。

④ 关于《普天乐》唱片的发现，参见台湾中央广播电台2010年5月5日节目《清朝代国歌〈普天乐〉罕见唱片出土》。

⑤ John Philip Sousa, *National, Patriotic and Typical Airs of All Lands: With Copious Notes*，Philadelphia：H. Coleman, 1890, p.63.

⑥ 宫宏宇：《圣天子，奄有神州，声威震五洲——曾纪泽〈华祝歌〉、〈普天乐〉考辨》，《中国音乐学》2013年第1期。

"中国国歌"的事实，有了一些切实的了解。

　　但是，问题还有未尽之处。宫文虽然证明了《普天乐》和《华祝歌》并非同一首歌，且对《华祝歌》的来龙去脉的分析非常详尽，但他对《普天乐》的情况还了解不多。他认定曾纪泽提供、本聂狄克记谱的《普天乐》1882 年曾出版，但"目前还没有确凿的例证可以明示"①，就是说，没有获得这一乐谱。他也不能确定 1890 年索萨版本的《普天乐》是否为本聂狄克记谱的《普天乐》。另外，关于曾纪泽为什么要创作两首而不是一首国歌的问题，宫文亦无讨论。

　　笔者于 2011—2012 年在牛津大学中国学术研究所访问期间，留心曾纪泽在英国的行踪，曾获致《普天乐》的几种乐谱、《华祝歌》的中英文歌词（后者宫宏宇已在论文中公布）。笔者现将这几种乐谱公开，供学者们讨论。另外，笔者阅读关于《普天乐》的一些文献，发现存在许多抵牾之处。本着实事求是的原则，本文在此提出一些问题，并稍作申论。

一、几种《普天乐》乐谱

　　笔者在搜集曾纪泽资料时，发现英国《音乐时报》第 23 辑第 467 号（1882年 10 月 1 日出版）的一段评介文字：

Poo Teën Loh, *or the World's Delight.* 中国民族歌曲（The Chinese National Air）。钢琴曲编写者朱利乌斯·本聂狄克爵士。【斯坦利·卢卡斯与韦伯有限公司】

　　这首民族歌曲由中国驻英公使曾侯爵阁下提供，是在"五声音阶"（Pentatonic Scale）基础上完成的，无疑风格独特。由朱利乌斯·本聂狄克爵士这样出色的音乐家谱写的和声，能在多大程度上满足中国人的耳朵，这很难说，但是显然，作曲家对这一工作非常热爱，另外，从它的来源，我们可以肯定旋律的精准。我们欢迎这一短曲，这是来自中国的有趣的贡献，到现在为止，该国在音乐方面对"World's Delight"（按：全世界的喜乐，即"普天乐"）贡献还很少。②

---

① 宫宏宇：《圣天子，奄有神州，声威震五洲——曾纪泽〈华祝歌〉、〈普天乐〉考辨》，《中国音乐学》2013年第1期。

② *Poo Teën Loh, or the World's Delight.* The Chinese National Air by Julius Benedict. *The Musical Times and Singing Class Circular*, Volume 23, No. 476 (Oct. 1,1882), p.557. 宫宏宇论文曾有引用，本文作者另作翻译，括号内文字为译者所加。

宫宏宇的论文中曾援引此条资料，作为分析《普天乐》的基本依据。笔者对此条资料的解读与宫文不甚相同（见下文），暂且不论。它提供了一个重要信息：曾纪泽提供、本聂狄克译录的这首乐谱，最初是由"斯坦利·卢卡斯与韦伯有限公司"（Stanley Lucas, Weber & Company）出版的。笔者按图索骥，在牛津大学包德里安图书馆（Bodleian Library）音乐部工作人员的帮助下，查到此版本收藏于剑桥大学图书馆，几经联系，获得了它的复制品。乐谱共三页，标题用 10 种大写字体印刷，十分精美。图 1 是原始版《普天乐》的庐山真面目。

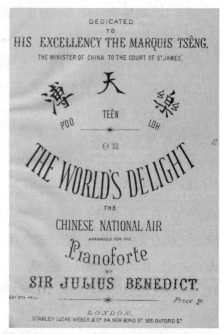

图 1 《普①天乐》1882 年斯坦利版本

---

① "溥""普"为通用字。"溥天乐"一般写作"普天乐"。

除 1882 年斯坦利版本外，《普天乐》尚有 1890 年索萨版本和 1908 年柯尔温版本。后者是笔者发现的。兹将二者排示如下（见图 2、图 3）：

图 2 《普天乐》1890 年索萨版本 ①

① John Philip Sousa, *National, Patriotic and Typical Airs of All Lands: With Copious Notes*, Philadelphia : H. Coleman,1890, p.63.

图 3 《普天乐》1908 年柯尔温版本 [1]

---

[1] *Mighty is the Sun. Chinese National Air. (Poo Tien Loh.)* London : J. Curwen & Sons, 1908. Series: Choruses for Equal Voices, No. 1007.

通过对《普天乐》以上三个版本乐谱的比对、分析可知，索萨版和柯尔温版的《普天乐》，是由斯坦利版延伸而来。柯尔温版在斯坦利版的基础上改编为合唱谱，仅仅添加了一个合唱旋律声部，而此合唱旋律与斯坦利版的旋律完全一致。

改编程度较大的是索萨版，该版是为铜管乐队改编的。从谱面上看，首先，在调性上将斯坦利版的 A 大调移至降 B 大调。其次，在旋律保持基本不变的情况下，在伴奏音型上作了非常大的改动。从第 9 小节开始至全曲结束，基本上每一小节都或多或少地做了一些改动，如省略音、添加音、改变和声配置、伴奏音型的改编、演奏技法的改编等；除了一些细节上的改编以外，从第 16 小节开始（除了第 27 — 34 小节外），左手八度的改编处理一直贯穿到乐曲结束。这样的改编，使整首乐曲的音响层次较之原曲更加饱满，左手大篇幅的八度进行，以及震音奏法的结尾，使乐曲的格调更加恢宏，极具气势，具有进行曲的风格。

二、《普天乐》原谱的创制与性质

以上三种《普天乐》曲谱中，笔者最先见到的是柯尔温版。该版收于伦敦柯尔温父子有限公司（J. Curwen & Sons Ltd.）出版的《同声合唱曲》，编号 1007，1908 年印制。在 "Chinese National Air" 标题项下，有几段说明文字：

1904 年 4 月 28 日，中国使馆的负责者海立德·马戛尔尼爵士（Sir Halliday Macartney）致书本公司称：

"我受中国公使的指派告知您，中国国歌 (Chinese National Anthem) 的曲调已在大约 20 年前为纽邦德街斯坦利 & 韦伯公司（Messrs. Stanley & Weber, New Bond St.）出版过。它的题名叫 "Poo Tien Loh, or The World's Delight"，是已故的朱利乌斯·本聂狄克爵士（Sir Julius Benedict）根据已故的曾侯爵（Marquis Tseng）的演奏记录下来的。曾侯爵是前驻英公使，一个多才多艺的音乐家。他用一件中国乐器一遍又一遍演奏这只曲子，朱利乌斯·本聂狄克则在钢琴上跟着弹奏，直到侯爵声言正确了，——朱利乌斯就把音符记到纸上。然后再演奏、修改，直到乐谱准确传达了曲调。所有这些，不是在一次，而是在数次会聚中完成的。"

如此写定的版本，现已由埃德温·阿什当有限公司（Edwin Ashdown Ltd.）出版。十分感谢该公司允准我们重印此曲。我们已将其易写为歌曲，由弗罗伦丝·郝尔小姐（Miss Florence Hoare）填词。

海立德·马戞尔尼（Halliday Macartney），汉名马清臣，亦名马格里，1877年随公使郭嵩焘赴英，后来一直为中国使馆的用员，由翻译官而参赞、顾问，直到1906年卸职，服务长达三十年之久[①]。马清臣在中国时，即与曾纪泽熟稔；曾纪泽驻英、俄期间，他是参赞官，参谋擘画，朝夕过从。早在马清臣做郭嵩焘的翻译官时，即与充任随员的同文馆毕业生张德彝结识，后者亦多年在驻英使馆工作，1902—1906年间为驻英公使。由张德彝委派马清臣向英国出版公司说明有关中国国歌的事项，事属合理。马清臣信中提到的本聂狄克（Julius Benedict，1804—1885），为知名的作曲家和指挥家，籍属德国而长期在英国居住，1871年获英室封爵[②]，故曾纪泽以"太常乐卿"称之。曾纪泽的日记证实，本聂狄克帮助曾纪泽把《普天乐》写成西洋乐谱时，马清臣不但知情，有时还在场。曾纪泽在日记中多次记载本聂狄克到访之事，兹录如下：

太常乐卿久列司本聂狄克来，谈乐律良久。（按：1879年6月16日）[③]

清臣来谈极久，太常乐卿久列司本乃狄克来，谈乐律极久。（按：1879年6月22日）[④]

饭后，太常乐卿久列司本聂狄克来，谈乐极久。（按：1879年6月29日）[⑤]

饭后，太常乐卿久列司本聂狄克来，谈乐极久，与清臣久谈。（按：1879年7月6日）[⑥]

---

① 关于此人的详细情况，参见Demetrius C. Boulger, *The Life of Sir Halliday Macartney, K.C.M.G., Commander of Li Hung Chang's Trained Force in the Taeping Rebellion, Founder of the First Chinese Arsenal, for Thirty Years Councillor and Secretary to the Chinese Legation in London.* London : John Lane , 1908.

② Michael Kennedy, *The Oxford Dictionary of Music*, Oxford: Oxford University Press, 1994, p.79.

③ 曾纪泽：《曾纪泽日记》（中册），岳麓书社1998年版，第885页。

④ 曾纪泽：《曾纪泽日记》（中册），岳麓书社1998年版，第887页。

⑤ 曾纪泽：《曾纪泽日记》（中册），岳麓书社1998年版，第889页。

⑥ 曾纪泽：《曾纪泽日记》（中册），岳麓书社1998年版，第891页。

饭后，太常乐卿久列师本聂狄克来，谈乐极久，清臣来，谈极久。（按：1879 年 8 月 3 日）①

饭后，与清臣及英国太常乐卿久列师本聂狄克谈极久。（按：1879 年 8 月 29 日）②

从 1879 年 6 月 16 日（光绪五年四月二十七日）到 1879 年 8 月 29 日（光绪五年七月十二日），两个半月之间本聂狄克 6 次来访，每次都是"谈乐"，且"极久"。国内学者亦有人注意到这位本聂狄克，但他为何屡次登门找曾纪泽，二人谈的是什么，因曾氏叙述笼统，具体并不清楚③。笔者翻查曾纪泽出使日记，在此之后，本聂狄克再未与曾纪泽会面。由《同声合唱曲·中国民族歌曲》所引马清臣信函，可知本聂狄克来"谈乐"，就是记写曾纪泽所演奏的《普天乐》。

曾纪泽与本聂狄克合作完成的《普天乐》，是否是"国歌"？这个问题值得辨析。

《普天乐》标题页上的"national air"一词，属于旧时的用法，是"民族歌曲"的意思，它可以有调无词，也可以有调有词，在特定语境下可以指"national anthem"（国歌），但是内涵远比后者为广。西方曾出版过大量以"national airs"为题的歌曲集，如 *Irish Melodies and National Airs*（1879）, *American Patriotic Songs and National Airs*（1917），等等，皆可为例。因此，宫宏宇论文中把《音乐时报》中的"this national air"直接翻译成"这首国歌"，值得商榷。《普天乐》既然是单独印制、郑重其事献给曾纪泽的，如果作者明确表示它是中国国歌的话，为什么不直接用"Chinese National Anthem"而用"Chinese National Air"为题呢？如果《普天乐》是曾纪泽自创的国歌，他在日记中多次记载与本聂狄克"谈乐"，却没提作品的名字，是不可理解的。

在此，可以把《普天乐》与《华祝歌》做个比较。宫宏宇发现的《1884 年伦

---

① 曾纪泽：《曾纪泽日记》（中册），岳麓书社1998年版，第900页。
② 曾纪泽：《曾纪泽日记》（中册），岳麓书社1998年版，第906页。
③ 陶亚兵：《十九世纪及二十世纪初中国音乐在西方》，《中国音乐学》1992年第4期。另，王开玺说本聂狄克"大约相当于英国外交部礼宾司司长"，误；言二人商议中国应尽快谱制国歌，属于猜测。参见王开玺：《清代的外交与礼仪之争》（下），东方出版社2017年版，第680页。

敦国际卫生博览会中国展品图示目录》，其中收录的曲谱，第一首就是《华祝歌》，上面明白写着 "HOA TCHOU KO - CHINESE NATIONAL ANTHEM"[①]。而曾纪泽在日记中也多次提及《华祝歌》。另外，不可忽略的一点，世界上的国歌都是有歌词的，曾纪泽所写的《华祝歌》就有歌词，现在所能见到的，是曾纪泽所作《华祝歌》歌词和他的朋友傅澧兰（H. W. Freeland）9 种译文的刊印本[②]。而《普天乐》呢？只有弗罗伦丝·郝尔为 1908 年印制的《普天乐》（《同声合唱曲·中国民族歌曲》）的配词（见图 3）[③]，说明原曲是无词的。综此数点，笔者认为，曾纪泽所制《普天乐》，只是普通歌曲，而非国歌。至于刘瑞芬致英国外交部信，"查中国乐章，译为欧洲宫商，可合泰西乐器之用者，仅有一阕，名曰《普天乐》"，说得非常明白，《普天乐》之所以报送英国外交部作为 "中国国乐"（国歌），仅仅因为它是唯一译成钢琴谱的中国乐曲，并非说它是早经拟定的中国国歌。

如果不是国歌，曾纪泽为什么要写《普天乐》并请本聂狄克译谱呢？从曾纪泽的日记中，可觅一些线索。曾纪泽素娴音律，在国内及海程途中，常奏乐自遣。1879 年 4 月 19 日（光绪五年三月二十八日），曾纪泽在法籍翻译官法兰亭（Hippolyte Frandin）寓所听房东之侄女二人奏乐，感慨 "西洋之幼女肄业，以弹琴为要务之一端"[④]，对西方人重视音乐，颇感触动。5 月 5 日（闰三月十五日），有一位来访的外国客人 "问古今乐律、乐器甚详"，曾纪泽 "为之画图而演说之"[⑤]。5 月 9 日（闰三月十九日），他与马清臣到海德公园 "听乐"[⑥]。5 月 21 日（四月初一日），"写乐章数篇，以示英人谈音乐律吕之学者"[⑦]。这说明，在与本

---

① *Illustrated Catalogue of the Chinese Collection of Exhibits for the International Health Exhibition, London, 1884*, London: William Clowes and Sons, Limited, 1884, p.158.

② 宫宏宇：《圣天子，奄有神州，声威震五洲——曾纪泽〈华祝歌〉、〈普天乐〉考辨》，《中国音乐学》2013 年第 1 期。

③ 从《牛津音乐辞典》（*The Oxford Dictionary of Music*）等几部权威的辞典中，笔者未查到 "Miss Florence Hoare" 的词条，但是散见的一些材料提供了郝尔的大致身份。她较年轻的时候，是一个活跃在伦敦音乐舞台上的女歌唱家，年事稍长，转向歌词的创作，成为一个小有名气的词作家。郝尔身为外人而填写中国国歌的歌词，这可能是绝无仅有的，也是中英文化交流史上别致的花絮。歌词相当具有 "中国精神"，笔者试迻译如下：吾皇帝，德与日侔。保赤黎庶，万民敬拜冕旒。子臣不测，智慧深广，国康宁，天所授。四海之内，葵藿向日头。盼富裕，作息有节，乐悠悠。平安无征讨，子孙绵远，名耀千秋。

④ 曾纪泽：《曾纪泽日记》（中册），岳麓书社 1998 年版，第 866 页。

⑤ 曾纪泽：《曾纪泽日记》（中册），岳麓书社 1998 年版，第 873 页。

⑥ 曾纪泽：《曾纪泽日记》（中册），岳麓书社 1998 年版，第 874 页。

⑦ 曾纪泽：《曾纪泽日记》（中册），岳麓书社 1998 年版，第 877 页。

聂狄克第一次会面前,曾纪泽已与西方人有过几次交流,热心介绍中国音乐。这与他在西方开办"中国学塾"、传播中学的思想是一致的①。曾纪泽使事之余,请一个西方的名作曲家把中国的曲子翻成西洋乐谱,让西方人欣赏,为中国音乐露一头面,不是一件美事吗?从英国方面说,正如《音乐时报》提示的,当时的西方对中国音乐所知甚少,音乐人得见一两首中国歌曲,不免当成稀罕物②。本聂狄克从中国公使手中得到一支曲子,翻成西洋乐谱出版,让西方人看到中国的音乐是什么样子,自然是有趣的事,因此二人一拍即合,有此合作。

这里还需要解释一个问题:马清臣给柯尔温父子有限公司的信,指《普天乐》为"中国国歌(Chinese National Anthem)的曲调",是否证明《普天乐》确是"中国国歌"而不是普通的曲子?笔者以为,马清臣写信的时间是1904年,是时《普天乐》早已被刘瑞芬送往英国外交部充作中国的国歌。马清臣的信只是据实言说,不能证明《普天乐》本来就是国歌。

到此,问题并没有完。笔者觉得还有两个疑问。

第一,曾纪泽是否拥有《普天乐》乐谱的著作权?薛福成说,"《普天乐》者,曾侯所制也",一些学者据此认为,《普天乐》乐谱是曾纪泽创作的。而事实上未必如此。曾纪泽选择一首他喜欢的成曲,与本聂狄克合作写成钢琴谱,也可以叫"曾侯所制"。曾纪泽日记一律记作"谈乐""谈乐律",无一语说创作,与记载《华祝歌》时"作乐章""作国调"相比,差异明显。治音乐史的学者都知道,《普天乐》本是一个传统曲牌,分为北词和南词,北词属中吕调,南词属正宫,常用于戏曲,亦用于宫廷和地方礼乐。那么,曾纪泽提供给本聂狄克的《普天乐》乐谱,是否是某个《普天乐》成曲呢?笔者将乾隆十一年刻印《新定九宫大成南北词宫谱》中所载20多种《普天乐》工尺谱与《普天乐》钢琴谱对照,无一契合。那么,《普天乐》是曾纪泽自己创作的吗?如果是他自己创作的,为什么他要用一个传统曲牌做名称呢?这是笔者不能解释的。

也许还有另一种可能,即本聂狄克在工作过程中,并没有像马清臣所说的

---

① 尹德翔:《东海西海之间——晚晴使西日记中的文化观察、认证与选择》,北京大学出版社2009年版,第235—236页。

② 在1884年比利时人阿里嗣(J. A. Van Aalst)出版《中国音乐》之前,只有法国耶稣会士钱德明(Joseph-Marie Amiot)1789年出版的《中国古今音乐考》对中国音乐做过系统介绍。但此书偏于理论,只有少数治音乐史的专家感兴趣。

那样，忠实记录了曾纪泽提供的旋律，而是做了很大的修改甚至自创。在风格上，钢琴谱的《普天乐》与传统曲谱的《普天乐》，截然不同，是一目了然的。实际上，当时已有外国人有此印象。《日本周报》驻伦敦的记者在听过用钢琴演奏的这首曲子之后评论说，其中没有任何中国音乐的元素①。也许这就是钢琴谱《普天乐》来自于传统的某个乐谱，而又找不到出处的原因。当然，这只是笔者的一种猜测而已。

第二，曾纪泽的寓所有钢琴吗？核曾氏日记，曾纪泽先到法国，在巴黎递交国书毕，1879 年 1 月 25 日（光绪五年正月初四日）到伦敦使馆赴任。待郭嵩焘离开伦敦，他住进郭氏办公的房中②。郭嵩焘不好洋乐，他的房间不大可能有钢琴。曾纪泽随行众多，而使馆寓所狭窄，1879 年 6 月 7 日（光绪五年四月十八日），曾纪泽率眷属、从官迁入新宅③。此前他曾数次上街购物，此日后亦数次至商店看器具，但并没有购买任何西洋乐器的记录。以曾纪泽书写日记的习惯，如购买钢琴，应有记载。在他与本聂狄克六次会面期间，也无购置钢琴的记录。如果曾纪泽的寓所没有钢琴，马清臣信里描述的曾纪泽以中国乐器演奏、本聂狄克在钢琴上弹奏的场面，岂非落空？笔者对此也不能解释。

三、《普天乐》作为中国国歌的利用

《普天乐》虽不是国歌，但 1887 年被驻英使臣刘瑞芬送交英国外交部以后，就成为事实的中国国歌，直到清末。但是，英国外交部为什么要向中国使馆索要中国国歌呢？这与一特殊的历史事件有关。1887 年 8 月，清朝北洋舰队从英国购置的"致远""靖远"两舰，与从德国购置的"来远""经远"两舰在英国朴茨茅斯港会合，交付中国接收。作家冰心在一篇回忆录中说，她的父亲谢葆璋作为水师学堂的毕业生参加了这次行动，他后来对冰心说：

那时堂堂一个中国，竟连一首国歌都没有！我们到英国去接收我们中国购买的军舰，在举行接收典礼仪式时，他们竟奏一首《妈妈好胡涂》的民歌调子，

---

① *Japanese Weekly Mail*, June 18, 1887.
② 曾纪泽：《曾纪泽日记》（中册），岳麓书社1998年版，第835页。
③ 曾纪泽：《曾纪泽日记》（中册），岳麓书社1998年版，第883页。

作为中国的国歌，你看！①

    根据史料，光绪十三年七月八日（1887年8月26日），驻英公使刘瑞芬和驻德公使许景澄一起参加了这次移交典礼。刘瑞芬的《西辂纪略》于当天活动，未作记录②。许景澄作有《游英国朴次木特海口及乌里志炮场记》一文，关于他与刘瑞芬同登致远、靖远二舰，只是一笔带过，未提当日是否演奏国歌③。当时有一个驻英使馆的随员余思诒，奉刘瑞芬之命随船监督军舰驶回中国。他记录此行的《楼船日记》，述及跟从两位公使在朴茨茅斯接收中国所购军舰的经过，写到"建龙旗""鸣炮"，叙述较详，也没提及演奏国歌之事④。为什么会出现这样的情况呢？笔者以为，恐怕是因为当时没有中国国歌，英方演奏一首中国民歌替代，颇有几分滑稽，余思诒在记录中才略而不书。谢葆璋作为当事人亲历，他所讲的故事是可以相信的。从当时的情况说，英海军有关部门没有中国国歌可以演奏，遂演奏了一首《妈妈好胡涂》，也合情理。《妈妈好胡涂》，实即《妈妈娘你好糊涂》，是河北一带广泛流传的民歌，经钱仁康考证，此曲最初收录于杜赫德《中华帝国全志》，后被卢梭在《音乐词典》中引用，又被比利时人阿里嗣（J. A. Van Aalst）载入《中国音乐》一书⑤。《中国音乐》出版于1884年，是由中国海关总署在上海出版的，该书用来配合同年在伦敦举办的国际卫生博览会，后来成为西方关于中国音乐流传最广的读物。《中国音乐》收录了六首曲子:《王大娘》《烟花柳巷》《妈妈好明白》《十二重楼》《丧礼进行曲》《婚礼进行曲》。对比可知，《妈妈好明白》即是《妈妈娘你好糊涂》，名称有异，或是当时某一种改写本。比较这六首曲子，《妈妈娘你好糊涂》曲谱最短、旋律最明快，或许是被英国人选择来演奏的原因。一个符合逻辑的推想是，英国海军部在此事之后，或被中国人提醒，或自己意识到需要中国国歌备用，才以海务大臣的名义（薛福成所谓"兵部尚书"）通过英国外交部向中国驻英使馆要求国歌乐谱，才有刘

① 冰心:《记事珠》，商务印书馆2018年版，第12—14页。

② 刘瑞芬:《西辂纪略》，清光绪二十二年刻本，第30页。

③ 许景澄:《许竹篑先生出使函稿》，朝华出版社2017年版，第104页。

④ 余思诒:《楼船日记》，岳麓书社2016年版，第15页。

⑤ 钱仁康:《〈妈妈娘你好糊涂〉和〈茉莉花〉在外国》，《音乐论丛》第3辑，人民音乐出版社1980年版，第194—200页。

瑞芬将《普天乐》报送英国外交部的事。

晚清中国使馆与英国外交部之间的公文往来，收在英国外交部档案（Foreign Office Archives）中，电子库已向公众开放。遗憾的是，笔者查阅刘瑞芬相关的卷宗（FO-17-1052），没有找到英国外交部索要中国国歌的公文与刘瑞芬的答复。

然而无论如何，从"民族歌曲"到"国歌"，《普天乐》的"华丽转身"，不经意起关键作用的是刘瑞芬，这是可以认定的史实。需要指出的是，《普天乐》被刘瑞芬送交英国外交部以后，仍然只是临时代用的性质，而非清朝的正式国歌，这在薛福成日记中也是说得很清楚的。

那么，《普天乐》在西方普遍用作中国国歌了吗？

关于《普天乐》在西方被当作中国国歌使用，有两个例子。1902 年（光绪二十八年），庆亲王奕劻之子、镇国将军载振代表清政府出席英国君主"爱惠"（爱德华七世）的加冕礼，兼访法国、比利时、美国和日本四国，回国后有《英轺日记》一书行世①。其卷八记载即将离开比利时之时：

> 向导官斐罘等出入偕行，行将分手，意殊缱绻。忆前日与余谈音乐，谓春间闻余将游比，比君饬乐部肄习中国国乐。西例，奏国乐则其国人免冠恭听。斐罘前因刚果订约，充专使到华，未闻中国有国乐。今连日所奏华乐，不知所自来，因以见询。余告以此乐为曾侯使英时所作，曾经咨明总署，非国家所审定也。斐又谓：此乐声音啴缓，令人易倦。国乐宜有蹈厉发扬之气，然后顺气成象，民志奋兴。②

比利时外交官斐罘曾来过中国，了解中国没有国歌，因此对比利时政府接待载振所奏的国歌感到纳闷，向载振询问。载振告诉他，这首曲子是曾纪泽使英时所作。载振虽然没有提到这首曲子的名字，但可以确定，就是《普天乐》。

---

① 关于此书的著作权，学术界尚有争议，参见吴仰湘、周明昭：《〈英轺日记〉作者问题辨析》，《近代史研究》2020年第2期。
② 载振、唐文治：《英轺日记》，沈云龙主编《近代中国史料丛刊》第74辑第734册，文海出版社影印本，第205—206页。

笔者可以提供一个旁证。1903年4月23日（光绪二十九年三月二十六日），西班牙驻华公使贾思理 (Don Manuel de Carcery Salamanca) 照会清政府外务部，"照得本署大臣接奉本国乐部大臣来文询问贵亲王，请将贵国国家所奏官乐牌名照谱抄寄，以便贵国使臣入觐本国皇帝之时，按牌奏乐致敬，俾与各国使臣入觐奏乐相同"[1]。与英国外交部向中国驻英使馆索要中国国歌不同，此次是西班牙驻华公使向中国外务部提出要求。同年五月（未属日期），外务部和会司照复称，"相应将中国所奏《普天乐》谱，按图抄录一份照送贵署大臣查收，即希转寄贵国乐部可也"[2]。小野寺史郎发现西班牙驻华公使贾思理向外务部提交的一份致谢（《领谢颁到国乐一通由》），署光绪二十九年五月二十四日，收在中研院近代史研究所藏外务部档案中，但表示不清楚这一国乐"到底是怎样的歌"[3]。实际上，这则档案正是外务部和会司照复后贾思理的答谢，所说"国乐"就是《普天乐》。比利时获取中国国乐的途径，与西班牙应该是相同的，其曲谱也不应有异。

以上数例，可证《普天乐》在英国、比利时、西班牙曾被用作中国国歌，但别的西方国家是否如此，却没有文献证明。

原载于《音乐研究》2022年第1期，作者尹德翔、王金旋

---

[1] 中国第一历史档案馆整理：《清代外务部中外关系档案史料丛编·中西关系卷》第二册，中华书局2004年版，第458—459页。

[2] 中国第一历史档案馆整理：《清代外务部中外关系档案史料丛编·中西关系卷》第二册，中华书局2004年版，第482页。

[3] 小野寺史郎：《平衡国民性与民族性：清季民初国歌的制定及其争议》，《中山大学学报（社会科学版）》2009年第1期。

曾纪泽与《华祝歌》

1883 年 10 月 20 日（光绪九年九月廿日），曾纪泽在日记中写道："作乐章一首，兼排宫商，以为国调。……客去，听女儿奏国调。"[①]11 月 27 日（十月廿八日），曾纪泽又记："夜饭后，录所作国调，名曰'华祝歌'。"[②]岳麓书社版曾纪泽《出使英法俄国日记》（"走向世界丛书"之一种）点校者认为，曾纪泽创作的"国调"，就是"国歌"[③]。这个看法是正确的。曾纪泽与本聂狄克合作把《普天乐》写成五线谱出版，是为了让英国人于中国音乐尝鼎一脔。这支《普天乐》是源于成曲还是出于独创，尚待研究。而《华祝歌》则确实是曾纪泽亲制的、欲用作中国国歌的歌曲。《1884 年伦敦国际卫生博览会中国展品图示目录》（以下简称《目录》）收录的《华祝歌》曲谱，明白写着"HOA TCHOU KO - CHINESE NATIONAL ANTHEM"，是最有力的证据[④]。

一、《华祝歌》的创作与演出

《华祝歌》虽然用于博览会，却并不是特为博览会而写[⑤]。因为曾纪泽第一次提到作"国调"是在 1883 年 10 月 20 日，数月后，1884 年 2 月 22 日，他才从中国海关驻伦敦办事处税务司金登干（James Duncan Campbell）口中获知，清

---

① 曾纪泽：《曾纪泽日记》（第三册），中华书局2013年版，第1348页。
② 曾纪泽：《曾纪泽日记》（第三册），中华书局2013年版，第1357页。
③ 曾纪泽：《出使英法俄国日记》，岳麓书社1985年版，第669页。
④ *Illustrated Catalogue of the Chinese Collection of Exhibits for the International Health Exhibition, London, 1884*, London: William Clowes and Sons, Limited, 1884, p.158.
⑤ 王开玺认为曾纪泽作《华祝歌》是为了适应"养生会""这一国际活动需要"（王开玺：《清代的外交与礼仪之争》下，东方出版社2017年版，第563页），非是。

政府决定参加这一博览会（曾纪泽称为"养生会"）①。曾纪泽为什么起意要写一首国歌呢？比较符合逻辑的猜测是，曾纪泽在《普天乐》出版后，觉得效果比较理想，考虑到外交的需要，尝试创作一首中国的国歌。因为到这时，他对西方各国都有自己的国歌以及国歌用于各种重要场合一事，必有知晓。

《华祝歌》写成不久，就派上了用场。1884年，在中国海关总税务司赫德（Robert Hart）的积极推动以及伦敦办事处税务司金登干的直接负责之下，中国组团参加了这次在伦敦举办的国际卫生博览会。为了别出心裁，赫德在中国团中安插了一个"弦乐队"——"在中国馆餐馆里演奏音乐，用中国的日常娱乐折磨伦敦的耳朵"②——并安排后来以《中国音乐》（Chinese Music）知名的阿里嗣担任艺术指导。中国团于1884年6月初抵达伦敦，6月7日，金登干安排其中的"店主和乐人"观看了一场本聂狄克作品音乐会③，6月10日（光绪十年五月十七日），全体成员来中国使馆参见公使曾纪泽，后者日记有"中国商人、厨役、乐工、木匠、画匠来应养生会者共三十人来谒，立问数语。试令乐工奏乐，为点正之"的记录④。检曾纪泽日记，6月16日（五月二十三日），曾纪泽第一次在使馆听"养生会中国八角鼓班"奏乐，此后到10月5日（八月十七日），有十余次听"八角鼓班"或单个乐人奏乐。最值得注意的是6月23日（闰五月初一日）日记的一句话："养生会乐工来学《华祝歌》，为之正拍良久。"⑤《华祝歌》是曾纪泽作为"中国国歌"推出的，因此他才亲自指导演练。关于中国乐人演出的情形，《中国海关密档：赫德、金登干函电集》提供了不少有趣的记录。由于阿里嗣性格暴躁，与中国乐人发生互殴，金登干不得已停止了他的工作，亲自

---

① Chen Xiafei and Han Rongfang ed., *Archives of China's Imperial Maritime Customs: Confidential Correspondence Between Robert Hart and James Duncan Campbell, 1874—1907*, Volume Ⅱ, Beijing: Foreign Languages Press, 1992, p.21.

② Chen Xiafei and Han Rongfang ed., *Archives of China's Imperial Maritime Customs: Confidential Correspondence Between Robert Hart and James Duncan Campbell, 1874—1907*, Volume Ⅱ, Beijing: Foreign Languages Press, 1992, p.8.

③ Chen Xiafei and Han Rongfang ed., *Archives of China's Imperial Maritime Customs: Confidential Correspondence Between Robert Hart and James Duncan Campbell, 1874—1907*, Volume Ⅱ, Beijing: Foreign Languages Press, 1992, p.67.

④ 曾纪泽：《曾纪泽日记》（第三册），中华书局2013年版，第1401页。

⑤ 曾纪泽：《曾纪泽日记》（第三册），中华书局2013年版，第1404页。

担任艺术指导①。经过紧张的筹备，中国馆于当年 7 月 9 日开张。中国乐队从一开始就颇受欢迎②，7 月 25 日乐队应邀到威尔士亲王在马尔伯勒宫（Marlborough House）举办的招待会上演奏③，说明他们的演出产生了一定影响。金登干在 1884 年 8 月 1 日致赫德的信上说：

> 关于"卫生博览会"：我刚刚收到您的第 136 号电报"让中国乐人只限于演奏中国的音乐"。一开始我就是这么办的，但是，也有必要让他们演奏"上帝保佑女王"、"上帝保佑威尔士亲王"、"大不列颠征服海洋"以及几首我们的民族歌曲（our National airs）。实际上，他们的成功主要归因于演奏这些曲目——如果有观众的掌声和欢呼就算"成功"了。到英国参加博览会的每个外国乐队，无不以演奏这些民族歌曲来博得观众的共鸣，在此方面，中国的乐人无疑得了头奖。
>
> 他们的开场曲是一首中国民族歌曲（a Chinese National air），以"上帝保佑女王"结束。演奏完"上帝保佑女王"以后——如果观众欢呼，要求再来一个，他们就演奏"上帝保佑威尔士亲王"，如果再有喝彩，就演奏"大不列颠征服海洋"，而以"上帝保佑女王"做结。他们还能把"友谊地久天长"演奏得相当动人。④

在中西音乐交流史上，这是精彩的一幕，可惜没有得到学者的注意。依赫德之意，这些中国乐人如果演奏英国歌曲，会遭到观众嘲笑；即便他们演奏中国音乐而英国人从中什么都听不出来，也完成了"展览"的目的⑤。赫德的担心

---

① Chen Xiafei and Han Rongfang ed., *Archives of China's Imperial Maritime Customs: Confidential Correspondence Between Robert Hart and James Duncan Campbell, 1874—1907*, Volume Ⅱ, Beijing: Foreign Languages Press, 1992, pp.75-76.

② Chen Xiafei and Han Rongfang ed., *Archives of China's Imperial Maritime Customs: Confidential Correspondence Between Robert Hart and James Duncan Campbell, 1874—1907*, Volume Ⅱ, Beijing: Foreign Languages Press, 1992, p.78.

③ Chen Xiafei and Han Rongfang ed., *Archives of China's Imperial Maritime Customs: Confidential Correspondence Between Robert Hart and James Duncan Campbell, 1874—1907*, Volume Ⅱ, Beijing: Foreign Languages Press, 1992, p.81.

④ Chen Xiafei and Han Rongfang ed., *Archives of China's Imperial Maritime Customs: Confidential Correspondence Between Robert Hart and James Duncan Campbell, 1874—1907*, Volume Ⅱ, Beijing: Foreign Languages Press, 1992, p.83.

⑤ Chen Xiafei and Han Rongfang ed., *Archives of China's Imperial Maritime Customs: Confidential Correspondence Between Robert Hart and James Duncan Campbell, 1874—1907*, Volume Ⅱ, Beijing: Foreign Languages Press, 1992, p.95.

和主张当然是有道理的，但是金登干从展馆的实际运作出发，没有遵从赫德的意见。在曾纪泽看来，这些乐人选得并不好，真正的"musicians"（音乐人）只有两个，演奏的又主要是蒙古等地的曲目①。尽管如此，正像金登干所说的那样，每日乐声一响，中国馆的茶楼里就挤满了看客②。这支"八角鼓"乐队虽不起眼，却对中国馆展出的成功做出了最重要的贡献。

特别值得注意的是金登干信中"他们的开场曲是一首中国民族歌曲"这句话。这当然就是曾纪泽创作、又亲自为中国乐工"正拍"的《华祝歌》了。从7月9日到10月8日，中国乐人在中国馆演出了三个月，以理推断，演奏《华祝歌》不下百次。

二、《华祝歌》的歌词与翻译

值得注意的是，曾纪泽的朋友傅澧兰的9种《华祝歌》译文，在"HOA TCHOU KO"标题下，标注的是"Chinese National Air"（民族歌曲），而非《目录》所标的"Chinese National Anthem"（国歌）。笔者以为，这恐怕是因为，《目录》是对展出品的实录编辑，曾纪泽以《华祝歌》权充国歌，于中国使馆面上有光，而英国或他国游客对中国所知甚少，不会质疑。但傅澧兰自然知道一个国家的国歌是需要政府确认和公布的，《华祝歌》只是曾纪泽的私作。以他的上流人物身份，自不愿意白纸黑字写下不符合事实的文字。他在译文说明中说，"《华祝歌》被曾侯爵建议为中国的一首民族歌曲（a National Air for China），也许他就是它的作者"③，几乎可以看作是对曾纪泽以《华祝歌》充中国国歌之事的遮掩。金登干1884年8月1日致赫德的信，介绍中国乐队演出情况时，用的字眼也是"a Chinese National air"，没有用"anthem"一词。

---

① Chen Xiafei and Han Rongfang ed., *Archives of China's Imperial Maritime Customs: Confidential Correspondence Between Robert Hart and James Duncan Campbell, 1874—1907*, Volume Ⅱ, Beijing: Foreign Languages Press, 1992, p.104.

② Chen Xiafei and Han Rongfang ed., *Archives of China's Imperial Maritime Customs: Confidential Correspondence Between Robert Hart and James Duncan Campbell, 1874—1907*, Volume Ⅱ, Beijing: Foreign Languages Press, 1992, p.104.

③ *Hoa Tchou Ko. Freely Paraphrased in English and Other Languages by H. W. Freeland*, Stored in Newberry Library, Chicago.

我们来看一看《华祝歌》的歌词。宫宏宇从日本东洋文库获得了《华祝歌》的复制件①，而笔者是从美国芝加哥纽百里图书馆（Newberry Library）获得的。经牛津大学包德里安中国学图书馆（Bodleian Chinese Studies Library）工作人员居间联系，纽百里图书馆为笔者无偿提供了该文献的复制件。该件共 7 页，题名页文字为："Hoa Tchou Ko. Freely Paraphrased in English and Other Languages. By H. W. Freeland, Late M. P., M. A. Oxford, M. R. A. S., Commander of the Order of the Crown of Siam. Printed for the Translator." 无出版商并出版年代信息，亦无 "Marquis Tseng" 字样。正文页为汉语竖排之《华祝歌》歌词，并英文、希腊文、拉丁文、法文、意大利文、西班牙文、德文、丹麦文、瑞典文共 9 种译文（见图 1）：

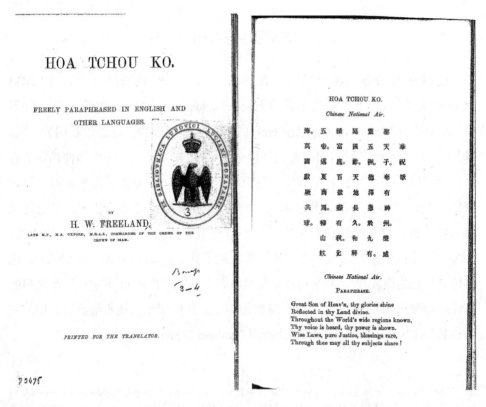

---

① 宫宏宇：《圣天子，奄有神州，声威震五洲——曾纪泽〈华祝歌〉、〈普天乐〉考辨》，《中国音乐学》2013年第1期。

4

May Fortune smiling bless thy reign
With harvests of abundant grain !
Be thine the virtues, to unfold
Which graced the Patriarchs of old,
Through Laws and Counsels rising high,
O'er Monarchs of an Age gone by !
May distant Nations tribute bring
Of Peace the pledge and offering !

IN GREEK.

Οὐράνι᾽ ὡς ἀστὴρ τῇ πατρίδι φῶς ἐπιλάμπει
Τῆς σῆς κοιρανίας, Οὐρανόθεν γὰρ ἔφυ.
Σῆς φωνῆς πᾶσιν λαοῖς καλὸς ἄγγελος Ἠχὼ
Σὴν φωνὴν Ἠχὼ καὶ τὸ κέλευσμα φέρει.
Σοὶ καὶ σοῖς λαοῖσι Δίκη μελέτημα γένοιτο·
Τῶν εὐεργεσιῶν σοὶ στεφάνωμα Δίκη.
Καρποὺς εἴθε καλὸν τε θερισμὸν ἄρουρα διδοίη·
Τῶνδ᾽ ἡ γῇ δώρων οὐδὲν ἄμεινον ἔχει.
Εἴθ᾽ ἐπὶ μεῖζον ἄγοις Πατριαρχῶν ἠδὲ Παλαιῶν
Τὴν ἀρετήν, μεθέπων ἴχνεσι λαμπροτάτοις·
Εἴθε γένοι᾽ ἀνδρῶν βουλῆτε νόμοις τε κράτιστος
Αἰὲν ἀριστεύων ἐν βασιλεῦσι σοφοῖς·
Αἰὲν ἴδοις ἔθνη πόρρωθεν δῶρα φέροντα·
Πιστὰ τάδ᾽ εἰρήνης ἀνδράσι καὶ φιλίας.

IN LATIN.

Cæligene in terris late tua gloria fulget,
Imperiique tui lumine regna replet.
Pervenit ad populos tua nusquam spreta potestas,
Agnoscunt gentes quid tua vox valeat.
Sit tibi justitiæ fontes aperire, tuisque
De non impuro fonte levare situm !
Sit Natura tibi frumenti prodiga donis,
Et ferat optatas aurea messis opes !
Exemplo tibi sit Patriarchum splendida virtus,
Hæc virtus meritis sit minor usque tuis !

5

Consilio superes prudenti et legibus æquis !
Optima quæ Regum pristina fama docet !
Longinqui advoniant populi tibi dona ferentes,
Sit licitum hinc populis undique Pace frui !

IN FRENCH.

Fils illustre du Ciel, ta presence illumine
Ton pays des reflets d'une splendeur divine !
Dans le monde partout ton pouvoir est connu,
Et le son de ta voix est partout reconnu.
Puissent les cœurs loyaux de ton immense Empire
Partager les bienfaits que la Justice inspire !
Puisse un heureux destin tes terres féconder
D'une riche moisson les faisant abonder !
Des sages d'autres temps la vertu puisse-t-elle
Répandre sur ton front une gloire réelle !
Puisses-tu par tes lois, tes conseils réfléchis
Surpasser les grands rois par sagesse enrichis !
Puissent les Nations à ton pouvoir suprême
Apporter leur tribut, de la Paix doux emblème !

IN ITALIAN.

Figlio del Ciel ! la gloria tua splendente
Riflettesi nel tuo terren ridente.
La voce tua conosce il mondo intero,
Ed il poter del tuo celeste Impero.
Sia la giustizia pura del tuo regno
L'adornamento, ed il più bel sostegno !
Siano propizi i Numi nell' aumento
Per tutti i campi d'un ricco frumento !
Dei Patriarchi d'un età passata
Sia la virtude da te superata !
Delle tue savio leggi la prudenza
Dei Re sepolti ecceda la sapienza !
I tributari tuoi veggan l'Impero
Ir della Pace e dell' Unione altero !

6

IN SPANISH.

Hijo del Cielo ! tu luz clara viene,
Y tu celeste Imperio ocupa y tiene.
En todo el mundo es tu voz oida
Tu potencia de todos conocida.
Pueda par te tu Nacion gozar
De leyes justas y dichosa estar !
Bendiga Dios tu gentil terreno
Con mieses muchas y granero lleno !
Que tu virtud renueve la memoria
De los Antiguos, para mayor gloria !
Y puedas ilustrarte dando leyes
Que superen las de los grandes Reyes !
Y a tu celeste Imperio vengan Gentes
Con amistad, paz y ricos presentes !

IN GERMAN.

Du Himmels Sohn ! es spiegelt fern und weit
Dein Land die Wirkung deiner Herrlichkeit.
Von deiner Macht der Ruhm wächst überall,
Und deine Stimme findet Wiederhall.
Sei durch Gerechtigkeit ein glücklich Leben
Den Völkern deines Reichs von dir gegeben !
Belohnt sei Fleiss, bedecket sei die Flur
Mit Ernten einer lieblichen Natur !
Mögst du nacheifern der Vollkommenheit
Der Patriarchen der vergang'nen Zeit !
Mögst du durch Rath und durth Gesetze seyn
Der erste in den grössten Kaiserreih'n !
Im Lande möge Friedens-Jubel klingen,
Und den Tribut entfernte Völker bringen !

IN DANISH.

Du Himlens Sön ! Din Glands og Hæder stige
Og lyse over Dit œldgamle Rige.
I hele Verden kjendes vel Din Magt,
Din stemme höres overalt med Agt.

7

Gid Din Retfœrdighed, Din Viisdom vœre
Altid til Folkets Lykke, Dig til Œre !
Med Höstens Frugter gid Naturen dig
Dit Folk og Land begavo rigelig !
De store Fœdre gid Du blive lig
Paa Godhed som paa Magt og Œre rig !
Ja overgaae i Snille, Dyd og Raad
De storste Konger og de Gamles Daad !
Tribut til Dig gid fjerne Riger bringe
Og Fredens Quad i hele Landet klinge !

IN SWEDISH.

Du Himlens Son ! högt öfver bergets topp
Din Ära stiger skön som stjernljus opp,
I hela verlden kännes väl din makt,
Och till din stämma ger Allverlden akt.
Må din Statskunskap, din Rättfärdighet
Försvara folkets väl och enighet !
Tillkomme dig hvad bäst Naturen gifver
Af Höstens frukter korn och fridsoliver !
De store Fäder må du blifva lik,
I dygder som på glans och ära rik,
Högt öfverstigande med lag och råd
De största Herrskare och Forntida dåd !
Till dig må Folk från fjerran gåfvor bringa
Och Fridaröst öfverallt i Riket klinga.

The Hoa Tchou Ko, suggested as a National Air for China, by the Marquis Tsêng, perhaps its author, was freely paraphrased by me in English, at his request, for the Health Exhibition in 1884. I was asked to write something that would give a general idea of its contents to the English Public, having regard to the spirit rather than the letter of the original. When I had done this, I found that my accomplished and highly poetical friend the Marquis would be glad to see my paraphrase rendered into languages understood or spoken in Europe. I therefore employed my

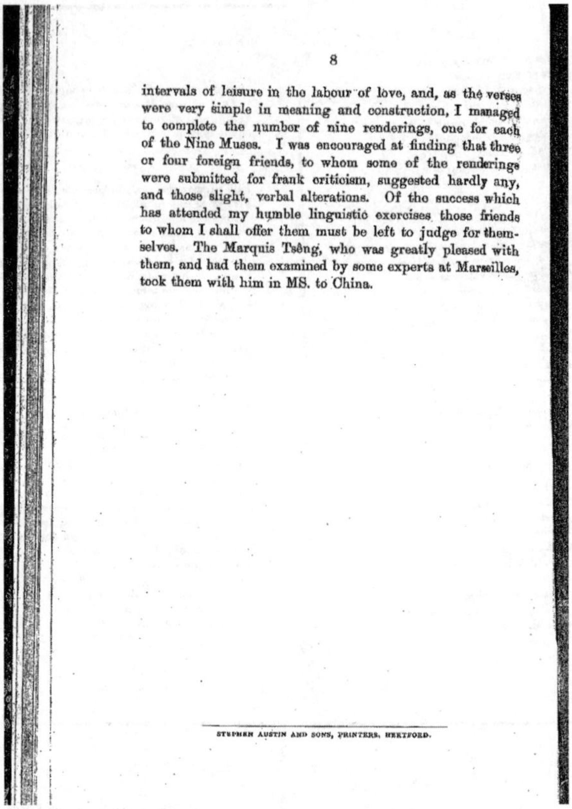

8

intervals of leisure in the labour of love, and, as the verses were very simple in meaning and construction, I managed to complete the number of nine renderings, one for each of the Nine Muses. I was encouraged at finding that three or four foreign friends, to whom some of the renderings were submitted for frank criticism, suggested hardly any, and those slight, verbal alterations. Of the success which has attended my humble linguistic exercises those friends to whom I shall offer them must be left to judge for themselves. The Marquis Tsêng, who was greatly pleased with them, and had them examined by some experts at Marseilles, took them with him in MS. to China.

STEPHEN AUSTIN AND SONS, PRINTERS, HERTFORD.

图 1 傅澧兰《华祝歌》译文

兹录汉语原文与英译如下：

华祝歌

圣天子，奄有神州。声威震五洲，德泽敷于九有。延国祚，天地长久。和祥臻富庶，百谷尽有秋。比五帝，迈夏商周。梯山航海，万国献厥共球。

HOA TCHOU KO.

Chinese National Air.

PARAPHRASE.

Great Son of Heav'n, thy glories shine

Reflected in thy Land divine.

Throughout the World's wide regions known,

Thy voice is heard, thy power is shown.

Wise Laws, pure Justice, blessings rare,

Through thee may all thy subjects share!

May fortune smiling bless thy reign

With harvests of abundant grain!

Be thine the virtues, to unfold

Which graced the Patriarchs of old,

Through Laws and Counsels rising high,

O'er Monarchs of an Age gone by!

May distant Nations tribute bring

Of Peace the pledge and offering!

试译如下：

华祝歌

中国民族歌曲

意译

伟大的天子，你的光荣

照耀你神圣的国土。

世界为人所知的每个地方，

都响彻你的音声，显现你的权能。

智慧的法律、无私的裁断、珍贵的福佑，

愿你的臣民由你而得！

愿吉祥光顾你的统治

叫五谷丰登！

愿美德属于你而彰显，

为古老的先王增色，

由法律和参议的作用更进一步，

超过往昔世世代代的君主！

愿遥远的外邦

带来它们的贡品：和平的承诺！

《华祝歌》的歌词原文并西译文非常珍贵。在9种译文后面，有一段译者附言：

《华祝歌》被曾侯爵建议为中国的一首民族歌曲（a National Air for China），也许他就是它的作者。应侯爵的要求，我将其意译为英语，用于1884年的健康博览会。人们要我写点东西，以使英国公众对其内容有一般的观念。我的译作更多考虑了原文的精神，而非字句。完成此项工作以后，我又发现，我的多才而又能诗的侯爵朋友，很愿意我把译作翻译成欧洲人能读或能讲的其他语言。于是我利用闲暇时间从事这项令人喜爱的工作。因为诗句的意思相当纯朴，结构也简单，我完成了9种语言的翻译，以应9个缪斯女神。我向三四个外国朋友征求直言不讳的批评，他们看了我的译作之后，除了一点动词变位的调整，几乎没提修改的意见，为此我很受鼓舞。……曾侯爵对这些译文很喜欢，他请马赛的几个专家看过之后，把手稿随身带回了中国。

《华祝歌》以杂言体写成，真挚流利，通俗易懂，便于演唱。歌词的中心"天子"，令人联想到英国家喻户晓的《上帝保佑女王》。也许歌词就是以此为模本撰写的。从内容上看，曾纪泽以中国驻外大臣的身份填写歌词，颂扬天子奉天承运、富国安邦，比较合理。比较而言，英译比原文增加了"法律""正义""美德"之类内容，有意无意体现了西方人道主义和启蒙主义的精神。

1884年1月31日（光绪十年正月初四日），曾纪泽日记中有"写《华祝歌》，并注宫商节奏"的记录[1]，显示《华祝歌》词谱已定稿。据金登干1884年2月22日致赫德信，曾纪泽由金登干处了解到，清政府已决定参加国际卫生博览会。此后与金登干的来往中，曾纪泽应该很快知道中国将派出一个小型的乐队。3月23日（二月二十六日），曾纪泽记云："傅澧兰来久谈，入上房一坐。"[2] 笔者以为，这可能就是曾纪泽将《华祝歌》歌词交与傅澧兰翻译的时间。因为曾纪泽再次见到傅澧兰时，已经是本年8月24日（七月初四日）[3]。9月2日（七月十三日），曾纪泽日记中有"出遇傅澧兰，谈甚久"，回来后"至女儿房间久坐，寻旧日所写乐章"的记录[4]，也许就是在这一次，曾纪泽请傅澧兰把《华祝歌》翻译成欧洲其他语言。1886年7月23日（光绪十二年六月廿二日），曾纪泽归国前夕，傅澧兰与曾纪泽最后一次晤面，或者即是拜别[5]。应该在这一次，傅澧兰从曾纪泽口中知道，他将把自己的翻译手稿随身带回中国。

傅澧兰偏爱东方文化，又是一个诗人，掌握多门语言，由他来翻译《华祝歌》是比较合适的。但这里也有一个问题。傅澧兰在大学里修学的是古典学（Classics），在他的生平经历中，笔者未查到他习学过汉语的证据。《华祝歌》的翻译方式，笔者以为，应该是傅澧兰仔细听取曾纪泽用英文说明歌词的意思，而后用恰当的英文组织起来，润饰成诗。翻译件标明为"freely paraphrased"（自由的意译），说明译者不敢自信为准确的翻译。译诗比较简练、典雅，这是傅澧兰作为英国诗人的贡献；翻译和原作内容大体相当，则主要是曾纪泽的贡献了。

三、结语

1879年6—8月，驻英公使曾纪泽与旅居英国的德裔作曲家本聂狄克合作

---

① 曾纪泽：《曾纪泽日记》（第三册），中华书局2013年版，第1372页。
② 曾纪泽：《曾纪泽日记》（第三册），中华书局2013年版，第1383页。
③ 曾纪泽：《曾纪泽日记》（第三册），中华书局2013年版，第1418页。
④ 曾纪泽：《曾纪泽日记》（第三册），中华书局2013年版，第1420页。
⑤ 曾纪泽：《曾纪泽日记》（第四册），中华书局2013年版，第1594页。

制作了《普天乐》钢琴谱，此曲在 1882 年出版。但《普天乐》一开始并不是中国的"国歌"（national anthem），而只是一首"民族歌曲"（national air）。该曲 1887 年被驻英公使刘瑞芬送交英国外交部以后，才成为事实上的中国国歌。至于《普天乐》是曾纪泽创作的，还是借用了传统成曲，暂难定论。二人合作的具体过程，亦有疑问 ①。《普天乐》与《华祝歌》的关系是这样的：《普天乐》主要不是创作，而是推广，与国歌本不相干；在《普天乐》印制以后，曾纪泽受到鼓励，独立创作《华祝歌》，权充中国的国歌。"曾纪泽写过两首国歌"的讹言，可以休矣！历史是复杂的，阴差阳错，经过驻英使馆和外务部的作为，曾纪泽无意作为国歌制作的《普天乐》，后来成了一些西方国家使用的中国国歌，偶尔奏响；他有意创作的国歌《华祝歌》，则在 1884 年伦敦国际卫生博览会结束后，湮没不彰。

---

① 尹德翔、王金旋：《曾纪泽〈普天乐〉考辨》，《音乐研究》2022年第1期。

《咏技艺》

—— 晚清公使曾纪泽翻译的一首英文诗

一

从鸦片战争到 19 世纪末，国内对西方诗歌的翻译一直很少，译作寥寥，译者亦稀。为学界所知的译作主要有：

1. 英国诗人弥尔顿的《论失明》。译者不详。刊于英国传教士麦都思主编之《遐迩贯珍》1854 年第 9 期。[①]

2. 美国诗人郎费罗的《人生颂》。英国驻华公使威妥玛初译，总署大臣董恂于 1865 年重写并书于纸扇，由美国驻华公使蒲安臣转赠作者本人。[②]

3. 英国童谣一种，译者张德彝，载于《航海述奇》，日记写于 1866 年，1880 年上海申报馆出仿聚珍版印本，收入湖南人民出版社"走向世界丛书"[③]；"佛克斯之夜"歌谣数节，译者张德彝，载于《再述奇》，日记写于 1869 年，亦为"走向世界丛书"之一种[④]。

4. 法国《麦须儿诗》（《马赛曲》）、德国《祖国歌》。王韬、张芝轩译。载于王韬编纂之《普法战纪》，1873 年出版。[⑤]

[①] 沈弘、郭晖：《最早的汉译英诗应是弥尔顿的〈论失明〉》，《国外文学》2005年第2期。

[②] 钱锺书：《汉译第一首英语诗〈人生颂〉及有关二三事》，见钱锺书：《七缀集》，上海古籍出版社1994年版，第137—167页。钱文谓英国人福开森1864年访问郎费罗时曾见到诗扇，后贺卫方在郎费罗故居亲见此扇，其款识为"同治乙丑"，即1865年。参看贺卫方：《法边馀墨》，法律出版社1998年版，第213—223页。

[③] 张德彝：《航海述奇》，湖南人民出版社1981年版，第89页。

[④] 张德彝：《欧美环游记》，湖南人民出版社1981年版，第126页。亦有学者举证张德彝从英文或法文报纸上翻译的"安南著名大夫诗"（同书第231页），笔者以为无代表性，不取。

[⑤] 参见郭延礼：《中国近代翻译文学概论》，湖北教育出版社1998年版，第25—26页。

5.《大美龙飞罗先生爱惜光阴诗》(郎费罗《人生颂》),英人沙光亮口译,叶仿村笔记,载于《中西教会报》第 34 册,1897 年 10 月出版。[①]

6. 英国诗人蒲柏的《人论》片段、丁尼生的《尤利西斯》片段。译者严复。载于严译《天演论》,1898 年出版。

7. 英国诗人蒲柏的《天伦诗》(《人论》)。英国传教士李提摩太与任延旭合译,1898 年出版。[②]

8. 英国诗人拜伦《哀希腊》片段。译者梁启超。载于创作小说《新中国未来记》,1902 年出版。

因"物以稀为贵",以上著作都经过学者的考证、参详,穷究纤悉。笔者多年来关注晚清外交官在国外的情况,偶然得见一篇晚清驻外公使曾纪泽的英诗翻译,兹公之于众,为晚清外国诗的翻译添增一份别具价值的史料。译作刊载于《英国皇家亚洲学会会刊》(*Journal of the Royal Asiatic Society of Great Britain and Ireland, New Series*)第 19 卷第 1 期,出版时间为 1887 年 1 月。

Art. A Version in Chinese, by the MARQUIS TSENG, of a Poem Written in English and Italian by H. W. Freeland, M.A., M.R.A.S., late M.P. Commander of the Order of The Crown of Siam.

咏技艺	Art.
傅澧兰	
精能技艺妙通神	Art hath a holy mission: 'tis to raise
美质姱容牖性真	The soul, through form and beauty, unto things
竟扫积年尘俗虑	More lovely than the sensual thoughts and ways
只缘天性乐清纯	Of an old world's corrupt imaginings.

---

① 参见罗文军:《〈人生颂〉在晚清的又一汉译及其意义》,《中国现代文学研究丛刊》2011年第1期。
② 参见刘树森:《西方传教士与中国近代之英国文学翻译》,载于《英美文学研究论丛》第二辑,上海外语教育出版社2001年版,第360—361页。《人论》,刘译作《人道篇》。

歌词图画并雕镌	In song, on canvas, or in living stone,
清洁无尘养性天	Art saith unto the soul: "Behold the Pure,
实质高华同不朽	The True, the Beautiful, for these alone
流传亿万百千年	I live, by these through unborn time endure."

更有佳音动性灵	By sweet sounds, too, Art lifts the soul from earth,
欢情慧觉起冥冥	O'er every sense a nameless rapture steals
此时雅韵生豪兴	When Harmony to noblest thoughts gives birth,
天籁初从管外聆	With Heaven's own Music, in the organ's peals.

巴臻比得密兰颠	The Parthenon, St. Peter's, Milan's Dome,
牵引情怀上九天	Which souls interpret, eyes with wonder scan,
天上人间原不阂	Point upwards to the Exile's Heavenly home,
性灵高处得安便	The spiritual heritage of man.

艺术功深意自幽	So doth Art toil, in sweet simplicity
湛然闺媛慎娇修	And virgin chastity, life's paths along,
策勋不藉刀兵力	Leading to many a bloodless victory,
雕画声歌得胜筹	Sweet sounds, brush, chisel, and the poet's song.

笔者非外语专业出身，口拙笔秃，试回译英译文如下：

艺术

艺术有神圣的使命：通过形式与美，
把灵魂提升至可爱的事物，
远非旧世界的腐坏的想象
所产生的欲念和行为。

在歌曲中，在画布上，在活的石头上，
艺术之神对灵魂说："看！
纯、真、美，我只为此而生
无始以来，我藉此而活。"

又以甘美的声音，艺术之神使灵魂从地面飞升，
当管风琴奏出天堂里才有的音乐，
无名的狂喜悄然贯注全身，
高贵的思想从和谐中诞生。

巴塞侬神庙、圣彼得教堂、米兰大教堂，
带着惊奇，人们用灵魂参悟，用眼睛端详，
它们上指天堂，那里是放逐者的家园，
人类世袭的精神遗产。

带着甜蜜的质朴和童贞般的纯洁，
艺术之神在生命的旅途上勤苦工作，
沿途获得一个个不流血的胜利，
她的队伍是甜美的音乐、画笔、凿子和诗人的放歌。

曾纪泽是曾国藩长子，1878 年（光绪四年）派充出使英国、法国钦差大臣，1886 年（光绪十二年）回国，在外八年之久。他因袭了"一等毅勇侯爵"，外人皆以 "Marquis Tseng"（曾侯爵）尊称之。据曾纪泽自陈，他在同治末年为父亲守制，始自学英文："以吾旧时所知双声叠韵、音和颡隔之术，试取泰西字母切音之法，辨其出入而观其会通，久之，亦稍稍能解英国语言文字。"[①] 当时正途出身的士大夫对外国事物避之如瘟疫，曾纪泽以世家大员子弟却主动自学英语，堪称稀有。曾纪泽粗知英文以后，颇好英文诗，不仅喜欢读，而且喜欢译、写，1876 年 2 月 1 日至 4 日（光绪二年正月初七至十日）的日记中就有这样的记录：

① 曾纪泽：《曾纪泽遗集》，岳麓书社1983年版，第158页。

看太古（太白）五古十八叶，译西洋人《颂花》诗一首。

是日舆中看太白五古十叶，诵西洋人《喜雨》诗，不能熟也。

辰初起，诵《喜雨》诗。

辰正起，诵洋诗，饭后复诵良久。[①]

1877 年入京以后，曾纪泽与英国外交官梅辉立（W. F. Mayers）、美国传教士丁韪良（W. A. P. Martin）等人相交，英语水平进一步提高[②]。曾纪泽以知英语出名，是被派充为出使大臣的重要原因，出使前觐见，两宫太后还特别问到他掌握外国语言文字的情况[③]。曾纪泽到法国后，由首任驻英法使臣郭嵩焘引见，拜会外交部长瓦定敦（William Henry Waddington），后者见他能说英语，不禁大喜，"相与握谈甚畅"，这一场面，令郭嵩焘十分羡慕，断言"出使以通知语言文字为第一要义，无可疑也"[④]。曾纪泽出使期间阅读英文很多，可惜他在日记中的记载，只是"读英文""读英文小说""读英文寓言"，具体书名篇目，不得而知[⑤]。偶尔，他也读一点英诗，甚至向使馆的洋参赞马清臣（Halliday Macartney）讲解"中国反切之法及《诗经》隔句互韵，与英诗相同之处"[⑥]，这已经是在讨论"中西比较诗学"的题目了。

曾纪泽翻译傅澧兰的诗，缘于他对英诗的长期爱好，也和他与傅澧兰的个人交往密切相关。傅澧兰是英国奇切斯特市（Chichester）人，1832 年入牛津大学基督教堂学院读书，获得学士及硕士学位，1841 年获得伦敦林肯法律学院律师证书，曾担任苏塞克斯地方推事、代理军政官，1859 年至 1863 年任奇切斯特市国会议员。综合关于傅澧兰的各面信息，可知此人的知识和兴趣非常广泛，他是皇家亚洲学会以及皇家植物学会、地理学会、统计学会等多个学会

---

① 曾纪泽：《曾纪泽日记》（上册），岳麓书社1998年版，第540页。

② 曾纪泽：《曾纪泽遗集》，岳麓书社1983年版，第158页。

③ 曾纪泽：《曾纪泽日记》（中册），岳麓书社1998年版，第775页。

④ 郭嵩焘：《伦敦与巴黎日记》，岳麓书社1984年版，第857页。

⑤ 这里有两条例外：1.光绪三年正月二十九日记："看洋书《罗斌孙日记》，习字半纸。"（曾纪泽：《曾纪泽日记》中册，岳麓书社1998年版，第637页）此书疑即笛福小说《鲁滨逊漂流记》。2.光绪六年九月二十七日记："饭后，阅英名士遂夫特之文。"（曾纪泽：《曾纪泽日记》中册，岳麓书社1998年版，第1026页）"遂夫特"盖为英国作家斯威夫特（Jonathan Swift）。

⑥ 曾纪泽：《曾纪泽日记》（中册），岳麓书社1998年版，第990—991页。

的会员，又是诗人和翻译家，著有《诗集》（*Poems*, 1848）、《关于文学剽窃的演讲录》（*Lecture on Literary Impostures*, 1857）、《拉马丁的生平和作品》（*Life and Writings of Lamartine*, 1857）等，译有丹麦小说《不老泉》（*The Fountain of Youth*, 1867）、悲剧《阿克赛尔与淮尔葆格》（*Axel and Valborg*, 1873）以及一些零散的阿拉伯及中国诗歌[①]。"萧里兰得"这个名字最早出现在郭嵩焘的日记上，郭氏驻英时，应邀访问伦敦雅典学会，傅澧兰是该会会员，二人由此结识[②]，后来颇多往还。1879 年 1 月郭嵩焘卸任回华，傅澧兰赋诗相送，此诗由美国传教士林乐知（Young John Allen）与蔡锡龄合译，刊在《万国公报》上：

译英人傅澧兰赠别郭筠仙星使诗

有客莅止 羽仪翩翩 语言风俗 岂曰既娴 持赠橄榄 中有平安

西典以报平安为赠橄榄枝叶 一解

西来几时 通厥大意 公忠有心 和平其气 如一家人 行所无事 义理之精 东西不二 二解

留心制作 游历伦敦 蜂屯蚁聚 厂密工勤 乃慨然叹 英所以兴 崇尚宽简 律法是资 匹夫清议 何讳文辞 三解

子生子英 郭公在英举一子 名曰英生 诞惟英物 长而有成 四解

质美学纯 心明于鉴 家世乘槎 和好之券 五解

能读父书 学不厌饱 内美中含 贵逾珍宝 六解

皇华遄返 相见何时 海天万里 不隔所思 何以赠别 爰赋此诗 七解

蹇蹇王臣 爱国忠君 愿公怀抱 如日照临 炳耀六合 海宇清平 八解[③]

---

① 关于傅澧兰，参见以下参考书：Joseph Foster ed., *Alumni Oxonienses: the Members of the University of Oxford, 1715-1886*, Volume Ⅱ, London: Joseph Foster,1888; Joseph Foster, *Men-at-the-Bar: A Biographical Hand-list of the Members of the Various Inns of Court*, London: Reeves and Turner, 1885; Michael Stenton ed., *Who's Who of British Members of Parliament: A Biographical Dictionary of the House of Commons, Volume I, 1832-1885,* Hassocks: The Harvester Press Limited, 1976.

② 郭嵩焘：《伦敦与巴黎日记》，岳麓书社1984年版，第216、226页。

③ 林乐知主编：《万国公报》（第十一卷），华文书局1968年影印本，第480页。

这首四言八节的译诗，因发表年代较早，颇有资格列入早期值得珍视的汉译诗歌之列。据所附说明，傅澧兰原诗曾"载入伦敦西字新报"，笔者检查伦敦当时刊行的多种报纸，一时未能寻获。

曾纪泽第一次见到傅澧兰，在1879年4月20日（光绪五年三月二十九日），是日曾氏到驻德公使李凤苞在伦敦的寓所赴宴：

同席有英之诗人傅理兰，谈吐甚有风趣。其人立志欲取各国从军之诗译为一书，将使人触目警心，胜残去杀。愿虽难偿，而其心可嘉。又以中国训诂、声音之学相问，为略举六书之要旨及篆、隶、章、草相嬗之源流与双声、叠韵、音和、类隔之大端以告之。①

曾纪泽对傅澧兰（傅理兰）一见如故，检《曾纪泽日记》，此后双方有十几次交往，曾纪泽赴俄国重启《伊犁条约》谈判时，身上就带着傅澧兰写给英国驻俄公使的推荐信②，说明二人交谊之深。1884年7月13日（光绪十年闰五月二十一日），曾纪泽在日记中忽有一句记录：

将傅澧兰所作之诗译成七绝四章。③

这应该就是他翻译的《咏技艺》了。傅澧兰诗共有五节，日记说"四章"，或许是笔误，或许当天还有一节没有翻完。笔者多年前阅读《曾纪泽日记》时，就注意到这条信息，只是遍查曾纪泽诗稿，并无收录。如今在130多年前的英国杂志上发现曾纪泽的译作，颇有庆幸之感。

二

现在谈谈《咏技艺》的翻译问题。

曾纪泽选取《咏技艺》翻译，至少有两个原因。从内容上说，此诗借颂扬艺

---

① 曾纪泽：《曾纪泽日记》（中册），岳麓书社1998年版，第866页。
② 曾纪泽：《曾纪泽日记》（中册），岳麓书社1998年版，第1001页。
③ 曾纪泽：《曾纪泽日记》（下册），岳麓书社1998年版，第1338页。

术之能，传达了和平主义的思想。中英鸦片战争以来，中国屡遭列强侵迫，国内士大夫阶层最厌恶与恐惧者，是西方列强的武力；在国外的中国外交官、旅行者最不能理解与同情者，也是西方列强的好战乃至穷兵黩武。关于这一点，晚清出使日记包括《曾纪泽日记》中的议论，不胜枚举。傅澜兰曾翻译过奥匈帝国政论家阿道夫·费施霍夫（Adolf Fischhof）的小册子《论削减欧洲大陆的军备》（ *Reduction of the Continental armies*, 1875），是个反战主义者，他给曾纪泽的第一印象，编辑翻译各国从军之诗，"将使人触目警心，胜残去杀"，也是反战主义。不消说，《咏技艺》一诗宣扬的艺术的作用，"策励不用刀兵力"（用曾氏译文），与"远人不服，则修文德以来之"（《论语·季氏》）的儒家文化和平主义，有契合的关系，引起了曾纪泽特别的共鸣。从形式上看，傅澜兰原诗每节四句，以五音步抑扬格为主，交叉用韵（abab）。英语格律诗中，这种形式最为单纯，与中国的绝句也最接近，是曾纪泽选取此诗译为绝句的一个原因。

　　曾纪泽自己原是个不错的诗人，曾国藩评价他的诗的时候，说他"于情韵兴趣二者，皆由天份中得之"，郭嵩焘也很肯定他[①]。可以说，他的诗才为英诗汉译奠定了诗的基础。《咏技艺》采取意译的方法，在消化原诗内容的基础上，用道地的古典诗词的语句表达出来，不沾不滞，自然流走，意思明白，可读可诵。像"此时雅韵生豪兴，天籁初从管外聆""巴臻比得密兰颠，牵引情怀上九天""策励不藉刀兵力，雕画声歌得胜筹"等诗句，本身即是好诗，又活化地传达了原诗的意思，颇有巧思。当然，译文也不是全无瑕疵，如用"技艺妙通神"翻译"Art hath a holy mission"，偏离原诗较远；以"性灵"翻译"the soul"，易生误解；"牖性""慧觉"等补衬，太过中国化，妨害了原诗的意思。最主要的问题来自文化差异。中国传统词汇中没有与英语的"art"对等的概念，曾纪泽用"百工"所长的"技艺"翻译英文的"art"，既不能涵盖传统上体道的"诗"与"乐"，也无法体现西方的纯艺术概念，可说两边不讨好。另外，原诗中艺术女神的形象，寓言体（Allegory）的修辞，因中国语言和文化中无对应的事物，都没有明确体现。

　　应该说，曾纪泽是在没有依傍的条件下进行翻译的，由于七言绝句的限

---

① 钱仲联主编：《清诗纪事》第三册，凤凰出版社2004年版，第3048—3049页。

制，他不可能像笔者的直译那样摹声肖口，出现某些省略和增衍是免不了的；为取便当时读者采用的归化式翻译，在思想、意境、修辞方式上，也不可能真正体现原诗的个性。但即使有这样一些问题，以笔者鄙见，比较而言，在近代最早出现的十来首译诗中，《咏技艺》的水平还是最佳的。《人生颂》《马赛曲》不必论，即如沈弘教授盛赞的《论失明》，单就文字的达旨和音韵的朗畅，已不能与《咏技艺》匹敌。也许到辜鸿铭1900年或1905年翻译威廉·科柏（William Cowper）的《痴汉骑马歌》（*The Diverting History of John Gilpin*），《咏技艺》这样流利自如、诗味醇永的译诗，才再得一见。梁启超曾为辜鸿铭的译才惋惜，叹他所译的《痴汉骑马歌》只是歌谣体，"可惜辜先生没有译些比较严谨而艰深的英文诗作"[1]。傅澧兰不是大有名的诗人，《咏技艺》（*Art*）也不是一流的作品，可比起科柏的《痴汉骑马歌》，总抽象、复杂了不少，翻译的难度也更大。《咏技艺》不因原诗之不够杰出而降低其意义——如同林纾译哈葛德小说不因原著之平庸而降低其意义，不论曾纪泽的翻译有怎样的成就、不足，其尝试本身在中国诗歌翻译史上就是值得纪念的。还有一点要特别提出：新文化运动以后多数人不看好的归化式翻译，在曾纪泽所处的年代，却有着积极的文化意义——把外国诗译为流利的近体诗让中国士大夫来读，既是对翻译对象的推重，也意味着对西方文化的肯定。在绝大多数中国人以为西学就是"实学"，西人只识"器"、不知"道"、没有文学的年代，曾纪泽翻译的七言绝句《咏技艺》，是具有时代的先进性的。

比较本文开篇所列的几种译诗，除翻译本身的可圈可点，《咏技艺》还有几个明确的优点：

第一，时代较早。译作完成于1884年，发表于1887年，在王韬、张芝轩所译《马赛曲》之后，而在严复所译《人论》之前。

第二，由一个懂英语的中国人独立完成，是符合现代意义的真正的翻译。根据台湾学者李奭学的研究，第一首中译英诗为明末耶稣会士艾儒略与门人张赓合译的《圣梦歌》[2]。这一翻译开启了外国人主译、中国人助译的传统，《遐迩贯珍》

---

[1] 邹振环：《影响中国近代社会的一百种译作》，中国对外翻译出版公司1996年版，第208页。

[2] 李奭学：《中译第一首"英诗"——艾儒略〈圣梦歌〉初探》，《中国文哲研究集刊》第30期（2007年3月），第87—142页。

刊载的《论失明》大约属于这一传统，《人生颂》的翻译是董恂对威妥玛的"有章无韵"的翻译的加工，自然属于这一传统。林乐知与蔡锡龄合译的《译英人傅澧兰赠别郭筠仙星使诗》、沙光亮与叶仿村合译的《大美龙飞罗先生爱惜光阴诗》、李提摩太与任延旭合译的《天伦诗》，都属于这一传统。因无证据表明傅澧兰习学过汉语，笔者肯定《咏技艺》是曾纪泽独立完成的，并非外国人占主导。

《马赛曲》是中国人翻译的，没有外国人参加，但王韬作为主笔，却不识法文①。沈弘教授说，董恂不通英文，他与威妥玛的翻译合作，如同林纾与他人的合作，"谈不上是真正的翻译"②。这一评价亦可用来说明王韬翻译的《马赛曲》。懂英语的中国人独立翻译英诗，也许从同文馆学生张德彝开始，但是张德彝日记中的一些译诗比较随意、简单，不能与曾纪泽的这首译诗相提并论。以现有文献看，《咏技艺》是最早由一个懂英语的中国人独立完成的、符合现代意义的真正的英诗翻译。

第三，诗歌翻译的自觉。郭延礼先生在《中国近代翻译文学概论》中云：近代翻译诗歌"经过了一个由零章片段到独立成篇、由依附于其他作品到独立发表的过程"③。今天看来，最早出现的译诗恰恰不是零章片段，而是独立成篇、独立发表的。从是否独立成篇、是否独立发表，确实可以判断译诗究竟为了说明其他问题，还是自身即其目的。张德彝翻译童谣与民谣是为了介绍英国的风俗，王韬翻译《马赛曲》是为了说明法国的政治动荡，严复翻译《人论》《尤利西斯》的片段是因为原书引用了这些诗句，梁启超在小说中"植入"《哀希腊》片段是为了烘托人物，追求戏剧化效果。这些翻译都是具有依附性的。比较而言，《咏技艺》的翻译主要出于对诗歌本身（包括思想和形式）的喜好，曾纪泽选择这一宣扬艺术至上主义的诗歌来翻译，本身就说明了艺术的自觉、诗歌翻译的自觉。这在早期外国诗的翻译中是独树一帜的。

在题名《花甲忆记》的回忆录中，丁韪良特别说到曾纪泽的英语，他举曾纪泽赠给他的一把"中西合璧诗"扇子为例，说"原诗很雅，译文则是'巴布英

---

① 王韬：《漫游随录》，岳麓书社1985年版，第87页。
② 沈弘、郭晖：《最早的汉译英诗应是弥尔顿的〈论失明〉》，《国外文学》2005年第2期。
③ 郭延礼：《中国近代翻译文学概论》，湖北教育出版社1998年版，第98页。

语'的绝妙典型"，"他口语流畅，但不合语法，读、写一直都有困难"[1]。美国驻华公使何天爵（Chester Holcombe）在《真正的中国佬》一书中，也举曾氏所赠的一把合璧诗扇子为例，说他的英语书法很标致，语法却是瘸的（lame）[2]。钱锺书先生目曾纪泽的"中西合璧诗"为"离奇"，他在为威妥玛"格格不吐"的《人生颂》翻译做宽解时说："假如我们想想和他对等的曾纪泽所写离奇的《中西合璧诗》，或看看我们自己人所写不通欠顺的外语文章，就向威妥玛苛求不起来了。"[3] 从上述摘录的情况看，曾纪泽的英译确实是不甚通的，意思勉强，语法错乱，虽然押了韵，也还不是诗。但是曾纪泽赠给外国人诗扇，主要在刚入京的一段时间，这时他学英语还在入门阶段，他的赠扇，恐怕主要为了增进交往，获得接触外人、学习外语的更多机会，而非像丁韪良讥讽的那样，以英语自炫[4]。曾纪泽出国前陛见，慈禧太后问起他的英语，答曰："奴才在籍翻阅外国字典，略能通知一点。奴才所写的，洋人可以懂了；洋人所写的，奴才还不能全懂。"[5] 可见他对自己的英语有自知之明。威妥玛翻译《人生颂》的时候，学习和运用汉语已经二十年，是知名的"中国通"，曾纪泽写"合璧诗"的时候，学习英语却只有五年，且他的学习条件远不能与威妥玛相比。在学外语方面，把曾纪泽和威妥玛视为对等，是不公平的。何况当时水平不高，不等于日后不再提高，曾纪泽后来在外八年，每日使用英语，听、说、读、诵不辍，以他的天分，如何不能有很大的提高？《咏技艺》的翻译，足能证明曾纪泽后来阅读、欣赏英文的能力，证明丁韪良的"读、写一直都有困难"的评论，是无根的。

牛津大学包德里安中国学图书馆（Bodleian Chinese Studies Library）沃德蕾（Genevieve Wardley）女士帮助作者搜集了文献资料，牛津大学汉学家杜德桥（Glen Dudbridge）教授阅读本文并提出了宝贵意见，在此特别致谢。

原载于《宁波大学学报（人文科学版）》2017年第4期

---

[1]　W. A. P. Martin, *A Cycle of Cathay or China, South and North*, New York: Fleming H. Revell Company, 1897, pp. 364-365.

[2]　Chester Holcombe, *The Real Chinaman*, New York: Dodd, Mead & Company, 1909, p.59.

[3]　钱锺书：《七缀集》，上海古籍出版社1994年版，第147页。

[4]　W. A. P. Martin, *A Cycle of Cathay or China, South and North*, New York: Fleming H. Revell Company, 1897, p. 364.

[5]　曾纪泽：《曾纪泽日记》（中册），岳麓书社1998年版，第679页。

重重帘幕密遮灯

——"局中门外汉"与"梁溪坐观老人"身份之谜

在民国书法名家中，张祖翼是最杰出的一位。费行简《近代名人小传》许其"天骨开张，力韵并擅"，"晚以鬻书为活，名动海上，并汪洵、吴昌硕、高邕为四大家，然祖翼其首出矣"。① 然书法爱好者未必知道，此人也是一流的诗人和作家。张祖翼光绪年间驻英做外交官，写过一种《伦敦竹枝词》，传诵颇广；晚年居无锡，写过一种《清史野记》，亟为士流所重。但这两部作品都是拟名的。本文重新考察多种史料，进一步确定二书作者为张祖翼，并对作者的匿名给出新的解释。

一

清代安徽石埭人徐士恺辑刻的《观自得斋丛书》别集最后一卷（第24卷）之末，有一部特别的作品，称为《伦敦竹枝词》，作者署为"局中门外汉"。关于这部作品，朱自清在1933年的一篇文章《伦敦竹枝词》里说：

"春节"时逛厂甸，在书摊上买到《伦敦竹枝词》一小本。署"局中门外汉戏草"，"观自得斋"刻。惭愧自己太陋，简直没遇见过这两个名字，只好待考。诗百首，除首尾两首外，都有注。后有作者识语，署光绪甲申（一八八四）；而书刻于光绪戊子（一八八八）。但有一诗咏维多利亚女王登极五十年纪念，是年应为光绪丁亥（一八八七）；那么便不应作于甲申了。这层也只好待考。②

---

① 沃丘仲子：《近现代名人小传》（上册），北京图书馆出版社2003年版，第427页。
② 《朱自清全集》（第四卷），时代文艺出版社2000年版，第1463页。

"观自得斋"如上所说，为徐士恺的斋号，但是"局中门外汉"是谁，罕有人议。直到 20 世纪 80 年代，钱锺书发表《汉译第一首英诗〈人生颂〉及有关二三事》一文，其中的注解里说：

光绪十四年版的《观自得斋丛书》里署名"局中门外汉戏草"的《伦敦竹枝词》是张祖翼写的，《小方壶斋舆地丛钞》再补编第十一帙第十册里张祖翼《伦敦风土记》其实是抽印了《竹枝词》的自注。①

核王锡祺编《〈小方壶斋舆地丛钞〉再补编》，其所收录署名为"桐城张祖翼著"的《伦敦风土记》，除个别文字略有出入，确系《观自得斋丛书》之《伦敦竹枝词》各诗的自注。《小方壶斋舆地丛钞》这套书版本非精，刻印亦糙，但是，《观自得斋丛书》版的《伦敦竹枝词》出版于光绪十四年戊子，而《小方壶斋舆地丛钞》版的《伦敦风土记》出版于光绪二十年甲午，相距六年，"去古未远"，凭交往或耳食，《小方壶斋舆地丛钞》编者获知《伦敦竹枝词》作者实为张祖翼，是完全可能的。

然而，或许钱文的考证只是只言片语，且在注释之中，未能引起注意；或者是学者经过考虑，不认同钱氏的意见，此后一些著作提及"局中门外汉"，各持观点，而皆未提及张祖翼。如丘良任以编辑《中华竹枝词全编》（2007）知名，他发表于 1992 年的文章《论海外竹枝词》说，"局中门外汉""其真实姓名待查。跋语署年为光绪甲申（1884）年秋九月，按光绪丁丑（1877）年清廷曾派一批留学生于英、法，不知是否其中人物"②。1994 年出版的《竹枝纪事诗》一书题《伦敦竹枝词》云："竹枝百首说英伦，地下飞车去绝尘。异域殊风岂足谴，'局中门外'果何人？"③《中华竹枝词全编》中相关作者简介亦云"生平不详"④。丘进《海外竹枝词与中外文化交流》一文袭取了丘良任的说法，字句略有异同⑤。姜德明在《余时书话》（1992 年）一书里"猜想作者是一名外交官，并会

---

① 钱锺书：《七缀集》，上海古籍出版社1994年版，第165页。

② 丘良任：《论海外竹枝词》，《长沙水电师院学报》1992年第3期。

③ 丘良任：《竹枝纪事诗》，暨南大学出版社1994年版，第271页。

④ 丘良任等：《中华竹枝词全编》，北京出版社2007年版，第611页。

⑤ 林远辉：《朱杰勤教授纪念论文集》，广东高等教育出版社1996年版，第120页。

英文"，究为何人，则以"无名诗人"存疑①。袁行云《清人诗集叙录》（1994年）"《伦敦竹枝词》一卷"条也注意到朱自清为之困惑的写作时间与作品内容矛盾的问题，说"'局中门外汉'是否即士恺化名，亦待考"②。王慎之、王子今所辑《清代海外竹枝词》（1994年）一书流传颇广，其《伦敦竹枝词》题解称"局中门外汉""姓名及事迹待考。或以为即室名'观自得斋'的安徽石埭人徐士恺"③。杨乃济《随看随写》（2002年）认为《伦敦竹枝词》"凡使用汉字为英语注音之下都加以语义注解，足见作者是多少懂一些英语的。同时就所注之音来看，作者大约是一位讲江浙方言的人"④。程瑛在《清代〈伦敦竹枝词〉的形象学文本分析》一文中袭取王慎之、王子今的说法，疑为徐士恺而不能肯定，但揣测"'局中门外汉'的身份很可能属于中下层普通知识分子"⑤。最近的一则考证，是路成文、杨晓妮发表在《聊城大学学报》2012年第3期上的文章《〈伦敦竹枝词〉作者张祖翼考》。该文从钱锺书说，以张祖翼为《伦敦竹枝词》的作者，但是，经过一番考证，得出了这样的结论：

> 我们可以确认，《伦敦竹枝词》署名作者"局中门外汉"就是张祖翼。……1887年（光绪十三年）7月，张祖翼以游历官员随从的身份考察英国和法国，因而到达伦敦，并在随后一段时间创作了《伦敦竹枝词》。《伦敦竹枝词》被收入《观自得斋丛书》，刻于"光绪戊子春月（1888年）"，由此可知，张祖翼的欧洲之行时间较短，而《伦敦竹枝词》的写作时间也大致在1887年冬至1888年初。⑥

路文重新提出和强调钱锺书的说法，是可取的，但是在具体研究上，考辨不精。笔者下面提出一些证据和思路，从正反两面支持"局中门外汉"为张祖翼假托的观点。

首先，《伦敦竹枝词》作者为徐士恺的观点，是站不住的。没有资料证明徐

---

① 姜德明：《余时书话》，四川文艺出版社1992年版，第112页。
② 袁行云：《清人诗集叙录》（第三册），文化艺术出版社1994年版，第2742页。
③ 王慎之、王子今辑：《清代海外竹枝词》，北京大学出版社1994年版，第207页。
④ 杨乃济：《随看随写》，天津古籍出版社2002年版，第51页。
⑤ 孟华等：《中国文学中的西方人形象》，安徽教育出版社2006年版，第91页。
⑥ 路成文、杨晓妮：《〈伦敦竹枝词〉作者张祖翼考》，《聊城大学学报》2012年第3期。

士恺出过国门，更不能证明他到过伦敦。故徐士恺没有创作《伦敦竹枝词》的条件。另有一条直接的证据，证明《伦敦竹枝词》不是他写的，就是他本人在《观自得斋别集》目录下写的一段话：

> 《伦敦竹枝词》能于《西堂杂俎》外别树一帜，举彼国之人情风俗纤微毕具，足备辀轩之采。乃以方言入韵，钩辀格磔，索然难解，等诸自郐以下可矣。①

如果《伦敦竹枝词》是他自己所作，不会有"别树一帜"之类的揄扬，更不会有"等诸自郐以下"的贬损。

其次，丘良任以作者跋语在光绪甲申（1884年），即怀疑"局中门外汉"为光绪丁丑年（1877）清廷派出的一批留学生之一，是没有注意到朱自清最先注意的问题，即作者识语写于光绪甲申（1884年），而诗中所咏却有发生在光绪丁亥（1887年）的事。到这一年，福州船政学堂派往英国留学的罗丰禄、严复等一批精英，早已归国服务多年。另外，从《伦敦竹枝词》的内容也可判断，作者对英国取一种不理解乃至厌恶的态度，这样的作品只能是对英国社会和文化知之不多的人所作，像罗丰禄、严复那样深解英文、深识英国文化的人，是做不出来的。

再次，说《伦敦竹枝词》的作者"懂一点英语"，是可以接受的；但说他是讲江浙方言的人，则没有什么根据。江浙幅员广大，各地方言纷歧，很难证明诗中的音译词用了哪种方言。

如果说《伦敦竹枝词》作者为张祖翼，则有不少论据可以支持。

第一，张祖翼曾充出使英俄大臣刘瑞芬（后改命为驻英法义比大臣）的随员，去过伦敦。刘瑞芬使团中有一有名的地理学家邹代钧，此人在《西征纪程》一书开篇记录了随使人员的名单："随行出使者凡二十人，……同人为吴县潘子静志俊、独山莫仲武绳孙……桐城张逖先祖翼。"② 另，刘瑞芬奏稿中有《派员分驻英俄片》，称"随员余思诒、杨文会、汪奎授、方培容、胡树荣、张祖翼、洪

---

① 《观自得斋别集》，光绪间石埭徐氏刻，目录。
② 邹代钧：《西征纪程》，王锡祺辑《小方壶斋舆地丛钞》第十一帙，光绪十七年上海著易堂本，第1页。

遐昌等均派驻英国"①。刘瑞芬所接替的驻英大臣曾纪泽在日记中三次提到张祖翼：光绪十二年三月二十七日（1886 年 4 月 30 日），在使馆见张逖先（祖翼）②；六月二十日，写一函给张祖翼③；七月二十八日，曾纪泽自外返伦敦抵维多利亚车站，张祖翼参加接站④。这些可靠的证据说明，张祖翼是驻英公使刘瑞芬手下的正式随员，根本不是路文所说，"为游历官员随从的身份"。

第二，出国时间和出版时间吻合。核《清季中外使领年表》之"清朝驻英国使臣年表"，刘瑞芬于光绪十二年四月（1886 年 5 月）上任，光绪十六年三月（1890 年 4 月）卸任⑤。根据总理衙门的规定，随使各员以三年为期，期满或留用或回国。查刘瑞芬奏稿，光绪十五年（1889 年）四月，张祖翼期满销差回国⑥。这就是张祖翼在英国居留的时间。毋庸置疑，其间他以中国使馆官员的身份，参加或旁观了 1887 年维多利亚女王登基五十周年的庆典。另外，《伦敦竹枝词》刻于光绪戊子（1888 年）春，从时间上说，也是比较吻合的。当时驻英使馆与国内通过上海文报局定期联络，凡有文件书信，皆从上海文报局发寄，成为常规。若张祖翼确曾写有《伦敦竹枝词》，不必本人亲自带回，亦能传回国内。故路文所说张祖翼"欧洲之行时间较短"，并无根据。

第三，张祖翼与徐士恺的关系。检《观自得斋丛书》，张祖翼曾为这套书中的多种著作题名，如第十五册《多暇录》（落款为"张祖翼署检"）、第十八册《渔洋山人集外诗》（落款为"祖翼署"）、第二十二册《梅村诗话》（落款为"张祖翼署"）和《渔洋诗话》（落款为"祖翼署"）。以上著作皆为光绪二十年甲午（1894 年）刊刻。由此可以断定，至迟到 1894 年，亦即张祖翼归国后五年，徐士恺与张祖翼的关系已相当密切。当然，这并不能说明戊子年或之前徐张二人已经认识。据邹代钧《西征纪程》，与张祖翼同为刘瑞芬随员的，有两个安徽石埭人，一个是杨文会，字仁山，后来成为近代史上大大有名的佛学家，还有一个是他的儿子杨自超，字葵园。他们都是徐士恺的同乡，或许曾有来往。如果

---

① 刘瑞芬：《刘中丞奏稿》，清光绪刘氏刻养云山庄遗稿本，《清代诗文集汇编》第705册，第430页。
② 曾纪泽：《出使英法俄国日记》，岳麓书社1985年版，第910页。
③ 曾纪泽：《出使英法俄国日记》，岳麓书社1985年版，第935页。
④ 曾纪泽：《出使英法俄国日记》，岳麓书社1985年版，第948页。
⑤ 故宫博物院明清档案部、福建师范大学历史系编：《清季中外使领年表》，中华书局1985年版，第3页。
⑥ 刘瑞芬：《刘中丞奏稿》，清光绪刘氏刻养云山庄遗稿本，《清代诗文集汇编》第705册，第455页。

这两个人见到张祖翼撰写的《伦敦竹枝词》，觉得有趣，抄了之后寄给徐士恺赏观，不是没有可能。当然，这只是一种猜测。

二

这里我们又要涉及另一部书：《清代野记》。《清代野记》问世于民国初年，署"梁溪坐观老人编"，徐一士写于民国三十年、三十一年的《一士谭荟》，指认是张祖翼的作品[①]，为史学家推重的黄濬《花随人圣庵摭忆》亦云："《清代野记》二卷，署为'梁溪坐观老人'。所言晚清轶闻颇具本末。传作者为桐城张逖先祖翼。"[②]"梁溪坐观老人"被坐实为张祖翼，绝大多数学者接受了这个说法，如中华书局列为"近代史料笔记丛刊"出版的《清代野记》（2007年），即标为"张祖翼撰"。但是也有人不同意"梁溪坐观老人"为张祖翼的说法，如李晋林即认为，"桐城张祖翼"非《清代野记》的作者，真正的作者为熊亦奇[③]。

张祖翼籍隶安徽桐城，是近世书法名家。叶昌炽《缘督庐日记》光绪壬寅九月二十六日记云："桐城张逖先，素未通介绍，读拙著《语石》，心折求见，以埃及古文为贽。"[④]郑逸梅《艺林散叶》第388条云："张祖翼与吴昌硕，皆工书，皆有金石癖，且皆肥硕，又矮而无须，见者咸误为阉人。"[⑤]张氏现存的不少条幅墨迹仍可见题为"桐城张祖翼"。中华书局版《清代野记》的"整理说明"提到"梁溪"为无锡的别称，以城西梁溪得名，又云张祖翼为无锡张氏大族，而一语未及"安徽桐城"[⑥]，问题不少。李晋林的文章从《清代野记》"文字之狱"条中"吾乡王氏《字贯》""吾邑王氏《字贯》"两条线索，推论《清代野记》的作者与乾隆时罹文字狱之祸遭斩的王锡侯为同乡，即江西省新昌县（今宜丰），又从《清代野记》"孔翰林出洋话柄"条，推论"坐观老人"应为中过进士科而在光绪十三年被派往东西洋各国游历的十二位游历官之一。如张祖翼确为《清代野记》的作者，他的故籍是安徽桐城，不当云江西新昌，这确实令人费解，笔者也暂

①　徐一士：《一士谭荟》，中华书局2007年版，第253、351页。
②　黄濬：《花随人圣庵摭忆》，李吉奎整理，中华书局2008年版，第225页。
③　李晋林：《〈清代野记〉作者考辨——兼述清末强学会熊亦奇其人》，《文献》1999年第4期。
④　金梁：《近世人物志》，北京图书馆出版社2007年版，第331页。
⑤　郑逸梅：《艺林散叶》，中华书局1982年版，第30页。
⑥　张祖翼：《清代野记》，中华书局2007年版，"整理说明"。

存疑。除此之外，李文对史料的解读和推导都是错误的。兹引"孔翰林出洋话柄"文字如下：

清光绪丙戌曾惠敏公纪泽由西洋归国，忿京曹官多迂谬，好大言，不达外情，乃建议考游历官，专取甲乙科出身之部曹，使之分游欧美诸国，练习外事。试毕，选十二人，惟一人乃礼邸家臣之子，非科甲，余皆甲乙榜也。游英法者，为兵部主事刘启彤，江苏宝应人；刑部主事孔昭乾，江苏吴县人；工部主事陈爔唐，江苏江阴人；刑部主事李某，山东文登人。命既下，李与陈皆知刘久客津海关署，通习洋情，遂奉刘为指南，听命惟谨。孔独不服，谓人曰："彼何人，我乃庶常散馆者，岂反不如彼，而必听命于彼乎？"随行两翻译，皆延自总理衙门同文馆者，亦惟刘命是听，孔愈不平，所言皆如小儿争饼果语，众皆笑之。……时余亦随使英伦，亲见其详。[1]

既是"随使"，自然就是使馆的随员，何来游历官一说？且既已明说"游英法者"为刘启彤、孔昭乾、陈爔唐、李某，不正排除了张祖翼吗？既已被排除，如非驻在外交官，如何与上述四人同在英伦？细品上引文字，作者用局外人眼光追述游历之事，自然非当事人。实际上，《清代野记》明言"随星使（使臣）出都，沿途州县迎送"[2]，这当然不是游历使的情况。另据《清代野记》"新加坡之纪念诏书"条：

余随使泰西时，道出新加坡。其时中国总领事为左秉隆，字子兴，广东人。京师同文馆学生也。能通英、法、德三国语言文字，研究外交，颇有心得。曾惠敏公携之出洋，即任以新加坡总领事。时觞余等于署中……[3]

《西征纪程》逐日记载使团行程，随所历而做地理的考证，根据邹代钧的记载，使团在二月二十四日到达新加坡[4]。据左秉隆的生平资料，他在光绪七

---

① 张祖翼：《清代野记》，中华书局2007年版，第165—167页。
② 张祖翼：《清代野记》，中华书局2007年版，第46页。
③ 张祖翼：《清代野记》，中华书局2007年版，第140页。
④ 邹代钧：《西征纪程》，王锡祺辑《小方壶斋舆地丛钞》第十一帙，光绪十七年上海著易堂本，第14页。

年（1881年）被认命为驻新加坡正领事官，在此任上一口气做了十年，于光绪十七年（1891年）回国[①]。故上文所述，正是刘瑞芬使团经由新加坡时受到左秉隆款待的事，和游历官出洋无关。

光绪十三年九月十二日（1887年10月28日），《申报》公布的考察游历人员录取名单中，并无熊亦奇其人[②]。故李晋林的推论是错误的。这些人在八、九月间分五组陆续派往东西洋各国，时维多利亚女王登基五十周年庆典早已结束（1887年6月）。关于孔昭乾，《刘中丞奏稿》中有"奏出洋游历官孔昭乾病故恳恩赐恤疏"一件，内中称"察其人甚谨饬，学问优长，考究西学均极用心。乃因游历各处，采访辛勤，忧劳过甚，于十月间触发疯疾，叠服西医之药，鲜有功效，卒致疯疾大作，昏迷吞药，殒命外洋，殊堪悯恻"。[③]孔昭乾因精神病发作，在英国服毒自杀。《清代野记》的记载更加详细，唯把精神病称为"神经病"而已[④]。既然《清代野记》的作者当时"随使英伦，亲见其详"，那么此人只能是刘瑞芬的随员之一。检邹代钧《西征纪程》，所有同人之中，无一人籍隶江西新昌，这使得《清代野记》作者自承王锡侯同乡就没有了着落。

三

以笔者管见，《伦敦竹枝词》作者之谜与《清代野记》作者之谜，都牵涉到张祖翼，不是简单的巧合。"重重帘幕密遮灯"（张先语），两部作品都刻意隐瞒了作者的身份。为什么这么说呢？《伦敦竹枝词》的作者识语署在"光绪甲申"（1884年），而诗中数首（而非朱自清先生说的一首）都在描写英国维多利亚女王继位五十年（1887年）庆典，实属故意设局，令读者疑惑，对作者为谁无法揣想。《伦敦竹枝词》刻在光绪戊子（1888年），英国的大庆仅是去岁的事，通过《申报》等媒介，国内上流人士应能知晓。以《观自得斋丛书》选取之严，校刻之精，应能发现这种时间上的错误。徐士恺在《观自得斋别集》目录下写的一

①　左秉隆：《勤勉堂诗钞》，南洋历史研究会（新加坡）1959年版，第3页。
②　王晓秋、杨纪国：《晚清中国人走向世界的一次盛举——一八八七年海外游历使研究》，辽宁师范大学出版社2004年版，第39页。
③　刘瑞芬：《刘中丞奏稿》，清光绪刘氏刻养云山庄遗稿本，《清代诗文集汇编》第705册，第453页。
④　张祖翼：《清代野记》，中华书局2007年版，第165—167页。

段话，说明他仔细阅读了《伦敦竹枝词》，也必然注意到"作者识语"。而他一任这一错误流传而不作纠正，则可能是配合作者隐瞒其身份。

张祖翼为什么要把自己撰写《伦敦竹枝词》这件事隐瞒起来呢？这需要追溯当时的社会背景。《清代野记》有述曰：

> 文忠（按：李鸿章）得风气之先，其通达外情，即在同治初元上海督师之日。不意三十年来，仅文忠一人有新知识。而一班科第世家，犹以尊王室攘夷狄套语，诩诩自鸣得意，绝不思取人之长，救己之短。而通晓洋务者，又多无赖市井，挟洋人以傲世，愈使士林齿冷，如水火之不相入矣。光绪己卯，总理衙门同文馆忽下招考学生令。光稷甫先生问予曰："尔赴考否？"予曰："未定。"光曰："尔如赴考，便非我辈，将与尔绝交。"一时风气如此。予之随使泰西也，往辞祁文恪师世长，文恪叹曰："你好好一世家子，何为亦入洋务，甚不可解。"及随星使出都，沿途州县迎送者曰："此算甚么钦差，直是一群汉奸耳。"处处如此，人人如此，当时颇为气短也。[①]

张祖翼随使英伦之时，年纪还轻，有前途、事业、人际关系的考虑。《孔子家语》云，"礼，居是邦，则不非其大夫"[②]，《伦敦竹枝词》中含有大量贬损英国的内容，作者身为中国驻英使馆随员，具有官方身份，这样做无疑是惹是生非，既令长官为难，也不排除会引起英方的抗议或干涉。在《伦敦竹枝词》上署真名，无论诗中内容为何，在保守人士而言，张祖翼都把自己和"一群汉奸"钉在一起，而无有解脱之日。而另一方面，那些贬损英国的内容，必然为倡西学、讲洋务的人士不喜，从而断绝了从事洋务的进身之阶。这就是张祖翼的两难，这也是他不方便署名的原因。待张祖翼回国以后，时过境迁，风气改易，西学大开，出洋已经是令人羡慕的事情，而他自己则在金石书法领域辟一路径，生活事业皆能自足。这时通过徐士恺，或知内情者，或张氏本人，张祖翼实为《伦敦竹枝词》作者的真相，方流播于社会。于是才有王锡祺编辑《〈小方壶斋舆地丛钞〉再补编》直接在《伦敦风土记》署上"桐城张祖翼"的事。

---

① 张祖翼：《清代野记》，中华书局2007年版，第46页。
② 杨朝明、宋立林：《孔子家语通解》，齐鲁书社2013年版，第554页。

至于张祖翼为什么在《清代野记》也不署自己名字，因关于他晚年客居吴上的生活资料甚少，难以定断。或者他客居已久，把他乡作了故乡；或者《清代野记》只是他的艺术创作中的调剂，一种消遣笔墨，并不需要以之博取名望，故为避纷纭和烦扰，出版之时，未署己之真名。

把两部作品对照，《伦敦竹枝词》写英国的人情风俗，《清代野记》写晚清中国社会大观；《伦敦竹枝词》素描写实，"纤微毕具"，《清代野记》自称"不载虚渺神怪之迹"[①]；《伦敦竹枝词》对英国妇女偏见极多，《清代野记》叙述驻法公使裕更出身始末，对西洋女子无一好语[②]。从这些地方，都能看出两部作品似断实连，野史中带着竹枝词的影子。

原载于《现代传记研究》2014 年秋季号

① 张祖翼：《清代野记》，中华书局2007年版，第254页。
② 张祖翼：《清代野记》，中华书局2007年版，第212—214页。

英国传教士眼中的华人基督徒楷模

——读戴存义夫人的《席胜魔传》

　　席胜魔（1835—1896），本名子直，皈化基督教后易名胜魔，山西省平阳府临汾县（今临汾市）西张村人，清末最知名的华人基督徒之一。关于席胜魔，戴存义夫人（Mrs. Howard Taylor, 1865—1949）[①] 曾出过数种英文传记：1.*One of China's Scholars: The Culture & Conversion of a Confucianist*, 1900；2.*Pastor Hsi: One of China's Christians*, 1903；3. *Pastor Hsi's Conversion*, undated；4. *Pastor Hsi: Confucian Scholar & Christian*, 1949。此四种传记，第一种主要写席胜魔的成长与归信基督教的过程，第二种主要写席胜魔成为基督徒后是如何行的。因第一种传记发行量较小，影响到第二种传记的阅读，为便于读者更好地理解后者，中国内地会在伦敦又出了一本小册子，截取了第一种传记的第 12—16 章，成为第三种传记。第四种传记最为晚出，其实是第一和第二种传记的合编本，经过重新编辑，取其精华，汰其繁冗，叙述更加紧凑，内容也更有分量。[②] 本文主要以这一版本为讨论对象，兼及中国内地会传教士鲍康宁（Frederick William

---

① 　戴存义夫人，本名Mary Geraldine Guinness，汉名金乐婷，英国利物浦人，1888年来中国传道，1894年与戴德生（James Hudson Taylor）的次子戴存义（Frederick Howard Taylor）结婚，在华人基督徒中以"戴存义师母"知名。除本节所讨论的几种席胜魔传记外，戴存义夫人尚有《早年戴德生》（*Hudson Taylor in Early Years,* 1911）（与戴存义合作）、《戴德生与中国内地会》（*Hudson Taylor and the China Inland Mission,* 1918）（与戴存义合作）、《中国大西北的召唤》（*The Call of China's Great North-West,*1923）等。

② 　查时杰《中国基督教人物小传》（台北中华福音神学院1983年版）关于席胜魔的部分主要取自此书；另，此书有刘翼凌译本，取名《席胜魔传》（香港证道出版社1957年版）。

Baller，1852—1922）用中文撰写的《席胜魔记》[①]。

关于撰写《席胜魔传》的过程，作者在她的《旅行者日记》中是这样写的：

要想获得材料，尤其是关于席牧师早年的材料，以形成一个连贯的叙述，比较困难，因为他平素不大谈自己。当我们和他共处时，曾竭力劝他写写过去，如果可能的话，从孩提写起。在思考和祈祷以后，他答应了。结果就是一个简短而极有趣的稿子，是他亲手用汉字写的，在这篇稿子中，他略述了个人的许多经历，在每一步，他都彰显出上帝的恩典。以下的故事就以这一简单的自传为基础。其他信息则取自最熟悉他的人，尤其是何斯德先生，在席牧师生命的最后十年，何先生既是同工，又是最被器重的朋友。席牧师早年的材料是缺乏的，作者通过叙述华北耕读之家青年的一般生活情况，以及形成典型儒生的社会、教育、宗教方面的广泛影响，用以弥补。[②]

可见，为了写出《席胜魔传》，戴存义夫人是下了真正的功夫的。但通过这一说明，可知无论戴存义夫人的《席胜魔传》，还是鲍康宁的《席胜魔记》，关于席胜魔早年生活的种种场面化、戏剧性描写，都是推想、虚构出来的。依照一般传记的模式，《席胜魔传》从家世写起，再写幼年的教育和少年的成长。席家是西张村的大户，世代务农兼行医，广有田产，席胜魔的三个哥哥都中了举人或秀才[③]。传记特别强调，席胜魔与周围人唯一的不同，或者说他的异禀，就是自幼即为生死问题所困扰[④]。这自然是用传教士眼光来观察，暗示这是上帝的工

[①] 参见鲍康宁：《席胜魔记》，中国基督圣教书会1906年版，1935年重印。鲍氏1873年到中国传教，1878年曾同福珍妮（Jane Elizabeth Faulding，戴德生夫人）到山西赈灾，1885年率何斯德（Dixon Edward Hoste）等四个剑桥大学出身的传教士再来山西。他与席胜魔的接触就在这一次（参见Mrs. Howard Taylor, *Pastor Hsi: Confucian scholar and Christian*, London: China Inland Mission, 1949, chapter 24）。从主要内容看，鲍康宁的《席胜魔记》与戴存义夫人所作前两种传记基本一致，或者为后者之改写本。所不同的，戴存义夫人的传记是用英文写的，读者对象为传教士以及西方读者；而鲍康宁的《席胜魔记》采用中文，且取章回小说形式，比较符合中国大众阶层的口味。值得一提的是，鲍氏精通汉语，不仅讲道精彩，文字亦佳。

[②] Mrs. Howard Taylor, *One of China's Scholars: The Culture & Conversion of a Confucianist*, London: Morgan & Scott, 1903, pp.11-12. 本段最后一句话在《席胜魔传》中被删去，参见Mrs. Howard Taylor, *Pastor Hsi: Confucian scholar and Christian*, London: China Inland Mission, 1949, Introduction.

[③] 戴存义夫人的《席胜魔传》多处提到席胜魔是第四子或"老四"（Old-Four），鲍康宁的《席胜魔记》云是第五子，应从前者。

[④] Mrs. Howard Taylor, *Pastor Hsi: Confucian scholar and Christian*, London: China Inland Mission, 1949, pp.2-4.

作，为他日后皈依基督教打下伏笔。席胜魔家境优裕，才具过人，16岁成婚，当年考上了秀才，可谓少年得志。老父故世后，席胜魔与几个哥哥分爨析居，过着闲适的读书生活。因一次主持庙会，制服了欺压农民的泼皮无赖，在十里八乡获得了不小的名声，乡人就经常出钱请他代写状子、打官司。但是，虽然在现实生活中很如意，席胜魔却感到灵魂的空虚：

　　然而他不快活；他不得安宁。没有孩子，家里没有生气。最糟的是，他还这么年轻，钟爱的妻子就病亡了。在深深的忧伤中，席更免不了去想孩提时盘压心头的那些老问题，他渴望了解：他的生命是怎么来的？到世间做什么用？将要向何处去？对这样一些问题，研读经籍是找不出答案的。儒学未能止息他灵魂的饥饿，不能烛照黑暗的坟墓，不能安慰苦痛的心。[①]

　　除了儒学，席胜魔还研究佛教，甚至修习过道教的金丹术，努力的结果，不但没有获得任何满足，反而未老先衰，精神不济，连打官司的人也不来找他了。在心情苦闷、身心俱疲的情况下，经不住朋友的怂恿，席胜魔吃起了大烟。吸食之后，不能自拔，愈陷愈深，与当时无数病骨支离、精神萎靡的人一样，席胜魔这个当年前程似锦的后生俊彦，成了一个令正派人不齿的"烟鬼"。没有理由怀疑上述基本事实，但是，《席胜魔传》对儒、释、道的诠释和评价，显然带着基督教的眼光，而在鲍康宁的《席胜魔记》中，这部分内容因过于俚俗化而更加扭曲[②]。在笔者看来，席胜魔后来之所以选择了基督教，并不在于儒、释、道在义理上有何欠缺，而在于其在历史发展中失去了鲜活性与鼓动力。撇开清末上层社会的腐败，下层社会的不平，以及普通百姓生活的艰辛这些因素，传统文化在经历三千年的发展之后，已显出一种精神上的颓势，而新近传入的基督教新教，则表现出一种新鲜和吸引力。这也许是一些读书人走向基督教的原因。

　　席胜魔一边吸鸦片，一边为鸦片蚕食，陷入生不能而死不甘的绝望境地。这时，转折发生了。1876年到1879年，北方五省山西、河南、陕西、直隶（今

---

① Mrs. Howard Taylor, *Pastor Hsi: Confucian scholar and Christian*, London: China Inland Mission, 1949, p.13.

② 林辅华、鲍康宁：《向毒品宣战的先锋：李修善与席胜魔》，宇宙光全人关怀机构2006年版，第二章。

河北）、山东发生大旱，庄稼绝收，饿殍遍野。李提摩太（Timothy Richard, 1845—1919）的日记详细记载了他在山西太原府南部赈灾时所见到的悲惨景象。据李提摩太，饥荒结束时，应有1500万到2000万人饿死，相当于欧洲人口的总数①。大饥荒期间，外国传教士从同工和本国募捐，展开了积极的赈灾活动，其中英国卫斯理会传教士李修善（David Hill）和内地会传教士德治安（Joshua Turner）在山西的赈灾尤为人称道。在大灾行将结束之时，他们没忘记利用在赈灾活动中博得的社会好感从事传教。李修善想出的妙法，是在1879年秋季乡试结束后，在考场门外向出场的六七千考生散发基督教宣传册，并附一张征文启事，内含六个题目（1.论真原, 2.论治心, 3.论祷告, 4.论报应, 5.论神像, 6.论戒烟），各有说明。一、二、三名可分别获得二十两、十两、五两银子②。席胜魔的一个哥哥带回了这个信息，并鼓励他应征。席胜魔陷入了矛盾：在内心深处，和一般人一样，他对洋人从来是憎恶、敌视的；但在大灾之年，在长期缺乏收入以后，二十两银子真不是个小数目。纠结再三，席胜魔决定应征。他一共做了四篇论，其中三篇使用了化名，寄给在平阳府传教的李修善。过了一段时间，获奖名单公布了，在全部一百二十篇应征文章中，共评出四篇获奖，而其中三篇，出自席胜魔一人之手③。闻听消息之后，席胜魔由妻舅陪同，到李修善处领奖。席胜魔本不愿见洋人的，无奈李修善坚持奖金必须由获奖者亲自领取，无奈之余，席胜魔只好硬着头皮去见李修善。多年以后，席胜魔回忆道：

只看一眼，说一句话，就够了。如日光驱逐黑暗，李牧师一现身，让我听到的所有流言蜚语，一扫而光。所有的担心都没有了，我心安了。我看着他温和的眼，忆起了孟子的话："胸中正，则眸子瞭焉；胸中不正，则眸子眊焉。"他

---

① 李提摩太：《亲历晚清四十五年：李提摩太在华回忆录》，李宪堂、侯林莉译，天津人民出版社2005年版，第五章。

② 征文启事的具体文字见《万国公报》，1880年8月7日（光绪六年七月初二日），与鲍康宁所述有出入（参见林辅华、鲍康宁：《向毒品宣战的先锋：李修善与席胜魔》，台北宇宙光全人关怀机构2006年版，第168页）。戴存义夫人的《席胜魔传》翻译了这个启事，但略去了赏银的数目（Mrs. Howard Taylor, *Pastor Hsi: Confucian scholar and Christian*, London: China Inland Mission, 1949, pp.38-39）。

③ 无论戴存义夫人的《席胜魔传》还是鲍康宁的《席胜魔记》，均未提及席胜魔获奖的具体篇目。但从1880年8月7日起，到1880年9月18日，《万国公报》连续六期刊载席胜魔的六篇文章，正好对应征文的六个题目。笔者阅读其中的内容，发现谈论"上帝"甚多，不甚符合席胜魔撰写征文时的思想状态。盖此时据征文之事将近一年，席胜魔早已入教，《万国公报》所刊载者，很可能是修改过的应征文章，以及补写的另两篇。

的脸告诉我，我面前的这个人，是真而且善的。[①]

席胜魔对李修善一见倾心，后来，当李修善派人请他来做自己的教师时，席胜魔高兴地应允了。李修善需要认读汉文本的《新约》，他放了一本在席胜魔小屋的桌子上，很自然地，席胜魔需要不断翻阅这本《新约》。结果，很快，席胜魔了解了耶稣基督，他信了。他认识到自己的罪（sin）。这确实是件神奇的事，用戴存义夫人的话说，"他是一个彻头彻尾的中国人，对外国人怀抱强烈的憎恨和鄙视；他又是一个被大烟吞没的牺牲品，身体垮了，良心受到自谴，行在黑暗中。在各省遍地也找不到一个人，比这个挨饿的村中既自大又苛刻的烟鬼更不幸，更没用，更不可能成为一个基督徒"[②]。更神奇的是，他成功戒除了烟瘾。在那个时代，对一般"烟民"来说，这几乎是不可能的。当然，席胜魔经历的过程也是卓绝的。虽然李修善给了他戒烟药，但这药在他身上似乎丝毫不起作用。他经历了极其痛苦的挣扎，几乎累日不吃不睡，凭着祈祷和对上帝的信念，终于，一场大汗出过以后，他获得了心灵的安详，从身体中彻底拔出了烟毒。他成为全新的人。回西张村以后，他给自己新取了一个名字，叫"胜魔"，显示他依从救世主与魔鬼势不两立的决心。

在基督教在华传播史上，基要派直接布道的方法，与自由派重视社会服务的方法，是两歧的，戴德生与李提摩太则是分属两个不同阵营的代表[③]。《席胜魔传》的作者是戴德生的儿媳，故此书基要派的特色是很显著的。如前文所述，戴存义夫人在讲述席胜魔皈依基督教之前的生活时，是站在基督教独断论、与传统文化敌对的立场叙述的。席胜魔皈依基督教后，把家中的财神、灶君、观音像一概毁掉，这也是典型的基要派的行为[④]。基要派基督徒重视与上帝的感

[①] Mrs. Howard Taylor, *Pastor Hsi: Confucian scholar and Christian*, London: China Inland Mission, 1949, p.43.

[②] Mrs. Howard Taylor, *One of China's Scholars: The Culture & Conversion of a Confucianist*, London: Morgan & Scott, 1903, p.5.

[③] 赵晓阳：《基督教青年会在中国：本土和现代的探索》，社科文献出版社2008年版，第133页。

[④] 基要派把中国人祭祖的行为视为偶像崇拜，而自由派则未必如此观。李提摩太在《亲历晚清四十五年：李提摩太在华回忆录》中讲过一件事。一次，一个传教士得胜朝般地来到他的面前，手里拿着一个当地信徒家的祖宗牌位，表示那人已经成了一名基督徒，他将把这牌位烧掉。李提摩太对这位传教士说："当他烧掉他家的祖宗牌位时，我想你也应该同时烧掉你父母的照片吧？"（李提摩太：《亲历晚清四十五年：李提摩太在华回忆录》，李宪堂、侯林莉译，天津人民出版社2005年版，第124页）

通，相信《圣经》所述的种种神迹，在个人生活中也每诉诸神迹。如席胜魔捣毁神像几个月后，发生了一件奇怪的事，就是他前妻的灵牌，本是供在香几上的，却没来由地掉到地上，而且是正面朝下。一检查，原来是被老鼠啮断了。将其修好之后，摆放原位，再过两天，发现又掉到地上，仍被老鼠啮断了。于是席胜魔恍然悟道，仅仅把灶神等像除掉是不够的，必须把包括祖宗牌位在内的所有灵牌一概毁掉，才算弃绝偶像崇拜，于是他便这样做了[1]。还有个有趣的例子，是席胜魔治好了夫人梁氏的邪魔附体。梁氏在席胜魔皈依后，开始并不喜欢，后来看到丈夫的身体、性格都发生了焕然一新的变化，渐渐对"洋教"也发生了兴趣，有意敬拜耶稣。可这时她却遭遇了一件怪事，每到礼拜聚会的时候，她会突然跺脚捶胸，破口大骂，使大家不能礼拜，或者仆倒在地，浑身抽搐，口吐涎沫，把人吓得魂不附体[2]。眼见梁氏发病日渐严重，在所有办法尝试无效以后，席胜魔把自己委于上帝。他禁食三日三夜，不停地祈祷，而后，径直走向被痛苦折磨的妻子，把双手放在她的身上，以耶稣的名义，命令恶灵离开，不得再加害她。奇迹发生了，梁氏立时恢复正常，而且再无发作[3]。对基要派基督徒来说，神迹具有多重意义。它可以是一种暗示和提点，也可以是一种能力的赋予。席胜魔的"驱鬼"使村民印象甚深，如福音书中的耶稣一样，他后来多次被各处的人请去驱鬼，而他也利用这一便利，为村民宣讲，使一些人入教。夜晚孤身一人，在荒郊野外被饿狼围困，一旦跪下来祈祷，再睁眼时，狼已没有踪影。虽然连续禁食，却体力惊人，毫无疲倦。遇到不能生信的人，或不可解的难题，只要专心祈祷，就能产生预见，知道该怎么做。所有这些，都堪称神奇，在这超凡能力的背后，作者强调的是真神的力量。

　　席胜魔成为华北最出名的华人基督徒，主要不是因为他个人的"圣徒性"，而是因为他的传道工作。他成功戒烟的经历，很能吸引一些想戒断烟瘾的人。因有祖传的医术，他在临汾县邓村开了一个药铺，前面卖药，后面宣教。随着求告他的人越来越多，后来，他在范村的范洪年家开设了一个"天招局"，让

---

[1]　Mrs. Howard Taylor, *Pastor Hsi: Confucian scholar and Christian,* London: China Inland Mission, 1949, p.76.
[2]　本处介绍借用了鲍康宁使用的文字，参见林辅华、鲍康宁：《向毒品宣战的先锋：李修善与席胜魔》，宇宙光全人关怀机构2006年版，第187页。梁氏的症状今天看来近于"癔症"，或称"分离转换性障碍"，精神病的一种，症状表现复杂，多属心因性。
[3]　Mrs. Howard Taylor, *Pastor Hsi: Confucian scholar and Christian*, London: China Inland Mission, 1949, p.69.

烟民住在局子里，一边用内地会传教士林惠生（Samuel Drake）提供的戒烟药进行治疗，一边讲解福音。再后来，他偶然研制出以中药为主的戒烟药丸给烟民服用，效果同样好。从此他扩大规模，由近及远，十七年间，把戒烟局从山西扩展到陕西、河南和直隶，四省开设了四十五个分局①。把这些局连接起来，其覆盖的范围等于英格兰和威尔士加起来的面积，席胜魔终年在这片土地上辛苦奔波，解救烟民，宣讲耶稣。1886 年，中国内地会总主任戴德生来山西巡视，他亲自按立席胜魔为平阳、洪洞、大宁三区的主任牧师（Superintending Pastor）②。

　　由于这些成就，席胜魔被目为华人基督徒的领袖。而这也意味着本土传教士与外国传教士的竞争，其含义是意味深长的。《席胜魔传》没有回避这一问题。实际上，早在席胜魔被正式按立为牧师前，本土信众就把他看作牧师了。传记也讲到这些信徒对席胜魔的热情崇拜以及对外国传教士的冷淡③。毕竟，本土传教士与教徒的沟通，较外人会更容易。《席胜魔传》也提供了不少传教士一方的资料。席胜魔的同工司安仁（Stanley Smith，1861—1931）在一封私信里这样描述他：

　　与人交往时，席是一个十足的绅士，也是一个最有趣的伙伴。在智力上，他有着过人的天赋。他的想象力、组织能力、演说口才、记忆力以及判断力，都不寻常。在禀性上，他热情，大胆，有决断。在精神性格方面，在我刚认识他的时候，虽然他有种种令人喜欢之处，却也确实有一些缺点。从一开始对上帝生信，他一直没有一个精神上信道、受过经文训练的人来帮他，因之他对《圣经》的解释经常是错的、想入非非的。同时，在那段日子，他也缺乏对经文的顺服，倾向于抬高中国人的思想，并且对外国传教士也颇低估。④

　　司安仁认为席胜魔性格上有一个弱点，就是热爱权力，认定上帝给了他摩

---

① Mrs. Howard Taylor, *Pastor Hsi: Confucian scholar and Christian*, London: China Inland Mission, 1949, p.225.

② Mrs. Howard Taylor, *Pastor Hsi: Confucian scholar and Christian*, London: China Inland Mission, 1949, p.170.

③ Mrs. Howard Taylor, *Pastor Hsi: Confucian scholar and Christian*, London: China Inland Mission, 1949, pp.145-146.

④ Mrs. Howard Taylor, *Pastor Hsi: Confucian scholar and Christian*, London: China Inland Mission, 1949, p.191.

西那样的地位，故期待别人服从他。司安仁的这些表白很微妙，其实反映了外国传教士与本土传教士之间的竞争在其心底泛起的涟漪。当然不是说，司安仁对席胜魔的微词，全然出于嫉妒。这里有真实的成分，也有对中国文化的排斥。与席胜魔在山西同工十年、感情深厚的何斯德的话可引以为证：

> ……然而同时，在他的性格中有一些地方，令他与外国传教士的合作颇不容易。先天的禀性和后天的训练，让他的性情专断独裁，我行我素。因此，对同工的意见，他不大看得起；对同工的配合，也不易赏识。别人很不容易博取他的信任；实际上，对不熟悉的人过度猜疑，是他性格的显著弱点。值得注意的是，这样一个有趣的人身上的这些特点——无疑属于他的种族的典型的缺点——或多或少，在性格和能力胜任领导基督教工作的所有中国人身上，常能见到。[①]

虽然何斯德直言不讳地道出了席胜魔性格的弱点，并将之归结于中国人的民族性，但他仍然大力肯定席氏作为本土基督徒领袖的天赋和热诚，以及他对普通教众的影响力。虽然外国传教士在对《圣经》的理解，以及基督徒生活的自律标准上，较席胜魔强一些，但后者在精神层面，以及作为上帝的工具以皈化本土百姓方面，则较外国传教士优越。[②]何斯德能够这样客观地比较本土传教士与外国传教士的短长，还是值得称道的。如戴德生一样，司安仁和何斯德在席胜魔身上看到了未来中国本土教会摆脱对外国传教士的依赖，走向独立自主的前景。这也是为什么司安仁在给同道的信中，表示他从内心接受席胜魔为自己的领导，自甘下流[③]。而在席胜魔一方呢，经过范洪年纠结一伙人分裂天招局的事变后，他获得了一个教训，认为还是要重视外国传教士的作用，放弃了建立独立的本土教会而不需要外国传教士帮助的想法[④]。从历史的眼光看，这是某种退步，但却是与席胜魔传道的具体的环境和条件相适应的。

---

① Mrs. Howard Taylor, *Pastor Hsi: One of China's Christians*, London: Morgan & Scott, 1903, Introduction, p. XVII.

② Mrs. Howard Taylor, *Pastor Hsi: One of China's Christians*, London: Morgan & Scott, 1903, Introduction, p. XIX.

③ Mrs. Howard Taylor, *Pastor Hsi: Confucian scholar and Christian*, London: China Inland Mission, 1949, p.193.

④ Mrs. Howard Taylor, *Pastor Hsi: Confucian scholar and Christian*, London: China Inland Mission, 1949, p.207.

戴德生在《一个中国读书人》（*One of China's Scholars*）的序中谆谆告诫传教士说，每个熟悉中国的人都了解，中国士大夫阶层对外国人和外国事物是何等抵触。但反过来，西方人自己也不能幸免于同样的偏见，而容易对中国文化低估。"这一风险，有了更充足的知识，就会降低。那些最熟悉中国学者的人，会最高看他的理想；这种理想虽有一些缺陷，却值得我们钦佩和尊敬。"① 基督教"爱"的理念使其跨越种族、阶级、国家，体现出一种平等主义与世界主义精神，在一定程度上，遏止了西方近代狭隘的民族主义，对殖民主义给予消解。这是非常值得肯定的。在《席胜魔传》中，外国传教士在席胜魔身上看见了他们所熟悉的"圣徒"，席胜魔在外国传教士身上看见了理想中的"君子"②，最为符合戴德生所期望的中西交往的状态。在戴存义夫人所撰的几种席胜魔传记中，中外人士之间的深厚情谊，无论是席胜魔对李修善，还是戴存义夫人对席胜魔，都很真挚，许多段落文字细致，叙述优美感人。

与晚清时期一般的传教士著作一样，《席胜魔传》将中国人的精神世界描写成不可救药的一团漆黑，只有李修善和席胜魔这样的基督徒，才是唯一的希望之光。这种眼光，当然是不能接受的。然而从另一方面说，基督教乃至一般宗教，确有社会生活中不可替代的价值。台湾学者邬昆如曾批评19世纪后半期的西方哲学站在人欲的立场，把设法满足欲望作为基本的构想，没有把人性高层次思想作为核心，在历史的设计中，降低了道德和宗教的价值③。《席胜魔传》中的华人基督徒群像，在传统社会和文化所产出的庸庸碌碌、自私、堕落的众人中间，显得特别自信、利他，更具心理优势。不能忘记，在席胜魔所开的戒烟局里，所有的基督徒都曾是"烟鬼"，而在这里获得了新生。仅此而言，基督教对晚清社会底层道德的淳化，就不是无益的。暗夜的团聚，摇曳的烛光，同心的言语，互敬互爱的情感，何等给人以希望！其小群体生活的理想主义的热力，在内乱外患、信仰崩裂的时代，在启蒙大潮涌入与民族主义高涨的前夜，别有一种凝聚力。

---

① Mrs. Howard Taylor, *One of China's Scholars: The Culture & Conversion of a Confucianist*, London: Morgan & Scott, 1903, Preface, pp. Ⅶ-Ⅷ.

② 与李修善头两个月相处给席胜魔留下的印象，参见Mrs. Howard Taylor, *Pastor Hsi: Confucian scholar and Christian*, London: China Inland Mission, 1949, p.57.

③ 邬昆如：《人生哲学》，中国人民大学出版社2005年版，第135页。

陈季同"中诗西传"的历史真相与价值重估

陈季同（1852—1907）是近代中西文化交流史上一个特殊人物。他是1873年（同治十二年）福建船政学堂第一届毕业生，1875年（光绪元年）随前船政监督法国人日意格（Prosper Marie Giguel,1835—1886）赴英、法采购机器，1877年（光绪三年）再以文案身份随出洋肄业局洋监督日意格与第一批留学生赴欧，工作期间，间在自由政治学校（École libre des sciences politiques）及法律学校（École de droit）学习。后来又兼驻法使馆帮办翻译 ①。1878年（光绪四年）李凤苞奉派为署理出使德国大臣后，调陈季同任驻德使馆翻译 ②，后常以武官身份考察军械，参加阅兵，以及各种酬应。1881年（光绪七年）晋升参将，赏戴花翎 ③。1882年曾短暂回国 ④。1883年复返法国后，值中法因法国欲吞并越南北部关系紧张，陈季同奉直隶总督兼北洋大臣李鸿章密旨，越过态度强硬而为法国当局不喜的驻法公使曾纪泽，与法国政要与上流人士多方接触，了解情报，以图和谈。陈季同一时成为新闻人物。1884年4月，陈季同升任驻法使馆参赞，获总兵衔 ⑤。从1884年5月15日至6月15日，陈季同以"Le Colonel Tcheng-Ki-Tong"（"陈季同上校"）的名义在法国《两世界评论》杂志连载《中国与中国人》（"La Chine et les Chinois"），分三期共18篇文章。同年7月，《中国与中国人》易题《中国人自画像》（*Les Chinois peints par eux-mêmes*）由巴黎加尔马恩·莱维（Paris: Calmann-Lévy）出版社出版，在原有18篇之外，增加3篇，

---

① 郭嵩焘：《伦敦与巴黎日记》，岳麓书社1984年版，第566页。
② 李凤苞：《使德日记》，岳麓书社2016年版，第153—154页。
③ 《请奖出洋生徒并出力官员折》，顾廷龙、戴逸主编：《李鸿章全集》第9册，安徽教育出版社2008年版，第271—272页；陆德富、童林珏整理：《驻德使馆档案钞》，上海古籍出版社2020年版，第41—42页。
④ 陆德富、童林珏整理：《驻德使馆档案钞》，上海古籍出版社2020年版，第119页。
⑤ 李华川：《晚清一个外交官的文化历程》，北京大学出版社2004年版，第180页。

计 21 篇。此书出版后热销，年内至少重印 5 次 [1]。此后，陈季同以 "Le Général Tcheng-Ki-Tong"（"陈季同将军"）的名义陆续出版《中国人的戏剧：风俗对比研究》（*Le Théâtre des Chinois: Étude de mœurs comparées*, Paris: Calmann-Lévy, 1886）、《中国故事》（*Contes Chinois*, Paris: Calmann-Lévy, 1889）、《中国人的快乐》（*Les Plaisirs en Chine*, Paris: G. Charpentier et Cie, 1890）、《黄衫客传奇》（*Le Roman de L'Homme Jaune*, Paris: Bibliothèque Charpentier, 1890）、《巴黎印象记》（*Les Parisiens peints par un Chinois*, Paris: Bibliothèque-Charpentier, 1891）、《吾国》（*Mon Pays: La Chine d'aujourd'hui*, Paris: Bibliothèque-Charpentier, 1892），连同《中国人自画像》和回国定居后在上海出版的《英勇的爱》（*L'Amour héroïque*, Shanghai: Imprimerie de la Presse Orientale, 1904），陈季同一生出版的法文著作合计八部。这些书被翻译为英、德等各种文字，在欧美流传。而书中的许多内容，往往以单篇形式在报刊先行发表，后被广泛转载和评论。"Général Tcheng-Ki-Tong" 成为中国在欧洲的文化符号，他与当时法国名流多有交谊，频相往来，每被邀请参加各种社会活动，经常发表动人的演讲。1891 年 8 月，陈季同以 "私债" 事件，被清廷革职查办 [2]。陈季同随即回国，虽然在李鸿章的干预下得以保全身命，其政治前途则大打折扣。他在日后积极参与过 "东南互保" "台湾自立" 等重大事件，但直到去世，这个在欧洲名声最响的中国人物，再未亲近欧洲的泥土 [3]。

陈季同在国外名闻遐迩、风光无限的情形，国内少有人知。这一段历史，随着陈季同的去世，几乎沉埋地下。幸而因为他在 1898 年（光绪二十四年）给做过同文馆法文特班生的曾朴（1872—1935）"启蒙" 过法国文学，他在法国的

---

[1]　李华川：《晚清一个外交官的文化历程》，北京大学出版社2004年版，第182页。

[2]　关于陈季同 "私债" 问题，见李华川：《晚清一个外交官的文化历程》，北京大学出版社2004年版，第二章第三、四节。

[3]　关于陈季同生平与在国外的事迹，参考桑兵：《陈季同述论》，《近代史研究》1999年第4期；李华川：《晚清一个外交官的文化历程》，北京大学出版社2004年版；Catherine Vance Yeh, "The Life-style of Four Wenren in Late Qing Shanghai", *Harvard Journal of Asiatic Studies,* Volume 57, No.2 ,1997; Ke Ren, "Fin-de-Siècle Diplomat: Chen Jitong (1852-1907) and Cosmopolitan Possibilities in the Late Qing World", PhD dissertation, Johns Hopkins University, 2014; Yuan Liu, "Modernity, Gender and Poetics: Chen Jitong (1852-1907) and the Cross-cultural Intellectual and Literary Writing Practices in Late Qing China", PhD dissertation, University of California, Irvine, 2017.

事迹才得以流传。1928 年，曾朴在《真美善》杂志（第 2 卷第 1 号）刊布《征求陈季同先生事迹及其作品》启事①。同年，在给胡适的信中，曾朴详叙陈季同在法国文学方面对自己的引领："我自从认识了他，天天不断的去请教，他也娓娓不倦的指示我；他指示我文艺复兴的关系，古典和浪漫的区别，自然派，象征派，和近代各派自由进展的趋势；古典派中，他教我读拉勃来的《巨人传》，龙沙尔的诗，拉星和莫理哀的悲喜剧，白罗瓦的《诗法》，巴斯卡的《思想》，孟丹尼的小论；浪漫派中，他教我读服尔德的历史，卢梭的论文，嚣俄的小说，威尼的诗，大仲马的戏剧，米显雷的历史；自然派里，他教我读弗劳贝、佐拉、莫泊三的小说，李尔的诗，小仲马的戏剧，泰恩的批评；一直到近代的白伦内甸《文学史》，和杜丹、蒲尔善、佛朗士、陆悌的作品；又指点我法译本的意、西、英、德各国的作家名著；我因此沟通了巴黎几家书店，在三四年里，读了不少法国的文哲史书。我因此发了文学狂，昼夜不眠，弄成了一场大病，一病就病了五年。"②这一叙述包含了一连串文人：拉伯雷、龙沙、拉辛、莫里哀、布瓦洛、帕斯卡、蒙田、伏尔泰、卢梭、雨果、维尼、大仲马、米什莱（Michelet）、福楼拜、左拉、莫泊桑、里尔（Lisle）、小仲马、泰纳、布吕纳季耶（Brunetière）、都德、蒲尔善（待考）、法朗士、洛蒂（Loti），且将其按学术史做了归类。任可（Ke Ren）认为，曾朴的这一清单或者美化了他对陈季同所论法国文学的记忆③。笔者以为，这种怀疑是合理的，这一关于三十年前事件的追记，更近于曾朴后来已掌握的知识体系。虽然如此，因曾朴的关系，个别人也曾对陈季同发生过兴趣④。但总体上说，陈季同在文化方面的造诣与作为，在曾朴以后，近 60 年间，几乎无人提及。

然而近 30 年以来，陈季同在中国知识界的地位日见其高。从时人的表述上，亦可见其大概。1987 年，袁荻涌谈及陈季同时，说"他对中法文化交流有过一些贡献"，特别注意的，则是他对曾朴学习和接受法国文学发生的影响⑤。

① 苗怀明主编：《曾朴全集》第10册，广陵书社2018年版，第329页。
② 欧阳哲生编：《胡适文集》（4），北京大学出版社1998年版，第616页。
③ Ke Ren, "Fin-de-Siècle Diplomat: Chen Jitong (1852-1907) and Cosmopolitan Possibilities in the Late Qing World", PhD dissertation, Johns Hopkins University, 2014, p.2.
④ 若谷（张若谷）：《访曾梦朴先生》，《申报》1928年5月8日。
⑤ 袁荻涌：《曾朴与法国文学》，《文史杂志》1987年第3期。

1997 年，张先清在一次全国性的学术讨论会上，说陈季同是"近代中国在西方的辩护人""东学西渐的文化使者"①。2000 年，黄兴涛发表文章，称陈季同"是有史以来中国人中最先以西方文字写作并出版了其介绍中国文化之著作的第一位畅销书作家"，是"近代中西文化交流史上不应被遗忘的人物"，"辜（鸿铭）、林（语堂）二人其实都不过是步陈季同的后尘而已"②。2001 年，岳峰称陈季同是一个"被遗忘的翻译家"，"东学西渐第一人"③。除了一般地抬高他的文化地位，学者们也瞩目于他的具体贡献。2004 年，李华川在国内外第一部研究陈季同的专著《晚清一个外交官的文化历程》一书中，肯定陈季同在中西文化关系史上"是一位具有典范意义的先驱"，"是中学西传的杰出使者"，"也是西学东渐的使者"④。除了这些一般的评价，在文学领域，陈季同的贡献尤被称道。叶凯蒂认为，"他是有意识以小说为工具启蒙和改造读者心智的第一个中国作家"⑤。李华川认为，陈季同向曾朴所表达的"推扩而参加世界的文学"的思想⑥，说明他是"世界文学"观念在中国的发轫者⑦。严家炎在《二十世纪中国文学史》中为陈季同设了专节，并写下这样的文字：

> 他（按：陈季同）还用法文写了八本书，有长篇小说创作，剧本创作，学术著作，小品随笔，《聊斋》故事译文，来传播中国文学和文化。……值得注意的是，八本书中竟有四本都与小说和戏剧有关，占了半数以上，可见陈季同早已突破中国传统的陈腐观念，在他的心目中小说戏剧早已是文学的正宗了。尤应重视的是，陈季同用西式叙事风格，创作了篇幅达三百多页的长篇小说《黄衫客传奇》，成为由中国作家写的第一部现代意义上的小说作品（1890 年出版）。⑧

① 张先清：《陈季同——晚清沟通中西文化的使者》，收入《明清之际中国和西方国家的文化交流——中国中外关系史学会第六次学术讨论会论文集》（1997 年）。
② 黄兴涛：《近代中西文化交流史上不应被遗忘的人物——陈季同其人其书》，《中国文化研究》2000年夏之卷（总第28期）。
③ 岳峰：《东学西渐第一人——被遗忘的翻译家陈季同》，《中国翻译》2001年第4期。
④ 李华川：《晚清一个外交官的文化历程》，北京大学出版社2004年版，第152—153页。
⑤ Catherine Vance Yeh, "The Life-style of Four Wenren in Late Qing Shanghai", *Harvard Journal of Asiatic Studies,* Volume 57, No.2 ,1997.
⑥ 欧阳哲生编：《胡适文集》（4），北京大学出版社1998年版，第617页。
⑦ 李华川：《"世界文学"观念在中国的发轫》，《中华读书报》2002年8月21日。
⑧ 严家炎主编：《二十世纪中国文学史》，高等教育出版社2010年版，第10页。

严家炎将陈季同及其《黄衫客传奇》列为中国现代文学的发端和标志，说他"远远高于当时国内的文学同行，真正站到了时代的巅峰上，指明着方向"①。这可能是迄今为止陈季同得到的最高评价。

然而，对陈季同如此之高的评价，并没有建基于对陈氏著作与历史文献细致研究的基础之上。实际上，由于文献材料的缺乏，长期以来，学术界对陈季同海外著述的情形并不很清楚，很多判断出于想当然。相关问题杂而多端，本文仅讨论陈季同传播中国诗歌的问题。陈季同"中诗西传"的贡献，学术界向来特别推重，然笔者在搜求文献的过程中，颇有一些意外的发现，或将颠覆传统的看法。

一、一篇文章的追踪

十余年前，笔者在剑桥大学图书馆查找晚清驻外公使文献时，意外发现一篇题名《中国诗歌之历史》（"Zur Geschichte der chinesischen Poesie"）的论文，发表于1882年10月的《德意志评论》（*Deutsche Revue*）②。该文是一篇对中国诗歌的介绍，时代上，起于春秋，中述战国、秦汉、三国、南北朝，止于唐，全文12页，5000余词，作者署名"一个中国人"（einem Chinesen），编者注云："本文为中华帝国公使李凤苞（Li-Fong-Pao）先生寄送编辑，以利速刊。"③

此文一出，立即引起广泛注意，奥地利影响最大的《新自由报》（*Neue Freie Presse*）以《中国人而为德语作者》为题刊发了报道：

> 《德意志评论》（柏林）最新一期的一篇文章题为《中国诗歌之历史》，作者是驻柏林的中国公使李凤苞（从编者注中也可明显看出）。他在文章中反击中国文明在最近几个世纪几乎停滞的观点。……李凤苞也证明，对故乡的爱在中

---

① 严家炎主编：《二十世纪中国文学史》，高等教育出版社2010年版，第12页。

② 《德意志评论》（*Deutsche Revue*）月刊是新诞生的德意志帝国最著名的杂志之一，由理查德·弗莱舍（Richard Fleischer）于1877年创立。它针对受过教育的读者群，并注意保持政治中立。该杂志之出版地屡有变动：1877—1882年在柏林，1883—1894年在布雷斯劳（Breslau），1895—1922年在斯图加特（Stuttgart）。弗莱舍本人具有相当的自由主义和国际主义倾向。见*Neue Deutsche Biographie*, Volume 5, Munich: Bayerische Akademie der Wissenschaften, 1961, pp. 233-234.

③ "Zur Geschichte der Chinesischen Poesie", *Deutsche Revue*, Oktober 1882.

国同样存在，他举的例子是昭君，她是一位依双方合约被送到鞑靼人那里的公主。①

英国的《泰晤士报》几天后亦报道了李凤苞著文谈中国诗歌史的消息：

驻柏林的中国大使李凤苞为本月的《德意志评论》撰写了一篇文章，内容是关于他的国家的诗歌史。他的目标是要证明中华文明曾经而且将继续地不断进步——一桩困难的工作。②

很快，《伯明翰每日邮报》等几家英国报纸对此作了转载③。由信息源的权威性，笔者对此文作者为李凤苞的说法，初未怀疑。在笔者看来，李凤苞1882年在《德意志评论》著文谈中国诗歌，较德国人顾路柏（Wilhelm Grube，1855—1908）1906年同在《德意志评论》发表的《中国近代诗歌》一文④，早了24年，属于非常稀见、极具中西文学交流史价值的文献。

关于《中国诗歌之历史》，笔者在论文中曾提过两次⑤，惜乎未引起学界的注意。笔者即决定做一专门的研究。然而这里有一个问题。编者注说，这篇文章是李凤苞寄送的，并没说是他写的。虽然西方报刊声称作者就是李凤苞，但李凤苞为什么不署自己的名字呢？苦于长时间找不到相关证据，笔者乃变换思路，尝试用排除法来确定作者。假如《中国诗歌之历史》不是李凤苞本人所写，在当时德国，能写出此文的中国人，只有驻德使馆的几个翻译：罗丰禄、陈季同、赓音泰、荫昌等，而以罗、陈二人最为可能。现有关于罗丰禄的材料不多，而关于陈季同的文献，则颇为繁夥。陈季同与其法文教师蒙弟翁（Foucault

① "Ein Chinese als deutscher Schriftsteller", *Neue Freie Presse*, 6 Oktober 1882. 括号为原文所加。
② "News", *The Times*, October 11, 1882.
③ "Gleanings", *Birmingham Daily Post*, October 12, 1882; "General News", *Manchester Courier and Lancashire General*, October 14, 1882; "Miscellaneous", *Manchester Times*, October 14, 1882; "News", *Portsmouth Evening News*, October 16, 1882. 这几家报纸的转载都删去了"一桩困难的工作"（"a difficult task"）这句话。
④ Wilhelm Grube, "Moderne chinesische Lyrik", *Deutsche Revue*, Erster Band, Januar bis März 1906.
⑤ 尹德翔：《当郭嵩焘遭遇白郎宁——关于晚清中西文学交往的一个问题》，《文艺理论与批评》2011年第3期；尹德翔：《晚清使臣与西方文学——对钱锺书先生一个学术观点的修正》，《跨文化对话》（第29辑），江苏人民出版社2012年版。

de Mondion, 1849—1894）关于《中国人自画像》与《中国人的戏剧》两部书著作权的纠纷，被李华川列入陈季同生平三桩公案之一，以专节讨论过[①]。事件爆发在 1889 年 10 月，第二年，蒙弟翁发表《当我还是清朝官员时》(*Quand j'étais mandarin*）一书，以 60 余页的篇幅论证自己是两部书的真正作者，陈季同只是挂名。蒙弟翁称，他在作《中国人自画像》时，曾向陈季同索求关于中国的某些专门知识，而后者毫无贡献，最终能够完成此书，全赖自己在图书馆勤勉阅读[②]。他并举了两个例子，说明陈季同所提供的文字不仅无价值，而且来路不正。一个例子是，陈氏曾给他一个关于犹太人在中国定居的手写条子（note manuscrite），声称其中的信息绝无人知，在中国也几乎没有学者了解此事。他为此而庆幸，直到某一天在英人德庇时（John Francis Davis，1795—1890）的书中发现了同样的文字。他将尚保存的印有中国使馆印章的陈季同手稿与德庇时的相关记述的法译文列表对比，以示前者对后者的抄袭[③]。这件事之后，他又写道：

此非全部。还有第二件事，让我经历了更大风险。这件事差点要了命。我需要写关于中国文学的一章。这是我前学生的事，我该明智地考虑：他会为我做这一整块工作。我向他提出我的要求，让我欣喜若狂的是，我获知，我推开了一扇门，陈季同先生已经做了工作，甚至它已经在德国的《德意志评论》发表，而且得到了德国文人们的好评。这一消息让我喜上眉梢。我于是索要这一研究的法文手稿，因为陈季同先生是不写德文的。

这一研究做得非常漂亮，如此漂亮，以至于让我怀疑起来，第二天我回到中国使馆，为了……了解怎么回事。这一幕，上校外交官和我自己二人充当演员，配得上自由剧院[④]的戏台。随便你怎么说吧：在如此短暂、单调的一生，不

---

① 李华川：《晚清一个外交官的文化历程》，北京大学出版社2004年版，第二章第二节。

② Foucault de Mondion, *Quand j'étais mandarin*, Paris: Albert Savine, 1890, p.23.

③ Foucault de Mondion, *Quand j'étais mandarin*, Paris: Albert Savine, 1890, pp.24-26. 德庇时的原文见John Francis Davis, *The Chinese: A General Description of the Empire of China and Its Inhabitants,* Volume I, London: Charles Knight & Company, 1836, pp.15-16.

④ 1887年法国人安德烈·安托万（André Antoine）在巴黎创办自由剧院（Théâtre Libre），剧院重艺术而不重票房，推出许多新剧，在当时影响很大。

是每个人都能看到如此撼人的场景。

我首先向作者申明他的大作是了不起的，对此作者并不感到高兴：我现在仍能看到，他的自得之色"一毫不剩"（glabrissait）了。他向我解释文章的主题，他的研究，云云……我任他解释下去。"但是，"我对他说，"有一个风格的问题。"……到现在人们能听懂这一谈话了：我开始向我的中国年轻人坦陈，我发现，也很容易猜到，陈季同先生蒙骗了那些老实的德国人；这位《德意志评论》的杰出写手硬是从一本谈中国文学的法国书中完整抄了一章；他让莱比锡的某个斯特默先生（M. Stromer）把他的手稿翻译过来，然后作为著名的陈季同的天才作品，统统印在严肃的《德意志评论》上。①

笔者读这些文字时，真心希望蒙弟翁讲的故事是编造的，但是，遗憾的是，现有《中国诗歌之历史》文献为证：这篇刊载在《德意志评论》上的文章，经笔者查证，确实像蒙弟翁所说的那样，是从法国汉学家德理文侯爵（Le Marquis d'Hervey de Saint-Denys）1862 年出版的译作《唐诗》（*Poésies de l'époque des Thang*）② 的导言中抄来的，两相对比，一望即知。顺便要说的是，1990 年钱林森编的《牧女与蚕娘——法国汉学家论中国古诗》一书收录的第一篇《中国的诗歌艺术》即该篇导言的前一半，其作者标为"埃尔韦·圣·德尼"，就是德理文 ③。

二、从《中国诗歌之历史》到《中国人自画像》

问题来了，《中国诗歌之历史》的作者署名，是"一个中国人"，并不是"Tcheng-Ki-Tong"。陈季同要为此承担责任吗？当然，如果事情到此为止，不能证明陈季同是那个抄袭者。但巧的是，在无名氏《中国诗歌之历史》、陈季同《中国人自画像》相关篇目与德理文《唐诗》之间，有许多重合和相似，可断两者同出一源，就是《唐诗》。兹列《唐诗》《中国诗歌之历史》《中国人自画像》文字重合表：

---

① Foucault de Mondion, *Quand j'étais mandarin*, Paris: Albert Savine, 1890, pp.26-28.

② Le Marquis d'Hervey de Saint-Denys, *Poésies de l'époque des Thang*, Paris: Amyot, 1862.

③ 钱林森编：《牧女与蚕娘——法国汉学家论中国古诗》，上海古籍出版社1990年版，第1页。

条目	《唐诗》	《中国诗歌之历史》	《中国人自画像》	相似性及 *号标注
1	因为孔夫子故土的诗人们像凯撒帝国的诗人一样，也有自己伟大的时代。几千年来所有的中国作家都异口同声赞誉这个时代。这就是唐朝，……（5—6）	因为远东的诗歌，就像凯撒们的王国一样，也有它的古典时代。（93）	中国诗歌在唐代（618—907）达到鼎盛时期。对于我们而言，这个伟大的时代，就像西方的奥古斯都时代和路易十四时代一样辉煌，它留下了不朽的杰作。（出《古典诗歌》，146）	
2	《诗经》并非像人们可能以为的那样是一首有关某一历史题材的诗，而是一部诗集。它不是很有条理地汇集了公元前七世纪之前的歌谣。这些歌谣传诵在中国的乡村城镇，犹如欧洲最早诗人的诗歌流传在古希腊一样。（7）	它（《诗经》）绝非关于某一史事的一首诗，而是公元前七世纪前出世的一部歌集。这些歌在中国城乡传唱，与最早的欧洲诗人的作品在古希腊传唱一般无二。（93）	《诗经》又称"史诗"，是一部歌谣集，其中收录的诗篇全部早于公元前七世纪，它们在乡村和城市到处被吟唱，正如荷马时代的希腊。（出《诗经》，119）	
3	《诗经》的第四部分收的是赞美歌。这些赞美歌是在帝王举行祭祀或祭奠时颂唱的，排场十分豪华。这部分的第三章里有些片段源于商朝。商朝的开国君主创业比塞索特里斯还早。（8）	（《诗经》）第四部分是在某些祭祀和天子葬礼时演唱的颂诗，表演时场面盛大。某些片段追溯到商朝，该朝代甚至是在法老塞索斯特里斯（Sesostris）时代之前建立的。（94）	然而其中某些诗篇甚至可以上溯至商朝，这个朝代的建立者早于塞索斯特里诸法老。（出《诗经》，122）	
4	这是一个被遗忘的世界从坟墓里跑了出来。这情景和尼尼微的考古发现颇为相似。所不同的是，底格里斯河谷坚韧不拔的勘探者挖掘出来的是一堆废墟，而我们通过《诗经》看到的则是在学者的召唤下重又出现的生龙活虎的民族。（9）	类似于尼尼微的挖掘，一个被遗忘的世界从坟墓中升起，唯一的区别是，热切的探险家让底格里斯河谷的废墟重见天日，而我们（在学者的引领下）能看到眼前活生生的人群。（94）	这些诗篇不仅向我们透露了思想和感情，还有风俗和制度。每一首诗都是一幅图画，其中有活生生的人，我们如闻其声，如见其人，每个人都有着自己特定的位置。这与仅存于记忆之中的庞贝和赫库兰尼姆不同，它不是一个从废墟中走出来的世界，也并非连饱学之士也无法辨认的晦涩的碑铭。不，这就是声色灵动的生活本身。（出《诗经》，121）	
5	《诗经·郑风·女曰鸡鸣》（8—9）	《诗经·郑风·女曰鸡鸣》（95）	《诗经·郑风·女曰鸡鸣》（出《离婚》，32）	是

续表

条目	《唐诗》	《中国诗歌之历史》	《中国人自画像》	相似性及 * 号标注
6	这位要用箭射取获猎物以满足家庭需要的猎人，也许人们会想象他是个每日辛勤耕耘的穷苦山里人。不，这位猎人是个富人，……（8—9）	一个富有的猎人说，……（94）	读者也不要以为诗中的猎人是一位粗鄙的山民，他不得不去打猎以维持艰难的生计，不值得引起你的兴趣。其实他相当富足，……（出《离婚》，33）	
7	《诗经·魏风·陟岵》（10）	《诗经·魏风·陟岵》（95）	《诗经·魏风·陟岵》（出《诗经》，119—120）	否
8	一边是战争频繁，无休止的围城攻坚，相互挑衅的斗士，是激励着诗人和他的英雄的胜利光荣感，在这个世界里，人们感到自己置身于疆场之上。而另一边则是对家庭生活的眷恋，……在这边，人们感到自己置身于另一个世界，置身于一种说不出的安逸的田园生活的氛围之中。（10）	在这一边，是好战，是无尽的围城与攻战，诗人和英雄都耽于强烈的荣誉感：读者感觉就像是身置军营之中。在另一边，是对家的渴望；……我们感觉自己到了另一世界。（95—96）	相比之下，描写金戈铁马的战争场面的希腊诗歌是多么不同！希腊诗人们的灵感来自兵法谋略、敌对双方的仇恨、复仇的怒火以及劫掠的恐怖。在他们的诗里，人们为了无休无止的攻城略地、漫无边际的旅行和险象环生的冒险而抛家去国。而在我们的全部诗歌里，却洋溢着对和平的热爱，以及与习俗紧密相连的对家庭的崇拜。（出《诗经》，121）	
9	热爱和平，热爱劳动，热爱家庭，服从君王，敬重长者，在生活的大小场合都很严肃，温顺而坚韧不拔，毅力坚强，勇于自卫而不图寻衅，这些就是这段时期中国人最主要的性格特征。（11）	爱母邦、爱劳作、爱家人，尊重君威，敬待耆老，认真面对最卑微的生活，天赋克己忍耐，意愿强烈但往往被动抵抗而非主动行动——是这一时代的主要特点。（96）	（我们喜欢像吟唱经文那样吟唱这些诗，因为它们抒发了我们的全部向往，）对和平、劳作和家庭的热爱，对绝对权力的尊崇以及对长者的敬爱。正是这些范例形成了我们的民族精神。（出《诗经》，121—122）	
10	《诗经》用简练而单纯的语言质朴地表现了这段时期中国人的思想感情。它的文体与现代诗刻意雕琢的文体形成异常鲜明的对照。（11）	我们看到，这些感情以简单的形式表达出来，虽稚拙，但每每特别简洁、有力。（96）	在这些诗里，我们看不到为丰富思想而着意雕饰的文体。艺术尚无人为的痕迹，尚未披上华丽炫目的外衣。（出《诗经》，119）	

条目	《唐诗》	《中国诗歌之历史》	《中国人自画像》	相似性及 ★ 号标注
11	随着时间的推移，特别是从孔子和老子的时代开始，真正的宗教情感在诗人的作品中已愈来愈少见。在著名哲学家孔子门徒的著作里，宗教感情已被纯粹的伦理的说教所代替。（12）	当我们拉开与最古老的时代的距离，我们会注意到，诗人真实的宗教感的展示愈来愈稀少。宗教感被道德格言或内心世界的隐微表达所取代。（97）	随着我们向远古追溯，宗教变得越来越不复杂，趋向简化，并且接近于我们认为是美的和谐的统一体。……这种印象是我在研习我国古籍和先哲们的格言警句时体会到的。（出《宗教与哲学》，15—16）	
12	《诗经·郑风·出其东门》（14）	《诗经·郑风·出其东门》（97）	《诗经·郑风·出其东门》（出《诗经》，122）	否
13	节自王僧儒《秋闺怨》：……月出夜灯吹。深心起百际，遥泪非一垂。徒劳妾辛苦，终言君不知。（14）	节自王僧儒《秋闺怨》：……月出夜灯吹。深心起百际，遥泪非一垂。徒劳妾辛苦，终言君不知。（98）	中译本漏译，法文本出 "Les Chansons Historiques"，200）	是
14	《诗经·邶风·静女》（15）	《诗经·邶风·静女》（98—99）	《诗经·邶风·静女》（出《诗经》，124）	否
15	无名氏《越谣歌》（19，法文本有增衍）	无名氏《越谣歌》（同《唐诗》，有增衍）（99）	无名氏《越谣歌》（出《关于家庭》，有增衍，12）	是
16	一位中国作家说，诗歌之树根源于《诗经》，在李陵、苏武手中萌芽，汉魏时期枝繁叶茂，及至唐朝开花结果。（23）		我们不妨用一棵树的生长来比喻诗歌的发展："古老的《诗经》是根，武帝时代开始发芽，建安时代迸发出大批新叶，最后至唐代，这棵树已枝繁叶茂，果实累累。"（出《诗经》，118）	
17	节自宋之问《雨从箕山来》（此时客精庐，幸蒙真僧顾。深入清净理，妙断往来趣。意得两契如，言尽共忘喻。观花寂不动，闻鸟悬可悟。）（24）	节自宋之问《雨从箕山来》（意得两契如，言尽共忘喻。观花寂不动，闻鸟悬可悟。）（102）	节自宋之问《雨从箕山来》（深入清净理，妙断往来趣。观花寂不动，闻鸟悬可悟。）（中译本未考出，从法文直译，出《古典诗歌》，147；法文本出 "la poésie classique"，242）	是 ★
18	常建《题破山寺后禅院》（25）	节自常建《题破山寺后禅院》（清晨入古寺，初日照高林。曲径通幽处，禅房花木深。）（102）	节自常建《题破山寺后禅院》（清晨入古寺，初日照高林。曲径通幽处，禅房花木深。）（出《古典诗歌》，148）	是 ★

续表

条目	《唐诗》	《中国诗歌之历史》	《中国人自画像》	相似性及 * 号标注
19	节自杜甫《渼陂行》（苍茫不晓……少壮几时奈老何？）（25）	节自杜甫《渼陂行》（苍茫不晓……少壮几时奈老何？）（102）	节自杜甫《渼陂行》（少壮几时奈老何？）（中文本漏译第一句，出《古典诗歌》，148；法文本在本句前有"Je tombe dans une rêverie profonde"语，与《唐诗》同，243）	是 *
20	节自杜甫《玉华宫》（忧来藉草坐，浩歌泪盈把。冉冉征途间，谁是长年者？）（25）	节自杜甫《玉华宫》（忧来藉草坐，浩歌泪盈把。冉冉征途间，谁是长年者？）（102）	节自杜甫《玉华宫》（忧来藉草坐，浩歌泪盈把。冉冉征途间，谁是长年者？）（出《古典诗歌》，148）	是 *
21	节自李白《悲歌行》（……金玉满堂应不守。富贵百年能几何，死生一度人皆有。孤猿坐啼坟上月，且须一尽杯中酒。）（26）	节自李白《悲歌行》（孤猿坐啼坟上月，且须一尽杯中酒。）（102）	节自李白《悲歌行》（孤猿坐啼坟上月，且须一尽杯中酒。）（出《古典诗歌》，149）	是 *
22	节自李白《行行且游猎篇》（边城儿，生年不读一字书，但知游猎夸轻趫，……骑来蹴影何矜骄。……儒生不及游侠人，白首下帷复何益！）（27）	节自李白《行行且游猎篇》（边城儿，生年不读一字书，但知游猎夸轻趫，……骑来蹴影何矜骄。……儒生不及游侠人，白首下帷复何益！）（102—103）	节自李白《行行且游猎篇》（边城儿，生年不读一字书，但知游猎夸轻趫，胡马秋肥宜白草，骑来蹴影何矜骄。……儒生不及游侠人，白首下帷复何益！）（中译本"胡马秋肥宜白草"句衍出，出《古典诗歌》，149；法文本，241）	是 *
23	节自崔敏童《宴城东庄》（……百岁曾无百岁人。能向花前几回醉？十千沽酒莫辞贫。）（28）	节自崔敏童《宴城东庄》（一年始有一年春，百岁曾无百岁人。能向花前几回醉？……）（103）	崔敏童《宴城东庄》（一年始有一年春，百岁曾无百岁人。能向花前几回醉？十千沽酒莫辞贫。）（出《古典诗歌》，149）	否 *
24	孟浩然《宿业师山房期丁大不至》（夕阳度西岭，群壑倏已暝。松月生夜凉，风泉满清听。樵人归欲尽，烟鸟栖初定。之子期宿来，孤琴候萝径）（28）	节自孟浩然《宿业师山房期丁大不至》（夕阳度西岭，群壑倏已暝。松月生夜凉，风泉满清听。）（103）	节自孟浩然《宿业师山房期丁大不至》（夕阳度西岭，群壑倏已暝。松月生夜凉，风泉满清听。）（出《古典诗歌》，151）	是
25	节自陈子昂《春夜别友人》其一（离堂思琴瑟，别路绕山川。明月隐高树，……悠悠洛阳道，此会在何年？）（中译本未考出原诗，略译，29）	节自陈子昂《春夜别友人》其一（离堂思琴瑟，别路绕山川。……明月隐高树）（103）	节自陈子昂《春夜别友人》其一（离堂思琴瑟，别路绕山川，……明月隐高树。）（中译本未考出原诗，用意译，出《古典诗歌》，151）	是

条目	《唐诗》	《中国诗歌之历史》	《中国人自画像》	相似性及 ★ 号标注
26	节自杜甫《成都府》(翳翳桑榆日,照我征衣裳。 我行山川异,忽在天一方。但逢新人民,未卜见故乡。大江东流去,游子去日长。)(29)	节自杜甫《成都府》(但逢新人民,未卜见故乡。大江东流去,游子去日长。)(103)	节自杜甫《成都府》(但逢新人民,未卜见故乡。大江东流去,游子去日长。)(出《古典诗歌》,151)	是

说明:1. 表中文字,《唐诗》取邱海婴译文(钱林森编:《牧女与蚕娘——法国汉学家论中国古诗》,上海古籍出版社1990年版),法文本取 Le Marquis d'Hervey de Saint-Denys, *Poésies de l'époque des Thang*, Paris: Amyot, 1862;《中国诗歌之历史》由瑞典隆德大学英格马·奥特森(Ingemar Ottosson)教授与笔者合译,源出"Zur Geschichte der Chinesischen Poesie", *Deutsche Revue*, Oktober 1882;《中国人自画像》取段映虹译文(陈季同:《中国人自画像》,段映虹译,广西师范大学出版社2006年版),法文本取 Tcheng-Ki-Tong, *Les Chinois peints par eux-mêmes*, Paris: Calmann-Lévy, 1884;所缀阿拉伯数字为该书页码。2. 以《唐诗》内容先后排序。3. 中诗节译附所节诗句,中诗全译则仅录诗题。4. "相似性"谓:所引中诗,《中国人自画像》法译文与《唐诗》是否相似。个别字眼变化,换行不同,标点有异,仍视为相似。5. ★ 号谓:《中国人自画像》中有声明,凡选用德理文译文则在诗前注 ★ 号,本表一一检查其符验。

　　从上表可直观看出,《中国诗歌之历史》绝大部分文字抄袭了《唐诗》导言,主要的差别,是删掉或压缩了一些表述,而基本意思不变。其与《中国人自画像》有 25 处相似,尤其体现在《诗经》[①] 和《古典诗歌》两篇。《中国诗歌之历史》与《中国人自画像》文本高度重合,因后者的关系,可确定前者必为陈季同所为。而蒙弟翁所揭发的事实,外人无从知道,因之蒙弟翁关于自己才是《中国人自画像》真正作者的说法,即有了可信度。可注意的是,《中国人自画像》中的 18 篇文章,最初以《中国与中国人》为题,在《两世界评论》1884 年 5 月 15

---

① 中译本注云:"本章标题原文为'Les Chansons Historiques',直译为'史诗'。鉴于本章涉及的内容以《诗经》为主,并且作者本人在下文中明确指出'《诗经》又称"史诗"',故本章标题似应译作'《诗经》'为宜。"(陈季同:《中国人自画像》,段映虹译,广西师范大学出版社2006年版,第117页)。实际上,"Les Chansons Historiques"并非"史诗",而是"历史歌曲",如作者将项羽《垓下歌》、汉武帝《秋风辞》列为"Les Chansons Historiques",即是证明,这种诗当然不会是"史诗"(Le Marquis d'Hervey de Saint-Denys, "L'art poétique et la prosodie chez les Chinois", in *Poésies de l'époque des Thang*, Paris: Amyot, 1862, pp.68-69)。为忠实译本起见,此处不予改动。

日至 6 月 15 日分三期连载 ①，而《诗经》《古典诗歌》《东方和西方》三篇，是成书时才加上的。这一情况可从蒙弟翁《当我还是清朝官员时》得到解释：在以陈季同名义为《两世界评论》撰稿时，蒙弟翁曾要求陈季同提供资料，而陈提供的关于犹太人的文字是抄袭德庇时的，关于中国古诗且已用德文发表的文字是抄袭德理文《唐诗》的，均不能用，因此耽搁了发表，在重新做了加工处理之后，才放入《中国人自画像》之中。

从《中国人自画像》文本观察，能进一步确定蒙弟翁是《诗经》《古典诗歌》两篇的撰写者。由于没有自己的观点，又不能过多抄袭德理文，两篇文字散碎、支离又充满错误。比如，书中以宋之问和常建各一首诗为例，说明初唐时期盛行宗教，再以杜甫一首诗为例，说明随着佛教的衰微，怀疑主义开始流行。这是莫名其妙之论。查《唐诗》原文，其只是说佛教对唐代诗人有影响，以及多数不信宗教的诗人的痛苦。《中国人自画像》把两种平行的倾向理解为一个有转折的历史进程，因此产生了这一叙述。比较而言，《诗经》抄袭《唐诗》较多，叙述较熨帖；《古典诗歌》抄袭较少，叙述较破碎。从诗人的"达观"到"从军可以大有作为"，从"哀歌"到"山川景色的诗篇"再到"流放的痛苦滋味"，最后是一连的译诗，文章的叙述是跳跃的，敷衍堆砌之痕明显。

《中国人自画像》有两处错误，值得特别注意。上表第 15 条《越谣歌》，《中国人自画像》置入《关于家庭》，中译者以白话译出：

> 天地日月为证，
>
> 父亲母亲为证，
>
> 甲和乙发誓友谊坚不可摧。
>
> 假如甲在战车上，
>
> 看见乙戴着破旧的草帽，
>
> 他就会下车，
>
> 向乙迎上前去。

---

① *Revue des deux mondes: Table, deuxième période (1874—1885)*, Paris: Bureau de la Revue des deux mondes, 1886, p.48, p.183.

假如有一天，乙骑在骏马上，

看见甲背着破旧的包裹，

他就会下马，

如同甲曾经从战车上走下。①

后两节可对应《越谣歌》："君乘车，我带笠，它日相逢下车揖。君担簦，我跨马，它日相逢为君下。"《越谣歌》见于郭茂倩《乐府诗集》卷八十七谣辞一，置《穆天子谣》后，以为古辞②。今人逯钦立辑校《先秦汉魏晋南北朝诗》，以为此诗源出周处《风土记》，所谓"越"，其实是山越，非古代越国，故改置晋代杂歌谣辞③。但无论哪一版本，均无"天地日月为证"一节，此盖德理文为法文读者理解而增益④。如本篇为陈季同所写，大可在前后文做交代，而不必将"天地日月为证"云云作为原诗的一节。

又，《中国人自画像》中的《诗经》，引《诗经·柏舟》、王僧孺《秋闺怨》、《诗经·静女》三首诗，以为"先于孔子时代"的"感伤诗"的代表。《秋闺怨》为节译：

……

月出夜灯吹。

深心起百际，

遥泪非一垂。

徒劳妾辛苦，

终言君不知。⑤

---

① 陈季同：《中国人自画像》，段映虹译，广西师范大学出版社2006年版，第12页。这首诗曾被《时报》引用，见 "La Chine et les Chinois"，*Le Temps*, 23 mai 1884.

② 郭茂倩编：《乐府诗集》第四册，文学古籍刊行社1955年版，第1981页。

③ 逯钦立辑校：《先秦汉魏晋南北朝诗》，中华书局1983年版，第1019页。

④ Le Marquis d' Hervey de Saint-Denys, "L' art poétique et la prosodie chez les Chinois", in *Poésies de l'époque des Thang*, Paris: Amyot, 1862, p.28.

⑤ 中诗见吴兆宜等：《玉台新咏笺注》，中华书局1985 年版，第244页。法译见 Le Marquis d' Hervey de Saint-Denys, "L' art poétique et la prosodie chez les Chinois", in *Poésies de l'époque des Thang*, Paris: Amyot, 1862, p.22; Tcheng-Ki-Tong, *Les Chinois peints par eux-mêmes*, Paris: Calmann-Lévy, 1884, p.200.

南梁王僧孺的《秋闺怨》被作为《诗经》的一首置于《柏舟》和《静女》之间，这个错误实在太过刺痛，故中译本选择了漏译，而未加说明①。而在德理文《唐诗》中，王僧孺的《秋闺怨》与范云的《闺思》一起，被用作说明"孔子所集（《诗经》）之后的歌曲"所呈现的不一样的爱情画面②，意思是不错的。《中国人自画像》出现了这种错误，说明做文字的人对所要表达的内容缺乏应有的知识，即使是抄袭，也过于匆忙。

除以上两处，《中国人自画像》还有不少零星的知识错误，比如说《诗经》为孔子于公元前七世纪编订③，把常建归入初唐诗人④，等等。技术上的错误也有一处，如崔敏童《宴城东庄》一诗，虽被德理文收入《唐诗》，但为自译，反加了＊号。以上各种问题，都提示蒙弟翁而不是陈季同是本书的主撰和定稿者。

三、陈季同"中诗西传"贡献几何？

在《中国人自画像》的《古典诗歌》中，作者以陈季同的口吻说："所幸的是，对于我本人和读者来说，我的工作已经被大大简化了，在我所选录的诗歌中，部分译文出自学院院士德理文侯爵那本渊博的选集。"⑤任可解释为，这是陈季同的聪明的策略，利用德理文的权威来向西方推广中国古诗⑥。这是把作者想象得太好。这的确是一个聪明的策略，但只是抄袭者的策略，是以"借"为"偷"做掩护。

从现存文本看，蒙弟翁在发现陈季同抄袭之后，对抄袭之物并非弃之不顾，而是做了改头换面的利用。如关于犹太人入华，在《中国人自画像》的《东方与西方》中，作者抄录了德庇时著作中引证的出自葡萄牙耶稣会士骆保禄（Jean—Paul Gozani，1647—1732）的一大段引文，拣选了德庇时的一些意见，而没有

---

① 陈季同：《中国人自画像》，段映虹译，广西师范大学出版社2006年版，第124页。
② Le Marquis d' Hervey de Saint-Denys, "L' art poétique et la prosodie chez les Chinois", in *Poésies de l'époque des Thang*, Paris: Amyot, 1862, pp.21-22.
③ 陈季同：《中国人自画像》，段映虹译，广西师范大学出版社2006年版，第122页。
④ 陈季同：《中国人自画像》，段映虹译，广西师范大学出版社2006年版，第147—148页。
⑤ 陈季同：《中国人自画像》，段映虹译，广西师范大学出版社2006年版，第147页。
⑥ Ke Ren, "Fin-de-Siècle Diplomat: Chen Jitong (1852—1907) and Cosmopolitan Possibilities in the Late Qing World", PhD dissertation, Johns Hopkins University, 2014, p.143.

提到德庇时①。对中国诗歌的论述也是一样，其抄袭《唐诗》导言的段落在上表1、2、3、4、6、8、9、10、11、16条，共计10处，可以说，《诗经》和《古典诗歌》的主要思想均从《唐诗》一书袭取，去掉这些段落，内容所剩无几。

　　回到"中诗西传"的话题，把蒙弟翁放到一边，陈季同的贡献究竟为何呢？目前能够确定的，是他提供了一些译诗。从所引诗篇观察，《中国人自画像》中，既有袭用德理文译文的情况，也有自译。《离婚》中的《诗经·女曰鸡鸣》、《关于家庭》中的《越谣歌》是袭用，未标注。《诗经》中的《陟岵》《出其东门》《静女》篇目与《唐诗》导言重合，但为自译。《柏舟》不出于《唐诗》，亦为自译。《古典诗歌》中作者声明，凡出自德理文的译文均以★号标出②。但节自孟浩然《宿业师山房期丁大不至》、陈子昂《春夜别友人》、杜甫《成都府》的诗句虽出自德理文，并未加★号。同一篇中，出《唐诗》选目而自译的诗有：杜甫《佳人》《赠卫八处士》，李白《下终南山过斛斯山人宿置酒》，孟浩然《夏日南亭怀辛大》，崔敏童《宴城东庄》；《唐诗》外选目而自译的有杜甫《旅夜书怀》，李白《春思》，白居易《长恨歌》《琵琶行》。

　　在《中国人自画像》之外，署名陈季同的著作，亦有很多章节引用了中国古诗。《中国人的快乐》所引，杜甫《丹青引赠曹将军霸》（节译），李白《静夜思》《将进酒》，篇目出德理文《唐诗》，为自译；李白《江上吟》（节译）亦出《唐诗》，注明用德理文译文③。不出《唐诗》而为自译者，有汉代《李延年歌》，班婕妤《怨歌行》；唐代苏味道《正月十五夜》，王翰《凉州词》（其一），李白《戏赠杜甫》《金陵酒肆留别》，杜甫《韦讽录事宅观曹将军画马图歌》；清代黄任《西湖诗》（其一）等④。《吾国》中，陈季同再一次引用了《诗经·女曰鸡鸣》（首二

①　陈季同：《中国人自画像》，段映虹译，广西师范大学出版社2006年版，第169—171页。

②　陈季同：《中国人自画像》，段映虹译，广西师范大学出版社2006年版，第147页。

③　陈季同：《中国人的快乐》，韩一宇译，广西师范大学出版社2006年版，第108—109页，第16页，第119—120页，第121页；Tcheng-Ki-Tong, *Les Plaisirs en Chine,* Paris: G. Charpentier et Cie, 1890, pp.185-187, p.28, pp.202-203, pp.205-206.

④　陈季同：《中国人的快乐》，韩一宇译，广西师范大学出版社2006年版，第87页，第82—83页，第21页，第121页，第62页，第120页，第107—108页，第50页；Tcheng-Ki-Tong, *Les Plaisirs en Chine*, Paris: G. Charpentier et Cie, 1890, pp.148-149, p.144, pp.35-36, p.205, p.110, p.204, pp.183-185, p.92.

节），用的是德理文的译文而未说明 [1]；不特如此，他还引用了《中国诗歌之历史》抄过而《中国人自画像》未用的另一首诗《诗经·郑风·溱洧》（首节），同样未说明源自德理文 [2]。既出于《唐诗》又被《中国诗歌之历史》抄过的诗句还有第三处：有两句诗，《唐诗》导言云出于公元 4 世纪 [3]，《吾国》则归于唐代 [4]。这也是《中国诗歌之历史》为陈季同所为的又一证据。除此之外，《吾国》还翻译了张籍的《节妇吟》，与德理文的译本不同 [5]；崔护的《题都城南庄》，自译 [6]；并北朝民歌《木兰辞》[7]，此诗最早为法国汉学家儒莲（Stanislas Julien，1797—1873）译为法文 [8]，陈译与此亦不相同，应为自出。以上叙述只是大概，一些片段的或找不到出处的诗篇，未计在内。《中国人的快乐》和《吾国》出版于著作权争议之后，其中的大部分译诗是自作的，无抄袭问题；从内容说，类似福建流行的"诗钟"的介绍，必出于陈季同自己，蒙弟翁或他人很难有此类知识，由此可断这些文字的可靠性。

对陈季同的古诗翻译，评价不宜过高。《中国人自画像》提醒读者说："读者轻易便可将德理文侯爵雅致的译文与拙译区别开来，后者但求忠实，毫无润

---

① 陈季同：《吾国》，李华川译，广西师范大学出版社2006年版，第23页；Tcheng-Ki-Tong, *Mon Pays: La Chine d'aujourd'hui,* Paris: Bibliothèque-Charpentier, 1892, p.42.

② 陈季同：《吾国》，李华川译，广西师范大学出版社2006年版，第24页；Tcheng-Ki-Tong, *Mon Pays: La Chine d'aujourd'hui*, Paris: Bibliothèque-Charpentier, 1892, p.43.

③ Le Marquis d'Hervey de Saint-Denys, "L'art poétique et la prosodie chez les Chinois", in *Poésies de l'époque des Thang*, Paris: Amyot, 1862, p.32.

④ 这两句诗的法文为："Une figure charmante captive tous les désirs de l'homme, /Mais le parfum de la femme, c'est le parfum de la pudeur"，意为："迷人的身姿勾起男人的所有欲望，但女人的芬芳却在谦逊。"（Tcheng-Ki-Tong, *Mon Pays: La Chine d'aujourd'hui*, Paris: Bibliothèque-Charpentier, 1892, p.44.）邱海婴因难以查找本文，略译（钱林森编：《牧女与蚕娘——法国汉学家论中国古诗》，上海古籍出版社1990年版，第21页）；李华川译为"人皆好美色，贞节最芬芳"（陈季同：《吾国》，李华川译，广西师范大学出版社2006年版，第25页）。从德理文所述"une chanson du IVe siècle"（"第四世纪的一首歌曲"）线索推断，这两句诗必出于乐府民歌，笔者检索以后，以为《子夜歌》四十二首之第一首后两句"冶容多姿鬓，芳香已盈路"近是（郭茂倩编：《乐府诗集》第四册，文学古籍刊行社1955年版，第1186页）。

⑤ 陈季同：《吾国》，李华川译，广西师范大学出版社2006年版，第25页；Tcheng-Ki-Tong, *Mon Pays: La Chine d'aujourd'hui*, Paris: Bibliothèque-Charpentier, 1892, p.45; Le Marquis d'Hervey de Saint-Denys, *Poésies de l'époque des Thang*, Paris: Amyot, 1862, pp.233-234.

⑥ 陈季同：《吾国》，李华川译，广西师范大学出版社2006年版，第26页；Tcheng-Ki-Tong, *Mon Pays: La Chine d'aujourd'hui*, Paris: Bibliothèque-Charpentier, 1892, p.47.

⑦ 陈季同：《吾国》，李华川译，广西师范大学出版社2006年版，第45—47页；Tcheng-Ki-Tong,*Mon Pays: La Chine d'aujourd'hui*, Paris: Bibliothèque-Charpentier, 1892, pp.72-74.

⑧ *Tchao-chi-kou-eul, ou l'Orphelin de la Chine*, traduits par Stanislas Julien, Paris：Moutardier, 1834, pp.325-331.

饰。"① 这一解释倒还是真诚的。比较而言，德理文的译诗用语考究，意象重叠，文风古雅；而陈季同的译诗比较简浅，只是一些意思的骨架，诗味不免寡淡。偶有复杂的诗句，其处理之草草，令人惊讶。如杜甫《韦讽录事宅观曹将军画马图歌》有云：

> 曾貌先帝照夜白，龙池十日飞霹雳。
> 内府殷红玛瑙盘，婕妤传诏才人索。
> 盘赐将军拜舞归，轻纨细绮相追飞。
> 贵戚权门得笔迹，始觉屏障生光辉。

陈季同译作：

> Feu l'empereur avait déjà apprécié votre talent.
> Et votre nom courait dans la capitale comme un roulement de tonnerre.
> les décrets et la Gazette ne cessaient d'en faire l'éloge.
> Les généraux après leur triomphe récompensé,
> Les gens riches après leurs rivalités de luxe,
> Ne peuvent se dire tout à fait satisfaits,
> S'ils ne possèdent pas votre oeuvre sur leurs murs.②

笔者回译：

> 先帝赏识你的才华，
> 你的名字在京城如雷贯耳，
> 诏命和邸报称赞不停。
> 如果你的作品没有挂在他们的墙壁，
> 那些因军功受赐的将军，

---

① 陈季同：《中国人自画像》，段映虹译，广西师范大学出版社2006年版，第147页。
② Tcheng-Ki-Tong, *Les Plaisirs en Chine*, Paris: G. Charpentier et Cie, 1890, p.184.

那些竞侈斗富的有钱人，

都将不慊于心。

如此译文，读者自有公论，笔者不必多言。当然这是比较极端的情况。但这也提示我们，不可一看篇目，即认定译者做出了贡献。

长期以来，学术界凭《中国人自画像》《中国人的快乐》《吾国》中的译诗，在未与德理文《唐诗》细加比较的情况下，即盛赞陈季同"中诗西传"之功，实属过当。如，张先清称赞陈季同翻译《诗经》，说他选择了"其中思想艺术性最高的《国风》部分"介绍给西方读者；又称赞他不是按照历史阶段、而是根据主题和风格归类介绍唐诗，"形成自己翻译诗词的独特性"[①]。黄兴涛把《中国人自画像》和《中国人的快乐》二书的所有译诗都归功于陈季同，说他"自觉而有效地充当了中诗西渐的早期使者"，"他属于华人中最早独立地用西方文字向外翻译介绍中国诗歌、译作较多且吸引过许多西方读者的先行者之一。在近代中国文学外播特别是诗歌外播史上，应该有其特殊地位"[②]。李华川进至于说，"陈季同承担起让西方人了解中国诗的使命"[③]，他也把《中国人自画像》中的《诗经》选篇看作是陈季同所为，又说"《经典诗歌》（《古典诗歌》）一文所选的都是唐诗中的名篇，一半采用德理文译文而加以润色，另一半由陈季同手译"[④]，似乎陈季同的贡献只在德理文之上，不在德理文之下。这些评价都不是谨慎、客观的。实际上，《中国人自画像》等三本书中的大部分选篇都出于《唐诗》，不见于《唐诗》而有分量的篇目，只有杜甫《韦讽录事宅观曹将军画马图歌》、白居易《长恨歌》和《琵琶行》等寥寥数首而已。另外，如上文所言，笔者也不以为陈季同的重译较德理文的初译更见价值。

---

① 张先清：《陈季同——晚清沟通中西文化的使者》，收入《明清之际中国和西方国家的文化交流——中国中外关系史学会第六次学术讨论会论文集》，1997年11月。

② 黄兴涛：《近代中西文化交流史上不应被遗忘的人物——陈季同其人其书》，《中国文化研究》2000年夏之卷（总第28期）。

③ 李华川：《晚清一个外交官的文化历程》，北京大学出版社2004年版，第72页。

④ 李华川：《晚清一个外交官的文化历程》，北京大学出版社2004年版，第73页。

四、结语

　　还原历史真相，客观评估陈季同"中诗西传"的贡献，很有必要。这里绕不开陈季同与蒙弟翁的著作权争议问题。李华川因为找不到"一锤定音的'死证'"，判断陈、蒙二人属于"合作"：陈季同为《中国人自画像》与《中国人的戏剧》的主要作者，蒙弟翁只是写了个别章节，并校改、润饰文字[1]。在笔者看来，《中国诗歌之历史》对蒙弟翁叙述的支持，以及《中国人自画像》关于中国诗歌的充满纰缪的叙述，足可颠覆这一结论。实际上，经笔者研究，不只《中国人自画像》中的《诗经》《古典诗歌》两篇，《中国人自画像》的其他文字，以及《中国人的戏剧》整本书，都含有大量线索，证明蒙弟翁而非陈季同为实际作者。在生活层面，二人之先"合作"后"反目"，也有不为外人所知的原因。所有这些，将另文专门讨论，在此不赘。

　　《中国人自画像》关于中国诗歌的种种见解，皆来自德理文《唐诗》，是蒙弟翁抄袭的，自然没有独立的价值；而陈季同的贡献，主要应该在译诗中寻找。在此仍应抱谨慎的态度。一些人们以为属于陈季同的独创性贡献，细究起来，往往并非如此。比如收入《吾国》的《木兰辞》，儒莲已先于陈季同做了翻译[2]，陈译只是"辞达"，远不如儒莲的译文原汁原味，有回环之美。另，《巴黎印象记》最末一篇《中国的蓝袜子》[3]引用了6首闺阁诗[4]，乍读之，笔者亦以为系陈季同自出机杼，经过检索，发现法国外交官于雅乐（C. Imbault-Huart）在《皇家亚洲文会中国支会会刊》上关于袁枚的一篇论文，中间提及袁枚女弟子诗，戏称作者为中国的"蓝袜子"（"bas-bleus"）[5]。如是，这一题目的灵感仍从汉学家而来。

① 李华川：《晚清一个外交官的文化历程》，北京大学出版社2004年版，第34—35页。
② *Tchao-chi-kou-eul, ou l'Orphelin de la Chine*, traduits par Stanislas Julien, Paris：Moutardier, 1834, pp. 325-331.
③ "蓝袜子"（Bluestockings），英国文化名词，起源有不同说法，十八世纪中叶以后，用于指代出身平民的独立而有知识和才情、从事写作的妇女。
④ Tcheng-Ki-Tong, *Les Parisiens peints par un Chinois,* Paris: Bibliothèque-Charpentier, 1891, pp.277-282. 中文本见陈季同：《巴黎印象记》，段映虹译，广西师范大学出版社2006年版，第177—180页（译者未考出原诗）。这6首诗均出于《随园女弟子诗选》，见Ke Ren，"Fin-de-Siècle Diplomat: Chen Jitong (1852—1907) and Cosmopolitan Possibilities in the Late Qing World"，PhD dissertation, Johns Hopkins University, 2014, p.139.
⑤ C. Imbault-Huart, "Un poète chinois du XVIIIe siècle"，*Journal of the China Branch of the Royal Asiatic Society*, 1884, New Series, Volume XIX, Part II, p.35.

当然，笔者并非要将陈季同"中诗西传"的贡献一笔抹杀。客观地说，从《中国人自画像》到后来的《中国人的快乐》《吾国》，陈季同的译诗愈来愈多，乃至发展为利用诗歌讲述中国的节日、名胜、艺术、游戏、餐桌等风俗，生动展示了中国诗歌的丰富及其与日常生活的紧密关系，这是德理文等汉学家未能做到的。陈季同作为一个个案，也体现了中国诗歌走向世界、加入世界文学的某种趋势。举例说，在《吾国》中，陈季同引用了三首布雷蒙（Émile Blemont）改写的中国古诗[①]，受此触动，诗兴勃发，居然自己也做了一首法文爱情诗[②]。从抄袭，到自译，到引用改作，到自作法文诗，陈氏在译诗道途上的进步之痕，历历可见。"始于困者终于亨"（王国维语），或许在陈季同身上，可以把抄袭看作一个年轻人善念的恶作剧表达，经过不断尝试和努力，最终摆脱了错误的羁绊，而修成了某种善果。

原载于日本《或问》第43辑，2023年6月，作者尹德翔、Ingemar Ottosson

[①]　陈季同：《吾国》，李华川译，广西师范大学出版社2006年版，第36—40页；Tcheng-Ki-Tong, *Mon Pays: La Chine d'aujourd'hui*, Paris: Bibliothèque-Charpentier, 1892, pp.62-65; Émile Blemont, *Poèmes de Chine*, Paris: Alphonse Lemerre, 1887, pp.42-43, pp.65-66, pp.132-134.

[②]　陈季同：《吾国》，李华川译，广西师范大学出版社2006年版，第40—41页；Tcheng-Ki-Tong, *Mon Pays: La Chine d'aujourd'hui*, Paris: Bibliothèque-Charpentier, 1892, pp.65-66.

陈季同《中国人的戏剧》的抄袭问题

晚清外交官陈季同是近代史上特殊的文化人物。他以"Tcheng-Ki-Tong"之名出版的 8 种法文著译，一度风行欧美，广为流传，这在当时中国外交官或留学生中，绝无仅有。因此之故，陈季同被学者们目为最早用西文征服西方世界的中国人，是辜鸿铭和林语堂的先导。《中国人的戏剧》（1886 年）是仅次于《中国人自画像》（1884 年）的最受当时读者欢迎的著作，也是作者署名的第二本书。李华川在《晚清一个外交官的文化历程》一书中认为，《中国人的戏剧》"是一部早期的比较文学著作"：

> 作者对于中、西方戏剧都相当熟稔，把中西戏剧作品信手拈来地加以比较，对两类戏剧的特征进行概括。……作者的分析触及中西戏剧中一些较本质的问题，议论切中肯綮，相当精当。本书应是中国人以西方方式论述中国戏剧的第一部著作。[1]

《晚清一个外交官的文化历程》是学界第一部研究陈季同的专著，其所得结论为学界普遍接受，影响至今。笔者关注晚清外交官研究有年，特重外交官接触西方文学的情况，初读陈季同之时，惊诧其对法国文学的博览与深识，叹未曾有。然而令人不安的一件事是，1889 年 10 月，曾做过陈季同法文辅导老师的蒙弟翁（Foucault de Mondion, 1849—1894）在法国《小国民报》宣称，自己才是《中国人自画像》和《中国人的戏剧》两部书的真正作者，陈季同只是挂名，他要求收回对这两部书的著作权[2]。陈季同随即致信《时报》反驳[3]。此即陈季同

---

[1]　李华川：《晚清一个外交官的文化历程》，北京大学出版社2004年版，第57页。

[2]　"Nouvelles révélations de M. de Mondion"，*Le petit national*, 11 octobre 1889.

[3]　"Une lettre du général Tcheng-Ki-Tong"，*Le Temps*, 13 octobre 1889.

与蒙弟翁"著作权之争"公案。对此争议，李华川根据他所掌握的材料，予以折衷的解释，判定二人为"合作"，以陈季同为主，"蒙氏撰写书中的某些章节以及为陈校改、润色辞句"[①]。

真相果真如此吗？笔者近期将这两部书的文本、蒙弟翁的《当我还是清朝官员时》对照阅读，有意想不到的发现。《中国人自画像》有不少抄袭之处，笔者已有专文讨论[②]，在此专门谈《中国人的戏剧》的问题。

一、布吕纳季耶的疑问

布吕纳季耶（Ferdinand Brunetière，1849—1906），国内亦译"布吕纳介"，是法国十九世纪后半叶知名的文学评论家。1875 至 1886 年间，布吕纳季耶以《两世界评论》为阵地，在诗歌、戏剧、小说和文学批评等领域发表大量论文，学术上全面开花[③]。而《中国人自画像》中的大部分篇章，最初就是以"中国与中国人"（La Chine et les Chinois）为题，在 1884 年 5 月 15 日至 6 月 15 日期间的《两世界评论》连载的[④]。布吕纳季耶读过《中国人自画像》，1886 年《中国人的戏剧》出版后，迅即撰写《关于〈中国人的戏剧〉》一文予以评论[⑤]，此文后来收入他的《历史与文学》第三集[⑥]。布吕纳季耶执笔评论陈季同《中国人的戏剧》，是一篇珍贵的中法文学关系史料，国内学界似无人提及。总体上看，布吕纳季耶对《中国人的戏剧》印象不佳，笔下颇多尖刻之词：

如果某个读者碰巧对有关中国戏剧的新的、准确的信息感到好奇——不止于好奇不那么有趣也不那么有用的中国风（chinoiserie）——我有必要提醒，他很难从这本陈季同将军刚刚出版的以此为题的书中得到什么东西。太过巴黎

---

① 李华川：《晚清一个外交官的文化历程》，北京大学出版社2004年版，第35页。

② 尹德翔、I.奥特森：《陈季同"中诗西传"的历史真相与价值重估》，《或问》（日本）第43辑（2023年6月）。

③ 布吕纳季耶在1893年成为《两世界评论》半月刊主编前，曾做过它的供稿人、秘书、副主编。

④ *Revue des deux mondes: Table, deuxième période (1874-1885)*, Paris: Bureau de la Revue des deux mondes, 1886, p.48, p.183.

⑤ F. Brunetière，"A propos du Théâtre Chinois"，*Revue des deux mondes*, 1ᵉʳ mars 1886 (Tome LXXIV), pp.212-224.

⑥ Ferdinand Brunetière, *Histoire et littérature* (Ⅲ), Paris: Calmann Lévy, 1892, pp.1-25.

化（Parisien），比巴黎人更巴黎化，几乎和阿尔伯特·沃尔夫先生（M. Albert Wolff）[1]——我相信他来自科隆或波恩——一样巴黎化，陈季同将军确实在这本小册子中表现出比以往任何时候都更少中国味；可以这样说，他谈到了对他的题目的所有承诺，另一方面，他完全忘记了保持这些承诺。一篇美丽的"抗辩"（défiance）颂[2]，非常真诚，真诚而仍滔滔雄辩，无论如何都很有意义，这也许是一个中国人谈中国戏剧的书中最中国化的东西。其余的——我们很久以来就已经了解了，或者至少，更准确地说，我们应该去了解，如果我们的传教士和汉学家确实为我们写过著作：他们是往昔的钱德明（Amyot）、马若瑟（Prémare）、杜赫德（du Halde），以及在我们这个世纪的鲍狄埃（Pauthier）、巴赞（Bazin）、儒莲（Stanislas Julien）和雷慕沙（Abel Rémusat）一众人等。[3]

这里主要提出两个问题：一个是，陈季同的写作太少中国味，太近于法国人的写作；另一个是，《中国人的戏剧》所含内容，不出于法国十八世纪的耶稣会士和十九世纪的汉学家，新的信息太少。布吕纳季耶在同一篇文章中多次表达这些内容，频次令人惊讶。例如，他比较了《中国人自画像》和《中国人的戏剧》，认为前一本书既令人愉快，又给人教益；后一本书则只是令人愉快，"坦率地说，当人们意识到作者所谈的每一部剧都是被欧洲汉学家翻译或分析过的，就会想，或许，随着这位风趣的将军对我们的语言的种种微妙甚至林荫道的俚语臻至精通，他已经忘掉了汉语？"[4]他深感西方人对中国戏剧知识的不足，"因此之故，我非常希望，做出承诺姿态、欲惠予我们知识的陈季同将军，不要给的太少"[5]，"我们期待他应该应份为我们做些翻译或分析一些我们过去不知道的剧目"[6]。

布吕纳季耶本人不是汉学家，他的主要领域是欧洲文学，尤长于法国文学

---

① 阿尔伯特·沃尔夫（Albert Abraham Wolff, 1835—1891），生于德国，法国十九世纪知名作家、戏剧家、新闻记者，曾为大仲马的秘书和《费加罗报》的编辑，写过数种关于巴黎的著作。

② 此处指《中国人的戏剧》前言："面对专横的欧洲人对我们古老制度和习俗的蔑视，难道我还不能自卫（défendre）吗？"见陈季同：《中国人的戏剧》，李华川、凌敏译，广西师范大学出版社2006年版，第2页。

③ Ferdinand Brunetière, *Histoire et littérature* (Ⅲ), Paris: Calmann Lévy, 1892, pp.1-2.

④ Ferdinand Brunetière, *Histoire et littérature* (Ⅲ), Paris: Calmann Lévy, 1892, pp.3-4.

⑤ Ferdinand Brunetière, *Histoire et littérature* (Ⅲ), Paris: Calmann Lévy, 1892, p.7.

⑥ Ferdinand Brunetière, *Histoire et littérature* (Ⅲ), Paris: Calmann Lévy, 1892, p.10.

史和文学批评史，他是否有条件评论《中国人的戏剧》呢？通过这篇论文，我们获知他读过不少中国作品：诗歌类，有德理文（Le Marquis d'Hervey-Saint-Denys）翻译的《唐诗》（*Poésies de l'époque des Thang*，1862）；小说类，有儒莲（Stanislas Julien）翻译的《平山冷燕》（*Les eux jeunes filles lettrées*，1860）、《玉娇梨》（*Les deux cousines*，1864），巴维（Théodore Pavie）翻译的《中短篇小说选》（*Choix de contes et nouvelles*，1839），帛黎（Théophile Piry）翻译的《二度梅》（*Les pruniers merveilleux*，1880），吉亚尔·德阿西（Guillard D'Arcy）翻译的《好俅传》（*La femme accomplie*，1842）；戏剧类，有巴赞（Bazin Ainé）翻译的《琵琶记》（*L'Histoire du luth*，1841）以及《㑇梅香》（*Les Intrigues d'une soubrette*）、《合汗衫》（*La Tunique confrontée*）、《货郎旦》（*La Chanteuse*）、《窦娥冤》（*Le Ressentiment de Teou-ngo*）的选段，出自其《中国戏剧》（*Théâtre chinois*，1838），儒莲翻译的《灰阑记》（*L'Histoire du cercle de craie*，1832）、《看钱奴》（*L'Avare*，1833）、《西厢记》（*L'Histoire du pavillon d'Occident*，1872），还有德庇时（J. F. Davis）翻译的《老生儿》（*An Heir in His Old Age*，1817）。另外，通过董文献（Paul Perny）的《西汉同文法》（*Grammaire de la Langue Chinoise orale et écrite*，1876），巴赞发表在《亚洲杂志》（*Journal asiatique*）的系列文章以及《现代中国》（*Chine moderne*，1853）一书，布吕纳季耶了解了大量中国剧目、提要、分析。除了文学作品，他还广泛阅读了汉学家的一般性著述，在文章中经常援引。根据以上情况，布吕纳季耶具备评论《中国人的戏剧》的知识基础，他的工作态度也是认真的。

回到布吕纳季耶的疑问上来。关于陈季同著作太近于法国人写作的问题，1886年1月25日《晨报》（*Le Matin*）讥讽说：

在此方面，这个自称"陈季同将军"的人的书简直吓人。他不仅用典范的法语写作，而且用最时髦的巴黎大道的风格写作；他不仅写，而且思考。他作了一篇序言，可比克拉雷蒂（Claretie）[①]被法兰西喜剧院剥夺写作事务之前的文笔，还有一篇献词，像专事恭维的作者那样极尽回环。这个中国将军太法国化了。

---

① 克拉雷蒂（Jules Claretie, 1840—1913），法国小说家、戏剧家、戏剧评论家，1885年起为法兰西喜剧院总经理。

他学习汉语的时候，一定费了天底下最大的周折。

加尔马恩·莱维出版的这本书证明，作者对他自己国家的戏剧有着深入的认识，对我们的戏剧本性的认知也同样了不起。书中满是神来之笔和俏皮话。

如果这位将军是受过教育的，以后有朝一日，中国将不用手中的武器，靠着人多来碾压欧洲，它将用才智来吞并巴黎。①

《中国人的戏剧》文字太地道，巴黎腔太盛而令人难以接受，这不是布吕纳季耶个人的感觉。为什么会出现这种情况呢？下文细说。布吕纳季耶说，《中国人的戏剧》所谈的任何一部作品都是被西方汉学家翻译或分析过的，比照文本，确实如此。兹将此书整段引用的戏剧片断做一简表：

剧目	中国原典	《中国人的戏剧》	法国汉学家著译
①《琵琶记》	第四出（15—18）	原文（84—93）；汉译（55—63）	巴赞译《琵琶记》（27—43）
	第二十二出（75—77）	原文（166—170）；汉译（98—102）	巴赞译《琵琶记》（156—161）
	第八出（30）	原文（171—172）；汉译（102）	巴赞译《琵琶记》（73—74）
②《㑇梅香》	第二折（1154—1155）	原文（113—115）；汉译（73—74）	巴赞《中国戏剧》（53—54）
	第一折（1149—1152）	原文（250—262）；汉译（141—148）	巴赞《中国戏剧》（24—43）
③《忍字记》	第一折（1064）	原文（129—130）；汉译（81—82）	巴赞《元代》（372—373）
④《铁拐李》	第二折（497—498）	原文（143—144）；汉译（缺漏）	巴赞《元代》（283—284）
	楔子（503）	原文（147—149）；汉译（88—89）	巴赞《元代》（289—291）
	第三折（504）	原文（150—151）；汉译（90）	巴赞《元代》（293）

①　"Livres", *Le Matin*, 25 janvier 1886.

续表

剧目	中国原典	《中国人的戏剧》	法国汉学家著译
⑤《看钱奴》	第二折（1593—1594）	原文（190—191）；汉译（110）	诺代译《普劳图斯戏剧集》（二）（379）
	第二折（1595）	原文（191—192）；汉译（111）	诺代译《普劳图斯戏剧集》（二）（379-380）
	第二折（1596）	原文（193—194）；汉译（112）	诺代译《普劳图斯戏剧集》（二）（380）
	第三折（1598—1599）	原文（194—198）；汉译（112—115）	诺代译《普劳图斯戏剧集》（二）（381—383）
⑥《来生债》	第一折（299—302）	原文（205—210）汉译（118—122）	巴赞《元代》（252—261）
⑦《货郎旦》	第一折（1640—1641）	原文（235—237）汉译（133—134）	巴赞《中国戏剧》（266—269）
	第一折（1641）	原文（237—239）汉译（134—135）	巴赞《中国戏剧》（270—272）
	第一折（1642）	原文（240）汉译（135—136）	巴赞《中国戏剧》（274—275）

说明：表中括号内数字为该书页码。采用版本：1. 原剧。①高明撰《第七才子书琵琶记》，毛纶评点，大达图书供应社1934年版；②郑德辉撰《㑇梅香》③郑廷玉撰《忍字记》④岳伯川撰《铁拐李》⑤佚名撰《看钱奴》⑥佚名撰《来生债》⑦佚名撰《货郎旦》，分别收于臧晋叔编：《元曲选》第三册、第三册、第二册、第四册、第一册、第四册，中华书局1958年版；2.《中国人的戏剧》原文：Tcheng-Ki-Tong, Le Théâtre des Chinois: Étude de mœurs comparées, Paris: Calmann-Lévy, 1886，汉译：陈季同《中国人的戏剧》，李华川、凌敏译，广西师范大学出版社2006年版；3. 法国汉学家著译。巴赞译《琵琶记》：Bazin Ainé, *Le Pi-Pa-Ki, ou L'Histoire du Luth*, Paris: Imprimerie Royale, 1841; 巴赞《中国戏剧》：Bazin Ainé, *Théâtre Chinois, ou Choix de pièces de théâtre, composées sous les empereurs Mongols*, Paris: l'Imprimerie Royale, 1838; 巴赞《元代》：Bazin Ainé, *Le Siècle des Youên, ou Tableau historique de la littérature Chinoise*, Paris: Imprimerie Nationale,1850; 诺代译《普劳图斯戏剧集》（二）：J. Naudet, *Théatre de Plaute, traduction nouvelle accompagnée de notes*, Ⅱ, Paris: C. L. F. Panckoucke, 1832.

根据此表，《中国人的戏剧》整段引用总计17处，出自7部中国戏剧，其最短者占1页，最长者12页（法文版）。以上都是直接引用，不包括根据汉学家译文对戏剧内容的叙述。所有这些引用，除《看钱奴》而外，皆从巴赞的译作中抄录而来①。虽然作者偶尔换一个同义词，或为理解方便删掉个别专有名词，或追求文字简省、过渡方便删掉一两句或一两段，其转抄法国汉学家译文之事

---

① 儒莲所译《看钱奴》无单行本，部分文字为诺代（J. Naudet）阐释罗马戏剧家普劳图斯《一坛黄金》时引用。

实则无可置疑。一般说来，删改之后有的译文较巴赞译文更简洁，更有可读性，也有一些地方不如原译曲折有致。

对布吕纳季耶来说，陈季同作为一个中国文化人，其阅读中国戏剧的能力必然超过汉学家，而他的全部举例皆出于汉学家的译作，一无例外，是不正常的。可特别注意的，他在文章中说，到过中国的法国旅行家所观的中国剧目，既不在巴赞和董文献的书中，也不在陈季同的书中。他特别举的例子是朱尔斯·阿雷纳（Jules Arène）①在《熟悉的中国》（*La Chine familière*）中观看和翻译的一些剧目，笔者据其题名与译文，推测这些剧目是：《打金枝》（*Le Rameau d'or battu*）②、《傅朋送镯》（*Fou Pang laisse tomber son bracelet*）③、《拔兰花》（*La Fleur palan enlevée*）④、《铁弓缘》（*Le Débit de thé de L'arc de fer*）⑤、《卖胭脂》（*La Marchande de fard*）⑥。以上剧目，除《卖胭脂》为元杂剧末期作品，《拔兰花》为苏州花鼓戏，其余皆京剧⑦。而巴赞所介绍和翻译的中国戏剧，除了《琵琶记》而外，均出自《元人百种》（即臧晋叔《元曲选》）。《元人百种》中《㑇梅香》《合汗衫》《窦娥冤》《货郎旦》为《中国戏剧》全文翻译，其他剧目则在《元代》中被逐一介绍，一些配有片断选译。陈季同《中国人的戏剧》袭用巴赞，于当代剧目一语未道，这也令布吕纳季耶深感疑惑。

比照英语世界对法国汉学家工作不甚了解、就文本谈文本而称颂备至的文评⑧，布吕纳季耶审视《中国人的戏剧》的眼光可谓犀利。至此，按照自然的逻辑，布吕纳季耶应该想到，或许陈季同的这本书是有问题的，直言之，是从法国汉学家的著作中抄袭的。但他还是没有走到这一步。他满足于这本中国人写的书证明了法国汉学家的水平：

---

① 根据《熟悉的中国》二版前言，朱尔斯·阿雷纳为法国驻华外交官，曾在中国居留十二年，对中国社会内部生活相当熟悉。见Jules Arène, *La Chine familière*, Paris: G. Charpentier et Cle, 1883, Préface de la édition deuxième.

② Jules Arène, *La Chine familière*, Paris: G. Charpentier et Cle, 1883, pp.94-98.

③ Jules Arène, *La Chine familière,* Paris: G. Charpentier et Cle, 1883, pp.102-111.

④ Jules Arène, *La Chine familière*, Paris: G. Charpentier et Cle, 1883, pp.112-139.

⑤ Jules Arène, *La Chine familière*, Paris: G. Charpentier et Cle, 1883, pp.140-173.

⑥ Jules Arène, *La Chine familière*, Paris: G. Charpentier et Cle, 1883, pp.174-184.

⑦ 《傅朋送镯》为《法门寺》的片断。

⑧ 例如，"The Chinese Theatre", *The Era*, March 20, 1886; "Tchêng ki-Tong as an Author", *The North-China Herald and Supreme Court & Consular Gazette*, January 22, 1892.

当巴赞，以及早些时候董文献，对我们解说中国戏剧时，人们会担心他们的知识是糟糕的或不完整的。陈季同将军呢，什么也没说，而且无疑不比他们知道得更多，将对我们担保他们的信息的价值。所以，就算没有别的用途，他的这本小薄册子至少能为我们的汉学家正名，反击那么多足以让他们把工作丢下的愚蠢的笑话。①

布吕纳季耶写这篇评论后三年，陈、蒙著作权之争才爆发，他在当时确实没有条件研究这部作品的写作环节。另外，他也踏入了《中国人的戏剧》作者布置的陷阱。此书几次为采用汉学家的译文提供理由："每当我引用中国作家时，我总担心自己好像是在自吹自擂，所以我决定引用译文，幸好对于读者和我来说，译者和我在此所引用的作者一样出色。"② "在儒莲和他的几个弟子的杰作出版之后，法国公众才对中国作品有了真正的认识。他们极其流利地翻译了蒙古皇帝治下的一些剧作。我将引用这些剧作的片段，它们传递了中国语言和风俗的特征。"③ "在此，我想引用这一工作的主要部分，一方面可以简化我的评论工作，一方面也让我享受法国院士对中国戏的称赞带给我的愉悦。"④ 这一类说辞十分讨巧，其利用对法国汉学家的恭维，博得法国读者的好感，以至于布吕纳季耶这样的大批评家也被迷惑，而未能再进一步。

二、抄袭与错误

陈季同 1889 年 10 月 13 日刊于《时报》的信中，嘲讽蒙弟翁"不懂一个中文词，而声称教我学会认识、描述我自己的国家！"⑤ 对此蒙弟翁反驳说："实际上，没有哪个国家比中国被研究得更多；关于中国的著作数量被亨利·考狄先生一一数过：一共三千多种⑥！……因之，敢于着手为中国人画像是相当方便

---

① Ferdinand Brunetière, *Histoire et littérature* (Ⅲ), Paris: Calmann Lévy, 1892, pp.8-9.

② 陈季同：《中国人的戏剧》，李华川、凌敏译，广西师范大学出版社2006年版，第42—43页。

③ 陈季同：《中国人的戏剧》，李华川、凌敏译，广西师范大学出版社2006年版，第69页。

④ 陈季同：《中国人的戏剧》，李华川、凌敏译，广西师范大学出版社2006年版，第106页。

⑤ "Une lettre du général Tcheng-Ki-Tong", *Le Temps*, 13 octobre 1889.

⑥ 这里指考狄（Henri Cordier, 1849—1925）的《西人论中国书目》（*Bibliotheca Sinica*），1881年在巴黎首次出版。

的，因为了解他们如此容易。"① 从文本看，蒙弟翁所言非虚，无论《中国人自画像》还是《中国人的戏剧》，都是利用法国和欧洲汉学家的成果写成的。而关于《中国人的戏剧》，亦有史料的线索。在《当我还是清朝官员时》中，蒙弟翁收录了陈季同的许多书信片断，其 1884 年 6 月 13 日致蒙弟翁信说："我已告诉保罗·加尔马恩 - 莱维②，为我草拟一份用法、英文出版的关于中国的所有书籍的目录。有了这件东西，我能很容易地获得所有著作，然后寄送给你。你建议我出版的下一本著作会是很有趣的，我能够预见。"③ 从时间上看，蒙弟翁建议的书就是《中国人的戏剧》，是时《中国人自画像》即将付梓。根据《当我还是清朝官员时》的解释，当写作《中国人自画像》时，陈季同与蒙弟翁同在柏林；而当写作《中国人的戏剧》时，蒙弟翁仍在柏林，而陈季同在巴黎④，因此陈季同需要把参考文献寄送给前者。细读此书，发现其不止于"写"，还有大量"抄"，兹将《中国人的戏剧》袭用汉学家的相关论述，再列一表：

条目	内容	《中国人的戏剧》	汉学家著译	中国原典
1*	中国的剧场（"一座剧场数小时内就建成了：在露天舞台上搭上几块木板……"）	原文（18）汉译（17—18）	德庇时译《老生儿》（《中国戏剧概观》，5）；巴赞《中国戏剧》（《绪论》，41—42）	
2	富人在家中看戏	原文（18—19）汉译（18）	德庇时译《老生儿》（《中国戏剧概观》，9—10）；巴赞《中国戏剧》（《绪论》，42—43）	
3	演员职业低贱	原文（20—21）汉译（18—19）	德庇时译《老生儿》（《中国戏剧概观》，12—13）；巴赞《中国戏剧》（《绪论》，43）	
4	女演员与男扮女装	原文（29—31）汉译（23—24）	德庇时译《老生儿》（《中国戏剧概观》，13—14）；巴赞《中国戏剧》（《绪论》，45）	

---

① Foucault de Mondion, *Quand j'étais mandarin*, Paris: Albert Savine, 1890, p.19.

② 即Paul Calmann Lévy，为加尔马恩·莱维出版社创始人卡尔穆斯·加尔马恩-莱维（Kalmus Calmann Lévy）之子。《中国人自画像》和《中国人的戏剧》二书由该出版社先后出版。

③ Foucault de Mondion, *Quand j'étais mandarin*, Paris: Albert Savine, 1890, pp.30-31.

④ Foucault de Mondion, *Quand j'étais mandarin*, Paris: Albert Savine, 1890, p.21.

续表

条目	内容	《中国人的戏剧》	汉学家著译	中国原典
5*	何谓"才"（"什么是才子呢？才子从自然中获取灵感，听任情感的宣泄……"）	原文（54—58）汉译（36—39）	巴赞译《琵琶记》（5）	《第七才子书》序（"乃吾所谓才者，必其本乎性，发乎情……"）（3）
6*	下劣的戏剧（"插科打诨，一大堆充斥街市喧闹和市井俗语的场景，恶魔和幽灵的呓语……)	原文（56—57）汉译（37）	巴赞译《琵琶记》（6）	《第七才子书》序（"大半街谈巷说，荒唐乎鬼神，缠绵乎男女……"）（3）
7*	才必至于穷（"我们的才子都时运不济：屈原自沉于汨罗江，司马迁身受酷刑……"）	原文（57）汉译（37—39）	巴赞译《琵琶记》（8）	《第七才子书》序（"夫古之人未有不穷者也。庄之隐，屈之沉，司马之腐……"）（4）
8	戏剧之道德教化	原文（66—76）汉译（44—49）	德庇时译《老生儿》（《中国戏剧概观》，8—9）巴赞《中国戏剧》（《绪论》，27—30）	
9*	"才"的定义（"今日明问之所注，则文人之才、诗人之才也。……"）	原文（60—61）汉译（41—42）	儒莲译《平山冷燕》（242）	荻岸散人撰《平山冷燕》（"今日明问之所注，则文人之才、诗人之才也。……"）（239）
10*	洪武皇帝谕旨（"古人著书少而精；其书皆鼓吹仁义，宣扬圣贤品德……"）	原文（61—62）汉译（42）	钱德明译，待考	《明太祖实录》（"古人为文章，或以明道德，或以通当世之务……"）（811）
11*	伏尔泰《中国孤儿》献词（"《赵氏孤儿》是认识中国精神的一座珍贵的里程碑。……"）	原文（100—101）汉译（66）	巴赞《中国戏剧》（《绪论》，47）	
12*	伏尔泰对《赵氏孤儿》的错误判断（"缺乏雄辩、理性、激情！这其实是马若瑟的译本所缺乏的。……"）	原文（101）汉译（66—67）	德庇时译《老生儿》（《中国戏剧概观》，33）儒莲译《赵氏孤儿》（《告读者》）巴赞《中国戏剧》（《绪论》，48、50）	

条目	内容	《中国人的戏剧》	汉学家著译	中国原典
13*	四折一楔子与欧洲戏剧模式相似（"中国的戏剧遵从和欧洲戏剧完全相同的模式：四折一楔子或者五折。……"）	原文（104—105）汉译（70）	巴赞《中国戏剧》（《绪论》，39—40）	
14	人物角色	原文（108—109）汉译（71）	巴赞《中国戏剧》（《绪论》，13—18）	
15	戏剧中的演唱	原文（111）汉译（72）	德庇时译《老生儿》（《中国戏剧概观》，42—43）	
16*	意大利演员在澳门演出罗西尼歌剧（"当中国观众发现这种歌唱和叙述相结合的艺术形式时，他们又惊又喜……"）	原文（115—116）汉译（76）	德庇时《中华帝国及其居民概述》（178—179）；巴赞《中国戏剧》（《绪论》，42）	
17*	"诗"的含义（"在我们的语言中，'诗'这个字由两部分组成，一部分把表示'话语'，另一部分表示'寺庙'……"）	原文（117）汉译（76）	德庇时译《老生儿》（《中国戏剧概观》，5）；巴赞《中国戏剧》（《绪论》，8—9）	
18	中国戏剧的历史分期	原文（118）汉译（77）	巴赞《中国戏剧》（《绪论》，1—2）	
19	道士剧	原文（138—139）汉译（85）	巴赞《元代》（203）	
20*	喜剧情境的设置（"阿巴贡想娶儿子的情人，正是这种人物处境让人着迷。……"）	原文（139）汉译（85）	巴赞《元代》（250）	
21	历史与历史剧	原文（176）汉译（103）	巴赞《元代》（201—202）	
22	性格喜剧	原文（180—181）汉译（106）	巴赞《元代》（204）	
23*	《看钱奴》（"在这里，小酒馆老板的角色类似普劳图斯笔下的厨子。……"）	原文（186—187）汉译（108）	诺代译《普劳图斯戏剧集》（二）（377）	
24*	《看钱奴》（"贾老爷有点像贺拉斯和德图什笔下的守财奴。……"）	原文（189）汉译（109）	诺代译《普劳图斯戏剧集》（二）（378）	
25*	《看钱奴》（"陈德甫是喜剧中的理智者，被作者安排在此处，像欧克隆身边的梅加多尔。……"）	原文（190）汉译（109）	诺代译《普劳图斯戏剧集》（二）（379）	

续表

条目	内容	《中国人的戏剧》	汉学家著译	中国原典
26*	《看钱奴》（"这卖身契富有喜剧色彩，和《驴》中的第亚波的寄生条约一样。但与中国人相比，罗马人在诡辩方面真是小儿科。"	原文（190）汉译（109）	诺代译《普劳图斯戏剧集》（二）（379）	
27*	《看钱奴》（"这样的结尾比阿巴贡的临终遗言还好……"	原文（198）汉译（115）	诺代译《普劳图斯戏剧集》（二）（383）	
28*	《来生债》（"拉封丹寓言一则"）	原文（204）汉译（116—117）	巴赞《元代》（252）	

　　说明：表中括号内数字为该书页码。加星号者为照抄原句，未加星号者为转述。版本：见于上表者，与之同。除外，德庇时《老生儿》: John Francis Davis trans., *Laou-seng-urh, or, "An Heir in his Old Age"*, London: John Murray,1817；儒莲译《平山冷燕》: Stanislas Julien, *Les eux jeunes filles lettrées*, I, Paris: Didier et Cie, 1864；儒莲译《赵氏孤儿》: Stanislas Julien, *Tchao-Chi-Kou-Eul, ou L'Orphelin de la Chine*, Paris: Moutardier, 1834；德庇时《中华帝国及其居民概述》: John Francis Davis, *The Chinese: A General Description of the Empire of China and Its Inhabitants*, Volume 2, London: Charles Knight, 1836；高明撰《成裕堂绘像第七才子书》，毛声山评，英德堂刻本；荻岸散人撰《平山冷燕》，《古本小说集成》编委会编，上海古籍出版社1991年影印；《明太祖实录》，中研院历史语言研究所1984版。

　　在以上28条文字中（容有遗漏），作者声明取于巴赞译文的有第6、7条，取于儒莲译文的有第9条，取于钱德明（Amiot）译文的有第10条，取于德庇时著作的有第16条，取于诺代的有第23—27条，除此之外，计有18条，皆未注明出处。作者将汉学家的观点、已发掘的资料，直接作为自己的原创，误导读者。仅举一例：关于中国戏剧的分类，巴赞在《中国戏剧》（1838）中已注意到《元人百种》的"杂剧十二科"分法[1]，在《元代》（1850）中，他对此并未采纳，而是按照西方人的习惯，把中国杂剧分为七种：历史剧（Les drames historiques）、道士剧（Les drames Tao-sse）、性格喜剧（Les

---

[1] Bazin Aîné, *Théâtre Chinois, ou Choix de pièces de théâtre, composées sous les empereurs Mongols*, Paris: l' Imprimerie Royale, 1838, Introduction, p.34. 《涵虚子论曲》云："杂剧有十二科：一曰神仙道化，二曰林泉丘壑，三曰披袍秉笏，四曰忠臣烈士，五曰孝义廉节，六曰叱奸骂谗，七曰逐臣孤子，八曰钹刀赶棒，九曰风花雪月，十曰悲欢离合，十一曰烟花粉黛，十二曰神头鬼面。"（臧晋叔编：《元曲选》第一册，中华书局1958年版，前言，第21页）

comédies de caractère）、情节喜剧（Les comedies d'intrigue）、家庭剧（Les drames domestiques）、神话剧（Les trames mythologiques）、公案剧（Les drames judiciaires ou fondés sur des causes célèbres）[1]。这无疑是巴赞作为汉学家的一个贡献，正如布里纳季耶指出，法国汉学家以欧洲的方式为中国戏剧分类，比陈季同的出生还早[2]。《中国人的戏剧》对此无任何提及，直接将"历史剧""性格喜剧"作为节题，对和尚和道士、仆人和侍女、妻和妾等戏剧人物的叙述，也都是在巴赞的分类框架下叙述的。笔者估测，在内容上，从剧院到演出，从演员到剧本，从人物到主题，《中国人的戏剧》从汉学家著作中直接、间接取用的文字和引申的论述占比超过三分之二。需要说明的是，这里仅就袭取汉学家著作而言，涉及西方戏剧史的内容，尚未搜讨。"不告而取谓之窃"，古今一理，何况法国1793年即有《作者权法》，至19世纪后期遵守学术规范早已相沿成习。《中国人的戏剧》之事于剽窃，不待多辩。

经常发生的情况，由于抄袭者对所抄之物缺乏知识，会延续原文之瑕疵，或新增抄错，以及画蛇添足造成的错误。这几种问题，《中国人的戏剧》都有。

无论巴赞或儒莲，其译作与分析都不无可议之处，而作者一无褒贬。例如，巴赞《中国戏剧》的译文与原文差距颇大，结构上，他按照西方人习惯的方式，把一部剧分成幕（acte）和场（scène），以"幕"对应"折"，"场"则随己意自定；在具体行文中，任意删改唱段，或将其变为宾白；漏译、意译比比皆是。《中国人的戏剧》对所有译文照单全收，未提任何意见。另外，巴赞的误译甚多，仅举一例：《合汗衫》原文："张员外（带云）'你看那人也，则是时运未至。'（唱）'他可敢一世里不如人。'"[3]"他可敢一世里不如人"意为"他怎会一辈子都不如人？"《中国人的戏剧》转抄巴赞译文云："被这些故事感染的他对儿子说：'看看这个不幸的人，幸福之轮还没有转向他。'随后，他唱道：'谁会想到，在这个

---

[1] Bazin Aîné, *Le Siècle des Youên, ou Tableau historique de la littérature Chinoise*, Paris: Imprimerie Nationale,1850, p.201.

[2] Ferdinand Brunetière, *Histoire et littérature*（Ⅲ）, Paris: Calmann Lévy, 1892, p.10.

[3] 张国宾撰：《合汗衫》，收入臧晋叔编：《元曲选》（第一册），中华书局1958年版，第118页。

世界上，还有如此不幸的人？他们看上去简直不像人。"①巴赞错解了原意，而《中国人的戏剧》照录巴赞，亦未在注中说明。如果作者是陈季同本人，手中有《合汗衫》中文，能发生这种情况吗？另外，儒莲把《看钱奴》中的"贾仁"译作"Kou-jin"，不知道"贾"表示姓读作"jiǎ"，也没有理解其谐音（假）的意指，而《中国人的戏剧》照录无误；巴赞把《货郎旦》中的"张玉娥"译作"Tchang-iu-ngo"，而《中国人的戏剧》改作"Tchang-iu"，如果作者是陈季同，也是不可理解的。

《中国人的戏剧》云："富人和士大夫并不在这类戏剧中寻求快乐，他们在自己家中享受。""布置考究的中国宅院包括一个剧场，我们的风俗是要在家中演戏，不仅同一等级和阶层的人受到邀请，而且也给公众留下了位置。"②这段文字是从德庇时的《老生儿》来的，原文是："中国人如此强烈喜欢戏剧表演，在绝大多数显贵（the great）的住所，一个大厅会被分隔开，单独用于演戏；没有喜剧演员娱乐客人就不成其为招待；戏剧是公共节日的组成部分；外国使节无例外地被招待看戏。"③两相比照，前一种说法之夸大和扭曲事实当下立见。又，《中国人的戏剧》说，"在中国戏中，往往只有一个角色唱。正是这个角色构成了我们中国戏的特色，它引导观众的注意力，突出作品的伦理作用。""唱的角色不参予情节的发展。"④这些意见与元杂剧的实际情况如此乖违，作者真的是陈季同吗？真的看过汉文剧本吗？退一步说，即使单凭汉学家的译文立言，也不至于如此荒谬。实际情况是，德庇时在《老生儿》中认为，中国戏剧中的唱段与希腊悲剧中的歌队合唱有相似性⑤，作者抓住这一点强做发挥，结果牵强附会，弄巧成拙，布吕纳季耶已指出其与事实不符⑥。这些基本知识的错误，表明

① 陈季同：《中国人的戏剧》，李华川、凌敏译，广西师范大学出版社2006年版，第73页；Bazin Ainé, *Théâtre Chinois, ou Choix de pièces de théâtre, composées sous les empereurs Mongols*, Paris: l'Imprimerie Royale, 1838, p.148.

② 陈季同：《中国人的戏剧》，李华川、凌敏译，广西师范大学出版社2006年版，第18页。

③ "A Brief View of Chinese Drama", in John Francis Davis trans., *Laou-seng-urh, or, "An Heir in his Old Age"*, London: John Murray,1817, p.9.

④ 陈季同：《中国人的戏剧》，李华川、凌敏译，广西师范大学出版社2006年版，第72页。

⑤ "A Brief View of Chinese Drama", in John Francis Davis trans., *Laou-seng-urh, or, "An Heir in his Old Age"*, London: John Murray,1817, p.42.

⑥ Ferdinand Brunetière, *Histoire et littérature* (Ⅲ), Paris: Calmann Lévy, 1892, p.14.

蒙弟翁的主张，即他自己而非陈季同是《中国人的戏剧》的作者，是可信的。

三、叙事策略与文体风格

根据蒙弟翁自述，在撰写《中国人自画像》时，除了大量阅读汉学著作，他还采取了几个特殊的叙事策略：1. 实际谈中国的内容尽量少[①]。2. 预先做一个声明，以防读者怀疑和挑刺儿："不应忘记，我手中拿的是鹅管笔，而不是毛笔，而且我已经学会了欧洲人的思考和写作的方式。"[②] 3. 在同类事物上将中国与西方对比，对中国做美化[③]。以上都可在《中国人自画像》文本中印证，这里略而不谈。《中国人的戏剧》是在《中国人自画像》大获成功之后完成的，亦采用了同样的策略。

首先，此书的叙述对象是中国戏剧，但通篇观察，作者真实谈论中国戏剧的文字确实不多，技术性的知识更少。一个明显的事实是，《中国人的戏剧》包含大量游离于中国戏剧的内容，如"演出"一节，讨论中国人的宴会礼仪、古董、食物、祝酒词[④]；"才子"一节，讨论西方的绘画、蜡像[⑤]；"幕间休息""巴黎精神""太有趣了""批评""信任和怀疑"诸节，更完全脱离了中国戏剧，"顾左右而言他"。要而言之，《中国人的戏剧》所引的大段大段的戏文，是从巴赞和儒莲那里抄来的；关于中国戏剧的主要方面的论述，取于德庇时和巴赞；而作为背景知识的介绍，例如佛教、道教、科举、妻妾制等等，凭借一般中国游记或汉学家的中国概述即能敷衍成文。结果，正如布吕纳季耶说的，关于中国戏剧，"陈季同将军"没说出什么，也不比汉学家知道得更多。

其次，此书沿用了西化的思考和表达的方式。《中国人自画像》已明确此点，《中国人的戏剧》则描绘得更加具体、有声有色：

曾几何时，一个法国文人式的幻想在我脑际萦绕：偶然得知自己要启程前

---

① Foucault de Mondion, *Quand j'étais mandarin*, Paris: Albert Savine, 1890, pp.19-20.

② Tcheng-Ki-Tong, *Les Chinois peints par eux-mêmes*, Paris: Calmann-Lévy, 1884, Avant-propos, p.9.

③ Foucault de Mondion, *Quand j'étais mandarin*, Paris: Albert Savine, 1890, p.20.

④ 陈季同：《中国人的戏剧》，李华川、凌敏译，广西师范大学出版社2006年版，第25—30页。

⑤ 陈季同：《中国人的戏剧》，李华川、凌敏译，广西师范大学出版社2006年版，第33—35页。

去为讲台上的德摩斯梯尼鼓掌，或者要去参加希腊学院索福克勒斯先生《菲罗克忒忒斯》一剧的首演；一位法兰西研究院的学者收到一封欧几里德的来信，后者在这封邮资已付的信中询问有关平行公理的新闻：对此，我们能想象吗？啊，罗马！与杰出的贺拉斯一同归隐山林，或者去安抚流浪中的奥维德，责怪其离群索居，这是多么令人惊喜！①

比照《中国人自画像》与《中国人的戏剧》，后者引用的法国作家、作品、典故远为繁伙，巴黎文化人的腔调也更明显。从前言第一句话对莫里哀的热烈颂扬，到全书结尾处大谈《福音书》和卢克莱修，作品刻意展示的，不是一个中国人看法国，而是一个法国化了的中国人看法国。因为做了这样的铺垫，作者即有理由自由出入中西文化，在谈论中国戏剧的时候，才不至束手缚脚，而能左右逢源。

最后，《中国人的戏剧》同样采取了中西对比、美化中国的策略。本书副标题为"风俗对比研究"，提示了作者的写作方针。在前言中，作者貌似激愤地说："面对专横的欧洲人对我们古老制度和习俗的蔑视，难道我还不能自卫吗？事实上，这正是我努力实现的目标。"②但是，因为巴赞等汉学家看到的，更多是中西戏剧的相似，作者又是照搬汉学家的，这一策略并不能真正实施。因此，读者仅见作者开篇做出的架势③，而不见多少实质性论述。全书言中西戏剧之"同"，远大于"异"。比较有份量的说辞，作者认为中国戏剧的特性在道德教化，而西方戏剧只是一种娱乐，与道德无涉④。但这仍是西方汉学家的观点。

总而言之，蒙弟翁《当我还是清朝官员时》所述与《中国人的戏剧》文本之吻合无间，支持了蒙弟翁《中国人的戏剧》是他自己而非陈季同所作的说法。

还有一个角度，亦能揭示《中国人的戏剧》的作假，即书中随意的演绎与虚浮的文风。这里举几个例子。关于"才"，尤侗在《第七才子书》序中有几句话："庄之放也而达，屈之怨也而忠，史之矫也而直。"⑤巴赞译为：

---

① 陈季同：《中国人的戏剧》，李华川、凌敏译，广西师范大学出版社2006年版，第3—4页。
② 陈季同：《中国人的戏剧》，李华川、凌敏译，广西师范大学出版社2006年版，第2页。
③ 陈季同：《中国人的戏剧》，李华川、凌敏译，广西师范大学出版社2006年版，第6—7页。
④ 陈季同：《中国人的戏剧》，李华川、凌敏译，广西师范大学出版社2006年版，第46—47页。
⑤ 高明撰，《成裕堂绘像第七才子书》，毛声山评，英德堂刻本，序二，第3页。

例如，庄子放纵想象，而达到了目的。屈原也许有太多的激情，但他正直忠诚。司马迁喜欢小说，喜欢谈论神异，但他热爱真实。[①]

《中国人的戏剧》这样说：

请看庄子，他的想象力敏锐而丰富，近乎妄想。这是一股旋风。然而他沉溺于自己的天赋了吗？没有。他达到了他的目的，尽管随后我们在阅读他的作品时，会感到被他引导着提升了我们的思想。同样，屈原就好像奔腾的骏马一样不受羁勒，但你们会尊敬他为正义而现身的精神：在他的作品中，最率直的忠诚无处不在。如果他顺应自然或他的天赋，我亲爱的学者，他就会像许多人一样变成一个浪子。再来研究一下司马迁，他喜好奇迹。这是一个梦想家，一个幻想追随者。他与神异之事相伴而生，但他并不为后者所左右，在其著作中，真实总是被蒙上某些帷幕。[②]

巴赞对原文已有严重的误解，《中国人的戏剧》在巴赞译文的基础上再加推演，其于尤侗的本意，已经隔了好几层。谁更可能是这些荒谬文字的作者，是蒙弟翁还是陈季同，不是一目了然的吗？

因为专业知识贫瘠，一离汉学家论述即无话可说，作者只好展开想象，凭空渲染。如关于跑江湖的艺人，书中说："我曾经在一些城市的边缘见到过这些奇怪的、离群索居的人们。他们没有家乡，就像四处漂泊的行吟诗人。……在气候温和的美好季节，还有什么能比与古代的田园诗人一起生活在野外更诱人的事情呢？白天，树阴下歌声起伏；夜晚，星光闪烁，休息在一间非常舒适而又价格低廉的旅店中。您不觉得这相当美妙吗？"[③] 关于中国戏剧之自生性，德庇时以《沙恭达罗》为例，说明中国戏剧未借鉴印度人，是独创的[④]。《中国人的戏剧》未袭用德庇时，而又做不出实质性的论说，即大谈天才："难道是某个人

---

① Bazin Ainé, *Le Pi-Pa-Ki: ou, L'Histoire du Luth*, Paris: L'Imprimerie Royale, 1841, p.5.

② 陈季同：《中国人的戏剧》，李华川、凌敏译，广西师范大学出版社2006年版，第36—37页。

③ 陈季同：《中国人的戏剧》，李华川、凌敏译，广西师范大学出版社2006年版，第20—21页。

④ "A Brief View of Chinese Drama", in John Francis Davis trans., *Laou-seng-urh, or, "An Heir in his Old Age"*, London: John Murray, 1817, p.45.

创造了悲剧或喜剧吗？它们一直存在，它们是人类天性的产物。只不过天才发展了这一天性，他让剧作扣人心弦。而且，戏剧形式也不是天才确定下来的。所有的进步都是慢慢完成的，是时间将它们一一校准，是时间实现了与我们的精神趣味最为投契的计划。纯粹源自人类精神的完美作品是罕见的。天才从不挥霍他的秘密，他从不会把秘密全盘托出。所以，在时间完成的作品上可以镌刻多少名字！"① 一边抄袭，一边发挥，真假掺杂，虚实相生，《中国人的戏剧》充斥了这类虚浮、空洞、远离中国实际的文字。

当然，撇开抄袭、虚诞的因素，《中国人的戏剧》还是有相当多的优点的。在一些时候，作者的感受力较强，文字也幽默活泼。比如作者说，如果法国舞台上爱情剧的男主角是某个学校的第一名而不是纨绔子弟，将是巴黎的观众不可想象的②。又说，中国舞台上的人物形形色色，"只缺少西方舞台上司空见惯的戴绿帽的丈夫"③。作者把丫环称为"穿裙子的费加罗"——"梅菲斯特的远亲"：

　　集正直、机灵、活泼、开心、调皮、聪明于一身的丫环，她们机智地控制事态的发展，她们总会赢得最后的成功。她们跑跑跳跳，说话、唱歌、作诗；他们一会儿走了，一会儿又来了。到处都可以看见她，她似乎是个包打听。她做过什么呢？她讲过什么呢？没什么大事。当人们犹豫时，她就推动他们：一个弹指，一段悄悄话，一个微笑，一个眼神。你们以为是她？可你们回过头时，她已经消失了。④

　　笔者以为，这些文字体现了布吕纳季耶承认的作者的才华⑤。比起汉学家们拘于学术的呆板，《中国人的戏剧》以活灵活现、轻松幽默的方式介绍剧情、解说情节、分析人物，更能让西方读者感受中国戏剧的精彩之处。为了惟妙惟肖表达中国戏剧的演出效果，作者甚至设想了《琵琶记》在巴黎圣德尼门剧院演出的场景，并虚拟了一篇写给《时报》的剧评。台湾学者罗仕龙误解了本书的姿

① 陈季同：《中国人的戏剧》，李华川、凌敏译，广西师范大学出版社2006年版，第64页。
② 陈季同：《中国人的戏剧》，李华川、凌敏译，广西师范大学出版社2006年版，第50页。
③ 陈季同：《中国人的戏剧》，李华川、凌敏译，广西师范大学出版社2006年版，第72页。
④ 陈季同：《中国人的戏剧》，李华川、凌敏译，广西师范大学出版社2006年版，第137—138页。
⑤ Ferdinand Brunetière, *Histoire et littérature* (Ⅲ), Paris: Calmann Lévy, 1892, p.18.

态，试图在历史文献中查证这一演出的信息，结果当然是没有的[①]。

四、结语

以陈季同名义出版的《中国人的戏剧》，全然依赖法国汉学家的工作，而没有提供什么实质性的新知识，这引起了布吕纳季耶的不满。应该说，陈季同作为职业外交家，对中国戏剧的了解，未必强于专治中国戏剧的巴赞，是不奇怪的；但是，至少这本书应该提供一些新的信息，哪怕讲一些个人的观剧感受、当时戏剧演出的现状也好。否则为什么要写这么一本书呢？

另一方面，本书自如、大量引用西方文学和文化掌故，文字老道、风格幽默，十分"法国化"，也引起一些法国读者的怀疑。陈季同法语精熟，谈吐幽默，善于交际，是法国上流社会的宠儿，这是没有疑问的；但这并不能反推他博览群书，能够著书立说，且脍炙人口。毕竟这需要专业的努力和漫长的沉潜功夫。陈季同如何在西方文学上用心，又如何在中国戏剧上用功，迄无证据。在《中国人的戏剧》中，陈季同的能力被描述为某种"天才"：作者说，在他掌握了法语之后，通过阅读了解西方，在一切还混乱不清的情况下，"就在想象中与蒙田、帕斯卡、莫里哀、高乃依相遇了"[②]。这恐怕不能轻易采信。在中方文献中，仅有的线索对陈季同是不利的。1878年李凤苞就任署理驻德公使时，郭嵩焘向他推荐罗丰禄和陈季同二人，说"罗则静默，可以讨论学问；陈则活泼，可以泛应世务"[③]；一年之后，李凤苞评价这两个人说，"罗丰禄性专诵读，陈季同喜考武事"[④]，这样说来，似乎罗丰禄更接近这里的自塑，而陈季同则距离甚远。

因文献缺乏，陈季同在法国期间的行迹，尤其私下的活动，很难弄清。李华川曾说，关于陈季同与蒙弟翁的著作权纠纷，"找到一锤定音的'死证'几乎没有可能"[⑤]。但笔者以为，以往学界对这两部著作的文本缺乏细读，是一个关键性的失误。以《中国人的戏剧》论，将其文本与蒙弟翁在《当我还是清朝官员

① Shih-Lung Lo, *La Chine sur la scène française au XIXe siècle*, Paris: Presses universitaires de Rennes, 2015, Chapitre Ⅲ.

② 陈季同：《中国人的戏剧》，李华川、凌敏译，广西师范大学出版社2006年版，第3页。

③ 李凤苞：《使德日记》，岳麓书社2016年版，第154页。

④ 张文苑整理：《李凤苞往来书信》（上），中华书局2018年版，第131页。

⑤ 李华川：《晚清一个外交官的文化历程》，北京大学出版社2004年版，第35页。

时》的自述对照，契合无间，完全可以确认，这部书的确出于蒙弟翁而不是陈季同之手。李华川只认定《中国人的戏剧》中"前厅"一节为蒙弟翁所写[①]，远非事实的全部。关于陈季同与蒙弟翁二人关系，以及蒙弟翁为何假冒陈季同之名写作，笔者将另文专述。这里仅需指出，只有接受蒙弟翁为本书作者，才能解释其文字过于"法国化"问题，述中国戏剧不出汉学家范围问题，延续汉学家错误问题，以及最重要的，抄袭问题。

总而言之，《中国人的戏剧》是一部假冒的作品，作者为假冒，内容亦然。这一假冒的作品之所以能通行且风靡，与法国大众对中国文化的陌生有关。虽然一百多年以来，法国汉学家撰写了数以千计的介绍中国的著作，他们仍然高踞于象牙塔内，未对社会大众构成影响。正如《中国人的戏剧》自陈的，"在儒莲和他的几个弟子的杰作出版之后，法国公众才对中国作品有了真正的认识。……它们已经在巴黎出版，读的人可能还是寥寥无几。法国公众对外国文学实在漠然，何况中国文学不单是外国文学，还是费解的文学"[②]。在 1884 年起意写作《中国人的戏剧》时，儒莲和巴赞都已仙逝，他们翻译的中国戏剧仍少人读，附于译本的介绍和分析亦少人知，这为蒙弟翁抄袭、编造这一著作提供了条件。当然，需要承认的是，尽管这一作品为假冒，亦无独立性的学术价值，却把汉学家的工作推向大众，参与推动了中国文学在西方世界的传播。在这个意义上，这部书还是有贡献的。

原载于《北方论丛》2024 年第 1 期

---

① 李华川：《晚清—一个外交官的文化历程》，北京大学出版社2004年版，第33页。
② 陈季同：《中国人的戏剧》，李华川、凌敏译，广西师范大学出版社2006年版，第69页。

薛福成《观巴黎油画记》小考

晚清驻外公使薛福成作过一篇著名的"美文"，题《观巴黎油画记》，其文有云：

光绪十六年春闰二月甲子，余游巴黎蜡人馆。见所制蜡人悉仿生人，……余亟叹其技之奇妙。译者称西人绝技，尤莫逾油画，盍驰往油画院，一观普法交战图乎？其法为一大圜室，以巨幅悬之四壁，由屋顶放光明入室。人在室中，极目四望，则见城堡、冈峦、溪涧、树林，森然布列。两军人马杂遝，驰者、伏者、奔者、追者、开枪者、燃炮者、搴大旗者、挽炮车者，络绎相属。每一巨弹堕地，则火光迸裂，烟焰迷漫。其被轰击者，则断壁危楼，或黔其庐，或赭其垣。而军士之折臂断足、血流殷地、偃仰僵仆者，令人目不忍睹。仰视天则明月斜挂，云霞掩映。俯视地则绿草如茵，川原无际。几自疑身外即战场，而忘其在一室中者。迨以手扪之，始知其为壁也，画也，皆幻也。余闻法人好胜，何以自绘败状，令人丧气若此。译者曰，所以昭炯戒、激众愤、图报复也。则其意深长矣。[①]

按，此文是作者根据光绪十六年闰二月二十四日（1890 年 4 月 13 日）的日记改定的[②]，独立成篇以后，广为传诵，民国初年编入《重订中学国文教科书》（吴增祺编选），后编入《初级中学教科书》（叶楚伧等编选），直到今日，仍为中学语文教材精读或阅读篇目。然文中作者所观之画，题目为何，何人所作，似无人清楚。有的中学教参依薛福成原文，以"普法交战图"名之，但薛氏日记

---

① 薛福成：《庸庵文外编》卷四，收入沈云龙主编《近代中国史料丛刊》第95辑第943册，文海出版社影印本，第1065页。

② 薛福成：《出使英法义比四国日记》，岳麓书社1985年版，第111页。

中本作"普法交战画图"，只说明画意，并非原题。笔者思考此问题，最先在郭嵩焘日记中获得线索。郭氏光绪四年四月十日（1878 年 5 月 11 日）记云：

> 偕李丹崖、黎莼斋、联春卿至巴罗喇马，为圆屋，四周画德国攻巴黎时事。……巴罗喇马者，及四周着画之义也。[①]

原来，薛福成所观的画，并非今日美术馆悬挂的油画。"巴罗喇马"即 Panorama，今译"全景画"，为欧洲当时流行的一种特殊的绘画。其法以 360 度环绕，在一个大型建筑中粘贴展出，观众置身画间，环顾上下四周，得到身临其境的效果。根据史料，薛福成见到的全景画应为法国画家费利克斯·菲利波托（Henri Félix Emmanuel Philippoteaux，1815—1884）与其子保尔·菲利波托（Paul Philippoteaux，1846—1923）合作创作的《围攻伊西要塞》（*The Siege of Fort Issy*），一名《围攻巴黎》（*The Siege of Paris*）[②]，1875 年巴黎保尔·杜邦出版公司出版的英文说明手册题为《保卫巴黎抗击德军战役全景画》（*Panorama of the Defence of Paris against the German Armies*）[③]。此画完成于 1871 年，表现当年普鲁士军队攻陷巴黎的场景，观者站立的位置假定为巴黎西南郊伊西要塞的一个堡垒，凭此可以俯视眼前开阔的原野，一览无余地查看双方交战的情况。杜邦出版公司出版的手册详细说明了普军围攻巴黎时双方的兵力、布阵和攻守过程，作为国外观众观赏此画的参考。1882 年伦敦还出版过另一种手册[④]。另，此画还有一复制件，由费利克斯·菲利波托亲手制作，专供在美国展出[⑤]。1882 年在纽约展出时，《纽约时报》做了详细报道，其中转引画家费利克斯·菲利波托本人的话：

> 看到我的全景画有时候引起的印象——主要不是对受过教育的阶层而是对

---

① 郭嵩焘：《伦敦与巴黎日记》，岳麓书社1984年版，第567页。

② Bernard Comment, *The Panorama*, London: Reaktion Books Ltd., 1999. p.67.

③ *Panorama of the Defence of Paris Against the German Armies,* Paris: Imprimerie administrative de Paul Dupont,1875.

④ *Panorama of the Siege of Paris,* London: Panorama Company, 1882.

⑤ Bernard Comment, *The Panorama*, London: Reaktion Books Ltd., 1999. p.67.

艺术毫无所知的人们——是逗人的。时不时，在巴黎，那些管理这些全景画的人，也就是扫地工和修理工，能捡起掉在地上的一个个苏而挣到好多零花儿钱。一位观众进来了，此人从未看过全景画，他纳闷面前的画布离他有多远，就从兜里掏出一个铜子儿往画上投过去。铜子太小了，对画造不成甚么伤害，因为在打到画布上后，自然会掉到地上；虽然如此，对这个散漫使钱的人来说，这有一种满足，因为他用切实的方法弄清了：全景画从哪儿开始，在哪儿结束。[①]

纽约的游客用铜钱来测远近，与薛福成"以手扪之"以辨真假，颇异曲同工。据网上资料，此画有 400 英尺长，50 英尺高，在洛杉矶展出时，专请一位教授每次花一小时为游客讲解。根据史料，这幅画在法国展出直到 1890 年为止[②]，也就是说，薛福成写下观感后不久，此画就停止展出了。笔者未查到此画的下落，在全世界范围内，巨幅的全景画以保管不易，存世不多，也许《围攻巴黎》一作早已损毁不存了。

顺便提到的是，《围攻巴黎》这幅全景画，不只吸引了郭嵩焘和薛福成，当时到过法国的许多中国人都曾前往观赏并记录感想。黎庶昌的《西洋杂志》有《布国围攻巴黎油画》[③]，文笔与薛福成不相伯仲。曾纪泽日记云，法人在普法战争失败后，造"大戏馆"（巴黎歌剧院），"又集巨款建置圆屋画景，悉绘法人战败时狼狈流离之象，盖所以激励国人奋勇报仇之志也。事似游戏，而寓意颇深"[④]。上海知名文人袁祖志于光绪九年（1883 年）访问欧洲，作《谈瀛录》五卷，有《战败图》一诗云："绘出当年战鼓音，追奔逐北惨成擒。至今昭示途人目，犹是夫差雪耻心。"其小序云："高筑圆台，周悬画景，绘当年德兵压境时法人战败状，尸骸枕藉，村舍丘墟，形肖逼真，无异临阵作壁上观。其留示后人之意，盖欲永不忘此耻辱云耳。"[⑤]又，托名"局中门外汉"的外交官张祖翼作《伦敦竹枝词》百首，其一云："德法交兵已廿秋，战图犹自遍欧洲。卧薪尝胆原如此，蛮触犹知复国仇。"自注云："德法交战，德入法焚王宫，为城下之盟而还。法人

---

① "The Panorama of a Battle. The Picture of the Soege of Paris", *The New York Times*, September 17, 1882.
② Bernard Comment, *The Panorama*, London: Reaktion Books Ltd., 1999. p.67.
③ 黎庶昌：《西洋杂志》，岳麓书社1985年版，第477—478页。
④ 曾纪泽：《出使英法俄国日记》，岳麓书社1985年版，第164页。
⑤ 袁祖志：《谈瀛录》卷五，光绪辛卯同文书局石印本，第5页。

恨之，为绘一当年战败焚杀之图，筑圆屋而悬之。……凡屯兵之所皆绘此等图，以作士气，不忌讳也。"[①] 以上种种，与薛福成《观巴黎油画记》之"激众愤，图报复"，意思皆近，为一种民族主义的解读。

《围攻巴黎》为纪念普法战争而作，其中的民族主义含义，不言而喻，但这也只是一个方面。全景画是一种大众艺术，冀通过娱乐大众而获致利润，往往为追求纯艺术的艺术家所不屑。本画的展出包括跨国展出，主要是为了门票，而非教育民众。晚清外交官受到它的特别吸引，既是震惊于全景画的壮观而逼真的体验，素所未经，也是一种文化误读。刚从鸦片战争的破残中"中兴"的帝国，又经受了中法战争的考验（薛福成本人就是中法战争中一个关键人物），"战败"和"复仇"成为中国人最敏感的意识，《围攻巴黎》激起一次次强烈的精神共鸣，也就很自然了。

原载于《宁波大学学报（人文科学版）》2014 年第 6 期

---

① 局中门外汉：《伦敦竹枝词》，光绪戊子观自得斋丛书本，第19页。

下　编

一般问题研究

晚清使官的西方戏剧观

晚清国人知道有西方文学，主要是从林纾的翻译小说开始的。然而在此之前，已经有一批特殊的中国人以特殊的方式亲身接触到西方文学，这就是清朝外交官在西方各国剧院里观看西方戏剧。从当时出使人员留下的大量日记与杂记中，可见有许多关于观剧的记载。虽说观剧只是驻外使官的一项社交与娱乐活动，是走马观花的欣赏而非刻意专门的研究，但仔细研究近代使西记中有关西方戏剧的丰富文献，会使我们了解这些使官对西方戏剧的一般看法，从而了解晚清中国人早期对具有异质性的西方文学与文化所持的态度。笔者以为，从某种意义上说，这是对中国人接受西方文学的起点的考察，也是中西比较文学史应该特别注意的问题。

关于晚清使官在西方的观剧活动，历来评价颇低。钱锺书早年所撰写的文章《汉译第一首英语诗〈人生颂〉及其有关二三事》曾评论说，晚清出使西方的外交官从不注意西方文学，"他们看戏，也像看马戏、魔术把戏那样，只热闹热闹眼睛（语出《儿女英雄传》三十八回），并不当作文艺来欣赏，日记里撮述了剧本的情节，却不提它的名称和作者"①。在 20 世纪 90 年代以来的相关论著中，学者们总结晚清在海外的中国人观看西方戏剧后的诸种反应，一是惊叹剧院之华美与演出之规模，为中华所未见；二是诧异西方"艺人"地位高贵，非国内"优人"可比；三是赞美布景之逼真与机关之巧妙，让观众身历其境；四是夸大西方戏剧有提振民族士气之功，呼吁中国的戏曲改良。学者们认为，由于主要关心戏剧的"附加因素"，这些西方戏剧最早的中国观众忽视了戏剧艺术本身，在他们的笔下，"虽然写的是戏剧，但并不关注于戏剧"，他们"对西方戏剧的

---

① 钱锺书：《七缀集》，上海古籍出版社1994年版，第155页。

艺术表演往往不太热心"，"对西方戏剧的题材和主题的介绍，颇为空洞"。[①]

实际上，情形未必完全如此。有两个人的例子可以作为反证。一个是陈季同，一个是张德彝。曾经担任过驻德、法等国使馆翻译官和参赞的陈季同，1886年在法国出版过一部《中国人的戏剧》，该书通过中西比较的方法向西方人介绍中国戏剧，表明他对西方戏剧的知识，已经达到了专业的水平。陈季同的情况比较特殊，在晚清使官中不具有代表性，本文不拟讨论。这里需要特别提到张德彝。从同治五年（1866）作为同文馆学生随同斌椿出洋考察，到光绪三十一年（1905）从出使英、意、比国大臣任上卸职归国，张德彝共八次出国，其在欧美游历、居留与任职的各种活动，都记录在他的七部《述奇》之中（《述奇》名为八部，实第七部述日本之行没有成稿）。其中，《航海述奇》《四述奇》和《八述奇》晚清曾有刊本，为世所见，其他几部则当时没有出版，后来没了下落。1980年，出版家钟叔河访查清人海外载记，在北京柏林寺发现了《述奇》的全部稿本。他十分重视这一发现，在后来主编"走向世界丛书"时，将《述奇》全部收入，然而由于各种原因，实际只出版了其中的前四部，即《航海述奇》、《再述奇》（易题《欧美环游记》）、《三述奇》（易题《随使法国记》）、《四述奇》（易题《随使英俄记》），这是20世纪80年代以来学者们涉及张德彝日记时所参考的主要资料。1997年，北京图书馆将《述奇》稿本全部影印装订成册，定名《稿本航海述奇汇编》公开出版，由于这套书价格昂贵，只有国内几个较大的图书馆有藏。笔者有暇，在南京图书馆仔细检读张德彝《述奇》所载的观剧记录（特别注意没有排印出版的数部稿本），考证他观看了不下14种西方名剧，胪列如下：

---

① 袁国兴：《中国话剧的孕育与生成》，文津出版社（台北）1993年版，第18-29页。袁国兴教授在这部博士论文著作中讨论了"中国人最初怎样看外国戏剧"的问题，学者后来在这方面的论述，基本上承袭了他的观点。参见田本相主编：《中国现代比较戏剧史》第一章，文化艺术出版社1993年版；吴光耀：《西方演剧史论稿》龚和德序，中国戏剧出版社2002年版；孙宜学：《星轺日记对中国戏剧发展进程的影响》，《中国比较文学》1997年第4期；左鹏军：《中国近代使外载记中的外国戏剧史料述论》，《华南师范大学学报（社会科学版）》2001年第2期。另外，孙柏在《戏剧》（中央戏剧学院学报）2004年第3期上发表的《清使泰西观剧录》一文，选取19世纪欧洲戏剧文化的格局与晚清海外中国人对西方戏剧文化的接受这一角度，对这一问题做了新的开掘。但由于所掌握文献的关系，孙文同样没有涉及使官对西方戏剧具体剧目的评论，这使他的文章得出了晚清中国戏剧和西方戏剧"同属于百戏杂剧"、"差异不值一提"的结论，这是笔者不能同意的。

序号	剧目	日记出处	备注
1	《沙皇与木匠》	《再述奇》同治七年四月二十二日（1868年5月14日）	德国洛尔岑所作歌剧
2	《格罗斯坦大公爵夫人》	《再述奇》同治七年五月初六日（1868年6月25日）	法国奥芬巴赫所作歌剧
3	《浮士德》	《三述奇》同治十年八月二十四日（1871年10月8日）	法国古诺所作歌剧
4	《瑞普·凡·温克尔》	《四述奇》光绪三年三月初六日（1877年4月19日）	据华盛顿·欧文同名小说改编
5	《伊凡·苏萨宁》	《四述奇》光绪五年九月二十七日（1879年11月10日）	俄国格林卡所作歌剧
6	《八十天环游地球》	《五述奇》光绪十三年十一月初六日（1887年12月20日）	据凡尔纳同名小说改编
7	《哈姆莱特》	《五述奇》光绪十六年正月初四日（1890年1月24日）	莎士比亚戏剧
8	《威廉·退尔》	《五述奇》光绪十六年正月十五日（1890年2月4日）	席勒戏剧
9	《基督山伯爵》	《六述奇》光绪二十三年四月十一日（1897年5月12日）	据大仲马同名小说改编
10	《美女与野兽》	《六述奇》光绪二十四年正月十三日（1898年2月3日）	童话芭蕾舞剧
11	《马铃之声》	《六述奇》光绪二十四年二月十七日（1898年3月9日）	亨利·欧文主演（兰心剧院）
12	《唐·璜》	《八述奇》光绪二十八年四月十一日（1902年5月18日）	莫里哀戏剧
13	《艾米丽》	《八述奇》光绪二十九年六月初九日（1903年8月1日）	据狄更斯小说《大卫·科波菲尔》改编
14	《罗密欧与朱丽叶》	《八述奇》光绪三十一年五月初六日（1905年6月8日）	莎士比亚戏剧

注：参见《张德彝所见西洋名剧考》，《东方文学研究通讯》2005年第1期

　　如果把张德彝所有的观剧记录都算上，所涉及的剧目要多得多。对以上剧目，他的介绍有的很简，只有区区几十字，有的很详，长达1500余字。在几篇出色的记述里，他不仅记录了人名、地名，详述了剧情，而且颇为精细地摹画了人物的性格、心理和某些戏剧性场面，成功传达了舞台气氛。客观地说，即便张德彝看了《浮士德》而不知道有歌德，看了《威廉·退尔》而不知道有席勒，看了《哈姆莱特》而不知道有莎士比亚，有这么些东西摆在这儿，我们没理由认为张德彝观剧的时候没把戏剧当戏剧看，也不能说他只看到了剧院、包厢和布景，而没有关注戏剧艺术本身。

在晚清使官有关西方戏剧的文献载记中，直接对所观看的戏剧发表意见，确实不多见。就连张德彝《述奇》，也主要是客观记述，议论很少。但如果将众多使官零散分散的记述放在一起，仔细比较，还是可以看出他们对西方戏剧本身的看法。李凤苞《使德日记》云：

> 德都戏剧演故事，有公主在离宫，梦与王孙订婚，醒后不知王孙所在。婢告曰："园外破寺有解梦妪，盍询诸？"而妪实枭神所托，因王毁其寺，方衔之。许公主以明年当送线轴入宫，线成可遇王孙。明日，邻国太子方率女乐来聘，公主未许，而枭神适至，女主及朝臣皆暴死。旋有福神护之，谓百年卧醒，可夫妇相会。极似《牡丹亭》事迹。[1]

此即钱锺书所云"撮述了剧本的情节，却不提它的名称和作者"之一例，原作已不易考。这段写于1878年（光绪四年）底的文字，把中西两部剧放在一起对比，虽然只是只言片语，也许是中国人用"平行研究"的思路进行中西文学比较的最早记录。表面上看，这段话只是客观说明，没有褒贬，谈不上艺术判断；但实际上，这位出使德国大臣之所以在日记中记录这则戏剧故事，全然由于它与中国的某部作品相像，这既引发了他的兴趣，也说明了这部西方作品在他心目中的艺术价值。清廷向西方列国遣使之初，使官对西方文化所知不多，评价也低，李凤苞能注意到西方有戏剧"极似《牡丹亭》"，其首肯之意已寓其中。

这里的关键在于，晚清使官既以中国为依托认识西方社会，也通过中国文学去理解西方戏剧。再举两个例子。光绪十三年八月二十九日（1887年10月15日），出使美、日、秘三国大臣张荫桓在纽约观看了一部"情文并美"的英剧（内容见下），第二天，他用了大约两千字的篇幅补记剧情，之后说，"戏识其略，有能为传奇手笔点缀成文，为义侠者劝，此西剧之可观者也"[2]。光绪二十一年正月二十三日（1895年2月17日），赴俄吊唁沙皇亚历山大三世之丧的专使王之春，在彼得堡皇家大戏院观看了《鸿池》（舞剧《天鹅湖》），当晚他

---

[1] 李凤苞：《使德日记》，王锡祺辑《小方壶斋舆地丛钞》十一帙，光绪十七年上海著易堂本，第365—366页。

[2] 《张荫桓日记》，任青、马忠文整理，上海书店出版社2004年版，第217—220页。

在日记中记述了该剧的剧情、舞蹈与布景，而后写道："至于曲目中节目，则不免近于神仙诡诞之说，与中土小说家言略同。"① 张荫桓和王之春见到的剧目不同，说法当然不一样，但其共同之点，就是在中国文学中为西方戏剧找寻根据。比较而言，王之春说的是个别作品，而张荫桓讲的是一般现象，后者更值得重视。对晚清使官说来，西方戏剧究竟是一种什么样的文学呢？从张荫桓"西剧"使用"传奇手笔"的说法，可以看出端倪。实际上，使官们在西方戏剧里主要看见了中国的传奇文学，而这也是他们对西方戏剧感到兴味的最重要原因。使西载记中不少剧情介绍，其实就是一篇文言传奇，如出使九国大臣戴鸿慈所介绍的《罗密欧与朱丽叶》：

> 有某女郎者，与某男子相悦，情好甚笃，虽未成婚，然固已心许矣。属以小故，两家争斗，女之兄杀其仆。男子继出斗，仓卒遽杀女兄。后虽恼悔，而事已无可如何，遂被黑索羁狱中。于是，婚事万不能就矣。女郎忧愁终日，私相诀行，情甚凄怆。而女父不知其故也，汲汲为择婚。遂开茶会，众美毕集。二八妙妹，争妍斗丽者，不下七八十人。莫不腰约鲛绡，袒胸起舞，鸿惊燕逸，殆移我情。惟女郎已受教某牧师，预服迷药，宴会未毕，卒已兰摧。女父即备棺殡殓，厝葬山庄。男子闻之，出狱往视，不禁伤恸，遽萌短见。归服毒药，拟死坟前。及至茔间，徘徊痛哭，而女子复苏。初，女子所授药牧师，先与期睡三日当复活，女子固未尝死也。相遇如梦，悲欢交集，而男子自以先服毒剂，无可挽回，奄奄待毙。女子情急，亦即以刃自刎。一双情男女，并命俱死。谚有之：好事多磨，中外一致，亦可惨已。②

这段记述虽精确稍欠，而文字工丽，造境清奇，置诸蒲松龄较短的篇目之中，应无愧色。张德彝的许多记述文字，如《浮士德》《瑞普·凡·温克尔》《基督山伯爵》等，也都可作为地道的中国传奇小说来读。事实上，如果我们排除表演等其他因素，单从戏剧作为一种叙事文学的角度考虑，晚清使官这么做也不是没有道理。中国最早出现的真正的小说，是从唐人传奇开始的，唐人传奇

---

① 王之春：《使俄草》，沈云龙主编《近代中国史料丛刊》第7辑第67册，文海出版社影印本，第202—203页。
② 戴鸿慈：《出使九国日记》，岳麓书社1985年版，第383页。

又影响到元杂剧和明清传奇，不论小说也好，戏曲也好，其题材既可以是人间生活，也可以是神仙鬼怪，其笔法都是"传奇"（"作意好奇"与"记叙委曲"①），即讲究虚构与情节，这些恰好与西方的小说和戏剧相通。张荫桓用中国的"传奇手笔"称道西方戏剧，虽然不是对西方戏剧的准确概括，但在一定程度上抓住了它的文学性的特点。

在思想方面，晚清使官对西方戏剧又有何看法呢？还是看几个他们对具体剧目的评论例子。为眉目清楚起见，笔者在每个例子前加小标题，概括宗旨。

1. 西剧"寓感应劝戒之义"

光绪三年三月初六日（1877年4月19日）60岁生日这天，清朝首任出使英、法大臣郭嵩焘在伦敦看了一部剧（内容不详），在当天的日记中，他写下"所演戏微寓感应劝戒之义"②。这是他唯一一次提到所观之剧的主题。

2. 西剧体现"因果报应"

张德彝于光绪二十九年六月初九日（1903年8月1日）应"伶人喀特来"之邀，观看根据狄更斯长篇小说《大卫·科伯菲尔》改编的话剧《艾米丽》的首场演出，回来后在日记中写道："泰西不谈报应。司悌佛（按：Steerforth）触险，恰被哈木（按：Ham）援出而死，岂非天乎。"③张德彝于"报应"一义似乎颇重视，他所记录的《浮士德》《唐·璜》与《马铃之声》都与这一主题有关。

3. 西剧体现"伦常之道"

张荫桓光绪十五年正月二十八日（1889年2月27日）在华盛顿看了一部关于一对孪生兄弟如何"同生共死"的剧，在第二天的日记中，他记述了戏剧的主要内容后写道："西俗伦常之道漠然，此剧殆仅见者，因撮记之。"④本剧中哥哥为弟弟复仇以后，出于对弟弟的思念，不顾母亲开导，"一心求死"，即体现了张荫桓所说的"伦常之道"。但他又评论说："观此足动友于之情，惟知有弟不

---

① 鲁迅：《中国小说史略》，上海古籍出版社1998年版，第44页。
② 郭嵩焘：《伦敦与巴黎日记》，岳麓书社1984年版，第173页。
③ 张德彝：《稿本航海述奇汇编》第九册，北京图书馆出版社1997年版，第415—416页。
④ 《张荫桓日记》，任青、马忠文整理，上海书店出版社2004年版，第365—366页。

知有母，所见犹偏也。"①

4．西剧体现"亡国之祸可畏"

戴鸿慈光绪三十二年二月十五日（1906 年 3 月 9 日）在柏林观剧，演出内容为英国驻印度将领胡作妄为，先是抢夺民女，后又劫夺王后，后被印度"小兵"纵火烧死。戴鸿慈写道："观英将之威恣与印度君臣悚息之状，使人生无限之感。乌乎！亡国之祸，可畏也哉！"②张德彝此前所记的德剧《威廉•退尔》与俄剧《伊凡•苏萨宁》，虽然没有类似议论，但取义相同。

5．西剧"为义侠者劝"

张荫桓光绪十三年八月二十九日（1887 年 10 月 15 日）在纽约看了一部英剧，讲一有钱的富家小姐"妞妮"，父死之后，遭到无赖堂兄"士玷焚"的百般算计与迫害，"幸逢勇士卜碌"援手，通过一系列斗智斗勇，终使其伏法。张荫桓对这部表现"美人、英雄与坏蛋"的剧颇为欣赏，认为"有能为传奇手笔点缀成文，为义侠者劝，此西剧之可观者也"。③

6．西剧体现"富家子弟须历练"

张德彝光绪十六年四月初四日（1890 年 5 月 22 日）在柏林观看的一部剧，内容为一家财万贯的纽约人班得古，因爱歌妓夏烈不果，认为"有钱不如无钱"，遂将财产送给自己的厨子刁那坦，只身出洋作水手。后经过许多艰辛波折，重新收回了自己的财产，不仅得到了夏烈的爱情，也明白了"守财度日之法"。张德彝记后评论说："按此戏并无其事，乃作者提醒富家弟子，不得坐守遗产，仍须学习历练，方可长久而世代显荣也。"④

使西记中能找到的类似例证不少，兹不赘述。照理说，西方戏剧所传达的精神内容，对晚清使官来说是全新的，我们期待他们在观剧的时候，思想上会受到一点启发，发生一点震动。但实际情况，至少在绝大多数人身上，并非如

---

① 《张荫桓日记》，任青、马忠文整理，上海书店出版社2004年版，第365—366页。
② 戴鸿慈：《出使九国日记》，岳麓书社1985年版，第388页。
③ 《张荫桓日记》，任青、马忠文整理，上海书店出版社2004年版，第217—220页。
④ 张德彝：《稿本航海述奇汇编》第六册，北京图书馆出版社1997年版，第372—375页。

此。由上面的例子可以看出，晚清使官心底里对中国传统的"孝悌""因果报应"的重视，对"亡国之祸"的恐惧，对福祸相依、临渊履深人生哲学的信从，统统投射到他们所观看的西方戏剧里，使得他们眼里的西方戏剧大大变形，大大"中国化"了。他们所认识的西方戏剧作品的价值，实际是他们自己的已有观念；在对西方戏剧的肯定中，他们主要确认了自我。

晚清使官也有对西方戏剧的批评性意见。比如上文张荫桓的"西俗伦常之道漠然，此剧殆仅见者，因撮记之"，不仅是对西方戏剧，也是对西方社会与文化的整体上的批评。张德彝在日记里常说所看的戏"平平"，"不喜观"，多半说表演，也有说内容的，有一节日记讲得最清楚：

> 中国妇女重节孝而贱淫妒，故演各戏以教人警人。西国男女之间最重情爱，故大小戏园所演故事或真或假，无往而不讲情爱者。于是男子有因嫉妒而死者，有男女因情而同时自尽者，从未见演孝顺翁姑、随夫殉难、守贞守节、强奸顺奸、害夫背夫等戏者。盖西国儿媳无侍奉翁姑之礼，其他各节，因多见而不为奇也，亦不欲以之警人也。[1]

西方戏剧的主要问题在哪儿呢？张德彝认为爱情戏太多了，缺乏社会教育意义。"重节孝"与"重情爱"的区别，是中国传统伦理与西方近代伦理的区别，由于所持的儒家观点，他对西方的个性解放与爱情自由，颇看不惯，对这些内容在戏剧中的表现，颇不以为然；同时，在西方男女重情爱"多见而不以为奇"的判断中，也流露出了一种自我文化的优越感。巧合的是，张德彝从中国道德的立场批评西方戏剧的滥情，而同治末年游访欧洲的民间人士王芝，则从同一立场出发批判西方戏剧的暴力："入夜观剧，演古时各王创国事。炮铳焰火之声焰，击刺之工，胥逼真，俨然置身壁上，不知为演戏场也。观于此，宜信欧罗巴诸国皆惟屠戮是尚，不第揖让之风非所梦见，欲求得国而不杀人盈城盈野者，亦鲜矣。岂其好杀成性哉！欧罗巴民何不幸若此。"[2] 王芝对西方的了解，远不

---

[1] 张德彝：《稿本航海述奇汇编》第八册，北京图书馆出版社1997年版，第294页。

[2] 王芝：《海客日谭》，沈云龙主编《近代中国史料丛刊》第32辑318册，文海出版社影印本，第229—230页。

如张德彝，他对西方戏剧的知识，几乎是空白，而他对西方的演剧的批评，却和张德彝很相似。

毫无疑问，由于语言障碍、个人兴趣、时代热点等因素的作用，晚清使官对西方戏剧虽有接触，认识却极有限，不管在艺术上，还是在思想上，都难以触及西方戏剧的真髓。今天看来，他们对西方戏剧的观点，不但粗浅，而且充满了"傲慢与偏见"。但是这种傲慢和偏见是有原因的。在西方戏剧精神与晚清使官的信仰之间，存在着深刻的矛盾；不论这些人如何被西方的剧院建筑所震慑，如何被其布景机关所迷惑，如何被其社会凝聚力所吸引，一当涉及思想的内核，他们对中国传统文化的坚定不移的立场就显示出来。由这种情况所决定，晚清使官对西方的戏剧，既抱着欣赏的态度，又保持一定的距离；对剧中的内容，既有同化的策略，又有排异的反应。

当王芝由西方舞台上的战争场面叹息"欧罗巴民何不幸若此"的时候，他不懂得，在虚拟的条件下欣赏人与人的搏杀，是人类的一大爱好；当张德彝讥评西国戏剧"无往而不讲情爱"的时候，他也不会认识到，在舞台上观看人物的恋爱，间接满足了自己的人性本能。他们更不会料到，百年以后，出现了比戏剧更方便、更普及、更有刺激性的东西——电影和电视遍地开花，中国的舞台上演着与"欧罗巴"完全一样的好戏，不仅打斗杀戮样样不缺，男女情爱更是"无往而不讲"。所以，仅仅拿中国眼光看西方戏剧，难以看清西方戏剧现象的究竟。无论东方人看西方，还是西方人看东方，都应该既了解自己，又了解对方，既从自己的立场，又能设身处地从对方的立场看问题，用上两只眼睛。只用一只眼，当然不能全面和公正。但从另一方面说，晚清使官的这一只眼睛还是不能完全否定。不管当时的中国人对西方戏剧有过哪些"误读"，出过什么笑话，至少有一样东西是值得纪念的，即他们说出了最早观看西方戏剧的中国人的感受，书写了中西文化交流的一节历史。在所谓"全球化"的年代，随着中国传统文化的日益流失，中国人自身的文化面目已经愈来愈模糊，如今，观察和批评西方戏剧（乃至西方文学）似乎只剩下了西方意识，中国人自己的眼光，不但在大众中难于寻得，就是在研究领域，也已经很少见到了。这就走到了另一个极端。

原载于《中国比较文学》2006 年第 4 期

当郭嵩焘遭遇白郎宁

——关于晚清中西文学交往的一个问题

一

1878 年 4 月 18 日，英国《利兹水星报》（*Leeds Mercury*）刊载了一条轶事：

新来本国的中国大使颇具文才，或许是马修·普赖尔 ① 以来（利顿爵士 ② 一人除外）几个以诗知名的外交官之一。抵达本国不久，他就表达了一个愿望：与英国大诗人们结识。因白郎宁先生比之于那位桂冠诗人 ③ 更易见，也不那么清高（more a man of the world），某一天人们就安排，让这两位相互接触。听说大使阁下也是一个诗人，互致问候以后，白郎宁先生表示，他想知道大使已经出版了多少作品。"仅三、四卷而已"，大使通过翻译回答。"那么"，白郎宁先生说，"我没阁下那么有自制力，妄作太多了。大使阁下写哪种诗呀？——田园的，幽默的，史诗的，还是什么？"停顿了一会儿。最后翻译说，大使阁下认为，他的诗可形容为"费解的"（enigmatic）。"那样的话"，白郎宁先生回答说，"我们之间就有深切的一致（deepest sympathy between us）了。这正是人们对我的诗的批评，我想这个批评也是恰当的。" ④

① 马修·普赖尔（Matthew Prior, 1664—1721），英国诗人，曾长期在荷兰、法国任外交官，著有《杂事诗》（*Poems on Several Occasions*, 1709）。
② 爱德华·布尔渥—利顿爵士（Edward Bulwer-Lytton, 1803—1873），英国政治家、诗人、戏剧家和小说家，著有《庞贝城的末日》（*Last Days of Pompeii*, 1834）。
③ 这里指丁尼生（Alfred Tennyson, 1809—1892），英国诗人，1850年继华兹华斯成为"桂冠诗人"。
④ "Social Correspondence", *The Leeds Mercury*, April 18, 1878.

"新来本国的中国大使"，就是中国首任驻英公使郭嵩焘。考郭嵩焘日记，1877年3月7日（光绪三年正月二十三日）晚，郭嵩焘参加英国外相德尔比（Earl of Derby）夫人举办的茶会，"男女聚者三百余人"[①]。隔了一天，郭嵩焘写道："有类理爱觉敦者，约为茶会。五十余岁老妪也，在德尔比茶会中一见。是日函约再下一次礼拜一至其茶会。"[②] 3月19日（星期一），郭嵩焘又写道："爱觉敦夫人邀茶会，晤提督马尔铿、诗人白娄霖。"[③] 这是郭嵩焘与白郎宁初次见面的来龙去脉，日记与报纸颇能吻合，证明《利兹水星报》的报道，不是空穴来风。

郭嵩焘与白郎宁谈诗，这是中西文学交流史上富于戏剧性的场面，国内从不知晓。以诗人自居的中国大使，兴致勃勃地要引英国大诗人为同调，却在机智幽默、妙语迭出的白郎宁面前，变得哑火，这是有着促狭鬼习性的英国记者拿中国大使寻开心，以博英国读者的一粲；也是英国人讲给英国人听的故事，言外之意，中国的"诗人"称不上诗人，英国的诗人才是诗人。

郭嵩焘算不算诗人？清代以前，读书人作诗是普遍现象，不像在西方，诗人和演员类似，只是少数人的专能。因此在中国，会写诗的未必称得上诗人，要看具体情况。据郭嵩焘自记，他"生平作诗多散佚，不自存录"，"自三十六七以前，岁常得诗数十首，而失佚为多"。[④] 咸丰丙辰（1856年）39岁时，郭嵩焘曾将保存的诗检录出来，厘为九卷，去世后刻印的《养知书屋诗集》，更达到十五卷。钱锺书先生说，郭嵩焘的诗和古文不愧名家[⑤]。写得多，又写得好，这样看来，在西方的意义上，郭嵩焘也是一个诗人了，虽然他在晚清诗人中的地位，不能和白郎宁在维多利亚诗人中的地位相提并论。但在郭嵩焘自己，却未必愿意争"诗人"的名头。《养知书屋诗集·自序》云："予自三十六七以来，遂废诗文之业。盖谓今之为诗文者，徒玩具耳，无当于身心，无裨于世教，君

---

①　郭嵩焘：《伦敦与巴黎日记》，岳麓书社1984年版，第125页。

②　郭嵩焘：《伦敦与巴黎日记》，岳麓书社1984年版，第126页。

③　郭嵩焘：《伦敦与巴黎日记》，岳麓书社1984年版，第135页。

④　郭嵩焘：《养知书屋诗集》卷九，沈云龙主编《近代中国史料丛刊》第16辑第152册，文海出版社影印本，第1774页。

⑤　钱锺书：《七缀集》，上海古籍出版社1994年版，第154页。

子固不屑为也。"① 不屑于诗歌为什么还要去结识英国诗人呢？也许是对诗本不能忘情，以至于到了英国还常在梦里作诗②；抑或想了解，西方人的诗，是否与中国诗不同而更有意义？

不管怎么说，郭嵩焘是诚心想了解诗人白郎宁的，白郎宁却没把诗人郭嵩焘放在眼里。看报上的文字，白郎宁对郭嵩焘，表面上惺惺相惜，骨子里却尖酸刻薄。说自己妄作多，又说自己不自制，实际是说自己才气盛，这种拐弯抹角的自夸，以及话里有话的揶揄，从翻译那里，郭嵩焘能听懂多少呢？问郭嵩焘做的究竟是哪类诗。回想自己做过的那些古体、近体诗，那些感时伤世、赠答唱和的五言、七言诗，用西方文学的标准，不是田园的，也不是幽默的，更不是史诗的，简直什么都不是，郭嵩焘又能说什么呢？所谓"费解"，揣摩当时情景，大概郭嵩焘意指自己的诗很难跟白郎宁说清楚，而郭嵩焘的回答，被白郎宁巧妙引用③，用一语双关的"sympathy"，结束了一场尴尬的会面。《利兹水星报》的报道被贝尔法斯特的一家报纸转载时，加上了一个题目"一对诗人"④—— 一对不成比例的诗人：一个是才气横溢的智者和演说家，一个是结结巴巴、词不达意的乡下佬。遭遇英国诗人白郎宁，中国诗人郭嵩焘"失语"了。

在晚清使臣中，郭嵩焘对"西学"最热心，学习最刻苦，五六十万言的出使日记，就是明证。在以往的印象中，我们认为郭嵩焘主要关心西方的科学技术，以及工商、政教、法律、新闻等社会制度，对文学艺术则不甚关心。现在看来，这个判断过于绝对了。郭嵩焘对西方文学还是希图了解的，虽然不一定像对声光化电那样愿望强烈。但是，由于语言不通，缺乏文化基础，西方文学对于他，远没有科学试验那样直观，那样易于接受和理解。我们不知道，在白郎宁身上碰壁以后，在别的诗人身上，郭嵩焘是否尝试过同样的沟通。但即使有，相信效果也不会理想。不然的话，在他无所不记的日记中，我们就应该不仅读到科

---

① 郭嵩焘：《养知书屋诗集》"自序"，沈云龙主编《近代中国史料丛刊》第16辑第152册，文海出版社影印本，第1509页。

② 郭嵩焘曾自问："二十年不乐为诗，从不以置怀，而梦中往往得句，何也？"见郭嵩焘：《伦敦与巴黎日记》，岳麓书社1984年版，第183页。

③ 白郎宁的诗以晦涩见称，见C. H. Herford, *Robert Browning*, New York: Dodd, Mead & Company, 1905, Preface, Ⅶ.

④ "A Pair of Poets", *The Belfast News-Letter,* April 22, 1878.

学理论、政坛动向、报纸新闻等，也应该读到文学家的高论。郭嵩焘后来又有
两次见到白郎宁①，游苏格兰时，见到拜伦对卜鹿阿瀑布的题咏，在格拉斯哥，
看到街头司各特的雕像②，在瑞士莱蒙湖，见到卢梭和拜伦的题咏③，这些他都一
笔带过，或止于记下诗人的名字而已④。但是记下名字，已经表示郭嵩焘对西方
诗人和文学的关注，再进一步，则是"非不为也，是不能也"了。

二

白郎宁对中国诗人大使的漫不经心的讥诮，不仅是个人性格的问题，更是
时代精神的一种反映。启蒙时代欧洲的"中国热"，到18世纪末发生了逆转。
马戛尔尼使团访华归国后发表的一批文献，严重影响了欧洲人对中国的好感。
19世纪两次鸦片战争中，大清帝国之不堪一击，使耶稣会士为这个东方古国编
织的五彩光环，片时消散。除了新教传教士发愿用福音"拯救"中国人，以及商
人们关注对华贸易，一般人对中国的兴趣，已经一落千丈。而西方人对中国文
化的评价，自感上当受骗之后，也从无限的好奇和憧憬，一变而为极端的卑视。
从商人受限制、传教士被驱逐、外交官遭凌辱的种种报告，西方人早就知道中
国的皇帝和人民把他们看成野蛮人，现在，中国的落后、无能，西方的文明、
进步，已经证实，轮到西方人带着报复的快感说：瞧，我们都是绅士，中国人
才是真正的野蛮人呢！英国文豪德·昆西在题为《中国》的小册子里说，耶稣会
士之于中国人，好比魔法师普洛斯彼罗之于丑陋而凶顽的野人凯立班，只不过
莎士比亚的凯立班踢一下就乖了，中国的凯立班却让一连串的普洛斯彼罗遭到
迫害⑤。德·昆西是对华战争的狂热支持者，鼓吹用武力"教训"中国，但更多的
西方人包括在华传教士，则不主张"教训"，而主张"教育"。教育意味着文化的
等级差别。《北华捷报》（The North-China Herald）1871年的一篇文章说，"西
方国家的责任，同时也是利益，就是要向中国人展示我们在道德和知识上的优

---

① 郭嵩焘：《伦敦与巴黎日记》，岳麓书社1984年版，第232、237页。
② 郭嵩焘：《伦敦与巴黎日记》，岳麓书社1984年版，第765页。
③ 郭嵩焘：《伦敦与巴黎日记》，岳麓书社1984年版，第892页。
④ 本书作者对这些陈述和观点后来有所修正，参见本书收录的《郭嵩焘与西方文学》一文。
⑤ Thomas De Quincey, *China,* Edinburgh: James Hogg, 1857, pp.11-12.

越，这是显而易见的"①。西方人的优越感，是他们向中国输出文化的一个动力，但是，过度的优越感，又会阻障这种文化输出。因为这里有一个悖论：中国人头脑和文化落后，是需要教育的；但是，中国人头脑和文化如此落后，能配得上他们需要接受的教育吗？鸦片战争后几十年的时间里，西方人对中国人接触、学习西方文化，尤其是文学艺术这样高级的东西，总要带上几分犹疑、不信任甚至轻蔑。不特郭嵩焘，晚清外交官许多人都有此遭遇。

1866 年，总理衙门派斌椿率同文馆学生随海关总税务司赫德赴欧洲游历，这是清政府派往西方的第一个考察团。为英国驻华公使阿礼国作传的笛臣（Alexander Michie）说，斌椿在英国时，参观了所有西方人看来绝妙的东西，但是，他欣赏不了科学的成就，就像某个到英国的南非祖鲁人，只能欣赏动物园里的大象；或某个苏格兰女人，在大英博物馆参观一圈之后，印象最深的，却是大门口的垫子②。四年以后，蒲安臣使团在两位中国使臣志刚、孙家谷率领下返回上海，《北华捷报》刊登评论分析两位使臣的收获，认为他们对西方的先进，尤其在物质的发达方面，将印象深刻，但同时又说："我们的不易感知的优势，诸如我们在文学、艺术、科学上的成就，我们的全部法律系统——使正义当道腐败摒迹，我们的财政系统、代议政府和极端重要的新闻自由，所有这些，以及其他从混乱无序中产生的可佩的进步，对两位使臣来说，在很大程度上是无法领会的。……至于我们的文学、艺术和科学，对这些高人一等的人，这些继承了尧和舜的光荣传统的人，只是微不足道的虚荣，需要它们做什么呢？"③郭嵩焘到英国后不久，在文学基金会的酒会上，在主持者向"其他国家的文学"祝酒之后，代表"其他国家"发表演说，有人在《体育时代》（*Sporting Times*）周刊上表示不屑：只能说几句让人笑死的洋泾浜英语的中国公使，配谈文学吗？④驻英法公使曾纪泽一次参观伦敦皇家工艺馆，顺便听了几段《哈姆

---

① "Methods of educating the Chinese", *The North-China Herald and Supreme Court & Consular Gazette*, September 8, 1871.

② Alexander Michie, *The Englishman in China during the Victorian Era, as Illustrated in the Career of Sir Rutherford Alcock*, Volume Ⅱ, Edinburgh: W. Blackwood & Sons, 1900, p.137.

③ "The Return of the Burlingame Mission", *The North-China Herald and Supreme Court & Consular Gazette*, October 25,1870.

④ "Notes", *The Sporting Times*, May 12, 1877.

莱特》的朗诵①，《地方绅士》杂志表示好奇："在中国大使曾侯爵身上，我们看到了一个最有雄心的中国佬。就在几天前的一个晚上，他和侯爵夫人以及全体随员，在工艺馆聆听了《哈姆莱特》的一些片段。这位杰出的外交官会怎样想哈姆莱特、朗诵者和观众呢？只有那些能读到大使珍藏的、用塔型字（pagoda-shaped characters）写就的日记的人，才能知道。"②《笨拙》（Punch）杂志提到一位中国大使，他讨好一个戏剧家说，自己有一个强烈的愿望，就是每晚都看这个戏剧家写的一出戏，连续看上一千年！可惜这出戏恰恰是剧作家写得最乏味的③。有趣的是《开心鬼》（Funny folks）杂志的一套漫画。漫画是根据一个传言做文章的，据说曾纪泽向英国剧院的经理们建议，派一个演出团到北京演出莎士比亚戏剧，经理们已经接受了这个建议。漫画家设想，若是这次演出最终不能实现，中国本土的剧团会不会组织起来，用他们的洋泾浜英语来表演西方戏剧呢？《开心鬼》的漫画中，中国演员滑稽之至：头顶辫子，身着补服，姿态夸张，发音尤其可笑：把哈姆莱特见到父王鬼魂来临时说的 "Angels and ministers of grace, defend us！" 说成 "Angels and millsters of glace defendee us！"，把玛格丽特在花园与浮士德散步时的自言自语，"He loves me —— he loves me not！" 说成 "He lovee me, he lovee me nottee！"。④中国人演出莎剧，已经难以想象；翻译莎士比亚，就更不可思议了。从郭嵩焘任驻英公使起，就传出中国人将翻译莎士比亚戏剧的消息，十年后最耸动的传闻，则说中国皇帝已经颁旨，要将莎士比亚作品翻成中文，供王子们学习。《北华捷报》1888年9月的一篇文章《中文的莎士比亚》说，即使让同文馆教习丁韪良来翻译，也只能译出培根的筋脉（vein）⑤，而不能译出其肌肤（rind）。因为莎士比亚诗歌的出奇的想象力、深刻的洞察力与绕梁的音韵美，统统是汉语无法表达的："由笨拙的五个或七个

---

① 曾纪泽光绪六年五月初七日（1880年6月14日）记："戊戌，偕内人、仲妹率儿女至格致书院，观光学戏剧及映画画幅、水轮机器。"（曾纪泽：《出使英法俄国日记》，岳麓书社1985年版，第340页）这里的"观"，核下文所引英国报纸，应该是"听"。但报纸言"全体随员"，非是。

② "The Man about Town", *The County Gentleman, Sporting Gazette and Agricultural Journal,* June 19, 1880.

③ "Gaiety – More or Less", *Punch,* December 20, 1884.

④ "Marquis Tseng and the Old, Old Song: The Improvement of China", *Funny Folks,* February 5, 1887.

⑤ 指莎士比亚戏剧为培根所作，含有隐晦的内容。1887年，美国人伊格内修·多纳利（Ignatius Donnelly，1831—1901）出版《伟大的代码》（*The Great Cryptogram*）一书，提出莎士比亚戏剧真正作者为弗兰西斯·培根的理论，一时信从者很多，本文作者亦主此说。

音节组成一行的汉语诗，能传达出鲍西娅呼吁仁慈的庄严而流畅的意味吗？我们以为不能。号称中国诗歌的那种对仗，也许翻译民谣和回旋诗（rondeau）还差不多，要用到莎士比亚身上，唉！"[1] 丁韪良说，中国有自己的加里克与肯布尔，但没有希登斯或伯恩哈特[2]，"最糟糕的是，从来没出过一个莎士比亚。没有几个戏有什么文学上的优点，而且，这些剧就像私生子那样，生也好，死也好，都是不被其作者承认的。对中国人来说，真正的莎士比亚是培根的理论，没什么不可思议"[3]。1890 年 2 月，《北华捷报》又有一篇文章，讨论把什么样的西方文学翻给中国人好：

真实的情况是（这也是各类传教差会应放在心上的），如此隔绝的一个文明，像我们在此发现的，在成功嫁接成熟的西方拥有的观念以前，需要特殊的准备。在中国能品味加尔文教与长老教的区别以前，或理解豪威尔斯先生更青睐简·奥斯汀而非萨克雷的小说以前，必须从最初的东西开始，修奥古斯丁和薄伽丘的课。当我们的翻译出版公司组建以后，应该从早期意大利小说开始（也许需要做点删节），进至荷拉斯·沃普尔喜欢的较简单的传奇。但《一千零一夜》一定要是第一批翻译的作品（《十日谈》以后）之一。如果这部小说（阿拉丁一定要排除）也没人看，我们就要做出结论：中国人的趣味不值得我们教育，别再梦想出版二十四"套"的 Sse-ko-the（按：司各特，这里模拟"Scott"的汉语发音）或 Ti-kien-sse（按：狄更斯，笔意同上）全集。[4]

这里无意说，当时西方所有的人都不看好中国。喜欢、同情中国人的外国人是有的，尊重和热爱中国文化的人也是有的，但毕竟是少数。钱锺书先生早年撰写的《十七至十八世纪英国文学中的中国》一文中说："自从马戛尔尼爵

---

[1]　"Shakespeare in Chinese", *The North-China Herald and Supreme Court & Consular Gazette*, September 15, 1888.

[2]　前二人代指著名的男演员，后二人代指著名的女演员，见丁韪良：《花甲忆记》，沈弘等译，广西师范大学出版社2004年版，第43页注释。

[3]　W. A. P. Martin, *A Cycle of Cathay or China, South and North*, New York: Fleming H. Revell Company, 1897, p.72.

[4]　"Western literature for China", *The North-China Herald and Supreme Court & Consular Gazette*, February 7, 1890.

士出使中国，汉学在英国已成为一项专门的学问，专门化的代价则是，专业学生对习学的科目所知愈多，公众对它的关心就愈少。"① 因此，当理雅各（Jame Legge）一部接一部翻译出版《中国经典》，当翟理斯（Herber Allen Giles）慨叹英文翻译较汉文原著如月之比日、水之比酒之时②，一般英国人瞧不起中国文化，或一知半解的"中国通"们对中国无知妄说，二者之间并不矛盾。

晚清使臣因为接触或没有接触西方文学而遭挖苦，他们自己是否知情，或做出什么反应，笔者没有发现这方面的资料。但阅读使臣的日记，或国外报章的报道，能够看出他们大多具有一种边缘文化的意识，认识到在西方环境中，自己所代表的中国文化不被重视和理解。他们的应对策略，就是与西人打交道的时候，显示出较超脱的姿态，既尊重对方的文化，也强调中国的文化。这是一种近于今天所说的文化多元主义的立场。曾纪泽在福克师登（Folkstone，今译福克斯通）小镇为他举办的欢迎会上的致辞，很能体现这一姿态：

> 在科学和艺术方面，我们已经从你们身上学到很多，将来要学的更多。但是，你们就没什么要向我们学习的吗？如果这样说，就是否认进步这个东西的存在，就是否认进化的伟大法则，上年从你们中登遐的那位大自然的伟大门徒③，精彩地阐述了这一法则。（听众赞叹）没有哪个民族会经历那么多世纪的生存和奋斗——这些已记入汉民族的历史——而不拥有一些值得记忆的东西，并把从自然（the field of Nature）得来的收获留给后代。你们的学者做了很多工作重建巴比伦、尼尼微、赫利奥波利斯的历史，但在中国文学、中国古迹方面，几乎什么都没做。我坚信，当你们的学者将来探索这些东西，会发现这里蕴涵着丰富的宝藏，是你们的哲学所不曾梦见的。④

中国文化的价值，本自具足，用不着达尔文的进化论来证明。曾纪泽援引进化论，既显示了主动与西方人交流的姿态，也显示他对中国文化在西方人心

---

① 钱锺书：《钱锺书英文文集》，外语教学与研究出版社2005年版，第263页。

② Herbert A. Giles, *Gems of Chinese Literature*, London: Bernard Quaritch, 1884, Preface, p.V.

③ 意指英国博物学家、《物种起源》的作者达尔文（Charles Robert Darwin, 1809—1882）。

④ "Reception of the Chinese Ambassador", *The Times,* October 15, 1883.

目中无足轻重的地位，十分明了。作为中国大使，他关于西方人要学习中国文化的呼吁，放到十八世纪，必会激起热烈的反响，但在当时，却只能听到空洞的回声，或一两句冷嘲。

三

1898 年以前，翻译、介绍到中国的西方文学作品，十分稀少。外国传教士完整翻译的作品，只有《伊索寓言》《天路历程》等两三部，而翻译这些作品的目的，又旨在传教，而非文学。至于中国人翻译的西方文学作品，也只有《昕夕闲谈》等区区六七部小说，且多是片段，诗歌亦寥寥可数。很明显，晚清时期西方文学之输入中国，是十分缓慢、艰难的。

对这种不理想的状况，国内学者主要拿一个观点来解释，那就是有机会接触外国的中国人的文化自大。钱锺书的著名文章《汉译第一首英语诗〈人生颂〉及有关二三事》说，晚清使臣虽以诗文自命，却"'只扫自己门前雪'，把隔了一垛语言墙壁的西洋诗文看成'他家瓦上霜'，连捡起一点儿道听途说的好奇心都没有"；他们对西方世界的林林总总，都加意采访或观察，"只有西洋文学——作家和作品、新闻或掌故——似乎未引起他们的飘瞥的注意和淡漠的兴趣"[1]。为了把这个观点贯彻到底，钱氏还分析了身为外交官而谈西方文学的两个特例。一个是驻德公使李凤苞。钱先生认为，李凤苞《使德日记》里提到歌德，其实是"现任的中国官通过新死的美国官得知上代的德国官"[2]，对诗人本身则没有真正的兴趣。另一个是多次出洋的张德彝。钱先生说，这位同文馆出身的高才生，在日记里"甚至街巷的新事趣闻，他也谈得来头头是道，就只绝口不谈文学，简直像一谈文学，'舌头上要生碗大疔疮'似的"。他的出使日记讲到了《格利佛游记》，却幼稚地用人类学资料证明"小人国"的不妄，显然对小说的真意毫无领会。[3]

晚清亲历西方的中国人往往有文化上的优越感，因之无视西方亦有文学的

① 钱锺书：《七缀集》，上海古籍出版社1994年版，第154—155页。
② 钱锺书：《七缀集》，上海古籍出版社1994年版，第155—156页。
③ 钱锺书：《七缀集》，上海古籍出版社1994年版，第156—157页。

存在；或汲汲于增长办"洋务"的才干，而无暇于西方的文学艺术，这是基本倾向，是毋庸讳言的。但"晚清外交官对西方文学没有好奇心"的观点，则过于绝对。就李、张二人而论，李凤苞不光在《使德日记》提到过歌德，他还在德国有名的杂志《德国评论》上发表过《中国诗歌的历史》一文，这篇以德文写成的文章，固然主要谈杜甫、王维和李太白，却也提到了"欧洲的贺拉斯和维吉尔"；说到《诗经》时，也把它和古希腊诗歌作了比较①。这个例子使我们相信，李凤苞对诗人歌德，以及一般西方文学，应该有真正的兴趣。至于张德彝，笔者曾经检读张德彝的七部《述奇》，考证他至少记录了不下十四种西方名剧，从最初将西洋剧与中国戏混同，到慢慢辨识出西方戏剧的独立特点，从最初对布景、歌舞、服装、扮相等技术因素的兴趣，到后来对人物的复杂性、情节的曲折性和场面的戏剧性等文学因素的欣赏，张德彝对西方戏剧的认识，远远超过了"热闹热闹眼睛"的程度②。还有两个例子：陈季同和罗丰禄。他们同是出自福建船政学堂的外交官。"陈季同将军"在法国颇知名，他用法文撰写的、站在中国人立场讨论中西文学与文化的著作，别具风味，传诵一时③。罗丰禄西方文学修养很高，担任驻英公使期间，常用英语发表演说而赢得满堂喝彩，其演讲辞也常被报刊登载。以笔者所知，曾纪泽喜读英诗、喜观莎士比亚戏剧，张荫桓、王之春、戴鸿慈在日记中都记载过西方戏剧。这些事实，连同上文援引的郭嵩焘向白郎宁问诗的例子，都说明对西方文学，晚清外交官并非不能发生一定的兴趣。

兴趣归兴趣，毕竟，晚清到西方各国出使、旅行、考察、留学的人员太少了，其中能阅读西方文学的人更少而又少，就算个别人动念向国内介绍西方文

---

① Li-Fong-Pao, "Zur Geschichte der Chinesischen Poesie", *Deutsche Revue über das gesamte nationale Leben der Gegenwart,* Oktober 1882. 实际上，《中国诗歌的历史》并非李凤苞所写，而是陈季同抄袭法国汉学家德理文之作，详见本书所收《陈季同"中诗西传"的历史真相与价值重估》一文。

② 尹德翔：《东海西海之间——晚清使西日记中的文化观察、认证与选择》，北京大学出版社2009年版，第六章第三节。

③ 由孟华、李华川主编的《陈季同法文著作译丛》（广西师范大学出版社2006年版），收入了陈季同撰写的《中国人自画像》《中国人的戏剧》《吾国》《中国人的快乐》《巴黎印象记》等五部作品。关于《中国人自画像》和《中国人的戏剧》两部书的著作权，陈季同和法国人蒙弟翁（Faucoult de Mondion）曾起过争议，但陈季同有能力独立完成这些作品，则不可否认（见李华川：《晚清一个外交官的文化历程》，北京大学出版社2004年版，第27—35页）。笔者关于陈季同及其法文著作有重大发现，详见待出版的《近代中西文学关系新论（1840—1898）》一书。

学，以诸般条件之不备，终不免有心而无力，这是无法苛求前人的。

笔者以为，晚清时期西方文学之输入，成就甚微，也要从外国人身上找原因。需要指出，西方传教士和清政府官方机构以及民间力量一道，构成了 19 世纪后半叶西学输入的基本主体。正是在这一时期，传教士在中国的文化活动最为活跃。从道理上说，当时的西方人更有理由、也更有条件向中国人介绍他们的文学。毕竟传教士、汉学家更了解西方文学的价值，他们对中国文化的深入程度，也非中国外交官、留学生对西方的了解所能比拟。然而遗憾的是，数十年之中，除英国传教士艾约瑟（Joseph Edkins）1857 年发表于《六合丛谈》上的几篇文章（《希腊为西国文学之祖》《希腊诗人略说》《罗马诗人略说》《和马传》），罕见外国人有意识向国内介绍西方文学的事例。他们选择向中国传布的西学，基本限于自然科学、军事科学、工艺技术，以及法律、外交之类应用性较强的社会科学，而将文学艺术排除在外。这与中国官方和民间对西学的选择，有惊人的一致性。这是一种双向的误解：中国人认为，中国有自己的文化，只需要吸收西方"形而下"的东西，不需要西方的哲学、文学和艺术；西方人则认为，中国人的"野性的思维"，只能接受西方的物质文化，接受不了高级的精神文化。相形于山聚海积般的西方科技与实用知识翻译，西方文学的翻译介绍几乎是空白，这种局面，不是西方传教士和中国人"合作"的结果吗？

晚清西方文学输入中国之艰难，不全是中国一方的问题，西方人出于文化上的优越感，既不主动向中国翻译和介绍西方文学，也轻蔑地看待中国人接触西方文学，应亦是原因之一。无论居高临下的嘲讽，或倦于"启蒙"的矜持，都是对中国文化的卑视、对中国人能力的卑视。在如此冷漠的氛围中，海外中国人对西方文学的一点好奇的星火，怎么能烧得起来呢？

文化的傲慢往往是相互的。钱锺书在《汉译第一首英语诗〈人生颂〉及有关二三事》中，指摘晚清人物无知自大，把西方人看作语不可晓的殊类，轻蔑有加，实际上，当时西方人对中国人的轻蔑，正与此相埒。十余年来，国内学者一直在讨论中国文论的"失语症"问题，笔者以为，在宽泛的意义上，"失语"的现象，不仅表现于中国文论之于西方文论，上溯至 19 世纪，也表现于中国文学之于西方文学，乃至中国文化之于西方文化。"失语"的本质是文化沟通的不平等。郭嵩焘在白郎宁面前的"失语"，不过是文化不平等沟通的戏剧化。跨文化交流需要相互的理解和尊重，遗憾的是，在近世中西交往的历史中，我们见证了太多的偏见、歧视和不平。这些，铸成了近代中西文学交流史上坚硬的结节。

本文引用的一些文献得之于英国剑桥大学图书馆，作者对王宽诚教育基金会的资助谨致谢忱。

原载于《文艺理论与批评》2011 年第 3 期

晚清使臣与西方文学

——对钱锺书先生一个学术观点的修正

晚清使臣与西方文学的关系，钱锺书先生的一篇英语文章《郎费罗〈人生颂〉的早期中文版》，始有涉及①。三十余年后，作者用汉语重作了这篇文章，题名"《汉译第一首英语诗〈人生颂〉及有关二三事》（以下简称《二三事》）"②，增加了不少相关的笔墨。从英语文章到汉语文章，作者征引更广，辨析更细，但基本的观点，即认为晚清使臣对西方文学没有好奇心，甚少言及，则一仍其旧：

不论是否诗人文人，他们勤勉地采访了西洋的政治、军事、工业、教育、法制、宗教，欣奋地观看了西洋的古迹、美术、杂耍、戏剧、动物园里的奇禽怪兽。他们对西洋科技的钦佩不用说，虽然不免讲一通撑门面的大话，表示中国古代早有这类学问。只有西洋文学——作家和作品、新闻或掌故——似乎未引起他们的飘瞥的注意和淡漠的兴趣。他们看戏，也像看马戏、魔术把戏那样，只"热闹热闹眼睛"（语出《儿女英雄传》三十八回），并不当作文艺来观赏，日记里撮述了剧本的情节，却不提它的名称和作者。③

晚清使臣往往有一种中国文化的优越感，无视西方亦有文学的存在；同时，受洋务思想的影响，往往将眼光投注于工商科技等实用性的事物，无暇顾及文学艺术，这些情况是客观存在的，但也只是从一般倾向上说。还有不少例外的

---

① Ch'ien Chungshu, "An Early Chinese Version of Longfellow's Psalm of Life"，收入杨绛编《钱锺书英文文集》，外语教学与研究出版社2005年版。
② 钱锺书：《汉译第一首英语诗〈人生颂〉及有关二三事》，《外国文学》1982年第1期。此文后来又经作者改定，收入钱锺书：《七缀集》，上海古籍出版社1994年版。
③ 钱锺书：《七缀集》，上海古籍出版社1994年版，第154—155页。

情况，值得注意。笔者多年研读晚清使臣的日记，在剑桥大学亚洲与中东研究学院从事学术访问期间，略有一些资料上的收获，在此基础上撰写此文，试对晚清使臣与西方文学的关系这一题目，再做探讨。

一、郭嵩焘与西方文学

郭嵩焘是晚清首任驻英公使，也是清廷向西方国家派出的首任驻外公使。1877年8月11日，郭嵩焘应邀出席英国出版家卡克斯顿（William Caxton）纪念会，得知两位著名的作者："一为舍色斯毕尔，为英国二百年前善谱出者，与希腊诗人何满得齐名。……其时有买田契一纸，舍色斯毕尔签名其上，亦装饰悬挂之。其所谱出一帙，以赶此会刻印五百本。一名毕尔庚，亦二百年前人，与舍色斯毕尔同时。英国讲求实学自毕尔庚始。"[1]"舍色斯毕尔"即莎士比亚，"何满得"即荷马，"毕尔庚"即培根。这是郭嵩焘日记中第一次提到莎士比亚。过了一年多，郭嵩焘提到观看莎剧，"是夕，马格里（按：使馆翻译官 Halliday Macartney）邀赴来西恩阿摩戏馆，观所演舍克斯毕尔戏文，专主装点情节，不尚炫耀"[2]。这是郭嵩焘对莎士比亚戏剧的唯一评论。

晚清使臣及其随员到欧洲以后，一个最大的乐趣，就是成群结伴到剧院看戏。即使语言不通，内容不甚了了，却仍可通过演员、服装、布景以及光电效果而大饱眼福。和其他外交官不同，郭嵩焘恰恰不喜欢看戏，一则日记云："生平不喜戏局，三十年未一临观，至伦敦以友朋邀请，五至戏馆。此邦君民相为嬉游，借此酬应，不能相拒，意甚苦之。"[3]在传统中国士大夫心目中，戏曲只是消遣嬉戏的玩具，郭嵩焘为人严肃，专注事功，不喜看戏，是他的个性的结果。由于看不出西方戏剧与中国戏曲有何本质的不同，他的眼中，外国人看戏同样只是寻开心、看热闹而已，没有什么社会意义。他给莎剧的评语"专主装点情节，不尚炫耀"，试图从"热闹"的反面理解莎士比亚的高明之处，已是积极性的评价了。

[1] 郭嵩焘：《伦敦与巴黎日记》，岳麓书社1984年版，第275页。
[2] 郭嵩焘：《伦敦与巴黎日记》，岳麓书社1984年版，第873页。
[3] 郭嵩焘：《伦敦与巴黎日记》，岳麓书社1984年版，第192页。

郭嵩焘对英国人的戏剧不感兴趣，对诗歌却不然。1878年4月18日，英国《利兹水星报》（*Leeds Mercury*）刊载了一条轶事：中国大使郭嵩焘有意与英国诗人结识，经中间人安排，遂与英国诗人白郎宁见了一面①。郭嵩焘与白郎宁谈诗，这是中西文学交流史上珍贵的材料，国内似乎从不知晓。"嘤其鸣矣，求其友声"，中国的诗人大使主动寻求结识英国诗人，本是一件美事，不料见面以后，沟通不畅，面对白郎宁的提问，郭嵩焘几乎不知所云。难怪郭嵩焘与白郎宁第一次见面之后，仅在日记中提到"爱觉敦夫人邀茶会，晤提督马尔铿、诗人白娄霖"②，其他未着一字。郭嵩焘的例子说明，晚清使臣并非一例对西方文学淡漠，但如果不懂外语、又没有西方文化基础，将遇到难以克服的理解上的障碍。毕竟西方文学远没有科学试验、社会制度那样直观，那样容易把握。这就是为什么郭嵩焘日记中有无量声光化电、工商政教的内容，而关于西方文学的记述，则屈指可数。

郭嵩焘后来两次再见白郎宁③，游苏格兰时，见到拜伦对卜鹿阿瀑布的题咏，在格拉斯哥，见到街头司各特的雕像④，在瑞士莱蒙湖，见到卢梭和拜伦的题咏⑤，这些，他都一笔带过，或止于记下诗人的名字而已⑥。东归途中，有外国人送给郭嵩焘几本读物，包括凡尔纳的小说《八十天环游地球》，他对其中的科学内容感到兴味，但"以其语涉无稽，仍发还之"⑦。这一反应，和他讲求实际、不愿去"戏馆"差不多。在船上读英人高第丕所著《古国鉴略》⑧，郭嵩焘记录了荷马史诗的内容，但错把诗当成了历史；提到"奥非吴、木西吴、希西吴"等几位古希腊诗人的名字，又强调"奥非吴有一诗论地动，其时已有此论"⑨。以笔者

① 尹德翔：《当郭嵩焘遭遇白郎宁——关于晚清中西文学交往的一个问题》，《文艺理论与批评》2011年第3期。
② 郭嵩焘：《伦敦与巴黎日记》，岳麓书社1984年版，第135页。
③ 郭嵩焘：《伦敦与巴黎日记》，岳麓书社1984年版，第232、237页。
④ 郭嵩焘：《伦敦与巴黎日记》，岳麓书社1984年版，第765页。
⑤ 郭嵩焘：《伦敦与巴黎日记》，岳麓书社1984年版，第892页。
⑥ 关于以上事实，笔者重做考证，有了新的结论。参见本书所收《郭嵩焘与西方文学》一文。
⑦ 郭嵩焘：《伦敦与巴黎日记》，岳麓书社1984年版，第922页。郭嵩焘在此并介绍了凡尔纳的另外两部小说——《月界旅行》《地心游记》。
⑧ 《古国鉴略》的作者高第丕实为美国传教士。参见本书所收《郭嵩焘与〈古国鉴略〉》一文。
⑨ 郭嵩焘：《伦敦与巴黎日记》，岳麓书社1984年版，第946页。"奥非吴"即俄尔普斯（Orpheus），"木西吴"即缪塞俄斯（Musaeus），"希西吴"即赫西俄德（Hesiod）。详见本书所收《郭嵩焘与〈古国鉴略〉》一文。

的理解，郭嵩焘本想多了解西方诗歌的，但因为其中的困难，只能薄涉浅尝，点滴记录他所能理解的东西了。

二、曾纪泽与西方文学

曾纪泽是继郭嵩焘之后清廷派出的第二任驻英、法公使。据曾纪泽自陈，他在同治末年为父亲曾国藩守制时，始自学英文[①]，1877年夏入京袭爵以后，与英国外交官梅辉立（W. S. F Mayers）、璧利南（Byron Brenan）、传教士艾约瑟（Joseph Edkins）、德贞（John Dudgeon）、美国传教士丁韪良（W. A. P Martin）等人相交，英语水平进一步提高[②]。据美国驻华公使何天爵（Chester Holcombe）《真正的中国佬》一书，曾纪泽自学英语期间，主要依靠的是一本《韦氏大辞典》、一本英文《圣经》、一本瓦特的《圣诗选辑》（Watt's Select Hymns）[③]。曾纪泽利用的材料，不止于此，但其中《圣诗选辑》一书，对他的英语影响确实较大。台湾学者李恩涵说："《圣诗选辑》为十九世纪早期美国新教各派中相当流行的一种公用读本，其中遣词用字，多极古雅；此后曾氏所惯用的英文英语，外人常感怪癖，显然与此有关"。[④] 曾纪泽粗知英文以后，颇喜欢英文诗，可能是受到《圣诗选辑》的影响。他不仅喜欢读，而且喜欢译、写，1876年2月1日至4日的日记中就有这样的记录：

> 看太古（白）五古十八叶，译西洋人《颂花》诗一首。
>
> 是日舆中看太白五古十叶，诵西洋人《喜雨》诗，不能熟也。
>
> 辰初起，诵《喜雨》诗。
>
> 辰正起，诵洋诗，饭后复诵良久。[⑤]

刚入京的一段时间里，曾纪泽喜欢给外国人题联，写册页，都附上英语译

---

① 曾纪泽：《曾纪泽遗集》，岳麓书社1983年版，第158页。

② 曾纪泽：《曾纪泽遗集》，岳麓书社1983年版，第158页。

③ Chester Holcombe, *The real chinaman*, New York: Dodd, Mead & Company, 1909, p.57.

④ 李恩涵：《曾纪泽的外交》，中研院近代史研究所1982年版，第23页。

⑤ 曾纪泽：《曾纪泽日记》（上册），岳麓书社1998年版，第540页。

文，更特别喜欢送给外国人中国的宫扇，把赠诗和"用西洋韵"的英译同时写于扇面，称作"英华合璧诗"①。因为没有受过正规训练，或追摹《圣诗选辑》而不能，合璧诗的英诗部分往往不能通顺。丁韪良在《花甲忆记》中，举曾纪泽的一首合璧诗为例，说"原诗很雅，译文则是'巴布英语'②的绝妙典型"，"他口语流畅，但不合语法，读、写一直都有困难"。③何天爵在《真正的中国佬》中，也提到曾纪泽赠给自己的合璧诗扇子，说他的英语书法很标致，语法却是瘸的（lame）。④曾纪泽给外国人写"合璧诗"，未必像丁韪良说的那样，出于对英文的自负，或者只是刻意联络的一种示好。引用这些例子，笔者只是为了说明，在晚清使臣中，比曾纪泽英语好的人后来出了不少，但像他那样爱好英诗的人，却不多见。

曾纪泽英语写不顺畅，但在阅读上，应该不会像丁韪良说的那样困难。读曾纪泽日记可知，他出使期间阅读的英文很多，有《圣经》，有报纸，也有文学作品。可惜绝大多数情况下，他记载所读英文书，仅记"读英文""读英文小说""读英文寓言"，其具体书名篇目，终不得而知⑤。连他所说的"小说""寓言"，究竟指哪类作品，也是疑问。如此一来，要准确估量曾纪泽对西方文学的接触和了解，是不容易的。

曾纪泽的日记记载看戏的地方很多，明确提到观看莎剧的，查到以下几条：

1. 1879年3月29日（光绪五年三月初七日）：夜饭后，偕清臣、松生、逸斋、湘浦、省斋至戏园观剧。所演为丹国某王弑兄妻嫂，兄子报仇之事，子初乃散。⑥

2. 1880年4月24日（光绪六年三月十六日）：戌正偕内人率儿女观歊克司

---

① 曾纪泽：《曾纪泽日记》（中册），岳麓书社1998年版，第667—670页。

② "巴布英语"（Baboo English），原意为对英语一知半解的印度人所说的英语，通指外国人有当地口音的、辞不达意的英语。

③ W. A. P. Martin, *A Cycle of Cathay or China, South and North*, New York: Fleming H. Revell Company, 1897, pp. 364-365.

④ Chester Holcombe, *The real chinaman*, New York: Dodd, Mead & Company, 1909, p.59.

⑤ 笔者所见的两条例外：1. 光绪三年正月二十九日记："看洋书《罗斌孙日记》，习字半纸。"（《曾纪泽日记》中册，第637页。此书疑即笛福小说《鲁滨逊漂流记》。）2. 光绪六年九月二十七日记："饭后，阅英名士遂夫特之文。"（《曾纪泽日记》中册，第1026页。"遂夫特"盖为英国作家斯威夫特。）

⑥ 曾纪泽：《曾纪泽日记》（中册），岳麓书社1998年版，第856页。

搋儿所编"罗萨邻"之戏，子正归。①

3. 1886 年 2 月 9 日（光绪十二年正月初六）：饭后，偕内人率珣女、铨儿往给利园，观甲克设帕之剧，子初三刻归。②

4. 1886 年 3 月 18 日（光绪十二年二月十三日）：戌初二刻至给梯戏场，阅甲克设帕之剧，子正归。③

其接触过莎剧而没有记载的情况，笔者亦有发现。如曾纪泽 1880 年 6 月 14 日的日记云："戌初偕内人、仲妹率儿女至格致书院（按：伦敦皇家工艺馆），观光学戏剧及映影画幅、水轮机器。"④ 日记只提到观剧，具体看了什么则没有说。但 6 月 19 日伦敦出版的《地方绅士》（*The County Gentleman*）杂志有如下议论："在中国大使曾侯爵身上，我们看到了一个最有雄心的中国佬。就在几天前的一个晚上，他和侯爵夫人以及全体随员，在工艺馆聆听了《哈姆莱特》的一些片段。这位杰出的外交官会怎样想哈姆莱特、朗诵者和观众呢？只有那些能读到大使珍藏的、用塔型字（pagoda-shaped characters）写就的日记的人，才能知道。"⑤ 英国杂志的好奇，也是我们的遗憾，因为遍查曾纪泽日记，都没有发现他对莎剧作何感想。但有一点可以认定，他一再往观莎剧，或偕同僚，或率眷属，或独自前往，都是主动自愿的，说明他对莎剧产生了真正浓厚的兴趣。

从理想的方面说，驻外使节应该一身二任，既是外交大使，也是文化交流的大使。在此方面，曾纪泽有比较好的意识。《曾纪泽日记》载，在外期间，他关注西方汉学家的学术研究，花不少时间阅读翟理斯（Herbert Giles）翻译的《聊斋志异》和《古文选珍》。在驻德公使李凤苞处，曾纪泽认识了"英之诗人傅理兰"⑥，后来与此人结友，经常在一起长谈。他还"将傅澧兰所作之诗译成七绝四章"⑦，这实在是在向国内介绍英国文学了。将英诗译成中诗，效果应该比"中

---

① 曾纪泽：《曾纪泽日记》（中册），岳麓书社1998年版，第974页。
② 曾纪泽：《曾纪泽日记》（下册），岳麓书社1998年版，第1475页。
③ 曾纪泽：《曾纪泽日记》（下册），岳麓书社1998年版，第1484页。
④ 曾纪泽：《曾纪泽日记》（中册），岳麓书社1998年版，第989页。
⑤ "The Man about Town", *The County Gentleman, Sporting Gazette and Agricultural Journal,* June 19, 1880, p. 626.
⑥ 曾纪泽：《曾纪泽日记》（中册），岳麓书社1998年版，第866页。
⑦ 曾纪泽：《曾纪泽日记》（下册），岳麓书社1998年版，第1338页。

西合璧诗"好得多，可惜曾纪泽传世的诗集里，却一首也找不到了。

三、罗丰禄与西方文学

19世纪下半叶中国外交官中，有两个令西方人动容的名字，一个是"Tcheng Ki-Tong"（陈季同），另一个是"Chihchen Lo Fengluh"（罗丰禄）。关于陈季同，国内近年已有不少研究；关于罗丰禄，除专门治清史的学者，知道的人还不多。

罗丰禄是福建闽县人，1866年考入福建船政学堂，1877年进入英国琴士官学院（King's College London）留学，兼任驻英、德使馆翻译。1880年归国以后，被直隶总督兼北洋大臣李鸿章调入北洋水师营务处，迄中日甲午战争起，一直为李鸿章襄办海军事务。1896年罗丰禄随李鸿章赴俄参加沙皇尼古拉二世加冕典礼，嗣后访问德、英、法、美各国。罗丰禄在西方出名，即得之于此次为李鸿章做随行翻译，当时英国的报纸极口称赞他的译才[①]，连英国前首相格拉斯敦也说他的英文"精深粹美"[②]。大半因为这一原因，罗丰禄当年即被派充出使英、义（意大利）、比（比利时）国大臣。驻英期间，罗丰禄积极参加社团活动，他用英语发表的演说，常能赢得满堂喝彩，也常被报纸转载。1902年罗丰禄任满回国，1903年7月因鼻癌医治无效在福州病逝。

罗丰禄西学修养很高，但具体有什么学问，国内缺少资料，西方报章的说法又很多。在英国留学期间，罗丰禄曾给郭嵩焘讲解化学[③]。化学是罗丰禄在伦敦国王学院的主修专业，自然烂熟，但他担任驻英公使的时候，英国人称赞他的学问，则远不止于化学。有人说他是一个杰出的数学家和天文学家[④]。有人说他用英语写了两本书，"一本关于航海天文学与航海，一本关于不定方程式"[⑤]。有人说他翻译过格拉斯敦的一本神学著作[⑥]。有人说他"对我们的历史和社会制

---

① 蔡尔康等：《李鸿章历聘欧美记》，岳麓书社1986年版，第158页。

② 蔡尔康等：《李鸿章历聘欧美记》，岳麓书社1986年版，第134页。

③ 郭嵩焘：《伦敦与巴黎日记》，岳麓书社1984年版，第400页。

④ "The Chinese Minister and the 'Savages'", *Daily News*, March 7, 1898.

⑤ "A Distinguished Foreigner", *Western Mail*, January 10, 1900.

⑥ "Visit to Birmingham, Municipal Institutions Inspected", *Birmingham Daily Post*, January 8, 1900.

度的掌握，外国人罕能达到"①。有人说他"已经阅读了我们的哲学、诗歌、科学、艺术中所有值得阅读的东西"②。关于他的文学水平，《德比水星报》(*The Derby Mercury*) 的一段话说：

自从美国派它最出色的擅长文学的政治家到我们这里当大使，还没有一个外交官比现在的中国大使罗丰禄穆臣爵士③更受欢迎。他的北部之旅就是他个人的胜利。这一成功，部分归于他完美驾驭英语的能力——这在中国人身上是少见的——以及他知识淹博，善能左右逢源。但是除此之外，他还比一般英国人更熟悉我们的文学。他能在斯特拉福发表莎士比亚风格的演讲，在爱丁堡引用彭斯，在每一个有文学协会的城市都说当景的话……④

与他相熟的泰晤士报外国部编辑基落尔（Valentine Chirol）说，"丰禄爵士之熟知乔叟，与其熟知赫伯特·斯宾塞以及约翰·斯图尔特·穆勒，并无二致"，惋惜这个深于西方文学与哲学的人，没有死在伦敦外科专家的诊室，却死在端着铜盆、念着咒语的中国医生手中。⑤早在 1878 年 9 月，英国就有传言，说中国大使正在翻译莎士比亚，且把"布莱克斯通的《释义》"也已翻译了不少⑥。郭嵩焘当然无力翻译莎士比亚和布莱克斯通，据罗丰禄在"雅人社"（The Savage Club）组织的一次辩论会上自陈，他本人曾把布莱克斯通译成汉语⑦。如果是这样，很可能翻译莎士比亚的传言，事主不是郭嵩焘，而是罗丰禄。1900 年 7 月的一份英国报纸说，"罗丰禄穆臣爵士对莎士比亚十分崇仰，他有一个愿望，就是在故乡建立一个图书馆，并把中文本的莎士比亚全集在此陈列"⑧。罗丰禄是否真的翻译过莎士比亚，或者只是对外国人说说愿望而已，都没有文献上的根

---

① "Occasional Notes", *The Pall Mall Gazette*, December 15, 1899.

② "Notes from Fleet Streets", *The Newcastle Weekly Courant*, June 24, 1899.

③ 罗丰禄曾被维多利亚女王册封 "knighthood of the Royal Victorian Order" 爵士头衔。

④ "London and Other Notes", *The Derby Mercury*, January 17, 1900.

⑤ Min-Ch'ien T. Z. Tyau, *London through Chinese Eyes or My Seven and a Half Years in London*, London: The Swarthmore Press Limited, 1920, pp.261-262.

⑥ "Social Notes", *Western Mail*, September 9, 1878. 十八世纪英国人威廉·布莱克斯通爵士（Sir William Blackstone）的《英国法释义》（*Commentaries on the Laws of England*）是一部法学名著，国内已出中译本。

⑦ "Should Criminals be Punished?", *Daily News*, July 30, 1898.

⑧ "From Our Own Correspondent", *The Era*, July 28, 1900.

据，但他对莎士比亚的熟悉，以及爱好，应无可疑。1899 年 11 月到 1900 年 2 月间，罗丰禄曾到利物浦、考文垂、纽卡斯尔、格拉斯哥等工业区城市访问。是时他正在翻译贝思福爵士（Lord Charles Beresford）的旅华游记，他在公开场合表示，要投桃报李，把他的旅行印象写成与贝思福的大著相媲美的书，以中英文同时在英国和中国出版[①]。此事传得沸沸扬扬，罗丰禄所到之处，在欢迎会上，东道主几乎都要提及此事。另外，罗丰禄一次在英国皇家学会的纪念会上称，他正在为中国皇帝准备一部世界杰出人物的传记集，其中许多传主是学会的成员[②]。

用英语写成的航海书、数学书，翻译成汉语的格拉斯敦的神学著作、布莱克斯通的《释义》、贝思福的旅华游记、世界杰出人物的传记集，用中英文撰写的英国北部工业区游记，如果这些都是真的，罗丰禄应该是一位了不起的著作家了，可惜所有这些著作，无论在英国还是中国，笔者均未能找到[③]。罗丰禄任使时，张德彝是驻英参赞，他的《六述奇》有一段记录曰："星使因翻贝斯佛《游华日记》告竣，派沈藕生为校对，吴少序、王少山为誊录。星使又将口译《西国百贤传》一书，派曾叔吾、沈荔虎、严伯玉，每日轮流笔述。"[④] 这证明，至少有两部书是存在的。很可能，当时有的书或接近完成，或初步准备，因罗丰禄患上了鼻癌，只有半途而废。据罗氏后人云，20 世纪初，福州仓前山罗家曾建立"罗丰禄书楼"，其中收入罗丰禄生前留下的大量书籍、外交日记以及翻译著作《贝斯福游华笔记》等，可惜书楼于 20 世纪 50 年代大部被毁，惟存一幅"中俄边界图"，已由其后代献给中华人民共和国政务院[⑤]。这真是近代中西文化交流史的不幸事。

四、其他使臣与西方文学

除上文所述，尚有其他使臣与西方文学亦有一点关系，兹择要者分述如下：

---

① "A Chinese Tourist", *Western Mail*, October 4, 1899.

② "The Royal Society Anniversary", *The Times*, December 1, 1899.

③ 罗丰禄的英语文字，笔者查见的只有一篇：《呼吁使用象形语言》（"A plea for symbolic language", *The National Review*, Sept.-Feb., 1899-1900）。在这篇文章中，罗丰禄提出了使用象形符号构建世界语的建议。

④ 张德彝：《稿本航海述奇汇编》（第8册），北京图书馆出版社1997年版，第227页。

⑤ 罗孝逵：《清末使才罗丰禄》，《福州晚报》2003年11月16日。

1. 李凤苞介绍歌德

驻德公使李凤苞著有《使德日记》，其中一则，述及刚刚去世的美国公使美耶台勒"去年创诗伯果次之会"，关于"果次"，日记解释说：

按果次为德国学士巨擘，生于乾隆十四年。十五岁入来伯吸士书院，未能卒业，往士他拉白希习律，兼习化学、骨骼学。越三年，考充律师，著《完舍》书。二十三岁，萨孙外末公聘之掌政府。编纂昔勒诗以为传奇，又自撰诗词，并传于世。二十七岁游罗马、昔西里而学益粹。乾隆五十七年与于湘滨之战。旋相外末公，功业颇著。俄王赠以爱力山得宝星，法王赠以大十字宝星。卒于道光十二年。①

如钱锺书先生《二三事》一文考证，这里的"美耶台勒"，即是《浮士德》的英译者 Bayard Taylor；"果次"，即是歌德；《完舍》，即是《少年维特》。关于这段记述，钱先生说，"历来中国著作提起歌德，这是第一次；当时中国驻西洋外交官著作详述所在国的大诗人，这是惟一次"。但钱先生又说，李凤苞之所以提及歌德，其实是"现任的中国官通过新死的美国官得知上代的德国官"，对诗人本身则没有真正的兴趣。②笔者以为，最后这个结论恐不能成立。李凤苞长于地理测绘、热心枪炮舰船，是个搞技术出身的官僚，但他对西方艺术，并非毫不关心。例如，他曾对特洛伊出土文物发表意见，认定其中一个花瓶上刻的是中国汉字，此事在当时欧洲颇悚动，成为一时的新闻③。更重要的，笔者发现，李凤苞任使时，还发表过一篇以德文写成的文章《中国诗歌的历史》。文章称，杜甫、王维和李太白在中国之闻名，恰如"贺拉斯和维吉尔在欧洲"，《诗经》的篇章弦歌于诸国，亦似古希腊诗人的诗歌在各地传唱④。这个例子使我们相信，李

---

① 李凤苞：《使德日记》，沈云龙主编《近代中国史料丛刊》第16辑第154—155册，文海出版社影印本，第133—134页。

② 以上均见钱锺书：《七缀集》，上海古籍出版社1994年版，第155—156页。

③ "Alleged Chinese inscription from Troy"，*The Times*, June 10, 1879.

④ Li-Fong-Pao, "Zur Geschichte der Chinesischen Poesie", *Deutsche Revue über das gesamte nationale Leben der Gegenwart*, Oktober, 1882. 经笔者后来考证，该文章并非出自李凤苞，而是陈季同抄袭法国汉学家德理文《唐诗》之作。

凤苞对诗人歌德，以及一般西方文学，应该能有真正的兴趣。

2．张德彝记载西方文学

钱锺书先生在《二三事》一文中说，同文馆出身、后来一直任外交官的张德彝，对外国的制度、风俗、衣食住行，无不切实调查，详细记录，"甚至街巷的新事趣闻，他也谈得来头头是道，就只绝口不谈文学，简直像一谈文学，'舌头上要生碗大疔疮'似的"[①]。这个论断比较绝对，因为张德彝日记多处涉及西方文学。如《航海述奇》记录的一首英国儿歌："其曲文系：'你可知？你可知？如何种？如何种？随我来，随我来。大家种，大家种。'"[②] 有的学者称，这是"由中国人第一次译出的第一首西方诗歌"[③]。《再述奇》有好几条诗歌翻译，如刻于尼亚加拉瀑布之石壁的一首诗，张德彝译为："美萨年方一十六，梅妆出众心尤淑；不意踏险去拾花，失足同兄入飞瀑。"[④] 又，张德彝译录了英国民众欢庆"福克斯之夜"（Guy Fawkes night）的几段歌谣，择其二如下："君记得冬月初五，火药地雷埋下土。为甚此事年年传，皆因世人不忘古。""一块面包喂掊朴，一盘苦酒一盘肉；一番烈焰无情火，烧死掊朴碎其骨。"[⑤] 还有一个例子，是《八述奇》中爱尔兰女学生欢迎爱德华七世及王后莅临之歌词："天保国王与后，恭祝长生万寿。今朝幸临此岛，欢迓人民老幼。我后含笑兮，慈颜福厚；万民同心兮，我后天佑。我本王民，我名王授。公主同来，美容俊秀。天保我后兮，虔心同奏。"[⑥] 以上儿歌的翻译是直译，稚拙可爱，颇成天趣；民谣的翻译是意译，化繁为简，感情饱满；挽诗的翻译真挚委曲；颂歌的翻译浑朴铿锵。无论用三言、七言，古体、骚体，用韵或不用韵，译诗本身都很可读，见出对英文原诗有很好的把握。除诗歌之外，张德彝还译录过不少故事、谜语。以上这些都主要属于"俗文学"，他对"纯文学"也偶有记述。《再述奇》一次提到会见美国诗

---

① 钱锺书：《七缀集》，上海古籍出版社1994年版，第157页。
② 张德彝：《航海述奇》，岳麓书社1985年版，第534页。
③ 郭长海：《试论中国近代的译诗》，《社会科学战线》1996年第3期。
④ 张德彝：《欧美环游记》，岳麓书社1985年版，第684页。
⑤ 张德彝：《欧美环游记》，岳麓书社1985年版，第684页。
⑥ 张德彝：《稿本航海述奇汇编》（第9册），北京图书馆出版社1997年版，第397页。

人郎费罗：“晚晤合众诗人长友①，年近六旬，著作高雅，颇著名于泰西。”②另有一段，说到他对西方诗文的理解：

> 外邦诗文，率多比拟，无定式。诗每首数十韵不等，每句字数亦不等。缘西文有一言一音者，有一言数音者。如英国二韵诗，还以华音，系“尔里图倍，尔里图赖，美万海西，委西安外”。译以华文即“早睡早起，令人健康，义利兼收”之意。若虚实共还，则“额尔里图倍达，额尔里图赖斯，美克万海拉西，威拉西安大外斯”。文之章法，修短不等，大抵以新奇者为贵。③

这里的几个认识，如认为西诗一般“数十韵”，比中诗长；西诗每句长短不齐，所含单词数量不等；西语单字既有单音节、又有多音节，与汉字基本是单音节不同，都是正确的。惟他所举的例子，“额尔里图倍达，额尔里图赖斯，美克万海拉西，威拉西安大外斯”（Early to bed, early to rise, makes one healthy, wealthy, and wise），是富兰克林的格言，并非诗歌。

张德彝日记还多处记载了西方戏剧的情况，这一问题笔者在其他论著中已有详细讨论，兹从略。

3. 李凤苞等记载西方戏剧

除张德彝以外，其他外交官对所看的西方戏剧偶尔也有记录。李凤苞《使德日记》讲到德都上演一部死而复生的戏，“极似《牡丹亭》事迹”④。出使美、日、秘三国大臣张荫桓在《三洲日记》有不少观剧记录，其中数则相当详细，且有“微寓感应劝戒”“为侠义者劝”之类的评论⑤。这些属于钱锺书所云“撮述了剧本的情节，却不提它的名称和作者”之例，原作已不易考。1895年王之春赴俄吊唁沙皇亚历山大三世之丧，在彼得堡皇家大戏院观看一部《鸿池》（《天鹅湖》），以为“声光炫丽，意态殊佳”⑥。另，1906年出使九国大臣戴鸿慈在巴黎

---

① “郎费罗”英文为“Longfellow”，意译“长友”，清人每以此称之。
② 张德彝：《欧美环游记》，岳麓书社1985年版，第702页。
③ 张德彝：《欧美环游记》，岳麓书社1985年版，第771页。
④ 李凤苞：《使德日记》，沈云龙主编《近代中国史料丛刊》第16辑第154册，文海出版社影印本，第132页。
⑤ 详见尹德翔：《晚清使官的西方戏剧观》，《中国比较文学》2006年第4期。
⑥ 王之春：《使俄草》，沈云龙主编《近代中国史料丛刊》第7辑第67册，文海出版社影印本，第202页。

看了一部"戏曲"（实为《罗密欧与朱丽叶》），誉为"妙绝一时，哀动顽艳"，并详述剧情[①]。这两部戏是可考的。

4. 武廷芳论中西戏剧

伍氏为晚清著名外交官，曾两度出任驻美公使，他以英文撰写的《美国观察记》一书，专有一节讨论中西戏剧，重点谈了两个问题。其一，关于演员的社会地位。武廷芳认为，中国文化讲"诚"，演员却要"假装"（a pretender）。"我们古代的哲人感觉，任何一种假装对人的性格都是危险的、有害的。如果一个人在舞台上学会了做一个聪明的演员，在生活的其他方面可能也就成了狡黠的骗子。"[②] 所以在中国，演戏是一种低贱的行业，正经人都以表演为耻。西方的情况与中国不一样，"西方人认为，讨人喜欢的愿望是美的"[③]，演员讨人喜欢，遂受到社交界的欢迎，这种成功反过来又加强了他们的社会地位。所以在欧美国家，上流社会的大门向成功的演员敞开，年轻漂亮的女演员嫁给贵族和富人的例子比比皆是。其二，关于戏剧的内容。武廷芳认为，西方人一味强调娱乐，造成情节剧泛滥，一切以感官刺激、惊心骇目为归，缺乏道德的教训，对年轻人影响不好。"中国的戏剧永远以道德为主脑，恶有恶报，善有善报"[④]，"在中国，剧院一般和庙中的神相关，一部剧的道德意图总能深入观众的心底"。[⑤] 武廷芳说，西方教堂的布道太直接了，不如利用戏剧潜移默化教育人民，效果会更好。他举例说，像在伦敦某教堂演出的 16 世纪的道德剧《凡人》（*Everyman*），就是将教堂与戏剧成功结合的范例。在此方面，西方应该向中国学习。

《美国观察记》初版于 1914 年，是时国内的戏曲改良运动早已展开。武廷芳的立场是站在中国传统戏剧一边的，没有受到西方艺术的左右，也没有受到时代的影响。他的议论未必客观，但也不乏卓见。在接受了西方的艺术观念以

---

① 戴鸿慈：《出使九国日记》，岳麓书社1985年版，第383页。

② Wu Tingfang, *America through the Spectacles of an Oriental Diplomat,* New York: Frederick A. Stokes Company, 1914, p.223.

③ Wu Tingfang, *America through the Spectacles of an Oriental Diplomat,* New York: Frederick A. Stokes Company, 1914, p.223.

④ Wu Tingfang, America through the Spectacles of an Oriental Diplomat, New York: Frederick A. Stokes Company, 1914, p.233.

⑤ Wu Tingfang, America through the Spectacles of an Oriental Diplomat, New York: Frederick A. Stokes Company, 1914, p.238.

后，现代中国人已经很难用传统眼光看待西方艺术了，因此武廷芳的中西戏剧比较具有标本的意义，是中西比较文学史上有特殊价值的文献。

五、结语

晚清使臣的西方记述至为繁夥，笔者阅读不能周遍，限于条件，域外文献亦只查阅部分。故本文只是阶段性的探索，穷尽式的研究，有俟来哲。

钱锺书先生关于晚清外交官对西方文学不感兴趣的判断，仅仅在数量上才是成立的。平情而论，好奇心乃人的天性，禀赋特出、能力卓异的使臣不必说了，即使持中国文化天下第一的保守者，或歆慕西方机器的洋务派，机缘凑合，也未必不能对西方文学有一点积极的反应。以上援引的一些材料，足以证明晚清使臣对西方文学的好奇、学习乃至崇拜都是存在的。笔者以为，这种情况才是可以理解的，是历史的真面目。借此，本文试对钱锺书先生的观点做出一点修正。

原载于《跨文化对话》第 29 辑

晚清使西日记研究：走出近代化模式的构想

一、近代化研究模式的局限

晚清时期，清廷派往西方各国的各类使节及其属员撰著了长短不等三十余种日记，统称"使西日记"。其中影响较大的日记，有斌椿的《乘槎笔记》、志刚的《初使泰西记》、郭嵩焘的《使西纪程》和《伦敦与巴黎日记》、刘锡鸿的《英轺日记》(《英轺私记》)、张德彝的《航海述奇》(共七部)、张荫桓的《三洲日记》、崔国因的《出使美日秘日记》、薛福成的《出使英法义比四国日记》(含《续刻》)等十余种。这些日记问世后曾风行一时，为人们了解西方社会和文化做出了贡献。但是，随着中西交往的扩大以及国内对"西学"认识的加深，这些著作不再能满足人们的需要。进入民国以后，在新文化运动、五四运动、中西文化论争的喧嚣中，以及继起的内乱外患中，这些日记长期湮埋在故纸堆中，乏人关注。

对晚清使西日记真正全面而有分量的研究，始于钟叔河。20世纪80年代，出版家钟叔河广泛搜求中国近代对西方列国(含明治维新的日本)的各种亲历记述，辑为"走向世界丛书"，拟目100种，至80年代末实出36种，蔚为大观。该丛书收录了许多晚清使西日记著作，其中郭嵩焘和张德彝的一些日记尚属首次面世。钟叔河并在"走向世界丛书"每种(或相关的几种)前各撰一篇叙论，对文献的思想倾向进行分析，影响颇大。

钟叔河叙论的基本立足点，一言以蔽之，即"中国现代化"①。从"近代化(现代化)"的角度分析、考察中国近现代一百多年的历史，是海内外史学界长

---

① 钟叔河：《从东方到西方——走向世界丛书叙论集》，岳麓书社2002年版，第6页。

期以来一个最重要的研究进路 ①。这也是三十年来国内学术界对晚清使西日记进行研究和评价的主要标准 ②。在近代化主题的支配下，研究者将使西日记看作近代中国人"走向世界"、向西方寻找真理的记录，对其中关于西方政治、经济、军事、社会、文化诸方面的记述与评论，给予先进性或落后性的考量。但是这种研究有两个明显的不足。第一，单一尺度的狭隘性。受近代启蒙主义影响，研究者坚执现代与传统、进步与保守、科学与迷信的二元对立，以此对中西文化做硬性的切割，落于褊狭。如在钟叔河眼中，对西方科技政教孜孜以求的郭嵩焘，近于完美；扬"圣教"而贬"实学"、反对西方功利主义的刘锡鸿，则可笑殊甚，就是一个例子。晚清外交官多坚持中国传统文化的价值，与西方文化保持某种距离，这是自然合理的现象，却受到一例的苛评，实属不公。第二，单纯思想研究的狭隘性。出使不是单纯的思维、观念活动，而是身体力行的跨文化交往行为，外交官的思想是从他们的行为中衍生的。仅仅把"思想"抽取出来进行比对研究，就容易忽视跨文化交往的复杂性，对外交官在异国环境中的表现，缺乏理解与同情。

受美国学者柯文的"中国中心观"史学思想的启发，笔者认为，开拓晚清使西日记研究的新境，应更多地从中国历史传统出发，从日记作者的民族文化属性、现实环境、个性品质以及精神诉求出发，对历史人物做出合乎历史条件的评价。因此，有必要从传统的思想性研究扩展开来，在跨文化交流的视野内，以 20 世纪文化研究的新眼光，对使西日记进行重新衡量。"近代化"仍然是一个重要的尺度，但是，这一尺度不能单一运用。将使西日记作为一种文化现象，将"思想"研讨置于"文化"研讨之内，我们将能够"善待先人"，尊重他们，公允地看待他们所留下来的著作，而不是随意轻蔑和苛责。

---

① 林华国：《近代历史纵横谈》，北京大学出版社2005年版，第16页。

② 王立诚编校：《郭嵩焘等使西记六种》，生活·读书·新知三联书店1998年版；雷俊玲：《清季首批驻英人员对欧洲的认识》，台湾中国文化大学史学研究所博士论文，1999年；吴宝晓：《初出国门：中国早期外交官在英国和美国的经历》，武汉大学出版社2000年版；张静：《郭嵩焘思想文化研究》，南开大学出版社2001年版；闵锐武：《蒲安臣使团研究》，中国文史出版社2002年版；张宇权：《思想与时代的落差：晚清外交官刘锡鸿研究》，天津古籍出版社2004年版；梁碧莹：《艰难的外交：晚清中国驻美公使研究》，天津古籍出版社2004年版；王熙：《一个走向世界的八旗子弟：张德彝〈稿本航海述奇汇编〉研究》，中山大学历史系博士论文，2004年。

二、从文化身份角度研究使西日记

出使是旅行的一种，使西日记作为域外游记，是外交官离开本土文化空间体验异域文化空间的记录。作为旅行者主体文化与对象国客体文化互相比较和交换的产物，使西日记不光讲述了西方这个"他者"，也讲述了中国这一"自我"。这种讲述的最基本的表现，就是文化身份（cultural identity）。

旅行者的文化身份，主要是指旅行者接触异文化后，通过比较与思考，对自身文化和异域文化所做出的认证。它可以从三个方面来把握：从认证的条件来说，是旅行主体与异文化对象的遇合；从认证的过程来说，有容纳与排斥的不同情况；从认证结果来说，产生优势认证与劣势认证的不同结果。从中国古代的情况看，本土旅行中的文化认证，是以同一性为主导的，即使强调地域差异，这种差异也是建立在华夏一统的前提之下，对整体文化起补充和加强的作用；反之，大量的异域游记，无论是"朝圣"游记（法显《佛国记》等），出使游记（徐兢《宣和奉使高丽图经》等），还是私人游记（汪大渊《岛夷志略》等），都在突出文化的差异性，在描写异国他乡的偏远荒蛮、奇风异俗的话语模式里，确立汉文化的优势地位。但近代的情况则颇为不同。如果将近代西方游记（含使西日记）与古代域外游记对比，则能够发现，古代关于周边国家和地区的游记与近代西方殖民者的东方游记相似，大都有通过文化想象构筑优势文化认证的成分；而近现代涌现的大量西方游记，则是一步步走向劣势文化认证的记录。当然，优势认证并不就是将对方的文化一笔抹杀，劣势的文化也不是将自身的文化看成一无是处，二者往往是互相交叉、互相支持的。拿使西日记来说，其中的文化认证呈现极为复杂的形态，一部作品中可能既有优势认证又有劣势认证，在自卑中有自豪，在自信中又有失落，需要从文本出发做细致而有分寸的分析。

20世纪，由于科技的发达、财富的丰溢、旅行的自由、知识爆炸和各种价值与信仰的共存，现代人产生了一个至深至重的困惑，那就是"认同危机"（identity crisis）。认同危机的最主要表现，就是归属感、方向感的消失，道德框架的分裂，乃至自我身份感、意义感的丧失 [1]。其实，早在普遍的认同危机发生

---

[1]　王成兵：《当代认同危机的人学解读》，中国社会科学出版社2004年版，第26—29页。

之前，由西方入侵和渗透所带来的文化认同危机，在亚非殖民地和半殖民地国家已经发生了。纵观百余年的中国近代化进程，中华民族的身份危机或曰认同危机，从晚清鸦片战争就已开始，在使西日记中则可寻其清晰的脉络。

同治五年（1866），斌椿奉总理衙门之命率同文馆三名学生访问欧洲，是为清廷向西方派出的第一个考察团，他的《乘槎笔记》因此成了中国人最早的西方记述之一。斌椿诗文的诗意风格、审美态度，都强化着作者的中国文人的身份；他把自己塑造成一个不畏艰险出使绝域的英雄，这是大国使者降尊纡贵远涉番邦的传统自居。随蒲安臣出使欧美（1868—1870）的志刚，则是另外一种情况。如果说，斌椿代表的是一般封建士大夫的诗人气质，写诗作赋，附庸风雅，作为总理衙门章京的志刚，则更多地具有机关办事员的特色，照章办事，一丝不苟。《初使泰西记》中，关于西方科技、军事、政治和外交方面的记述占了主要成分，交际娱乐方面的内容少之又少。值得玩味的是，志刚既好奇于西方的科技和工艺，又贬低其"机心"和唯利是图，对西方工业社会做出否定。志刚对西方文化的批评散见在《初使泰西记》之中，这种批评，到刘锡鸿的《英轺日记》，则更加系统、激烈。传统上，刘锡鸿被涂抹成一个可笑的顽固派，实际上，他对西方文化的诸多批评，体现的不是中国封建制与西方资本主义的差异，而是中西文化的差异，具有不少合理性。比较而言，郭嵩焘虽未放弃儒家文化价值体系，却将这种思想悬搁，而热心投身于采问"西学"的实践之中。郭嵩焘的出使日记，既有对西方文化浮士德－普罗米修斯性格的肯定，又有对西方近代民族国家价值理念的积极接受，作品中不断讲述西方社会制度的先进性、合理性，表现出相当的"西化"倾向，实际是中国文化认同发生危机的强烈信号。

文化认同的危机也就是文化自存的危机，当这种危机发展到一定程度，大规模的文化转移就开始了。这就是清末一直到民国的西化思潮与实践的历史动因。然而，发展到今天，由于近代化程度越来越提高，所谓认同危机也越来越深地侵扰着我们。如何克服这个许多民族和国家普遍遇到的问题，不是这里讨论的宗旨所在，但是，如果能够在研究使西日记时回顾历史，检讨我们"走向世界"时文化认证与失落的过程，对自觉应对过度西方化而产生的文化认同危机，仍然是有益的。

三、从文学形象学角度研究使西日记

使西日记中除了如何看自己，还有一个如何看对方的问题。在比较文学领域，近年来研究异国形象的形象学颇为热门，也是一个重要的参考角度。

文学形象学，即关于一国文学中异国形象的研究，是从比较文学法国学派的影响研究中发展起来的一个重要的研究类型。1994年起，北京大学教授孟华在《中国比较文学通讯》和《中国比较文学》上陆续发表了一系列译介文章，将形象学在中国的传播推向了一个高潮。这些译介文章后来收入孟华主编的《比较文学形象学》（北京大学出版社2001年版）。依历史阶段，西方的形象学有传统形象学与当代形象学之别。传统形象学以事实搜集和现象描述为主，研究欧洲国家互相为对方塑造的形象；当代形象学则将文化符号学、文化人类学、结构主义、接受美学、知识社会学等多学科成果熔铸一炉，研究民族与民族、国家与国家之间的文化观照。当代形象学以法国学者巴柔的理论最为系统，然而其中具体的概念与操作方法，并未被英美学者所普遍接受。从实际情况看，一般来说，目前大多数学者的形象学研究方式相当自由，他们主要取形象学的视点，结合后殖民主义、女性主义及其他后现代主义理论，研究欧美"文明"国家单向度为亚非"落后"国家塑造的形象。近十余年来中外学者所热衷的"西方的中国形象"的研究，即属后者。但是，很少有人注意中国是如何观察和塑造西方的。比起"西方的中国形象"研究，"中国的西方形象"研究应该引起中国学者的特别重视，但这一领域目前只有很少的人涉足。

形象学具有普遍的意义，但是，研究使西日记中的西方形象，也要考虑本土化的问题。"寻异"是西方文化的一个传统[1]，从特罗伊战争到近代殖民运动，西方人对异族、异文化的兴趣从来没有停止过。"寻异"生产出庞大的描写异国的文学，也建构起萨义德所谓融学术知识、集体幻想与话语权力于一身的"东方学"[2]。19世纪不少外国人的著作，精心描写中国人如何行为古怪，思维荒唐，从中刻意寻找一种"国族性"（national characteristics），又反过来用这种国族性解释中国人的愚顽。这就走上了妖魔化中国的路子。比较而言，中国似未形成

---

① 顾彬：《关于"异"的研究》，北京大学出版社1997年版，第2页。
② 萨义德：《东方学》，生活·读书·新知三联书店1999年版，第16页。

西方式的"寻异"传统，异国描写从未发挥类似在西方文化中发挥的作用。中国历史上素来有所谓"华夷之辨"，作为一种文化存在，"夷狄"在某种意义上说明了"华夏"的自我确证，但仅此而已，它并没有像西方的东方学情形那样，被华夏文化作为某种文化资源大力利用和反复探究。"孔子之作《春秋》也，诸侯用夷礼则夷之，进于中国则中国之"（韩愈《原道》），儒家以文明为标准，民族差别是次要的。固然，这里仍然有某种华夏中心主义，但从思维方式上，至少可以说，与西方文化对异质性的迷恋相反，中国文化更倾向于追求普遍性和统一性，所谓"天下同归而殊途，一致而百虑"（《易传》）是也。此种文化品格使近代中国人对西方的描写呈现出不同的走向。晚清外交官对西方的亲历记述，大都平实、客观，即使是有微词，也直截了当。虽然他们在很多方面不赞成西方文化，在出使日记中，却未用津津有味的描摹，辅以某种设定的逻辑圈套，把西方妖魔化。正如美国学者迪诺耶（Charles A. Desnoyers）所说，"虽然他们（晚清外交官）乐于对西方文化评头品足，尤其在宗教和道德方面，但总体来说，他们的记述，比他们的同时代西方人对自己中国经历的叙述，远为持正和公允"[1]。

当然，使西日记展示较为客观的西方形象，还有其他一些原因。因裙带关系盛行，晚清外交官中碌碌无能、尸位素餐者不少，这些人一般不会著述。有所著述的人，无论使臣或随员，都有较好的学养，也自持身份，不苟言说。另外，出使大臣撰著和上交日记，是总理衙门制定的制度，即使不受这一规定约束的人员，也冀公开发表日记，而非私下传阅之。这就使日记中有碍邦交的极端言论成为不可能。仅举一例说明这个问题。使西日记中歌咏西方题材的诗歌不少，但都做得慎重，很少有臧否。私人游记中的诗歌，或单行的海外竹枝词，则全然不同。同治十年（1871）访问英国的民间人士王芝，在所作的《海客日谭》中，写了不少诗对西方人肆口谩骂，如"大海西头是鬼方，憧憧鬼影日披猖；窥人鹭眼兰花碧，映日蜷毛茜草黄"[2]之类。光绪十年（1884）随使英国的张祖翼，在他的《伦敦竹枝词》中，嬉笑怒骂攻击英国社会的各个方面，从女

---

[1]　Charles A. Desnoyers, "Self-Strengthening in the New World: A Chinese Envoy's Travels in America", *The Pacific Historical Review*, Volume 60, No. 2 (May, 1991), p.197.

[2]　王芝：《海客日谭》卷四，光绪丙子石城王氏刻本，第44页。

王、大臣到女店员、女招待，从画院、旅馆到动物园、礼拜堂，无不讥讽。如咏自来水诗云："水管纵横达满城，竟将甘露润苍生。西江吸尽终何益，俗秽由来洗不清。"咏动物园诗云："黄狮白象紫峰驼，怪兽珍禽尽网罗。都到伦敦风景好，原来人少畜生多。"① 公开发表的使西日记中，没有任何诗歌与之相类。

从形象学的角度观察，总体而言，晚清使西日记虽有阐示中国文化与西方文化的等级关系，但不很充分；虽有描写对方的"他性"词汇和"套话"，但不成系统；西方之作为"意识形态"和"乌托邦"的功能，都不彻底。从对西方的描述来看，这些中国外交官面对西方强势文化的压迫，会产生一定的屈辱感，因之产生某种身份执着与文化固守，但这种对西方文化的反抗因素并没有发展为民间的激进民族主义，也并未表现为对西方形象的任意涂抹、夸大、漫画化乃至于妖魔化。比较同时期少量妖魔化西方的海外竹枝词和私人游记，使西日记展示的西方形象更有代表性，也是特别值得肯定的地方。

研究使西日记中的西方形象，应该忠实于历史文献，不能按照西方的中国形象研究模式，把形象或者定位在某种畸变、怪诞的异国，或者定位在某种浪漫、理想的异国，对日记中平实、琐屑的西方描写，需要给与同样重视。由于这些文献叙事性不强，以及文言文简省的特点，作家的主观态度往往含在平板而又笼统的记述之中，其所揭示的西方究竟如何，更要细心体味。

四、从传记学角度研究使西日记

从文体上说，晚清使西日记属于游记。作为旅行者对某地观察和体验的结果，游记既是对外部世界之瞬间的捕捉，也是作者自身生活片段的记录。因此游记也被看成作者的自传。

使西日记能不能算作自传文献？由出使大臣日记汇报制度，使西日记内容有规定，写完要上交，似乎只能看作日记形式的公文，不能算作自传。所以国外某些学者称之为"官方日记"②。但问题实际不是这么简单。使西日记固然与一

---

① 王慎之、王子今辑：《清代海外竹枝词》，北京大学出版社1994年版，第220页。

② R. David Arkush and Leo Ou-fan Lee , *Land without Ghosts: Chinese Impressions of America from the Mid - Nineteenth Century to the Present*, Berkeley: University of California Press, 1989, p.49.

般日记不同，但毕竟采用了私人记述这种形式，符合自传文献的基本规定。虽然大部分使西日记都以外情报告为主，但所谓"外情"，往往是通过使臣自身的言动思考体现出来的，自我即成为一种叙事构架。所以，使西日记既可以看作政治和外交史料，也可以看作自传资料。除此之外还有一些情况需要考虑。第一，使西日记汇报制度规定的范围，仅限于使臣，不包括属员。这样，写与不写，写什么，怎样写，对一般外交官来说，有很大选择余地。张德彝的《航海述奇》系列就是例证，其他许多日记亦可作如是观。第二，原始日记与上交日记的差别。最有代表性的例子是曾纪泽，他的《出使英法日记》是在手写日记基础上增删改写的，原文很长，改写的日记，因为要供总理衙门作外交与政务的参考，把大量私人性的内容删掉了。如果说上交日记的自传性较差，原始日记的自传性就强多了。第三，日记形式的多样。使西日记大多属于专题性的异域"采风"，但郭嵩焘、曾纪泽的原始日记，张德彝的《航海述奇》系列，却属于内容丰富、包罗万象的日记长篇。不同形式的日记，不能等量齐观，其自传意义上的差别，亦不可不察。第四，日记汇报制度执行之不力。设馆伊始，驻外使臣都能上交日记，后来郭嵩焘因《使西纪程》遭禁，虽坚持每天记日记，却不再将日记上交总理衙门，日记汇报制度从此废弛。因为不打算公开，《伦敦与巴黎日记》才容纳了更多私人内容与独立思考，而更具价值。由以上几个方面，不能把使西日记简单地当作公文看待，其自传的意义和研究价值，是没有疑问的。

作为自传文献的使西日记，其特色因中西游记文学的不同而凸显。在西方，旅行者的自我在游记中占据重要地位。无论古希腊罗马的地理游记、中世纪的朝圣游记、文艺复兴的殖民探险游记，以及近代人开拓视野的欧陆壮游（grand tour）游记之间有何种不同，在大多数情况下，旅行者本人都唱主角：他／她的身份、活动和反应会得到充分的交代，其精神变化的过程也会得到自觉的分析。比之西方游记，中国游记则全然是另一种情形。如美国汉学家宣立敦（Richard E. Strassberg）所言，在整个中国文学中，游记处在边缘的地位，"对中国文化体验来说，旅行从根本上说并不是神奇的事情，这从中国缺乏《奥德赛》式的历历如画的史诗可见一斑；同时，旅行在中国长篇小说的发展中，也没有担当什么主要角色"①。古代纪实性游记大体可分为两大类，一类属于历史，一类属于文学。依《四库全书》分类法，属史部的作品有游记（入地理类），如《徐霞客游记》，有外纪（入地理类），如《佛国记》，有行纪（入传记类），如范成大《吴船录》；属集部的作品，主要是一些单篇短章，如柳宗元《永州八记》等，这些作品存于作家的诗文别集。虽然同样有自传成分，中国游记中的旅行者自我与西方游记差别甚大。在中国的纪行作品中，外部世界的分量具有压倒性优势，而关于自我的介绍，往往惜墨如金。不仅关于自我的场面化、戏剧化的描述难以找到，就连对叙述者的基本的活动和心理的说明，也往往阙如。固然，中国传统游记不像西方现代游记，从小说写作中学来许多叙述技巧，因而无论对外界还是对自我的表达，都停留在比较简单的讲述（telling）方式上，但问题的关键仍不在此。中西游记文学最基本的差别，是文化特点上的差别：西方游记植根于个人主义，因而以私人化（personal）表达为主要旨趣；中国游记植根于群体主义，因而专注于传达社会性内容。川合康三在《中国的自传文学》中认为，把个人放在时代之中，对时代的记述与个人同等，甚或置于个人之上，这是中国自传性文学的源远流长而又根深蒂固的特征②。由于群体主义及其所衍生的道德主义的作用，传统自传所揭示的，往往不是现实生活中的自我，而是理想的自我；对自我的记述与评价，对环境的观察和批判，也往往借助于儒家的理想人格这一标尺。

晚清使西日记既隶属于传统写作，自然体现出传统自传文学的特点。这样，我们在日记中所看到的，主要不是"我的故事"，而是"我所看到的故事"，是一个代表清朝的中国人的观察、体验和思考。换言之，在晚清外交官身上，儒家的理想人格，置换为中国人的共同的民族和文化身份，成为使西日记的基本叙述支点。与同时代在华传教士和外交官的自传、回忆录相比，使西日记因为自叙性不强，往往缺乏文学性，但也因此避免了过度的描写，以及因文生事的附会，更加客观可靠。

从传记学角度研究使西日记，至少有两个意义。第一，使西日记毕竟是作

---

① Richard E. Strassberg, *Inscribed Landscapes: Travel Writing from Imperial China,* Berkeley: University of California Press, 1994, p.9.

② 川合康三：《中国的自传文学》，蔡毅译，中央编译出版社1998年版，第161页。

者在国外交往和社会活动的记录，作为传记资料，即使不太丰富，也足资参考。考虑到许多外交官在本人日记以外生平资料不甚多见，这一角度尤其值得重视。第二，从自传角度研究使西日记，结合其他历史文献，分析作者的自我陈述，可以更加深入地切入作者的个性，对作者的一些思想观点的产生，更容易把握其来龙去脉。比如郭嵩焘与刘锡鸿交恶的公案，学者们一般都从"进步"与"落后"的观点出发，抑刘扬郭。如果仔细阅读他们的日记，会发现主要由于二人个性的不同，才导向了不同的文化选择。郭嵩焘是主动接受文化涵化的：他掌握了西人的"绅士风度"；他吃洋餐，用洋物，行洋礼；他积极与西方各行各业人士打交道，包括与西方妇女交流；他叫如夫人梁氏学习外语，甚至仿效西人以梁氏夫人的名义发帖举办茶会。而刘锡鸿则坚持文化固守，对西方文化不容于儒教精神的部分，处处抵斥，"动与洋人相持，以自明使臣之气骨"，"意气自负，多怀贬斥之心"。[①] 二人在跨文化交往中表现出的不同个性，与他们各自的性格、经历、思维和情感方式又是密切相关的。以往学者们倾向于仅仅从逻辑上阐发使臣的思想，对他们的思想之逻辑以外的原因，注意较少。如此众多的使西日记著作，内容来源大同小异，历史阶段十分接近，且一样脱胎于传统的叙述模式，细读起来，彼此之间仍然有很大差异，一些差异如果不从传记学的角度研究，是无法解释的。

五、结论

以上讨论了从文化身份、文学形象学、传记学的角度研究晚清使西日记的意义。当然，实际可供选择的研究方式，还不止这些。笔者的基本观点，一言以蔽之，要使晚清使西日记研究走出近代化模式。"走向世界丛书"问世距今已经三十年了，三十年间中国和世界发生的许多变化，使我们对近代西方、中西差异、现代化与全球化，都产生了更深一层的认识。出于外交史抑或思想史的近代化模式的研究，不能包容地理解晚清外交官的处境，也不能有效揭橥使西日记文本富含的文化信息，需要突破。引入文化研究的新视点和新方法，多角

---

① 郭嵩焘：《玉池老人自叙》，沈云龙主编《近代中国史料丛刊》第11辑第107册，文海出版社影印本，第91页。

度、多侧面地解读使西日记，既批判、又同情地对待历史人物和他们的思想，是学术研究的呼唤，也是时代的要求。

原载于《湖北大学学报（哲学社会科学版）》2010 年第 6 期

晚清使西日记之为自传文献的考察

一

　　晚清时期，清廷派往西方国家的各类使臣及其属员撰写了大量日记，称为使西日记。这些日记的出现，有文学与政治两方面原因。从文学方面说，文人撰著日记，唐宋以来已成通习，有清一代更步入鼎盛，其日记的数量浩如烟海，几乎超过历代之总和①。进而言之，出使日记为古代日记体文学之重要一脉，晚清使臣纷纷撰著日记，是古代日记著述传统的继承与发扬。从政治方面说，出使大臣撰著和上交日记，是总理衙门制定的制度。1866 年（同治五年），总理衙门派斌椿率同文馆学生游历欧洲，要求斌氏"将该国一切山川形势、风土人情随时记载，带回中国，以资印证"②。这就诞生了《乘槎笔记》，也是晚清第一部使西日记。据第一任驻英公使郭嵩焘云，他在离国前曾与总理衙门议定，到西方以后，每月编写日记一册上交③，有名的《使西纪程》，即本于这一约定。1877 年 12 月（光绪三年十一月），总理衙门奏"出使各国大臣应随时咨送日记等件片"④，正式确定了出使日记汇报的制度。

　　使西日记能不能算作自传文献？杨正润教授在《现代传记学》中说："在私人文献中，日记是私密性最强的一种，也是一种完全个人化的写作，是否写，

---

① 郑逸梅、陈左高主编：《中国近代文学大系·书信日记集》（一），上海书店出版社1992年版，第4—5页。

② 《筹办夷务始末》（同治朝），卷三十九，民国十九年故宫博物院影印清内府抄本，第2页。

③ 郭嵩焘：《养知书屋文集》卷十三，沈云龙主编《近代中国史料丛刊》第16辑第152册，文海出版社影印本，第680页。

④ 席裕福、沈师徐辑：《皇朝政典类纂》，沈云龙主编《近代中国史料丛刊续编》第92辑第919册，文海出版社影印本，第11214页。

如何写，写什么，完全由自己决定，没有外部的压力和干涉。"① 拿这一标准衡量，似乎很明确：使西日记内容有规定，写完要上交，只能看作日记形式的公文，不能算作自传文献。所以国外某些学者称之为"官方日记"②。但问题实际不是这么简单。使西日记固然与一般日记不同，但毕竟采用了私人记述这种形式，符合自传文献的基本规定。虽然大部分使西日记都以外情报告为主，但所谓"外情"，往往是通过使臣自身的言动思考体现出来的，自我即成为一种叙事构架。所以，使西日记既可以看作政治和外交史料，也可以看作自传资料。笔者以为，从传记学的角度观察，使西日记作为游记的一种，应该定位于"离自传核心比较远"却又包含自传成分的私人文献③。

把使西日记看作自传文献，还有一些具体情况需要考虑。第一，使西日记汇报制度规定的范围，仅限于使臣，不包括属员。总理衙门所奏之"出使各国大臣应随时咨送日记等件片"要求"（可否）饬下东西洋出使各国大臣，务将大小事件，逐日详细登记，仍按月汇成一册，咨送臣衙门备案查核"，说得很明白。不少学者以为所有出使人员均需上交日记，其实是误解。这样，写与不写，写什么，怎样写，对一般外交官来说，有很大选择余地。张德彝八次出国所撰的《述奇》就是例证，其他许多使西日记亦可作如是观。第二，原始日记与上交日记的差别。郭嵩焘、曾纪泽、薛福成等人平素即写有日记，可以推想，倘总理衙门无上交日记之规定，他们出国后一样要写日记。但恰恰因了这一规定，一些日记就有了原始日记与上交日记的差别。最有代表性的例子是曾纪泽，他的《出使英法日记》是在手写日记基础上增删改写的，原文很长，改写的日记，因为要供总理衙门作外交与政务的参考，把大量私人性的内容删掉了。第三，日记形式的多样。唐宋时期的日记，或叙游踪，或述出使，或载史料，或记读书，内容多半比较专门。明清以降，涌现出许多长篇日记，卷帙浩繁，私人生活与社会内容都很丰富。使西日记大多属于专题性的异域"采风"，或者像学者陈丰（Feng Chen-Schrader）说的，是不科学、不精确的人类学或民族社会学报

---

① 杨正润：《现代传记学》，南京大学出版社2009年版，第372页。
② R. David Arkush and Leo Ou-fan Lee, *Land without Ghosts: Chinese Impressions of America from the Mid-Nineteenth Century to the Present*, Berkeley: University of California Press, 1989, p.49.
③ 杨正润：《现代传记学》，南京大学出版社2009年版，第393页。

告①，但郭嵩焘、曾纪泽的原始日记，张德彝的《述奇》，却属于包罗万象的日记长篇。不同形式的日记，不能等量齐观，其自传意义上的差别，亦不可不察。第四，日记汇报制度执行之不力。设馆伊始，驻外使臣多半撰有日记，如郭嵩焘有《使西纪程》、刘锡鸿有《英轺日记》、陈兰彬有《使美纪略》、何如璋有《使东述略》、李凤苞有《使德日记》等等，一时之间，"星使著作如林"②。但在第一批公使以后，使臣所撰的日记即明显减少。在清政府派往东西洋各国的使臣中，只有十余人撰写了日记，这一比例，只占公使总人数的四分之一。总理衙门对出使大臣按月将日记汇编成册呈递备案的要求，从未真正落实。但这未必不是件好事。比如郭嵩焘，在《使西纪程》遭禁以后，虽坚持每天记日记，却不再将日记上交总理衙门，日记的内容，因无需公开，遂包含更多的私人内容与独立思考。由以上几个方面，不能把使西日记简单地当作公文看待，其自传的意义和研究价值，是没有疑问的。

二

规范自传也好，抑或自传文献也好，中国的传统自传都具有与西方不同的文化特色。概而言之，西方自传植根于个人主义，以私人化（personal）表达为主要旨趣；中国自传植根于群体主义，专注于传达社会性内容。日本学者川合康三说，把个人放在时代之中，对时代的记述与个人同等，甚或置于个人之上，这是中国自传性文学的源远流长而又根深蒂固的特征③。由于群体主义及其所衍生的道德主义的作用，传统自传所揭示的，往往不是现实生活中的自我，而是理想的自我；对自我的记述与评价，对环境的观察和批判，往往借助于儒家的理想人格这一标尺。晚清使西日记既隶属于传统写作，自然体现出传统自传文学的特点。这样，我们在日记中所看到的，不是"我的故事"，而是"我所看到的故事"，是一个代表清朝的中国人的观察、体验和思考，我之为我，由此确立。换言之，在晚清外交官身上，儒家的理想人格，置换为中国人的共同的民

---

① Feng Chen-Schrader, *Lettres chinoises: Les diplomates chinois découvrent l'Europe (1866-1894)*, Paris: Hachette Littérature, 2004, pp.187-188.

② 张德彝：《随使英俄记》，岳麓书社1986年版，第273页。

③ 川合康三：《中国的自传文学》，蔡毅译，中央编译出版社1998年版，第161页。

族和文化身份，成为使西日记的基本叙述支点。建基于这一支点的叙述具有多方面的功能，既符合了总理衙门外情报告的需要，又满足了国人的期待；既将万花筒般的西方统摄为一个整体，又能在叙述西方的过程中体现个人的经历、见识与品位，达到自我表现的目的。

同样以文化身份为主要支点，不同作者由于个性不同，其自我塑造与一般观点在他们的日记中却很不同。斌椿是一个"满洲小名士"[①]，他以诗人自命，把自己塑造成一个不畏艰险出使绝域的英雄。这是大国使者降尊纡贵远涉番邦的传统自居。《乘槎笔记》关于风景园林、魔术马戏、歌舞宴乐的文字，远多于有关政治、军事、科技、教育的记载，其以审美的态度，取代了现实的态度，确立了中国文化与西方文化的等级关系。随蒲安臣出使欧美的志刚，则是另外一种情况。如果说，斌椿代表的是一般封建士大夫的诗人气质，写诗作赋，附庸风雅，作为总理衙门章京的志刚，则更多地具有机关办事员的特色，照章办事，一丝不苟。《初使泰西记》中，关于西方科技、军事、政治和外交方面的记述占了主要成分，交际娱乐方面的内容少之又少。值得玩味的是，志刚既好奇于西方的科技和工艺，又贬低其"机心"和唯利是图，对西方工业社会做出否定。较之斌椿，志刚的中国文化意识更强烈，也更直接，例如，《初使泰西记》载，出国期间，志刚与外国传教士多次辩难，一面否定《圣经》的真实性，一面指出西方列强之侵凌中国的行为与基督教"以爱人为怀"的教义相矛盾[②]。志刚对西方文化的批评散见在《初使泰西记》之中，这种批评，到刘锡鸿的《英轺日记》，则更加激烈、系统。传统上，刘锡鸿被涂抹成一个可笑的顽固派，实际上，他对西方文化的诸多批评，体现的不是中国封建制与西方资本主义的差异，而是中西文化的差异，具有不少合理性。比较而言，郭嵩焘虽未放弃儒家文化价值体系，却将这种思想悬搁，而热心投身于采问"西学"的实践之中。据郭嵩焘日记，在英、法任使的两年时间里，郭嵩焘对西方社会的方方面面，广求博采，将学到的宝贵知识和受到的启发，笔诸日记，遂使他的日记成为中国近代向西方学习的重要文献记录。郭嵩焘与刘锡鸿的主要差别，在于在跨文化交往中，后者坚持文化固守，而前者主动接受文化涵化。郭嵩焘掌握了西人的"绅士风

---

① 钱锺书：《七缀集》，上海古籍出版社1994年版，第154页。
② 志刚：《初使泰西记》，岳麓书社1985年版，第348页。

度"：他吃洋餐，用洋物，行洋礼；他与西方各行各业人士打交道，包括与西方妇女交流；他叫如夫人梁氏学习外语，甚至仿效西人做派以梁氏夫人的名义发贴举办茶会。对西方文化的正面接受，拉开了他与中国文化距离，他不但对中国同僚、中国现状牢骚满腹，而且在重新回到中国文化环境后感到格外痛苦①。这是一个新鲜而深刻的文化现象，意味着郭嵩焘已经走到近代边缘，传统的中国士大夫意识发生了瓦解。

美国学者吴百益认为，明中叶以前，中国的自传不能叫"自传"（autobiography），只能叫"自作的他传"（self-written biography），自传作者以历史家的口吻为自己作传，记述一些生平事实，援引一些二手材料，而将内心世界排除在外②。这一评论也符合大部分使西日记的情况。除郭嵩焘日记，以上诸例中，使臣的自我主要通过客观介绍自己的活动和思想体现出来，细致描写寡少，自我分析也不甚多。张德彝的出使日记是又一个例外。澳大利亚汉学家傅乐山（J. D. Frodsham）称赞张德彝为"一流的日记家，天生爱写，对生活中琐细之事几有佩皮斯式的兴致，其作品使社会史家兴趣甚浓"③。张德彝的《述奇》无所不记，虽以介绍西方风土人情为重点，却能详细记录自己的日常活动和感受，充分表达了一个中国外交官在西方文化环境中的自我意识。观其日记，一方面，张德彝于西方人不存芥蒂，乐于相处；对西方的戏剧、绘画和音乐等，感受力也较强。另一方面，他的民族自尊心、自豪感以及中国文化认同意识都很强烈。他每以圣教弟子自命，面折皈化天主教的华人教徒，也向外国人宣扬儒学。《再述奇》一条日记云：

午后街游，遇二英国人，幼者笑云："阿兄！看猪尾甚长。"长者叱之曰："威良！可谓少不更事矣。汝知泰西于百年前亦有辫乎？只少短于此耳。再，汝言华辫为猪尾，则我面为猴脸矣。慎之！慎之！"威良诺诺。威良，幼者之乳

---

① 杨正润主编：《众生自画像——中国现代自传与国民性研究（1840—2000）》，上海人民出版社2009年版，第58—59页。

② Pei-yi Wu, *The Confucian's Progress: Autobiographical Writings in Traditional China*, Princeton, New Jersey: Princeton University Press, 1990, p.6.

③ J. D. Frodsham comp. , *The First Chinese Embassy to the West: The Journals of Kuo Sung-t'ao, Liu Hsi-hung and Chang Te-yi*, Oxford: Clarendor Press, 1974, Introduction, p.XL.

名也。①

从"猪尾"与"猴脸"之辨中，读者能够体会张德彝作为中国人所感受的侮辱，以及他对西方优越意识的思想反抗。这种故事化、场面化的生动描写，在张德彝的日记中是很多的。

三

杨正润教授总结关于自传的诸多定义之后说，"自叙性、回顾性和故事化，是自传，特别是现代自传的主要特点"②。固然，这里说的是"正式自传"，不是日记、书信、游记等"边缘自传"；但"边缘"和"正式"也不是没有关系。古今中外之日记、书信、游记，无论形态何等复杂，品类何等丰富，只要当自传文献看，则不能不体现根本的一点，就是自叙性。关于自我的记述和省察，从传记学的眼光着眼，永远是愈多、愈具体、愈深入，就愈好。

作为自传文献的晚清使西日记，其不足主要在这里。例如，曾纪泽的出使日记合起来很长，单日的记录却简而又简，像一大部日常起居的流水账。薛福成刻意用日记续写《瀛寰志略》③，内中外国资料极多，日常活动却略而不叙。郭嵩焘与张德彝除外，其他使西日记作者，如斌椿（《乘槎笔记》）偏重观光，志刚（《初使泰西记》）偏重科技，刘锡鸿（《英轺日记》）偏重政教，李凤苞（《使德日记》）和王之春（《使俄草》）偏重使事，张荫桓（《三洲日记》）偏重伦理，崔国因（《出使美日秘日记》）偏重外交，都不甚写到作者个人，更乏作者经历的生活细节、戏剧场面与心底波澜。

翻检19世纪国外报刊，常可以发现有关晚清使臣的轶闻，是使西日记里面见不到的。这里举几个例子。据说，斌椿一行到巴黎后，发现旅行箱里的衣服都被海水浸泡，没法穿戴，急得直抹眼泪。旅馆老板得知情况后，帮他们从里昂火速定制了一些丝绸衣服，见到这些衣服比他们自己带来的还要华美，他们

① 张德彝：《欧美环游记》，岳麓书社1985年版，第773页。
② 杨正润：《现代传记学》，南京大学出版社2009年版，第293页。
③ 尹德翔：《东海西海之间——晚清使西日记中的文化观察、认证与选择》，北京大学出版社2009年版，第191页。

不禁展颜而笑 ①。1868 年至 1870 年（同治七年至同治九年）出使欧美的蒲安臣使团则是另一种遭遇。他们在离开巴黎退房时，遭到敲诈，宾馆老板以房屋损坏为由，狮子大开口，居然开具了高达一万五千法郎之账单，后来还是法国外交部长亲自干预，才被放行 ②。郭嵩焘使团的故事不惊险但更有趣：英国的一份报纸说，中国大使们离开巴黎时，似乎认为旅馆房间中搬得动的东西都是有权带走的，其侍从在离开宾馆时执意带走鸭绒枕头，预备给大使们火车上用，而旅馆老板娘自然不允，双方发生冲突，闹得不可开交 ③。这些故事的可信度，是不能保证的；即使真的发生过，也不过是刁钻促狭的西方记者在大清使臣面前放一块哈哈镜，聊博读者一粲而已。但这是另外一个问题。这些故事提示我们，中国外交官出使西方，大都有许多非凡的经历。假如他们的日记把这些经历记载下来，哪怕挂一漏万，该有多少有趣的故事？该如何有助我们了解这些外交官的内心世界？遗憾的是，中国传统自传倾向于以外部世界、在理想层面确证自我，不像西方自传那样直接展示自我，其自我塑造往往具有一种迂回的隐蔽性。使西日记作者既然采取这样的策略，自然不会去描写生活中的故事，更不会把可能贬损自我形象的故事纳入其中。从自传文学的角度看，他们的文字，多是枯燥、干瘪的。比较同时代在华传教士与外交官的生动鲜活的自传作品，使西日记在内容以及表达方面，显然处于劣势。

使西日记不讲细节，不叙故事，固然在文学性上失利，但从另一方面说，这种做法避免了过度描写，以及因文生事的附会，在真实性方面表现更优。就多数情况而言，西方传教士与外交官笔下的中国人，都免不了怪诞，如英国外交官庄延龄（E. H. Parker），在《中国佬及其他》中讲到总理衙门大臣云：

所有的满汉显贵似乎都有某种"畸丑"：或吓人的瘿脖子，或左右脸全然不同，或怪怪的斜视，或四五颗牙连在一起像是一根骨头，或额上一大块脏斑，或六缕鬓毛般的长须，或鹰爪般的指甲。在那些年头，几乎每个人都因天花而

---

① "England", *Glasgow Herald*, June 13,1866.

② "London and Paris Gossip", *Trewman's Exeter Flying Post or Plymouth and Cornish Advertiser*, September 29, 1869.

③ "Comic Papers", *Hampshire Telegraph and Sussex Chronicle, and General Advertiser for Hants, Sussex, Surrey, Dorset, and Wilts*, February 3, 1877.

有深深的痘疤。所有人在道德上都比土耳其人狂热，这是北京的习惯使然，人们在关乎道德的事情面前，几乎感到食尸鬼一般的激动。[①]

这还是同情中国人的外交官写下的文字。不少外国人的著作，精心描写中国如何行为古怪，思维荒唐，从中刻意寻找一种"国族性"（national characteristics），又反过来用这种国族性解释中国人的愚顽。这就走上了妖魔化中国的路子。反观使西日记，外交官们虽然在很多方面不赞成西方文化，却从未用津津有味的描摹，辅以某种设定的逻辑圈套，把西方妖魔化。除了王芝《海客日谭》、张祖翼《伦敦竹枝词》等几个特例，清人对西方的亲历记述，大都平实、客观，即使有微词，也直截了当。正如美国学者迪诺耶（Charles A. Desnoyers）所说，"虽然他们（晚清外交官）乐于对西方文化评头品足，尤其在宗教和道德方面，但总体来说，他们的记述，比他们的同时代西方人对自己中国经历的叙述，远为持正和公允。"[②] 笔者以为，这个判断是符合实际的。为什么中国外交官对西方人的描摹和微词都比较少？原因很多，但传统文化的影响是一个最重要因素。孔子曰，"见贤思齐焉，见不贤而内自省也"（《论语·里仁》），"（君子）恶称人之恶者"（《论语·阳货》）。《中庸》亦云，"舜好问而好察迩言，隐恶而扬善"。儒家强调的是正己自修，是多言人之善，少论人之非。在实际生活中，这一方式被后世俗化，变成了"（阮籍）口不臧否人物"（《晋书》），"不责人小过，不发人阴私，不念人旧恶，三者可以养德，亦可以远害"（《菜根谭》）的明哲保身的人生哲学。无论从儒家理想主义出发，还是从现实生活策略出发，晚清外交官们大都保持了矜持自重、薄责于人的习惯，将他们对外国人的叙述和议论，控制在宽厚与善意的藩篱之内。这种善意，偶尔被精细的笔触描绘出来，会成为极好的自传文字。1879年1月25日（光绪五年正月初四日），郭嵩焘拜别英国首相本杰明·迪斯累利（Benjamin Disraeli）[③]，二人做了一番交谈，兹节录当日日记云：

---

① E. H. Parker, *John Chinaman and a Few Others*, New York: E. P. Dutton & Company, 1909, p.63.

② Charles A. Desnoyers, "Self-Strengthening in the New World: A Chinese Envoy's Travels in America", *The Pacific Historical Review*, Volume 60, No. 2 (May, 1991), p197.

③ 迪氏受封比肯斯菲尔德侯爵（"Earl of Beaconsfield"），郭嵩焘称之为"毕根斯由"。

毕根斯由："英国人于钦差敬慕无异言，使通国人闻其将去，皆各依依，亦向所未有。"答言："深感国人相待之诚。在中国时即闻罗尔得毕根斯由之名，幸获承教两年之久。每见新报所持议论，无一语不担斤两；所办事件，无一处不深合机宜，实所服膺。愿赐一小照，俾持归悬之案端，以志向慕。"毕根斯由言："深谢钦差相待之意。"即顾参赞科里取一小照，自书名，起授嵩焘："此次枉顾，永远不能相忘。亦愿钦差受此小像，记忆英国有此一相好朋友，长无相忘。"因相握手慰劳而退。

毕根斯由为英国名相，年七十余，西洋各国相视以为豪杰之才。而每与嵩焘言，未尝不重视中国，以逮其使臣。此次情意拳拳，语长心重，不敢断其为诚心投契；而接其言论，领其意旨，使此心怦怦为之感动。①

丁韪良、何天爵等许多西方"中国通"，也写了不少自传，他们对与之打交道的中国人的态度，居高临下，得意之色溢于言表，讥诮揶揄俯拾即是。但是，哪里能找到郭嵩焘日记这样的挚诚文字呢？

原载于《荆楚理工学院学报》2010 年第 8 期

---

① 郭嵩焘：《伦敦与巴黎日记》，岳麓书社1984年版，第882页。

《中华竹枝词全编·海外卷》补遗

近人王慎之、王子今所辑《清代海外竹枝词》（北京大学出版社 1994 年版），为国内海外竹枝词之第一部辑集，该书收入海外竹枝词 18 种 1370 首，规模粗具。而丘良任等编的《中华竹枝词全编》（北京出版社 2007 年版），为迄今为止网罗最全的竹枝词辑集，其"海外卷"合计收入海外竹枝词 90 种 1975 首，在王辑基础上，增益颇多。编者积多年之功，从晚清和民国海内外报纸、杂志、文集中网罗放失，钩沉辑轶，实非易易。然因搜求之难，珊网遗珠，间或不免。笔者近读清人王之春《谈瀛录》《使俄草》二书，检得海外竹枝词三种，一管之得，用补罅漏，兹陈如下：

1.《东京竹枝词》

出《谈瀛录》卷二。此书有上洋文艺斋和京口营次两个刻本，均刊于光绪六年（1880）。光绪五年，值中俄伊犁谈判未决，日本悍然吞并琉球。南洋大臣、两江总督沈葆祯派以洋务知名的王之春（时在沈麾下统带毅字营）赴日查探，掌握动向。王氏于光绪五年十月十八日从镇江搭轮启程，至十一月二十四日返回镇江营次，历一月有奇，履长崎、横滨、大阪、东京等地，多有见闻。《谈瀛录》有《东游日记》二卷和《东洋琐记》一卷，内中不少吟咏日本风物的诗歌，其中一组，题《东京竹枝词》[①]：

《东京竹枝词》

①轻圆石子本晶莹，上衬白沙贴地平。处处清尘常沃水，自来灯火到天明。

②囷囷高大究何曾，门户如窗跣足登。惟有小楼精以洁，客来请上第三层。

---

① 王之春：《谈瀛录》卷二，光绪六年上洋文艺斋刻本，第 9—11 页。

③家家构得小楼台，槅子临风四面开。客到不妨同席地，杯盘跪捧献茶来。

④怪他女仆解庖厨，不管罗敷自有夫。拍手呼来如响应，便宜官许雇人需。

⑤云鬟螺髻斗新妆，风流也称小蛮装。薙眉涅齿相沿久，道是人家已嫁娘。

⑥用夷变夏竟何如，为问东施效得无？漫笑侬言多卤莽，还期大事莫糊涂。

⑦步上歌楼卖酒家，呼来小妓是蛮娃。怀中抱得纤腰鼓，不用椎敲用手挝。

⑧明眸皓齿态嫣然，不避生人入绮筵。笑语相迎懒作答，故持牙板弄三弦。

⑨脸波横处水盈盈，称体衣裳楚楚轻。几辈嬉游惯成对，觑人笑指南京生。

⑩白足娉婷踏踏歌，衣香人影两婆娑。巫山可恨无重译，言语难通可奈何。

⑪纤弓短箭坐登场，左右奔趋是女郎。中得雀屏如击鼓，好将轶事话隋唐。

⑫全凭游戏作生涯，十二僚九一局开。弄玉人来思弄玉，等闲引上凤凰台。

⑬小车代步快如梭，健仆无衣尽力拖。若要中途行缓缓，需操倭语叫唆啰。

（注：编号为笔者所加，下同）

按：本诗对日本多鄙薄语。日本明治维新以后，举国西化，然土风旧俗，未能尽改。《东游日记》载，作者到东京后，结识驻日使馆参赞黄遵宪，得读其《日本杂事诗》，因作《题参赞黄君公度〈日本杂事诗〉后》四首，其一云："八十三州夸版籍，二千年后裂冠裳。不凭周处编《风土》，数典谁知祖已忘。"[1]但黄氏在《日本杂事诗》自序中云："余所交多旧学家，微言刺讥，咨嗟太息，充溢于吾耳，虽自守居国不非大夫之义，而新旧同异之见，时露于诗中。及阅历日深，闻见日拓，颇悉穷变通久之理，乃信其改从西法，革故取新，卓然能自树立……使事多暇，偶翻旧编，颇悔少作，点窜增损，时有改正，共得诗数十首；其不及改者，亦姑仍之。"[2]王之春引黄遵宪为同调，却不知后来黄以"今日之我"否定了"昔日之我"（梁启超语），自己仍停留在"旧学家"的阵营中。只此一端，王之春之《东京竹枝词》，较黄遵宪别开生面之《日本杂事诗》，斯在下矣。

2.《俄京竹枝词》

出《使俄草》卷四。此书有光绪二十一年乙未孟秋上海石印本，台湾文海出

---

[1]　王之春：《谈瀛录》卷一，光绪六年上洋文艺斋刻本，第17页。

[2]　黄遵宪：《日本杂事诗（广注）》，岳麓书社1985年版，第571—572页。

版社曾影印。光绪十七年（1891），王之春在署理广东布政使任内，款待过来华游历的俄皇世子（即后来的尼古拉二世）。因此之故，光绪二十年，清廷派他以头品顶戴、湖北布政使的身份，前往俄国吊唁沙皇亚历山大三世逝世，并贺尼古拉二世加冕。《使俄草》即此行的日记。该书分八卷，起光绪二十年十月十六日，止光绪二十一年闰五月十七日，文字工细，载诗亦夥，中有一组，题《俄京竹枝词》[①]：

俄京竹枝词

①旧都懒说墨斯科，比得城中安乐窝。远向和林过沙漠，不愁黑海有风波。

②冰天雪地共谁偕，结伴行经大海街。群挈马单廊下出，大毛风领小皮鞋。

③每思选胜到芬兰，当作华清出浴观。易地皆然偏就近，天魔易得美人难。
俄都亦有男女浴室。

④乡景曾观跳舞场，大家拍手笑声狂。曲终有酒须同醉，鱼子鹅肝信口尝。

⑤宫墙高峻近民居，忧乐同民景象舒。入目晶莹无隔阂，方珪圆璧聚琼琚。
宫在大海街，其象方毗连博物院。

⑥架悬十字贡心香，礼拜传经有教堂。石柱不妨镶孔翠，宝光还更耀金钢。

⑦涅瓦江边任跑车，园分冬夏地幽遐。微行往往逢君后，试剑谁惊白帝蛇。
俄主为世子时，曾将游历东方所构各物创设东方博物院，任人观玩，集赀散给穷民，兼之近来乱党安静，故不复有意外之虞。

⑧骈罗百货灿生光，皮币金砂擅富强。只有金龙旧茶殿，独留字号认华商。

按：王之春此次衔命出使，着意通好，与光绪五年赴日密查的情况不同了，故述俄皇、宫廷，及各处景观，笔多溢美。然本诗所咏夫妇散步、男女浴室、乡村舞会等，皆寓讥讽，华夏文化至上之意识，亦不能尽抑。

3.《巴黎竹枝词》

出《使俄草》卷七。王之春由法国马赛弃舟登岸，先至巴黎，在使馆稍憩，再赴彼得堡，奉使事竣，复至巴黎，在此居留二月有奇。《使俄草》吟咏法国的

---

① 王之春：《使俄草》，沈云龙主编《近代中国史料》第7辑第67册，文海出版社影印本，第318—319页。

诗歌，有《巴黎行》《重到法京》《游万生园》《武备学堂》等。《巴黎竹枝词》[①]组诗为返国前作：

巴黎竹枝词

①车近平林已出城，无门有轨任纵横。法京早无城，仅存城门旧址。犹存古意留形盛，公所当前认大清。出城即大清公所，今为加非茶室。

②使馆西偏近教堂，按时钟响报丁当。每逢顶礼深深拜，手指心头色亦庄。

③大好夫妻配自天，更从天主证因缘。焚香燃烛将经讽，信口喃喃杂管弦。

④天堂无路哪能升，切力超生万不能。拉得铜馆先进寺，得真解脱又何曾。

⑤品茶随处有加非，士女如云逸兴飞。时过三更声扰扰，参横斗转不言归。

⑥暮色苍茫海气清，电光煤火烂如星。飞车一去不知远，跳舞场开雅乐听。

⑦桑西利涉大街头，屹立中央得胜楼。四达通衢信瞻仰，表功有意抗千秋。

⑧罗佛奇珍胜□廛，旧王宫好更流连。铁人最古应无匹，已逾四千七百年。

⑨良人士女纵游行，已死耶稣庆复生。举国若狂尊此日，不知天主可曾醒。三月二十一日相传耶稣复生。

⑩合众开闸赛马时，华林马射不为奇。君筹武备民同乐，隐寓欧西节制师。

⑪雄都坐镇仰弥高，塔势凌空欲驾鳌。三百迈当拦四护，铮铮铁马逐风号。

⑫虫鱼鸟兽象都驯，博物何从问假真。招手万生园里去，真人来看假麒麟。

按：王之春对法国的态度比较矛盾，既歆其"政法之善""贵贱均体"[②]，也厌其"乱党颇多""恃勇而喜动"[③]。本诗纪实，未尝臧否。然王氏不喜天主教，以为其"有等于稗官小说若《封神演义》诸书所云者""不甚堪一噱"[④]。故诗中对法国人敬奉天主及礼拜、圣事等事，颇轻贱之。

原载于《宁波大学学报（人文科学版）》2011年第5期

① 王之春：《使俄草》，沈云龙主编《近代中国史料》第7辑第67册，文海出版社影印本，第567—570页。
② 王之春：《使俄草》，沈云龙主编《近代中国史料》第7辑第67册，文海出版社影印本，第431页。
③ 王之春：《使俄草》，沈云龙主编《近代中国史料》第7辑第67册，文海出版社影印本，第443页。
④ 王之春：《使俄草》，沈云龙主编《近代中国史料》第7辑第67册，文海出版社影印本，第431页。

晚清至民初英国传教士所撰华人基督徒传记论略

一

基督徒传记源远流长。《旧约》中人类的始祖亚当、诺亚，犹太人的先祖亚伯拉罕、摩西，以色列的立国者扫罗、大卫等人的故事，都是用传记笔法写成的。《新约》中讲述耶稣降世与复活的《福音书》以及诸门徒行迹的《使徒行传》，是明确的传记。罗马帝国时期出现的"圣徒传"（hagiography），主要记载关于殉教的基督徒的种种传说。到中世纪，这一文体的内容演变为叙述"圣徒"[①]的生平经历尤其是超自然的"奇迹"。圣徒传是中世纪流行的文类，也是教会文学的大宗。在他传之外，还有自传。圣·奥古斯丁（Aurelius Augustinus，354—430）是古罗马帝国最著名的"教父"，他的《忏悔录》是一部自传，开辟了西方"忏悔录"自传的传统。奥古斯丁的《忏悔录》聚焦于个人的宗教意识，而卢梭的《忏悔录》则是世俗性的[②]。

唐贞观九年（635），"景教[③]大德"阿罗本（Aloben）携带经文书卷抵长安，唐太宗命丞相房玄龄亲迎，是为基督教入华之始。景教流行中土二百年，至唐武宗"灭佛"，趋于灭绝。关于景教在中国的传播情况，有明天启三年（1623）或五年（1625）在西安发现的《大秦景教流行中国碑》以及 20 世纪上半叶在敦煌发现的相关文献可参[④]。在这些景教文献中，没有传记[⑤]。

---

① 被教会册封（canonized）为"圣者"（Saint）的教士、修道士或信徒。
② 参见曹蕾：《自传忏悔——从奥古斯丁到卢梭》，中国社会科学出版社2012年版。
③ 意为"光明教"（La religion lumineuse），为聂斯脱利派教士给基督教的汉译，见沙百里：《中国基督徒史》，耿昇、郑德弟译，中国社会科学出版社1998年版，第4页。
④ 沙百里：《中国基督徒史》，耿昇、郑德弟译，中国社会科学出版社1998年版，第1编第1—3章。
⑤ 赵家栋、聂志军：《浅论唐代景教文献的整理与研究》，《古籍整理研究学刊》2010年第6期。

明嘉靖三十一年（1552），西班牙传教士弗朗西斯·沙勿略（St. Francois Xavier，1506—1552）由印度果阿赴中国，到达广州附近的上川岛。因海禁关系不得入境，沙勿略滞留上川岛，同年病死于此。此是天主教耶稣会入华之始。万历十一年（1583），意大利传教士罗明坚（Michele Ruggleri，1543—1607）和利玛窦（Matteo Ricci，1552—1610）从澳门来到广东肇庆，获得建造教堂的许可。这是耶稣会士在中国内地第一个传教根据地。万历二十八年年底（1601年1月），利玛窦入京，受到明神宗朱翊钧的接见，自此天主教取得了在中国传教的合法地位。至雍正禁教（1723），耶稣会以及方济各会、多明我会、奥斯定会等其他欧洲传教会在中国的传教，有两百年之久。

耶稣会士为传教之便，利用教会传记文学的传统，用汉文撰写了许多宗教传记，如高一志（Alfonso Vagnone，1568—1640，又名王丰肃）的《天主圣教圣人行实》（1629）、《圣母行实》（1631），艾儒略（Giulio Aleni，1582—1649）的《天主降生言行纪略》（1642）、《大西利先生行迹》（时间不详）等。同时他们也写了一些华人基督徒的传记。如艾儒略口述、丁志麟笔录的《杨淇园先生超性事迹》（1628），即著名归化基督徒杨廷筠（1562—1627）的传记。艾儒略还有《张弥额尔遗迹》（1623）一文，为基督徒张赓之子张识的传记。柏应理（Philippe Couplet，1623—1693）写过《徐光启行略》（1678），还用拉丁文在欧洲出版了一种《一位中国奉教太太——许母徐太夫人事略》（1688），讲述徐光启的孙女徐甘第大（Cadida Xu，1607—1680）的生平事迹。这些都是比较有名的耶稣会士所撰的华人基督徒传记[①]。

清嘉庆十二年（1807），英国长老会传教士马礼逊（Robert Morrison，1782—1834）来到广州。是为基督教第三次进入中国，同时马礼逊也是新教传教士来华第一人。在马礼逊之后，欧美各派新教传教士纷至沓来，将中国变为传教的热土。另一方面，自雍正禁教以后，天主教在中国的传教虽然转入地下，但从未中断。鸦片战争后，在不平等条约的保护下，天主教重新从"地下"转为"地上"，建立大量机构，一时出现勃兴的局面。比较而言，虽然天主教在中国信众较多，但因为传道方式比较传统，远不及新教后来居上，对中国社会和文

---

① 参见方豪：《中国天主教史人物传》，中华书局1988年影印本；徐宗泽：《明清间耶稣会士译著提要》，上海书店出版社2010年版。

化产生十分深刻的影响。本文所讨论的华人基督徒传记的话题，主要在英国新教传教士工作范围之内。

纵向来看，两百年以来，华人基督徒传记（中外文不论）可分为三个历史阶段：清代、民国、新中国成立后。此三个阶段中，前两个阶段最发达，第三个阶段最薄弱①。现在和以后的华人基督徒传记如何走向，尚待观察。

关于本土基督徒人物的研究，杰出的天主教徒、交通史专家方豪在民国时曾作《同治前欧洲留学史小略》，考出同治前出国留学之华人 123 人，列出姓名、籍贯、生年等项，极可赞佩②。这些留学活动主要为西方传教士发起。方氏后来作《中国天主教史人物传》三册，所述人物既有外国传教士，又有华人基督徒，体现了中外一家的观念。英国人穆启蒙（Joseph Motte S. J.）写过一本《中国信徒史》（侯景文译，光启出版社 1978 年版），法国人沙百里（J. Charbonnier）出版过一种《中国基督徒史》（耿昇、郑德弟译，中国社会科学出版社 1998 年版）。总体上，正如沙百里所言：

尽管论述中国基督教史的著作已卷帙浩繁，在大部分情况下，这类著作始终是指传教史。外国传教士在那里占据了前台。中国基督徒往往被当作配角对待，完全在幕后活动的。③

虽然沙百里此书宣称从华人基督徒角度写作，但主要内容仍以写传教、写外国传教士为多。盖作者掌握传记材料匮乏之故。若作者能阅读大量华人基督徒传记，尤其是鸦片战争以后的新教徒的传记，当有别样认识与描述④。

鸦片战争以来国内外出版过多少种基督徒传记，迄无全面统计。无论如何，

---

① 戴绍曾（James H. Taylor Ⅲ，中国内地会开创者戴德生之曾孙）在王明道《五十年来》英译本序中说："除了倪柝声，中国教会领袖的英文传记确实很少，他们的代表作翻译更少。"（Wong Ming-Dao, *A Stone Made Smooth*, Southampton: Mayflower Christian Books, 1981, preface.）当代的情况或许如此，晚清和民国时期则不然。

② 此文收入《方豪文录》，上智编译馆1948年版。

③ 沙百里：《中国基督徒史》，耿昇、郑德弟译，中国社会科学出版社1998年版，第1编导言第2页。

④ 1907年，加拿大传教士季理斐（D. MacGillivary）编辑的 *A Century of Protestant Missions in China (1807-1907)* 在上海出版。全书为西方来华各新教教派的分别统述，卷帙浩繁。书末附传教士所撰传记，其中华人基督徒传记只有两种。可注意者，以赖德烈（Kenneth Scott Latourette）《基督教在华传教史》（雷立柏等译，香港道风书社2009年版）材料之惊人，其"书籍的译印和散发"一节，亦未谈及华人基督徒传记。

这是一件大的工程，成就绝非易事。笔者见到的一份有价值的材料，是中华续行委办会调查特委会于1922年出版的大型报告《中华归主——中国基督教事业统计1901—1920》，其中统计在此二十年间出版的传记书籍合计91种[①]。在此之前与在此之后出版的传记数目，很难估算。

二

第一个华人新教传教士、广东佛山人梁发1828年在广州撰写的《熟学圣理略论》，可能是最早的华人基督徒自传。本书主要内容是作者宗教生活——悔改、受洗和灵修经验的自述。此后，本土基督徒所作的自传和他传层出不穷。根据查时杰《中国基督教人物小传》（台湾中华福音神学院1983年版），从晚清到民国，许多基督徒都作有传记或被别人作传。如王元深《历坚明证记》、黄品三《信主起因记》、丁立美《奋兴记实》、吴雷川《信仰基督教二十年的经验》、陈崇桂《自传：不惑之年》（英文）、徐宝谦《二十年来信道经验自述》、沈宗瀚《克难苦学记》、宋尚节《我的见证》等，都是自传。梁柱臣曾为何进善作《何牧师事略》，陈崇桂为冯玉祥作《冯将军其人其事》（英文），刘粤声写过《张文开先生》，谢洪赉为谢锡恩、颜永京等十人作《名牧遗征》，赵紫宸写过《吴雷川先生小传》等，都是他传。查氏的著作也利用过外国传教士为华人基督徒所作的传记，如毕腾（Nelson Bitton）和施白珩（C. G. Sparham）分别为诚静怡所作的小传，鲍乃德（Eugene E. Barnett）为余日章所作的小传，白洁士（Andrew Burgss）所著《汝南人彭福》（*PengFu from Junan*），金弥尔（Angus I. Kinnear）所著《中流砥柱——倪柝声传》（*Against the Tide: The Story of Watchman Nee*）等。当然，此书未曾涉及的华人基督徒传记仍有很多。可以说，从耶稣会士入华以来，本土基督徒撰写自传、或传教士为本土基督徒撰写传记，本土基督徒为传教士撰写传记，以及本土基督徒相互撰写传记，如涓涓细流，绵绵不绝。

从圣徒传开始，作为一种宣教工具，基督徒传记在内容上有三个特点：一、纪念性，纪念杰出的基督徒；二、教育性，培养信徒的基督教信仰；三、示

[①] 司德敷等编：《中华归主》（下），中国社会科学出版社1985年版，第1222页。

范性，通过塑造模范的信徒形象为其他信徒树立样板①。美国传教士宾利（W.P. Bentley）作有《杰出华人基督徒群传》，该书用 22 章写了 22 个华人传教士的传记。作者在前言里说：

> 今天的中国有一个最大的光荣，这就是她的一些孩子们身上的坚强而美丽的基督徒性格。但她对这一光荣毫不知晓。
>
> 与这些人结识，是我们感到快乐和鼓舞的源泉。②

这是传教士的观点，从宗教角度说明了华人基督徒传记存在的根本意义。传教士动员华人基督徒撰写自传，英国圣公会传教士万拔文（W.S. Pakenham-Walsh，1868—1960）的《华南基督徒的一些范本》③中有生动的事例。该书的一位传主 Hu Iong Mi④ 在 1893 年故去。他去世的前几年，福州有好几个外国传教士敦促他把自己的一生用笔记录下来。开始他并不情愿，后来理解到他的自传对别人有用，因而被说动，遂写出一本内容有趣、细节丰富的自传。该书关于 Hu Iong Mi 的部分即由此人的自传改写⑤。席胜魔的自传类似，也是在传教士的劝说下完成的。在某些外国传教士看来，华人基督徒传记不单对华人信徒有益，对一些传教士也具有很好的激励作用。苏格兰长老会传教士罗约翰（John Ross，1842—1915）在《老王：满洲第一个华人传教士》的前言中说：

> 也许，如果这类基督徒（按：指传教士）能对非基督教国家提高兴趣，他们对应承担的责任将更有热情。如果能使他们与其他国家的人们——如本书主人公那样，从异教徒皈化为基督教徒，从不敬变为虔敬——觌面相值，他们目前的兴趣索然，将一变而为努力传教的强烈愿望与热忱努力。如此，期望老王的故事引导这类基督徒对其他地方的同类的福祉发生深厚的兴趣，当不过分

---

① 唐岫敏等：《英国传记文学史》，上海外语教育出版社2012年版，第1页。

② W.P. Bentley, *Illustrious Chinese Christians*, Cincinnati: The Standard Publishing Company, 1906, Preface.

③ W.S. Pakenham-Walsh, *Some Typical Christians of South China*, London: Marshall Brothers, 1905. 本书为华南地区华人基督徒的群传，共收录12位基督徒传记，每篇传记的作者都是外国传教士。

④ 该传人名盖依闽南方言注音，如"Wong Kieu Taik"，从上下文推出为"王求德"，如无交代，很难知晓（W.S. Pakenham-Walsh, *Some Typical Christians of South China*, London: Marshall Brothers, 1905, p.5）。

⑤ W.S. Pakenham-Walsh, *Some Typical Christians of South China*, London: Marshall Brothers, 1905, p.36.

吧！虽然这些人的习惯、言语与他们相异，可这些人有同样的恐惧，服从同样的道德律，怀抱同样的希望。①

基督教在中国的传播尚有独特的境况，需要考虑。以晚清为例，传教士在民间传教，一直受到士大夫和普通百姓侧目。撇开流传极广的关于传教士"迷拐幼孩""剜眼剖心""诱奸妇女"的传说，一般人往往认定传教士在外国势力支持下，藐视官府，欺压百姓，教唆不良分子。对此，传教士领袖们不免耿耿于怀。光绪二十一年（1895），英美著名传教士慕维廉（William Muirhead，1822—1900）、戴德生（James Hudson Taylor，1832—1905）等人联名上《永息教案策》于总理衙门，要求政府禁止社会上流行的文献中的反教言论，其中说：

> 自唐以降，千余年来，儒、释、道、回回、基督各教迭兴，皆邀一体保护，并立有善法以处之，民间遂相安。不觉独至今日，在华之基督教虽屡奉上谕，迭准官示，而恒不得享安辑之乐者，盖因新刻之《经世文续编》及《海国图志》等书，诋谤教会之语，诬赖教民，累牍连篇耸人听观之所致也。而于教中所行之善事，概不提及；即或有所称述，亦隐刺西人心怀叵测，务使见此书者皆视教民如秕莠，避之唯恐不速而后已……平民故信为实事，官绅士子亦或不得不以为然。②

在此背景下，教会方面鼓励出版华人基督徒的传记的意义不言而喻：这类传记不仅可用于教内的交流，更可用于教外的自辩。

英国传教士所撰传记的资料来源，华人基督徒的自传是其中最重要的一类。自传以外，来源则比较纷杂。有一些传记取材于传主身边的人的回忆，作者的工作只是一种誊写和剪裁，如文高能（C. Campbell Brown）所作的《一个中国的圣方济各：猫弟兄传》③；有一些传记取材于作者的亲身经历，如布赖森夫人（Mrs Bryson）的《遇难录》讲述义和团运动时期天津华人基督徒纷纷殉难的故

---

① John Ross, *Old Wang:The First Chinese Evangelist in Manchuria*. London: Religious Tract Society, 1889, pp.8-9.
② 转引自顾卫民：《基督教与近代中国社会》，上海人民出版社2010年版，第160—161页。
③ C. Campbell Brown, *A Chinese St. Francis, or the Life of Brother Mao*, London: Hodder and Stoughton, 1911. 传主"Cheng Mao"之名意为"猫"。

事，其中不少人是作者在教会学校的学生、妈妈班或英语班的成员①。当然，因情况不同，有的作者可能通过多种途径获取传记资料而成书，例如内地会海思波（Marshall Broomhall）的《追寻上帝：张、楚二牧师合传》②。海氏是内地会的编辑秘书，他在前言里说，为纪念内地会创会五十周年，他试图出版一本中国内地会各站点的史稿，因之收集了大量资料。有一些材料因归国时客轮被鱼雷击沉而遗失，有一些材料则不适合公开。故他只选取一小部分材料，以短小的篇幅、讲述各省传教故事的形式发表，而本书是汾河以西站点的故事。关于张和楚，有的事迹是从传教士口中听到的，有的源于为传教士所记录的传主的自传，有的取自传教士的日记③。从这个例子，见出某些英国传教士撰写华人基督徒传记的方式，是比较综合性的。

总体来看，清末民初的一段时间，英国传教士对撰写华人基督徒传记普遍热衷，尤以戴德生所创的中国内地会为甚；民国中后期以后，对华人基督徒传记的撰写渐渐不具有规模，变为少量的个例。笔者以为，这种变化主要与中国社会的发展有关。晚清让位于民国，基督教传播的重心也发生着变化。原始、落后、对基督教充满敌意和偏见的农村，让位给正在普及新知、缓慢现代化的城市。在城市，现代化程度相对较高，交通的便利、教会设施的变化、宣教手段的丰富、印刷资料的激增，改变着传教的方式，也降低了对传记这一文体的依赖。

三

笔者掌握的在英国出版的华人基督徒传记，主要出自以戴德生为代表的基要派（个人福音派）传教士，而非李提摩太（Timothy Richard，1845—1919）为代表的自由派（社会福音派）传教士④。在基要派的自觉意识中，撰写华人基

---

① Mrs Bryson, *Cross and Crown: Stories of the Chinese Martyrs*, London: London Missionary Society, 1904, p.18.

② Marshall Broomhall, *In Quest of God: The Life Story of Pastors Chang & Ch'ü, Buddhist & Chinese Scholar*, London: The China Inland Mission, 1921.

③ Marshall Broomhall, *In Quest of God: The Life Story of Pastors Chang & Ch'ü, Buddhist & Chinese Scholar*, London: The China Inland Mission, 1921, Preface.

④ 关于二者的区别，参见赵晓阳：《基督教青年会在中国：本土和现代的探索》，社科文献出版社2008年版，第六章。

督徒传记，自然是为了让更多的中国人入天国。和当年整理利玛窦日记的耶稣会士金尼阁（Nicolas Trigault, 1577—1629）一样，他们把这一目标称为"征服"。伦敦会传教士杨格非（Griffith John，1831—1912）在1877年上海召开的传教士大会上说："我们来这里，不是为发展这个国家的资源，不是为促进商业，也不仅是为提升文明，而是为了同黑暗势力作斗争，为了拯救罪人，为基督征服中国。"① 话虽如此说，传教士也和一般人一样，在面对异国和异族的时候，无法摆脱自身种族和文化造成的影响。罗素曾讽刺在华美国人说，"美国人一直都是传教士——但他们不是在宣扬基督教（尽管他们经常认为如此），而是在宣扬美国主义（Americanism）"②。把这一说法平移到英国人身上，同样合适。学者林治平具体谈到这个问题，他认为，19世纪西方人的文化自信心十分坚强，以西方的社会文化符号来看中国的社会文化符号，误会卑视在所难免。"在这种情形下，基督教在中国传播，自然不会太关心中国文化脉络的问题，大多数的传教士只是主观地、强烈地表达他们的信仰理念，……以一种救世者的心态，强加在中国人的身上，务求拯救'可怜的'中国人；他们当中也有部分人士认为中国文化社会的符号系统是邪恶的异教，魔鬼的网罗。"③ 与明末清初耶稣会士尊重中国文化、"合儒"、"超儒"的策略④ 不同，大部分新教徒传教士持严格的独断论，认为自己掌握了唯一的真理，不特祖先、孔子没有价值，中国的所有历史、现实与文化都是一团漆黑，毫无希望。故中国的出路只有基督教化。即使像傅兰雅（John Fryer, 1839—1928）那样的自由派传教士，也说过这样极端的话："中国没有基督教是不行的，她也不能把基督教拒之门外。基督教必须胜利。中国如果要成为一个真正伟大的国家，要求摆脱压迫者的压迫而获得自由，那就必须把智力培养和基督教结合起来。"⑤ 赖德烈在《基督教在华传教史》中讲到，在华传教士视野狭窄，他们从年轻时开始在其修会接受培育，这种学校在很大程度上与当时非教会世界的思想隔绝。到中国后，尽管在华人社会生活很长时间，

---

① 转引自赵晓阳：《基督教青年会在中国：本土和现代的探索》，社科文献出版社2008年版，第133页。
② 罗素：《中国问题》，中央编译出版社2011年版，第183页。
③ 林治平编著：《基督教在中国本色化》，今日中国出版社1998年版，第8页。
④ 参见何兆武：《中西文化交流史论》，湖北人民出版社2007年版，第16—28页。
⑤ 转引自顾卫民：《基督教与近代中国社会》，上海人民出版社2010年版，第240页。

他们对华人的语言与文化并不十分了解①。这就是为什么清末民初的新教传教士所作的华人基督徒传记充满了与儒、道、释以及民间迷信的强烈对立。许多传记对传主从多神教信仰转向接受上帝的过程大做文章，典型的情境是传主在痛苦绝望的时刻，向祖先祷告，向观世音菩萨祷告，都无反应，遂倒向耶稣。加入基督教后，华人基督徒必须捣毁祖宗牌位，弃绝佛、仙偶像，并且拒绝传统沿袭下来的各类祭拜仪式。海思波《追寻上帝：张、楚二牧师合传》以颂扬的笔调详细描写了作为基督徒的楚与中国传统的对抗。楚入教后，很为地方官侧目。一次，他被特别要求参加祭土地神的典礼（楚有功名在身）。楚与官吏们并排站在显要的位置，众人三拜九叩之时，只有楚一人直身不动，令地方官大为震怒，事后，他被学监下令抽了一百鞭②。基督教近代以来在中国所扮演的角色是多面性的，传教士虽然推动了中国的现代化，然而另一方面，他们也是瓦解中国传统文化的重要力量。基督教与中国传统文化的关系，从耶稣会士开始，一直是一个令人困扰的问题。直到今日，亦有很多新教人士对传统文化持对抗的态度。但另一方面，20世纪20年代"反教运动"以来，在教会人士内部，尤其在自由派中，在两者之间寻求和谐和包容已成为一种趋势。正如有人这样评价华人天主教徒吴经熊：

　　尽管他慷慨地准备抛弃他的异教文化遗产，却发现他身为公教徒，其中好的东西一个也没有失去。相反地得到了提升与互补。……儒家的道德主义和道家的静观得到巧妙的平衡。甚至因着成为公教徒而更是中国人。③

　　从这一立场看，清末民初英国传教士所撰的华人基督徒传记，不能不说思想有一些偏狭。

　　除了刻意寻求与中国传统文化的对立，还有另一种倾向也值得注意，即诉诸神迹。这与作者的基要派的神学立场有关。基要派坚持天启神学，认为凡

---

①　赖德烈：《基督教在华传教史》，雷立柏等译，道风书社2009年版，第293—294页。

②　Marshall Broomhall, *In Quest of God: The Life Story of Pastors Chang & Ch'ü, Buddhist & Chinese Scholar,* London: The China Inland Mission, 1921, pp.72-75.

③　郭果七：《吴经熊：中国人亦基督徒》，光启文化事业2006年版，第255页。

《圣经》所说的，都应从字面来接受，故耶稣死而复活、驱魔、水上行走、以五饼二鱼令五千人饱腹等福音故事，都被认作实事。故英国传教士所撰的华人传记，也有很多超自然的神迹，不烦细述。从世俗学术的眼光看，所有宗教包括基督教，莫不沾分某种"野性的思维"，越是原教旨主义，这种倾向越是强烈。这也能解释清末民初传教士的写作方式。加拿大传记理论家奈德尔（Ira Bruce Nadel）曾把传记叙事者分为三种："戏剧性的／表现式的""客观型的／学术性的""解释型的／分析式的"，"第一种强调参与，第二种强调分离，第三种强调分析"。[①] 清末民初英国传教士传记家绝大多数属于第一种，极少部分属于第一种兼第二种，罕见第三种。在这些传记作品中，诱发传主思想变化的情境，生命轨迹的戏剧性变化，圣灵感动的时刻，都被细细描摹，其所体验的幻视、幻听、梦境，以及种种不可思议的神迹，都被充分交代[②]。这些内容，在民国后期以及以后的同类传记中，大为减少。

四

关于晚清到民初传教士所撰华人基督徒传记的价值，笔者以为大略有几个方面。

第一，叙写华人基督徒的动人事迹，歌颂了他们献身宗教的崇高精神。

鸦片战争以后很长一段时期，清政府上层与本土士大夫对华人入教者都抱着鄙夷的态度。郑观应《盛世危言》论传教篇云："第华民各具天良，稍明义理者，从不为彼教所惑。凡进教者，或为财利所诱，不克自持，或以狂病未瘳，失其本性，或奸民倚为声势，或犯罪求为系援。必先有藐官玩法之心，乃敢作逆理拂情之事。"[③] 历史学家吕思勉曾论及华人基督徒的"强横"和"刁狡"，云："古语说：骄谄只是一事。……所以此等恶劣的教徒，见了西教士，其态度格外驯谨。教士不知，就误信为好人了。这也是西教士对于中国社会，似了解而实

---

① 梁庆标选编：《传记家的报复：新近西方传记研究译文集》，广西师范大学出版社2015年版，第46页。
② 关于在华传教士对神迹的兴趣，参见赖德烈：《基督教在华传教史》，雷立柏等译，道风书社2009年版，第293—295页。
③ 《郑观应集》（上），夏东元编，上海人民出版社1982年版，第122页。

不了解之处。"① 郑观应和吕思勉的议论比较有代表性，或可以说，一般的晚清士大夫，以及大多数近世学者，都只看到"教民"的不良的侧面，而没有看到正面。但出于真实信仰的华人基督徒不仅是存在的，他们身上那种崇高的精神体验，更是俗世的眼光不可望见的。赖德烈在《基督教在华传教史》中说：

> 罗马公教和新教的传教记录都充满皈依者的故事，包括人们在道德上的转变、失望的灵魂们获得新希望，无私的奉献生活，以及对于新信仰的忠信，一些人甚至以殉道的代价为信仰作证。许多华籍基督徒在自己的地区或很远的省份英勇努力，过传教士的生活。基督徒们的家庭生活在平均上比那些非基督徒的家庭生活更有吸引力。……在道德和教育方面，基督徒的群体——就因为他们是基督徒——超过一般民众的水平，这一点似乎是毫无疑问的。②

笔者所读的华人基督徒传记，印证了赖德烈的这些话。透过这些故纸，仿佛可以瞥见，有那么一些中国人，带着虔诚、热切，肩背福音书单张，在基督精神的感召下，栉风沐雨，奔波于荒山野岭，跋涉于急流险滩，行走于村镇之间，促膝于窑洞大炕，将他们心底的属灵的感动，努力与其他人分享。当我们超越启蒙主义的狭隘，纠正将宗教等同于精神鸦片的误识，正确看到宗教对人类社会存在的意义，我们就不能不认为，这些华人基督徒传记，虽然带着许多局限，仍然体现了人类的崇高的一面，令人感叹。

第二，以丰富而生动的细节，记载了基督教在近代中国传播的一段特殊历史。

举几本书为例。罗约翰的《老王：满洲第一个华人传教士》叙述，老王在奉天传教时，一群穿戴光鲜、读过书的年轻人涌入教堂捣乱，发誓不让一所教堂在奉天站住脚。这些人主要是满族人③。在辽阳传教时，反教的满族青年花钱雇乞丐往教堂里扔死猫，偷走标牌，甚至还把一个发了疯的读书人每天弄到教

---

① 转引自顾卫民：《基督教与近代中国社会》，上海人民出版社2010年版，第166页。

② 赖德烈：《基督教在华传教史》，雷立柏等译，道风书社2009年版，第704—705页。

③ John Ross, *Old Wang: The First Chinese Evangelist in Manchuria,* London: Religious Tract Society, 1889, pp.50-51.

堂干扰布道①。由此可知，清末在东北，满人仍然高人一等，而更有反教的积极性。该书对当时传教的情况有许多细致的描写，现在读来颇感新鲜。如书中写，当时东北的教堂基本都是由商店改造的，大门洞开，经过的任何人都可随意进入；传道士站在一英尺高的木头平台上演讲，既无演唱，也无祈祷，每每布道不及五分钟，就会被群众的反驳、争辩打断②。文高能的《一个中国的圣方济各：猫弟兄传》的内容同样丰富。作者详细叙述了郑猫在泉州传道受到的没完没了的捉弄：他站在一家商店门外布道时，店主反感，提了一桶水从后面上房顶，对着他的头顶浇下。他讲道时说，即使口水吐到脸上，或被批面颊，都要像耶稣一样耐心忍受，马上就从人群中走出一人，往他的脸上吐口水，且伸手到他的嘴里乱抠，直至出血。经常有人拍他的后脑，或随便打一下。儿童对他的捉弄更是五花八门。有孩子把编织的"草龙"密扎在他帽子的扣眼里。有孩子趁他专心讲道，把他的辫稍系在石头上③。布赖森夫人的《遇难录》内容或更有历史价值。书中叙述了义和团运动时期华人基督徒殉难的故事。根据《遇难录》，此次教难死亡人数，新教徒超过 5000 人，天主教徒超过 20000 人，外国传教士和儿童 188 人④。教难一起，华人基督徒成为攻击对象，为躲避迫害，妇女和儿童白天躲入高粱地，晚上则躺入路边阴沟⑤。义和团对待不屈服的基督徒的手段十分残忍，刀劈，活埋，甚至把基督徒绑到大炮口，一轰而毙⑥。这些鲜活的史料，是一般治通史甚至治基督教专史的学者所忽视的。

第三，揭示了基督教对中国近代文化转型的贡献。

关于基督教对中国的作用的评价，从来争论甚烈。20 世纪 20 年代"反教运动"中，有很多人认定，基督教是专制、落后、阻碍进步的东西，不过是西

---

① John Ross，*Old Wang: The First Chinese Evangelist in Manchuria,* London: Religious Tract Society, 1889, pp.56-57.

② John Ross，*Old Wang: The First Chinese Evangelist in Manchuria,* London: Religious Tract Society, 1889, pp.78-80.

③ C. Campbell Brown, *A Chinese St. Francis, or the Life of Brother Mao*, London: Hodder and Stoughton, 1911, Chapter XI.

④ Mrs Bryson, *Cross and Crown: Stories of the Chinese Martyrs*, London: London Missionary Society, 1904, p.25.

⑤ Mrs Bryson, *Cross and Crown: Stories of the Chinese Martyrs*, London: London Missionary Society, 1904, p.49.

⑥ Mrs Bryson, *Cross and Crown: Stories of the Chinese Martyrs*, London: London Missionary Society, 1904, Chapter IV.

方列强侵略中国的一个工具；传教士是西方帝国主义的急先锋，他们在中国作威作福，破坏了"中国民族的独立性"[1]。西方人则强调，从晚清开始，基督教和基督徒都是中国现代化的重要参与者，为中国的进步做出了巨大贡献[2]。基督教在中国的传播，本身是一个庞大、矛盾、多侧面的历史现象，发言者立场不同，得出的结论也不会相同。笔者更看重其积极的方面。在笔者看来，基督教除了一般地提高中国人的精神与道德，推动了知识传播和教育普及，尤其促进了个人的独立与社会的平等。

毫无疑问，如上文所说，许多传教士是戴着有色眼镜看待中国文化的，但从另一方面说，出于基督教的平等理念，他们对各种阶层、各行各业的中国人，则努力平等相待。中国内地会的创立者戴德生将自己"中国化"，他经常一身中国打扮，头戴辫子，脚蹬布鞋，走在中国的穷乡僻壤[3]。他对内地会成员的一项要求，就是没有民族优越感[4]。在传教过程中，外国传教士与本土传教士之间，间或有一些不协调，但在戴德生等人心目中，本土传教士必将能够不依赖于外国传教士的资助与指导，完全走向自养。这正是后来中国基督教的发展道路。可以说，基督教的普遍主义既是提高中国人世界范围内自尊与自信的思想武器，又是瓦解中国传统社会阶层壁垒的利器。关于华人基督徒的诸多传记，勾画了这些游离于传统社会结构的人们的活动轨迹，揭示了他们身上负载的与社会不相容的异质性和平等因子。在这一新现象中，女人的作用值得特别注意。万拔文的《华南基督徒的一些范本》讲了十二个传主的故事，其中有两个女传主。盖群英（Alice Mildred Cable，1878—1952）的《为席牧师圆梦——霍州传教的故事》[5]，以席胜魔夫人作主人公。这在推崇贞妇烈女的传统社会，是不可想象的。

第四，对中国传统传记的矫正。

中国传统的传记，因习惯的关系，往往简短而概括，既缺乏细节，又缺乏对传主内心的揭示。英国传教士所作的华人基督徒传记，一般比较长，内容丰

---

[1] 中国青年社、非基督教同盟编：《反对基督教运动》，上海书店1924年版，第1—3页。

[2] 沙百里：《中国基督徒史》，耿昇、郑德弟译，中国社会科学出版社1998年版，中译本序。

[3] 顾卫民：《基督教与近代中国社会》，上海人民出版社2010年版，第143页。

[4] 林治平编著：《基督教在中国本色化》，今日中国出版社1998年版，第130页。

[5] A. Mildred Cable, *The Fulfillment of a Dream of Pastor Hsi's: The Story of the Work in Hwochow*, London: Morgan & Scott Ltd., 1917.

富，尤其善于揭示人物的内心活动。以文高能的《一个中国的圣方济各：猫弟兄传》为例，作者叙写郑猫的天生忠孝的性格，此与基督教教义发生矛盾。要在听神的话与听父母的话、长辈的话之间做出抉择，此为大难。关于所有人都有罪的观点，也令这个老实人难以理解和接受[①]。又如，海思波《追寻上帝：张、楚二牧师合传》描写，楚牧师在成为基督徒多年之后陷入精神危机，产生了自我怀疑、自暴自弃、强烈的罪恶感。他同时被疾病与梦境困扰[②]。此等文字是灵魂的拷问，既出于西方传记的传统，又出于基督教对人的独特理解，为传统自传所罕见。王明道在自传《五十年来》中说：

> 常见世上的人为别人写传记，总是述说那个人的人格如何完美，品德如何高尚，从幼到老总没有作过不好的事，他时时想为社会谋幸福，处处可做人类的楷模。人都是喜欢自夸，也喜欢别人夸奖他，所以他们这样作并不是希奇的事。令人感觉希奇的，乃是基督徒也这样作。常见一个基督徒为另一个基督徒写传记或行述，述说那个人作孩童的时候就孝敬父母、友爱弟兄，读书的时候循规蹈矩、敬师好学，为人作事永远是忠心耿耿、任劳任怨，对待亲友始终是宽大慈爱、体恤同情；他一生没有作过羞辱神、损害人的事，也没有一件事不可作别人的模范。我们读了这样的一篇叙述，会想这个人是世界上最高尚圣洁的人。可惜写这篇文章的人忘了述说一下这么完全的一个人怎么还需要信耶稣？[③]

基督教特别强调人与生俱来的罪恶，基督徒的传记往往要挖掘对罪恶的认识与忏悔。这与中国传统传记"隐恶扬善"的做派是极为相左的，在某种意义上说，是对传统传记虚矫倾向的一种匡正。

原载于《现代传记研究》2017年秋季号

[①]　C. Campbell Brown, *A Chinese St. Francis, or the Life of Brother Mao,* London: Hodder and Stoughton, 1911, pp.27-29.

[②]　Marshall Broomhall, In *Quest of God: The Life Story of Pastors Chang & Ch'ü, Buddhist & Chinese Scholar,* London: The China Inland Mission, 1921, Chapter Ⅻ.

[③]　王明道：《五十年来》，龙文出版社股份有限公司1993年版，序。

关于形象学实践的几个问题

　　形象学，即关于一国文学中异国形象的研究，是从法国学派的影响研究中发展起来的一个重要的比较文学研究类型。早在 20 世纪 80 年代 "比较文学热" 初起的时候，有关形象学的话题就已经通过从西方翻译过来的比较文学著作进入了中国，但当时人们将形象研究与一般影响研究混同起来，并未给予相当的重视。1994 年起，北京大学教授孟华在《中国比较文学通讯》和《中国比较文学》上陆续发表了一系列译介文章（包括当代形象学的代表人物法国学者巴柔和莫哈的文章），这些文章在比较文学界产生了很大影响，将形象学在中国的传播推向了一个高潮。当然，孟华介绍的形象学主要已不是法国四五十年代以事实搜集和现象描述为主的 "传统形象学"，而是七八十年代以来法、德学者将文化符号学、文化人类学、结构主义、接受美学、知识社会学等多学科成果熔铸一炉推陈出新的 "当代形象学"。近几年来，形象学研究在中国已颇具声势，然而以笔者愚见，人们对形象学的一些基本问题的认识仍然很含糊，由此影响了中国形象学实践的进一步拓展。本文将几个明显的问题提出来，陈述自己的观点，期与文学研究者与爱好者商榷。

一、形象与非形象

　　形象学的核心概念是 "形象"。显然，这里的 "形象" 和我们通常所理解的物质世界或艺术世界的 "形象" 不同，它只是一个比喻的说法，其语义指向人们对异国的印象、感受和认识。由于它的涵盖面宽泛，人们对这个概念的使用也相当自由。一个明显的例子，关于异国的形象，学者们有许多不同的替换性的说法，如 "对异国的描述（塑造）" "对异国的想象（幻想）" "对异国的认识（看法）" "对异国的话语（表述）"，等等。这种现象无论在外国学者还是中国学者的著述中都普遍存在，不烦举例。巴柔说，"形象一词已经被滥用了，它语义模糊，到处通行无阻"①。

由于形象概念涉及国家、民族、文化间的互相观照，其对象庞大，内容丰富，天然具有某种含混性，所以很难下一个明确的定义。因此对这个概念的使用也必然呈现某种纷杂的状态。但是，从形象学作为比较文学研究的分支这一角度出发，有必要强调形象概念在文学视野中的意义。根据形象学的主张，研究文学形象，必须研究一个民族对异国看法的总和。而所谓"一个民族对异国看法的总和"，孟华解释说，"即由感知、阅读，加上想象而得到的有关异国和异国人体貌特征及一切人种学的、物质生活和精神生活等各个方面的看法总和，是情感和思想的混合物"②。由此可知，对异国的"看法"是以抽象概括的形式存在的，而它的基础，即对异国的观察或想象，又是以具体形象的形式存在的。所以，异国形象虽然不是我们通常理解的一般事物的形象，但它离不开一般形象。脱离了对异国土地上的人民、事物、环境、事件、风尚等等的感知与具体描述，仅有对异国的几点"看法"，是构不成"形象"的。用这一标准来衡量，凡是脱离了文本上对异国的具体描述，单纯考察对异国的"看法"的学术著作，如近年来大量问世的"中国观""美国观""中西文化观"的研究，都不属于形象学研究。而那些借用形象学的语汇和方法，以文化研究为手段，以改造社会为目的讨论本国或异国形象的著作，也不应列入形象学研究之例。

但是，并非所有关于异国事物的描写都与异国形象有关。那些客观中性的、并不体现对异国认识和评价的事物，就不属于形象。比如对一些自然景物的描写、物性知识的介绍等等，只有在特殊情况下才会与异国形象联系起来。基于此，在形象学研究中，我们就应该努力辨别哪些是形象因素，哪些不是形象因素。在讲述异国的文学作品中，关于异国的总体认识与关于异国的具体形象总是互相指涉、互相说明的，在这种紧密的交互关系中，二者主要是统一的，但经常又是矛盾的。鉴于这种复杂关系，我们就不能用推导的方法，既不能简单地从关于异国的总体看法出发对具体形象做出演绎，也不能反过来，从某个具

---

① 巴柔：《形象》，见孟华主编：《比较文学形象学》，北京大学出版社2001年版，第158页。
② 孟华：《比较文学形象学论文翻译、研究札记》，见孟华主编：《比较文学形象学》，北京大学出版社2001年版，第8页。

体形象的描写直接上升至对异国认识的一般结论。这是许多形象学研究文章容易发生的问题。

二、文学性与非文学性

形象学从诞生之初，一直被"文学性"的问题所困扰。20 世纪 50 年代，韦勒克在他的《比较文学的危机》中，就认为"伽列（或译卡雷）和基亚最近突然扩大比较文学的范围，以包括对民族幻想、国与国之间的相互固有的看法的研究"，是将文学研究归并于社会心理学和文化史，从而取消了"文学性"这个文学研究的核心[①]。进入当代形象学以后，由于无论从研究文献的范围（在各种历史资料、文学作品以及传统的游记、日记、回忆录、书信之外，还有漫画、图片、影视、广告等），还是研究问题的方法（在历史学和社会学之外，还有符号学、人类学、民族学、心理学、传播学等），形象学都呈现出一种全面开放的状态，其所包含的对"文学性"的关注就更少。诚然，正如雷马克所说，卡雷和基亚所代表的法国学派和韦勒克所代表的美国学派对比较文学的出发点是不同的，法国学派设想"比较文学是一个历史学科，而不是一个美学学科"[②]，它应该研究不同民族的作家、作品、读者之间可见的联系；形象学作为从法国学派产生出来的一个研究类型，也必然主要采用历史说明性的方法而不是形式研究的方法。用巴柔的话说，"我们首先要考察的是文学与广义上的历史学之间的联系，更确切地说，是当异国形象充分显示了'注视者'文化的取舍及观念时，由文学或文化形象学提供的各种情感史、心态史"[③]。只要我们接受一个总的前提，即"异国形象"这一现象是存在的，对它的解释就只能是历史的而不是诗学的，即人们只能从形成形象这一神话的社会、政治、文化因素而非审美因素中去寻找。同样，形象学研究的价值，也主要不是体现在审美体验层面，而是体现在不同文化间的相互理解与交流的实践层面，以拉近不同民族与国家的人道主义理想为旨归。

---

① 北京师范大学中文系比较文学研究组选编：《比较文学研究资料》，北京师范大学出版社1986年版，第53、60页。

② 雷马克：《比较文学的法国学派和美国学派》，见北京师范大学中文系比较文学研究组选编：《比较文学研究资料》，北京师范大学出版社 1986年版，第66页。

③ 巴柔：《形象学理论研究：从文学史到诗学》，见孟华主编：《比较文学形象学》，北京大学出版社2001年版，第198页。

但是如此一来，形象学就面临一个危险，即在运用广义的历史学工具阐释文学现象的时候失去自己的主体地位，使自己变为历史学的工具，或沦为其他学说的附属品。正像有的学者曾指出的那样，"对异国异族现象的研究，已经不再是形象学的专利了。'东方主义'、'异国情调'、'西方主义'、'中心与边缘'、'族群认同'等等话语方式在逐渐挤占形象学的原有的空间。就像比较文学一样，形象学的面目也越来越难以辨认"①。因此，目前在形象学研究中突出自己的特点，划开与其他形式异国研究的距离，从而保持自己文学研究的固有形态，是十分必要的。这不是画地为牢作茧自缚，而是学科自身的内在必然要求。

"文学性"不等于文学研究，"非文学性"不等于不是文学研究。关于形象学作为文学研究的性质，德国学者迪塞林克曾提出了三点理由：1. 在某些文学作品中，"形象"或"幻象"充当了作品的核心内容；2. 就文学形象对社会观念的形成来说，完全可以作为文学研究的合理对象；3. "形象"或"幻象"因其对读者的影响而对民族文学在异国的传播起到了重要作用②。笔者认为，这些理由都是成立的，但只是就形象学研究的内容而言。从方式方法上，还应该补充的是，形象学可以运用传统的文本分析的方法，研究形象的文学化过程。巴柔曾给形象下过这样一个定义：形象是"在文学化，同时也是社会化的过程中所得到的关于异国看法的总和"③。所谓"文学化"，就是形象在文本中的发生和体现。形象是人们对某一异国的理智上的认识、情感上的态度与相应在文学艺术上的表征（representation）三者的综合，在这三个要素之中，异国形象在文本中的具体表现形式理所当然应该被置于文学研究的中心地位。文学文本以其特有的手段描绘主体心目中的异国，这一现象既是形象学发生的根源，是其要解决的主要问题，也是其能为文学研究做出独特贡献的所在。因此我们应该特别强调对文学文本的形象学的阐释。目前学界占主导地位的形象史的研究是很有意义的，它能为文本形象提供本研究的参考系，但形象史的研究不能取代具体文本的研究，因为后者会为形象学的文学研究提供更大的空间，使其更具个别性和丰富性，

---

① 刘洪涛：《对比较文学形象学的几点思考》，《北京师范大学学报（社会科学版）》1999年第3期。

② 迪塞林克：《有关"形象"和"幻象"的问题以及比较文学范畴内的研究》，见孟华主编：《比较文学形象学》，北京大学出版社2001年版，第78、83页。

③ 巴柔：《从文化形象到集体想象物》，见孟华主编：《比较文学形象学》，北京大学出版社2001年版，第120页。

从而切实体现形象学向文学的回归。

三、真与假

莫哈认为，所有的形象都具有三重意义："它是异国的形象，是出自一个民族（社会、文化）的形象，最后，是由一个作家特殊感受所创作出的形象。"[①]传统形象学强调第一种意义，将形象主要看作异国现实的不够真实的复制品，而当代形象学则强调后两种意义，将形象看作是由社会与文化规定的主体对异国认知的再创造。当代形象学认为，形象不是历史事实，而是文化事实，"形象是对一种文化现实的描述，通过这一描述，塑造（或赞同、宣扬）该形象的个人或群体揭示出并表明了自身所处的文化、社会、意识形态空间"[②]。因此当代形象学排除了衡量形象真伪的问题，而主张一种出自主体的参考系，即在研究一个作家所描绘的异国的时候，考察其与所属国家和民族对该异国的社会集体想象之间的关系。换句话说，当代形象学所要做的，不是针对异国的研究，而是针对本国的研究。

于是我们遇到了这样的问题：在研究形象的时候，要不要考虑形象的真实性？是否真如莫哈所言，所有的形象都是假的，"在按照社会需要重塑异国现实的意义上，所有的形象都是幻象"[③]？主体在传递他者形象的时候，是否一定否认了他者而言说了自我？在这里，孟华提出了针对当代形象学的不同意见，她说："既然'形象'是对异国的误读，要想真正分析清楚'为什么'，首先就得搞清'怎么样'。而研究接受者，就不能不研究他对原文的误读。只有搞清了原型是怎么样的，才能了解接受者如何和在多大程度上偏离了原型，然后才是回答为什么的阶段。"[④]她认为当代形象学放弃真实性的考虑，是对传统形象学的"矫

① 莫哈：《试论文学形象学的研究史及方法论》，见孟华主编：《比较文学形象学》，北京大学出版社2001年版，第25页。
② 巴柔：《形象学理论研究：从文学史到诗学》，见孟华主编：《比较文学形象学》，北京大学出版社2001年版，第202页。
③ 莫哈：《试论文学形象学的研究史及方法论》，见孟华主编：《比较文学形象学》，北京大学出版社2001年版，第39页。
④ 孟华：《比较文学形象学论文翻译、研究札记》，见孟华主编：《比较文学形象学》，北京大学出版社2001年版，第13页。

枉过正"。同样，孟华认为"形象同时具有'言说他者'与'言说自我'这两种功能，而两者间的关系又十分复杂。尽管往往以后者为主，但也不排除前者占主导地位的情况"，片面强调形象所传达的主体内容，忽视其所传达的属于对象自身的内容，是一种极端化的看法①。

笔者认为，在形象的真与假、言说自我还是他者的问题上，试图由理论的、哲学的分析而得出某种确定性的结论，是学术上偏执的表现，很难对形象的千差万别的情况具有统摄力。因此我们不如从形象学的实践角度着眼，以经验主义的态度面对这一问题。从形象学的发展历程看，先设定一个"真实的"存在，然后拿某一作家塑造的异国形象与之对照，这种从反映论出发的研究，往往是笨拙而不切题的。比如那些对时空距离很大的对象国家的描述，往往充满浓烈的想象和虚构成分，一望而知其"假"，也就不必斤斤与对象国的现实相核实。再者，形象学研究所设定的"真"，未必站得住脚，比如传统的形象学从民族心理学出发追求各民族的恒定特征，但由于各民族的历史和社会不断变化，导致其显示出来的民族特点也在不断变化，对什么是"真正的德国人"，什么是"俄罗斯灵魂"，很难做出明确可靠的说明。迪塞林克说："这一状况不仅告诉我们，所谓的民族特性是多么的虚幻；它还告诉我们，因为各历史条件是相对的，所以人们在描述形象时所运用的民族概念极其迂阔。"② 异国人形象是异国形象的核心，但它的"原型"是无法给出的，也是验证不了的。当代形象学放弃从民族心理学出发对"相似性"的研究，转而从主体自身的社会和文化来研究形象的意义，这一研究方向比起传统的研究不但更有价值，更能采信，也更易为，更实用。所以，在形象学研究中，我们不妨采取一种灵活的方式，如果必要而且能够找出现实的参考系，很好，可以加深了解形象对异国的深入程度；如若不能，则莫若把主要力气花在对叙述主体的诠释上，放弃真实度的问题。毕竟，从主体的角度研究形象学能挖掘出更多的东西，正如近年来的研究所证明的那样，两千年来西方所描绘的中国形象，主要的并不是揭示了中国，而是揭示了西方。

形象在言说了"自我"的同时，是否也言说了"他者"呢？对这个问题的回答是没有疑问的。除去某些极端变形的例子，形象总是异国实在影像与自我

---

① 孟华：《形象学研究要注重总体性和综合性》，《中国比较文学》2000年第4期。
② 狄泽林克（迪塞林克）：《论比较文学形象学的发展》，《中国比较文学》1993年第1期。

主观影像的叠合，所以形象总是在一定程度上体现了他者的实在。承认形象有"言说他者"的功能，就是承认形象包含了对他者的正确认知，甚至于从他者的立场看问题，虽然在这方面是比较有限的。当代形象学因为对真实性问题的拒斥，连带忽视了"言说他者"这一问题，确实是它的弊病。但这一问题并不是最重要的。笔者以为，当代形象学研究的一个更大的缺点，是漠视主体塑造的客体形象对客体的提问功能。还举西方的中国形象为例，以笔者所见，无论西方学者还是中国学者，大都把中国形象看作是西方社会与文化的权力运作的结果，是东方主义的产物，仿佛只有在这一方面才值得研究，而不愿考虑西方的中国形象对中国社会的能动意义。实际上，中国乃至东方就是在西方所塑造的形象的提示和促动下巨变的。所以，当代形象学之所以片面，主要不在于它对形象"言说他者"的功能的忽视，而在于它没有在形象研究中把握主体与客体的历史互动。在某些问题上，形象学与历史学价值评价的不一致，导源于此。

四、模式化与非模式化

根据当代形象学的理论，异国形象是社会集体想象物的一种特殊表现形态，它所传达的他者国家的话语，或是体现着对异国的社会集体想象，或是针对着这种想象，总之要受到它的制约。换句话说，形象包含着关于他者的话语，而关于他者的话语又不是任意的，而是模式化、程序化了的。形象学需要研究的就是这类话语模式，如巴柔所说，"因为有关他者的话语并非无限多，借用史学家们的术语来说，它的数量是可定位的、成系列的。清点、拆解和解释这些话语类型，展现和论证整个形象怎样就变成了一种象征言语的成分，这甚至就是形象学研究的目标"[①]。

当代形象学较传统形象学最见成就的地方，就是对形象所含他者话语的主体性研究，而这也是当代形象学的困境所在。因为研究他者话语的模式化，很容易导致研究本身的模式化。既然关于他者的话语如此有限，从文献中将其翻拣出来，就不是太难的事。经过一段时间的努力，从理论上说，对诸种形象的

---

① 巴柔：《从文化形象到集体想象物》，见孟华主编：《比较文学形象学》，北京大学出版社2001年版，第125页。

阐释如果不是已经穷尽，也会是基本完成。接下来的结果，研究就将陷于停顿。汲汲于形象的话语研究，会使当代形象学走向千篇一律。以往法国学派所做的，是关于影响的搜集与描述，开列事实的清单；目前当代形象学的操作取向，则是关于话语的提取和解码，开列形象的清单。

要想破除形象学研究模式化的问题，一个最有效的手段仍然是：回到文本。以近年来国内形象学的研究为例，在周宁的"西方的中国形象"系列论著之后，或在张哲俊的《中国古代文学中的日本人形象研究》之后，如果不以文本为对象而仍然取形象史的角度，继续做同样的题目意义显然已经不大。如前所述，形象史的研究为形象的文本研究打下基础，在批判地参考形象史研究的基础上，着力于文本内部的研究仍然大有可为，因为它不但丰富着我们对形象的认识和理解，而且能够对形象史研究成果真正形成突破。当代形象学本来是强调文本研究的，但由于各种原因，这一强调在实践中没有得到落实。在以形象学手段研究文本的过程中，巴柔结合结构主义与人类文化学理论设计的关于阅读文本的一套规则和方法，需要我们重新引起重视。

回到文本也意味着对主体的个人性给予更多的考虑。作为文本的作者，主体既是社会的权力与知识建构的主体，也是拥有个人品质、个人才能、个人思维特点与情感表达习惯的主体，这些方面同样对形象的塑造具有影响，也同样会通过叙事体现出来。孟华说："当代形象学受到符号学、结构主义的影响，把一切都视为'程序化'、'编码'了的东西，处心积虑寻找各种解码的规律。但若因此而忽视了文学形象所包含的情感因素，忽视了每个作家的独创性，那就是忽视了一个形象最动人的部分，扼杀了其生命。这就有使形象学研究陷入到教条和僵化境地中去的危险。"① 要想使形象学的研究照顾到形象的个人和情感的层面，如果不以文本为对象，尽心尽意下一番细读的功夫，是不可能的。

五、结语：形象学本土化议题

在讨论了以上几个比较关键的问题以后，还要考虑中国形象学实践的另一

---

① 　孟华《比较文学形象学论文翻译、研究札记》，见孟华主编：《比较文学形象学》，北京大学出版社2001年版，第10页。

个问题即本土化问题。这个问题主要包括两个方面。一个方面是研究的内容。笔者认为，拓展中国形象学的实践似可从以下几个方面入手：

1. 中国文学中的西方形象。比起"西方的中国形象"研究，"中国的西方形象"研究应该是中国学者的主阵地。这个领域目前只有很少的人涉足，几乎是一片空白。从1866年斌椿率团考察西方开始，晚清时代留下了百余部关于西方的游记、日记和札记，是我们研究中国的西方和西方人形象的宝库。现代作家同样为我们留下了大量相关文献，梁启超《欧游心影录》、徐志摩《巴黎的鳞爪》、冰心《寄小读者》、朱自清《欧游杂记》、郑振铎《欧行日记》、王统照《欧游散记》等，只是其中荦荦大者，散见的作品与文章，更加不计其数。当然，这些文献体现的只是知识阶层的西方，要了解全中国社会的西方，还需要将范围扩展到官员阶层、商人阶层和劳动者阶层上去，还要掌握不同年代报纸、流行杂志、影视作品和艺术图片反映的情况。

2. 地域文学的形象学研究。所谓"异国"形象，其核心是"异族"形象，因为在精神文化方面，民族的表现往往比由国家更强烈。西方各国大多是"民族国家"，民族与国家合二而一，这与中国的多民族国家的情形区别很大。中国的形象学实践应该考虑这一特点，研究国内少数民族与汉族之间、少数民族与少数民族之间反映在文学中的互相观察和体认。从这一角度写出的文章，以笔者所见，刘洪涛的《沈从文小说中的苗汉族形象及其背景》是仅有一例[1]。另外，在汉文化内部，由于各地自然环境、历史传统与生活方式的不同，造成了文化上地域分割的现象，产生了所谓"北京人""上海人""东北人""西北人"的差别，这种差别虽然不是民族差别，但也有相通的地方。既然地域文学（包括影视作品）中的他者形象与自塑形象都是存在的，适当引入形象学的研究方法也就值得考虑。

3. 形象与文学传播的关系。迪塞林克指出："一个国家在他国所具有的形象，直接决定其文学在他国的传播程度。"[2]张艺谋的电影能够得到西方人的喝

---

[1] 刘洪涛：《沈从文小说中的苗汉族形象及其背景——比较文学形象学研究一例》，《北京师范大学学报（社会科学版）》1996年第4期。

[2] 迪塞林克：《有关"形象"和"幻象"的问题以及比较文学范畴内的研究》，见孟华主编：《比较文学形象学》，北京大学出版社2001年版，第83—84页。

彩，大半因为这些电影呼应了西方人心目中对中国人的想象。在现代作家中，辜鸿铭、林语堂、沈从文、老舍等人的著作在国外特别受欢迎，与这一问题也有很大关系。反过来，经过百余年的沉淀，中国人也有自己心目中对他国人（美国人、法国人、俄国人、日本人、韩国人等）的想象，这些国家的哪些作品因为符合了中国人的心理期待而得到广泛流传，哪些作品虽有艺术性但由于没有引发形象方面的共鸣而不得流传，这些都是有意义的问题，但目前还没见研究。

形象学研究本土化的另一个方面，是必须考虑中国文化的特点，把握中国文学中异国描写的特殊形态。这里仍然要把中国与西方作比。就西方而言，"寻异"是西方文化中一个极其突出的传统①，从特罗伊战争到亚历山大远征，从十字军东进到地理大发现，从浪漫运动到殖民主义，西方人对异域、异文化的浓厚兴趣从来没有停止过。实际上，对"异"的追逐，也是西方社会探求理想、释放焦虑、自我确证和自我批判的过程。正因为"寻异"具有如此重要的社会功能，才能调动起巨大的社会心理能量，生产出庞大而丰富的描写异国的文学，建构起融学术知识、集体幻想与话语权力于一身的东方学。比较而言，中国从未形成类似西方的"寻异"传统，异国描写在中国文化中也从未发挥过类似西方文化中发挥的作用。与西方文化对异质性的迷恋相反，中国文化更倾向于追求普遍性和统一性。这种文化品格影响到中国人的心理定势，使中国的异国描写呈现出不同的走向。检读晚清到民国以前中国人出使、游历西方的载记，我们很少见到有意识地将自我与他者对立起来，使"东方变得更东方，西方变得更西方"②的努力。西方既没有成为意识形态控制的对象，也没有成为乌托邦企望的目标。如果说某种意识占了主流，那就是与西方和平共存的愿望。近代中国士人面对西方强势文化的压迫，会产生一定的屈辱感，因之产生某种身份执着和文化固守，但这种对西方文化的反抗因素并没有发展为民间的激进民族主义，而是包容于和平共存这个基本选择之中。由于拥有一种理智而实际的态度，近代西方记述中的西方形象反而变成了多样而模糊的，远没有同时期西方文学中的中国形象那样清楚、鲜明、特征化。由于这些文献叙事性不强，以及文言文简省的特点，作家的主观态度往往含在平板而又笼统的记述之中，使其中的西

---

① 顾彬：《关于"异"的研究》，北京大学出版社1997年版，第2页。
② 萨义德：《东方学》，王宇根译，生活·读书·新知三联书店1999年版，第57页。

方形象更需要耐心捉摸。这个例子说明，我们在利用中国文献做形象学研究的时候，必须充分注意中国文化语境，更加细致地研究文本，不能简单从当代形象学的理论出发，仿照西方人的实践方法，生搬硬套。

原载于《文艺评论》2005 年第 6 期

比较文学形象学本土化二题

近几年来，比较文学形象学研究在中国已颇具声势，许多比较文学教材将"形象学"设为专节，一批研究成果问世，若干学界知名的学者也参加到研究队伍中来。这一现象表明，这一出自比较文学法国学派的研究类型，已逐渐为中国学界所认可。虽然如此，中国的比较文学形象学研究仍然有一个较大的缺陷，即无论从宏观的视野还是从微观的分析，都主要面向外国（西方）文学，对本国文学的研究颇为不足。从理论建设上说，比较文学形象学作为一种从西方舶来的批评理论，原本产生于西方文化的土壤，面对中国的文化语境与文学现象，如果不经过某种选择与调适，则很难具有同样的有效性。这是比较文学形象学本土化面临的主要问题。

一、比较文学形象学本土化的路径

西方形象学所依赖的经验事实大体分为两类：一类为欧洲文明国家之间互相塑造的形象，另一类为欧美"文明"国家单向度为亚非"落后"国家塑造的形象。对前一类事实的研究是传统形象学的重点，这类研究以法国学者让-玛丽·卡雷《法国作家与德国幻象：1800—1940》为代表，主要研究人们眼中的异国是如何偏离真实性而成为一种"民族神话"的。对后一类事实的研究则是当代形象学的重点。受后殖民主义等后现代主义文化理论影响，当代形象学排除了异国形象的真实性问题，致力探讨主体在"言说他者"时如何不自觉地言说了自我。最近三十年来，"西方的中国形象"成为国外学界热议的话题，就与当代形象学的这一文化转向有关。1994年起，北京大学教授孟华在《中国比较文学通讯》和《中国比较文学》上陆续发表了一系列译介文章，标志着比较文学形象学正式进入中国。形象学进入中国以后，国内学者掀起了研究"西方的中国形象"热潮。2004 年，厦门大学教授周宁出版"中国形象：西方的学说与传说"丛书，共有 8 卷：《契丹传奇》《大中华帝国》《世纪中国潮》《鸦片帝国》《历史的沉船》《孔教乌托邦》《第二人类》《龙的幻象》。这套丛书被目为国内"西方的中国形象"研究的重要成就。值得注意的是，周宁受赛义德的后殖民主义理论、福科的话语理论、霍尔的文化研究理论和比较文学形象学的共同影响，把研究定位在比较文化或文化研究上 ①，不受法国形象学的概念、规则和方法的限制。更多学者则把"西方的中国形象"研究限制在文学范围之内，如张弘的《跨越太平洋的雨虹：美国作家与中国文化》（宁夏人民出版社 2002 年版）、宋伟杰的《中国·文学·美国：美国小说戏剧中的中国形象》（花城出版社 2003 年版）、姜智芹的《文学想象与文化利用——英国文学中的中国形象》（中国社会科学出版社 2005 年版）等，都以特定国家文学作品中的中国形象为议题。林林总总的单篇文章不论，仅举以上诸例，即见"西方的中国形象"研究国内热度之一斑。

形象学在西方产生，而西方学者最熟悉的，莫过于西方历史文献，他们通过这些文本研究"西方的中国形象"问题，顺理成章。形象学传入中国以后，中国学者在西方学者之后"接着说"，是很自然的。但是，中国学者的优势，毕竟在本国的历史文献。以简单的逻辑言之，如果西方学者最感兴趣的是"西方的中国形象"，中国学者最感兴趣的就应该是"中国的西方形象"。遗憾的是，比起"西方的中国形象"研究之热闹，"中国的西方形象"研究是过于冷清了。除了孟华教授的演讲录《他者的镜像：中国与法兰西》（北京大学出版社 2004 年版，法文），以及周宁教授在《书屋》发表的一组文章，国内关于"中国的西方形象"有分量的研究依然很少。这种情况说明，国内形象学的研究还没有深入到本国的历史文献中去，双脚仍然飘浮半空。要想实现形象学的本土化，必须在研究内容上有所拓展。

笔者认为，拓展中国形象学的研究似可从以下几个方面入手：

1. 中国文献中的西方形象。由于中西暌隔，中国古代文献中关于西方的记载，往往历史与神话不分，真相与想象杂陈。《后汉书·西域传》中"人民皆长大平正""土多金银奇宝""置三十六将，皆会议国事"的大秦国（古罗马），就

---

① 周宁、宋炳辉：《西方的中国形象研究——关于形象学学科领域与研究范型的对话》，《中国比较文学》2005年第2期。

是一个例子。张星烺在《中西交通史料汇编》中说，"中国历代史中，大秦国之记载，多赞美而无鄙贬之辞"①。早期的西方形象比较正面，现在，这些记述中的真实成分与道听途说、以讹传讹的成分，已经能够辨明。至明代，中国人对西方人有了直接接触，文献中留下了截然不同的西方人形象。葡萄牙人盘踞澳门从事走私，明人笔记中乃有"佛朗机""红毛鬼"（"夷"）的称谓；耶稣会士进入南京和北京传教，《明史》外国传中乃有"聪明特达之士，意专行教，不图禄利"的断语②。关于这些情况，形象学的研究还停留在"套话"和"词汇"的研究上，缺乏细致深入的分析。更具研究价值的是晚清的西方形象。晚清出现了前所未有的一类文献，就是使西日记和西方游记。使西日记名作包括斌椿《乘槎笔记》、志刚《初使泰西记》、郭嵩焘《使西纪程》、刘锡鸿《英轺日记》、张德彝《航海述奇》、张荫桓《三洲日记》、崔国因《出使美日秘日记》、薛福成《出使英法义比四国日记》等。西方游记著名的有郭连城《西游笔略》、王韬《漫游随录》、王芝《海客日谭》、李圭《环游地球新录》、潘飞声《西海纪行卷》、康有为《欧洲十一国游记》、梁启超《新大陆游记》等。这些日记、游记和札记都是亲历目击的记录，是中国人对西方的认识和体验的结晶，描画了近代中国的西方形象渐变的轨迹，值得花大气力研究，可惜这样的研究目前还不多。民国以后，现代作家也为我们留下了不少观察和体验西方的文献，梁启超《欧游心影录》、徐志摩《巴黎的鳞爪》、冰心《寄小读者》、朱自清《欧游杂记》、郑振铎《欧行日记》、王统照《欧游散记》等，只是其中荦荦大者，散见的作品与文章不计其数。以笔者所见，除了梅启波的《作为他者的欧洲——欧洲文学在 20 世纪 30 年代中国的传播》（华中师范大学出版社 2008 年版）稍有涉猎，这些文献中的西方形象，基本没有得到认真分析。

2. 地域文学的形象学研究。在西方学者的意识中，形象学就是研究一国文学中的"异国形象"。这容易造成一个误解，以为形象主要针对国家而言。实际上，所谓"异国"形象，其核心是"异族"形象，因为在精神文化方面，作为文化体的民族的表现往往比作为政治体的国家更强烈。西方各国大多是"民族国家"，民族与国家合二而一，这与中国的多民族国家的情形区别很大。中国的形

---

① 张星烺编注：《中西交通史料汇编》（第一册），中华书局2003年版，第114页。
② 张星烺编注：《中西交通史料汇编》（第一册），中华书局2003年版，第476页。

象学实践应该考虑这一特点，研究国内少数民族与汉族之间、少数民族与少数民族之间反映在文学中的互相观察和体认。从这一角度写出的文章，以笔者所见，刘洪涛的《沈从文小说中的苗汉族形象及其背景》是仅有一例①。如果不株守比较文学"跨民族、跨语言、跨文化界限、跨学科界限"的限制，也可以在民族文学研究中引入用形象学的方法。例如，在汉文化内部，由于各地自然环境、历史传统与生活方式的不同，造成了文化上地域分割的现象，产生了所谓"北京人""上海人""东北人""西北人"的差别，这种差别虽然不是民族差别，也有相通的地方。既然地域文学（包括影视作品）中的他者形象与自塑形象都是存在的，适当引入形象学的研究方法也就值得考虑。

3.形象与文学传播的关系。迪塞林克指出，"一个国家在他国所具有的形象，直接决定其文学在他国的传播程度"②。张艺谋的电影能够得到西方人的喝彩，大半因为这些电影呼应了西方人心目中对中国人的想象。在现代作家中，辜鸿铭、林语堂、沈从文、老舍等人的著作在国外特别受欢迎，与这一问题也有很大关系。反过来，经过百余年的沉淀，中国人也有自己心目中对他国人（美国人、法国人、俄国人、日本人、韩国人等）的想象，这些国家的哪些作品因为符合了中国人的心理期待而得到广泛流传，哪些作品虽有艺术性但由于没有引发形象方面的共鸣而不得流传，都是有意义的问题，但目前还没见研究。

二、形象学实践的中国文化眼光

从理论上说，作为比较文学的一个研究分支，形象学对不同国家（民族）的文学，都应该具有方法论的意义。那么，由西方学者开端、国内学者踵继的"西方的中国形象"研究模式，是否同样可以用于"中国的西方形象"研究呢？

根据当代形象学的理论，异国形象具有"意识形态"和"乌托邦"两种功能："凡按本社会模式、完全使用本社会话语重塑出的异国形象就是意识形态的；而用离心的、符合一个作者（或一个群体）对相异性独特看法的话语塑造

---

① 刘洪涛：《沈从文小说中的苗汉族形象及其背景》，《北京师范大学学报（社会科学版）》1996年第4期。
② 孟华主编：《比较文学形象学》，北京大学出版社2001年版，第83—84页。

出的异国形象则是乌托邦的。"① 换言之，意识形态形象在描述异国的时候贬斥对方，强化自身文化的认同，而乌托邦形象在描述异国的时候夸大和理想化对方，形成对自身文化的颠覆。用这一理论衡量，西方历史上的中国形象，不是属于"意识形态"，就是属于"乌托邦"：无论地理大发现时期西方人心目中富庶的中国，启蒙时代西方思想家心目中政治清明的中国，还是19世纪西方殖民者心目中落后和狡黠的中国，其共同之处，都在偏离实际，夸大与西方相异之点，从而更多地诉说了塑造形象的西方人的思想愿望。

从中国近代史的一些文献，也可以发现一些类似"意识形态"和"乌托邦"的西方描述。同治十年（1871）赴英国游历的江西石城人王芝写过一本《海客日谭》，书中描述英国人说："阅其书帙则钩纠虫篆也，使之读则格磔鸟音也，详视其徒则虬须狮发、鹰准鹭睛而略其衣裳者也。"② 用虫、兽、鸟来比拟英国人，正是通过叙述他者而取消他者的策略。光绪十年（1884）随使英国的安徽桐城人张祖翼，在他的《伦敦竹枝词》中嬉笑怒骂攻击英国社会的各个方面，从女王、大臣到女店员、女招待，从画院、旅馆到动物园、礼拜堂，无不讥讽。张祖翼如此贬低、丑化英国，不过表示大清样样都好，西方样样要不得。同期游历欧洲的袁祖志归国后作《涉洋管见》，其中说，泰西风俗与中国大相反背，"所最可骇者，中土父慈子孝，谊笃天伦，泰西则父不恤其子，子不养其父，既冠而往，视同路人。中土女慕贞洁，妇重节操，泰西则奸淫无禁，帷薄不休，人尽可夫，种皆杂乱。噫嘻！风俗之相反至于如此其极，亦乌足以立于人世也邪？"③ 为了确证中国的伦理纲常至善至美，作者把西方人说成如此不堪。这些都可为形象学"意识形态"的例子，与西方"妖魔化"中国的形象是对应的。同样，近代文献中亦有一些把西方理想化的文字。王韬《漫游随录》评价英国说："盖其国以礼义为教，而不专恃甲兵；以仁信为基，而不先尚诈力；以教化德泽为本，而不徒讲富强。欧洲诸邦皆能如是，固足以持久而不弊也。"④ 对英国和西方如此赞扬，同治时期到过欧洲的人中间找不到第二个。可与之相比的是中

① 孟华主编：《比较文学形象学》，北京大学出版社2001年版，第35页。
② 王芝：《海客日谭》，沈云龙主编《近代中国史料丛刊续编》第32辑第318号，文海出版社影印本，第217页。
③ 袁祖志：《涉洋管见》，《小方壶斋舆地丛钞》第十一帙，光绪十七年上海著易堂本，第3页。
④ 王韬：《漫游随录》，岳麓书社1985年版，第127页。

国首任公使郭嵩焘，他在《使西纪程》中说："近年英、法、俄、美、德诸大国角立称雄，创为万国公法，以信义相先，尤重邦交之谊。致情尽礼，质有其文，视春秋列国殆远胜之。"[①] 光绪初年一般人心目中西方列强还是缺少教化的蛮夷，郭嵩焘所描述的文明的西方形象，足以颠覆国人华夏至上的自大心理，难怪国内士大夫群言鼎沸，诟骂四起。这正符合了形象学中"乌托邦"的要义。

虽然有以上例证，笔者仍然不赞成用"西方的中国形象"的理路研究"中国的西方形象"。理由很简单：人们固然可以举出一些例子证明形象学的基本观点，但这也只是西方形象学的机械套用而已。笔者以为，在形象学实践中，在处理中国文献时，要有中国文化的眼光，要看到中西文化的差异，这一点更加根本。

"寻异"是西方文化中一个极其突出的传统[②]，从特罗伊战争到亚历山大远征，从十字军东进到地理大发现，从浪漫运动到殖民主义，西方人对异域、异文化的浓厚兴趣从来没有停止过。对"异"的追逐，也是西方社会探求理想、释放焦虑、自我确证和自我批判的过程。正因为"寻异"具有如此重要的社会功能，才能调动起巨大的社会心理能量，生产出庞大而丰富的描写异国的文学，建构起融学术知识、集体幻想与话语权力为一身的东方学[③]。雷蒙·道森说："欧洲人对中国的观念在某些时期发生了天翻地覆的变化，有趣的是，这些变化与其说反映了中国社会的变迁，不如说更多地反映了欧洲知识史的进展。"[④] 西方的中国形象，无论作为"意识形态"也好，"乌托邦"也好，都是"异"的表征，是西方人的自我建构的工具。而"西方的中国形象"的研究，归根结底，是西方人对"寻异"文化传统的一种自省。

比较而言，中国从未形成类似西方的"寻异"传统，异国描写在中国文化中也从未发挥过类似西方文化中发挥的作用。中国历史上素来有所谓"华夷之辨"，作为一种文化存在，"夷狄"在某种意义上说明了"华夏"的自我确证，但也仅此而已，它并没有像西方的东方学情形那样，被华夏文化作为某种文化资

---

① 郭嵩焘：《使西纪程》，《小方壶斋舆地丛钞》第十一帙，光绪十七年上海著易堂本，第13页。
② 顾彬：《关于"异"的研究》，北京大学出版社1997年版，第2页。
③ 萨义德：《东方学》，王宇根译，生活·读书·新知三联书店1999年版，第16页。
④ 雷蒙·道森：《中国变色龙：对于中国文明观的分析》，常绍民、明毅译，中华书局2006年版，第12页。

源大力利用和反复探究。近代西方文化强调东西方的二元对立，这种对立是建立在种族差别基础上的；而儒家文化则强调文明的普世性，即把礼仪道德作为衡量不同民族的唯一标准，"诸侯用夷礼，则夷之，进于中国，则中国之"（韩愈《原道》），民族差别是次要的。固然，这里仍然能看到某种文化中心主义的倾向，但从思维方式上，至少可以说，与西方文化对异质性的迷恋相反，中国文化更倾向于追求普遍性和统一性。这种文化品格影响到中国人的心理定势，使中国的异国描写呈现出不同的走向。检读晚清到民国以前中国人出使、游历西方的记载，我们很少见到有意识地将自我与他者对立起来，使"东方变得更东方，西方变得更西方"的努力。像王芝、张祖翼那样的现象，只是个别的、零星的。这些文献没有积极建构自身文化与他者文化的等级关系，也没有形成一套描述对方的"他性"的词汇，以此书写对方的"异国情调"。整体上说，西方既没有成为"意识形态"控制的对象，也没有成为"乌托邦"期望的目标。如果说某种东西占了主流，那就是人类的共存与不同国家和民族之间的互相包容、"和而不同"的意识。汤因比晚年时曾说，与欧洲"政治国家"的狭隘意识不同，在近代以前的一千多年间，中华文明即具有"天下一家"的"全球"观点，亦即生活在统一的"世界国家"中的意识。笔者认为，正由于中国文化的人类总体性视野，以及"天下大事，合久必分，分久必合"的历史经验，中国人才能比较实际地处理民族间的冲突，比较理智地看待国家的盛衰生灭，而不必求助于寄托在一厢情愿基础上的幻想。由于减少了这种幻想，在同一世界的框架之下，他者虽然被观察，被塑造，却并不被刻画成异类。从晚清众多使西日记、海外游记对西方的描述来看，在海外的中国士人面对西方强势文化的压迫，会产生一定的屈辱感，因之产生某种身份执著和文化固守，但这种对西方文化的反抗因素并未发展为激进的民族主义，也并未表现为对西方形象的任意涂抹、夸大、漫画化乃至于妖魔化。同样的情况也体现在民国以后现代人笔下的西方游记之中。由于这样一些原因，近现代中国文学所传达的西方形象较之同时期西方文学中的中国形象远为客观。中国的西方形象不像西方的中国形象那样鲜明，那样特征化，反而是多样的，模糊的，但它更为朴素，更接近客观的历史。

因此，笔者认为，形象学本土化必须从中国文化的一般性特点，以及具体时代的历史诉求，把握中国文学中异国描写的特殊形态。如果追随西方形象学研究的做法，走两个极端，把形象或者定位在某种畸变、怪诞的异国，或者定位在某种浪漫、理想的异国，而不考虑跨国描写也有客观、平实、交互理解的情况，那就排除了研究"中国的西方形象"的可能性，就是把形象学本身怪诞化，限制其发挥作用的范围。依当代形象学的观点，形象是由社会与文化规定的主体对异国认知的再创造，因此形象主要是一种自我的言说，形象学的研究也主要是主体性研究，即分析描述者国家的历史和文化的权力运作机制。但是，从中国近现代文学的西方描述的特点可以看出，形象并非永远只是"言说自我"，它同样具有"言说他者"的功能，片面强调形象所传达的主体内容，忽视其所传达的属于对象自身的内容，是不客观的，也不利于充分认识异国形象在跨文化交流中的社会意义。

原载于《求索》2009 年第 3 期

跨文化旅行研究对游记文学研究的启迪

　　——读郭少棠《旅行：跨文化想像》

　　作为一种特殊的文类，游记内容博杂，无所不涉，一向是历史学、地理学、人类学、社会学等多种学科的有用材料。各门学科对游记文献的使用本身，自然地说明了各自研究游记的视野和方法。然而从文学角度研究游记，却一直有所不足。传统上，人们往往从所谓"文学性"着眼，选取那些文辞优美、叙述雅洁、情感动人、哲理丰富的篇章进行审美的点评，而对绝大多数不大有"文学性"的文本，则视若无物。不光对古代作品，就是对欧陆壮游（grand tour）背景下产生的单篇游记，其情况往往也是著者作之，论者述之，随意发表一点艺术体味或人生感思而已。从文学的立场，人们对游记仿佛只能欣赏，谈不上研究。

　　然而许多情况下，游记作为旅行活动的产品，受到旅游文化的规律性的制约。具体说来，游记是游行者离开本属于自己的文化空间体验另一种文化空间的记录，是旅行者主体文化与所达地客体文化互相比较和交换的产物，它不光讲述了旅行者私人的事实，同时也讲述了他的社会性的文化反应。所以，可以把游记作为跨文化研究的对象，通过考察旅行者作为两种文化之间的媒介或曰接受者与传播者的情况，来更好地认识游记作品本身。这种研究虽不直接针对"文学性"，但它可以增进我们对作品的人文内涵及其艺术表达的理解，因而属于文学研究的应有之义。

　　从这一角度说，香港中文大学文学院院长郭少棠的新著《旅行：跨文化想像》[①] 具有重要的参考意义。比起国内同类研究旅游文化的著作，该书具有自己的特色：它的前一半用英文撰写后再改写成中文，广泛吸收了当代英语国家对

---

① 郭少棠：《旅行：跨文化想像》，北京大学出版社2005年版。

旅游文化的最新研究成果；后一半则直接用中文写作，包含了作者对相关问题的许多深思和创见。郭氏的著作是从分析"旅游"的概念展开的。国内绝大多数著作都笼统地谈"旅游"，无论从产业经济的角度还是人文交流的角度，无论是谈旅游地的开发、保护还是谈旅游过程中的文化震惊与适应，其语境基本上都是现代观光旅游或所谓"大旅游"。现代旅游不是不重要，但其所涵盖的内容毕竟有限。针对这一情况，郭氏仔细辨析了人们经常使用的诸种词语，提出了一套新的分类方法。他用"旅行"的概念取代"旅游"，将其作为一个总称，在"旅行"项下，又分"旅游、行游和神游"三个子目。根据郭氏的分类，"旅游"指的是"观光娱乐旅行"，既包括了现代人的"大旅游"，也包括了古代社会中以愉悦身心为目的的登山临水、周游四方；"行游"指的是"非观光娱乐旅行"，即本身具有实际目的，又有较长时间跨度的外出活动，如商业旅行、军事远征、外交出使、宗教朝圣、移民以及政治流放；"神游"指的是"精神旅行、想像旅行、网络旅行和生死之旅"，这些旅行不涉及物质世界的时空移动，而是想象力的实践，它们产生出庄子式的自由的人生哲学，东西方跨历生死门限的宗教体验、游仙诗、模拟游记小说和科幻小说等文学[1]。郭氏从"神游"的角度看哲学、宗教和文学，颇给人耳目一新的感觉；但这里笔者想强调的是"行游"概念对游记研究的意义。把抱有严肃目标的"行游"与追求异域情调的"旅游"划开，我们就自然对前一类游记给予特别的关照，不会将二者一锅煮。当然不是说，从"旅游"产生的游记没什么价值，这类游记的艺术表达和人生感悟往往是相当出色的；但是，从"行游"产生的游记显然包含更多更丰富的文化现象，对这些成分采用跨文化的角度研究，会发现不少先前很少被注意的更有价值的内容。

无论是"旅游"还是"行游"，都涉及文化认证与文化转移的问题。郭著讨论"文化转移"之后再谈"文化认证"，我以为顺序似乎错置了，因为"文化认证"总是发生在"文化转移"之前的。顺序姑置不论，这两个问题都与我们关心的游记相关。"文化论证"或称"文化身份"（cultural identity），指的是旅行者接触异文化后通过比较对自身文化做出的确认。按照郭氏的观点，短暂的娱乐性旅游只是对异文化的猎奇，这种猎奇会唤醒对固有文化习俗的反刍，出于对异

---

[1]　郭少棠：《旅行：跨文化想像》，北京大学出版社2005年版，第35页。

文化风俗的不适应，反而会加强对自身文化的亲切感①。反之，由于行游者对异文化接触较长，切入较深，对他者文化的评量会更加深刻合理，故而能将自身文化与他者文化摆在恰当的位置，进行文化的双重确认②。

在游记文学中考察文化认证的情况是非常必要的，但笔者以为，应该考虑到这种认证的差别条件。在郭氏的著作中，只要是旅行，就是文化比较，就是跨文化研究的对象，并未将本土旅行与异域旅行相区别。但实际上二者在文化认证上的区别是颇大的。举具体游记为例，陆游的《入蜀记》记载作者由浙入川的旅途，作品中既有登高望远摹写河山之壮丽，又有寻古探幽访求先贤之遗踪，由对各地文化差异性的认识，更加强化了对中国文化整体性的认同和归属感。这种充满激情的积极的认证，是《入蜀记》令后代读者感动的重要原因。有人评价范成大的《吴船录》说，"蜀中名胜，不遇石湖，鬼斧神工，亦虚施其技巧耳"③。蜀地的名胜要范成大这个吴人才写得出，这听起来有些夸大，却说明了民族文化的通约性对地域文化的差异性的优势作用。所以，本土旅行中的文化认证是以同一性为主导的，即使强调区域差异，这种差异也是建立在华夏一统的前提之下，对整体文化起到补充和加强的作用。与本土旅行相反，中国古代文献中大量的异域游记，无论是"朝圣"游记（法显《佛国记》等），出使游记（徐兢《宣和奉使高丽图经》等），还是私人游记（汪大渊《岛夷志略》等），都在突出强调文化的差异性，在描写异国他乡的偏远、荒蛮、怪诞、奇风异俗的话语模式里，确立了自身文化的优势地位；这些对异国形象的书写，既是文化身份又是文学形象学的有力证明。

同质文化重"同"，异质文化重"异"，这应该是游记所反映出的不同的文化取向。虽然郭氏在著作中没有明确区分本土旅游与异域旅游这两类事实，他实际上对异域旅行中的文化认证问题还是做了颇多的讨论。特别值得参考的是他援引西方学者的"性别化旅游"理论对"优势文化认证"和"劣势文化认证"的阐发。所谓"优势文化论证"，是指旅行者自居于男性支配地位，将他者文化女性化，通过操控和贬低对方的文化而膨胀自己原有的文化身份。优势认证主要是

---

① 郭少棠：《旅行：跨文化想像》，北京大学出版社2005年版，第63页。

② 郭少棠：《旅行：跨文化想像》，北京大学出版社2005年版，第106页。

③ 陈左高：《中国日记史略》，上海翻译出版公司1990年版，第16—17页。

通过旅行者的文化想象（cultural imagery）来实现的。反过来，"劣势文化认证"则是由殖民者的军事、经济以及宗教、科技的进逼所引起的，它导源于旅行者对殖民者国家文化差距的体认。劣势认证的结果是自卑情绪和殖民心态。[①] 用这种理论来解释中国异域游记，则古代关于周边地区的游记与近代西方殖民者的东方游记相似，大都有通过文化想象构筑优势文化自我认证的成分；而近代大量涌现的西方游记，则是一步步走向劣势文化自我认证的记录。当然，优势认证并不就是将对方的文化一笔抹杀，劣势的认证也不是将自身的文化看成一无是处，二者往往是互相交叉、互相支持的。拿近代西方游记来说，从王韬的《漫游随录》到梁启超的《新大陆游记》，从斌椿的《乘槎笔记》到戴鸿慈的《出使九国日记》，其中的文化认证呈现出极为复杂的形态，一部作品中可能既有优势认证又有劣势认证，在自卑中有自豪，在自信中又有失落，需要从文本出发做细致有分寸的考察，不能武断地下结论。

如果接受郭氏"行游"的概念，将商旅、远征、出使、朝圣等都看作旅行，则在传统社会里不同文化间的所有接触都以旅行为条件。因此旅行就成为人类不同民族间文化转移的动力源。关于文化转移的问题，郭氏分为两种情况，即"部分转移"和"整体转移"。在一般的文化交流中，他者文化的成分被大量接合到行游者原有文化之中，导致原有文化结构发生一定改变，这就形成了文化的部分转移。而当自身文化在与他者文化的比较中发生了文化危机时，他者文化的因子成为自身文化的典范，引起原有文化结构发生巨大的改变，就形成根本的文化转移。[②]

从中国游记史的资料来看，无论是文化的"部分转移"还是"根本转移"，游记都起到了一定的作用，虽然这种作用不是最主要的。汉唐时代中国向印度"西行求法"，可以看作文化的"部分转移"，其中最主要的贡献是中印两国高僧的译经和说法，但法显的《佛国记》、玄奘的《大唐西域记》对古代印度和西域文化的传播介绍之功不可否认。由于旅行者对文化间的比较最为敏感，其游记往往最早传达文化危机的信息，预示原有文化的深刻变革，如晚清出使英法大臣郭嵩焘的日记就是如此。但在文化危机发生以后，文化转移的内容却主要不

---

① 郭少棠：《旅行：跨文化想像》，北京大学出版社2005年版，第131—135页。

② 郭少棠：《旅行：跨文化想像》，北京大学出版社2005年版，第114页。

是由游记承担的。例如，关于西方文化，虽然西方传教士的著作和早期出使官员的游记已有介绍，但真正大量专门化的知识则是在甲午战争与戊戌变法之后，即文化危机意识为公众普遍接受以后涌入的，这些知识不是由清朝派出的考察官员带回来的，而是由维新派人士和海外留学生带回来的；其传播的载体也不是游记，而是报章杂志的宣传和著作编译。从这样的事实，我们能对近代西方游记在清末民初文化转型过程中的角色给以定位。

除了文化认证和文化转移，郭著还涉及文化冲击、文化固守、文化民族主义的问题，这些在异域旅行中的游记中都有许多表现，篇幅所限，兹不赘述。

总之，为补传统游记文学研究之不足，应该把跨文化旅行研究作为游记研究尤其是异域游记研究的一个进路（approach）。这种方法能够更多考虑游记作者在跨文化交往（cross-cultural communication）中的社会性表现，对作者的文化感情给以更多的尊重和理解，避免将其"思想"从诸多文化因素中抽离出来孤立评说的弊病。撇除收录于古代目录学中大量的关于南亚、东南亚、东北亚、西亚等地区的"外纪"文学，单从现代意义上的中西关系来说，从1866年斌椿率团考察西方开始，晚清时代留下了百余部关于西方的游记、日记和札记，这是我们从事跨文化旅行研究的宝贵资料。现代作家同样为我们留下了大量相关文献，梁启超《欧游心影录》、徐志摩《巴黎的鳞爪》、冰心《寄小读者》、朱自清《欧游杂记》、郑振铎《欧行日记》、王统照《欧游散记》等，只是其中荦荦大者，散见的作品与文章，更加不计其数。目前，从跨文化角度研究游记作品的文章很少，我们十分需要加强这方面的学术实践，更需要把跨文化旅行的成果用于对游记文类的整体性研究。尤其在近现代异域游记文学史方面，这一研究的学术空间很大，很有可为。

原载于 2005 年《中国图书评论》第 11 期

关于汉语欧化与文学困惑的断想

汉语的欧化一度曾是我们的追求。"五四"时期，不少人就提出过"中文西文化"和"国语的欧化"[①]。但是不久，汉语的欧化又成了我们急于克服的东西。1934 年，陈望道与沈雁冰、胡愈之、叶圣陶等人发起了著名的大众语运动，对脱离群众语言的"欧化文"展开过攻势。反对欧化的人自身有没有被欧化呢？今天看来，这成了一个问题。不管怎么说，"大众语"呼声一出，山鸣谷应，群起赞同，风烈所及，直至确立"学习人民群众生动丰富的语言"的文艺方针[②]。新中国成立后，这个方针长期未变。富有意味的是，与此同时，让汉字"走世界共同的拼音方向"这个十足欧化的主张，也成为上至人民领袖、下至一般语言工作者的共识。追求"人民群众生动丰富的语言"而以"汉字拼音化"为目标，这是一种令人费解的逻辑，但是，它揭示了我们在汉语发展之问题上长期以来的游移不定、矛盾和迷惘。

时至今日，汉语是否被欧化了呢？这要看对"欧化"这个说法怎么理解。20世纪 30 年代，很多人仅仅把"五四"时期模仿欧式句子写出来的中国人看不懂、或看得懂却全不符合日常表达习惯的汉语叫作欧化。至今仍有许多人这样看。我认为，这是很表面化的认识。"看不懂"或"不合习惯"只是欧化过急的症状，是线索，而不是全体。整体上的欧化是比语法问题宽广和深刻得多的问题。从语法上说，今天的汉语基本上保持了由近代白话发展而来的结构方式，遵循着其固有的组织和排列规则，不是欧化的。但是，无论从语言的面貌、精神还是表达方式方面，汉语，尤其是书面汉语，都在向印欧语大幅倾斜。这就是我所

---

① 陈平原：《中国小说叙事模式的转变》，上海人民出版社1988年版，第141、149页。
② 毛泽东在《在延安文艺座谈会上的讲话》中批评一些文艺作品"常常夹着一些生造出来的和人民的语言相对立的一些不三不四的词句"，此与大众语运动反对欧化的调子一致。见《延安文艺丛书》编委会编：《延安文艺丛书·文艺理论卷》，湖南人民出版社1984年版，第4页。

说的汉语的欧化。

这里可以进一步作些解释。比方说，作为非形态语言，汉语的本色是组词灵活，构句自由，语义简明，节奏轻快，它并不具有形态语言的结构固定而逻辑严密的特点。但是，王力先生在《汉语史稿》里说，"五四以后，汉语的句子结构，在严密性这一点上起了很大的变化。基本的要求是主谓分明，脉络清楚，每一个词、每一个仂语、每一个谓语形式、每一个句子形式在句中的职务和作用，都经得起分析。这样，也就要求主语尽可能不要省略，联结词（以及类似联结词的动词和副词）不要省略，等等"。他进一步从六个方面分析了汉语严密化的表现：定语、行为名词、范围和程度、时间、条件、特指。[①]可是这样一来，汉语就是在向形态语言靠近：汉语的句子固然还没有（也不会有）性、数、格、时态和语态的变化，但是，它已经在像形态语言那样"搭房子"，即先以主谓结构使大框坚固，再拿从句、短语充当的各种成分来添砖加瓦，补苴罅漏，使之在逻辑上语意完足，密不透风。这种长而硬的欧式句子可能拗口，但是它却是时下我们进行书面交流的最常用的工具。政府文件也好，科技论文也好，报纸杂志之类的大众传媒也好，使用的绝大多数都是这种语言。不能说，干脆省劲的传统方式的表达已成历史，但是，它已不占统治地位。欧化的极端表现是，有很多这样的文字，作者写下一大片，中间不见一个典型的中国字眼儿，也不见一个精妙的短句，几乎可以逐字照搬译成比如说英文，而译文会比原文还要生色。比如笔者随手在报纸上拾得这样一小段：

在我讲我的心理变化之前，我先给你讲一个官员仕途中的普通规律：当一个官员在自认为他已经满足于眼下这个位置或级别以后，或是当某个官员自认为他们不会再被继续提升后，他们便开始了在工作上处于一种维持、在生活中追求腐败的过程，我也属于这种情况。[②]

这不是一张语言的人皮面具吗？此类例子十分普遍，而程度轻些的就更不难找。就算一个作者在文字上比较注意，比较考究，他终究难以脱掉连自己也

① 王力：《汉语史稿》，中华书局1980年版，第479页。
② 《新都市报》（黑龙江），1998年12月2日，第16版。

不一定意识到的"洋味"。申小龙说："欧化语文深入到汉语的血脉之中。它为半个多世纪来套用西方各种语法模式分析汉语的一代一代现代语言学者提供着完美的例证。"[1] 如果说倒退一百年，中国人做文章，少不了"之乎者也亦焉哉"的话，现在做文章，则逃不脱"因为所以但是既然那么然而"了。受西洋句式影响而产生的表达方式，已经钙化在汉语的骨骼之内，成为一种不可或缺的支撑。正因如此，对今天大多数人来说，我们的语言已经欧化了，我们却没有知觉。

汉语向拉丁语言的倾斜，导源于近代以来西方文化对中国文化的强势（佛经的传入并没有使汉语"梵化"，是因为印度文化对中国文化没有构成强势）。由于文化上的优势，拉丁语对欧洲民族语言也曾有过"一边倒"的影响。但是，由于同属印欧语系，英语、法语等可以顺利地将拉丁语的成分消化吸收，滋补壮大自己，而没有患上消化不良。欧洲语言对汉语的作用则是另一种性质。属汉藏语系的汉语与属印欧语系的欧洲语言包含了各自不同的哲学、思维方式以及表达习惯，这种差别有时甚至是一种对立。这就决定了在文化强势下，欧洲语言对汉语的影响不会是潜移默化的渗透，而只能是一种冲击；汉语对欧洲语言的吸收也不会是有机地消化于内部，而只能呈现出外形上的畸变。所以，欧化的现象是有必然性的。但是，汉语能够被欧化，读起来显得像是另一种语言，也说明它固有的优越性。汉语必定是一种极其发达的语言，具有多向发展的潜力，才可以有如此之高的兼容性，能够大量采用其他语系语言的表达方式。这里我们不妨想入非非：假如中国文化曾经对西方构成强势，或者具体点儿说，假如当年蒙古人成功统一了欧洲，又将汉语定为官方语言，欧洲人对中国文化也是学之则强，不学则亡，那么，今天的英语、法语、德语、俄语诸语言，又该会是个什么样子呢？汉语可以变得像印欧语一样笨重而严密，印欧语能够变得像汉语一样轻灵和曼妙吗？或者说，汉语能够被欧化，印欧语能不能够被汉化呢？这是很有意思的问题。

汉语的欧化与日常生活口语关系不大，和各地方言更不相波及。但是，如前所述，它强烈深刻地影响着现代汉语的书面表达，因而与既要写成文字、又要追求语言艺术的文学创作，关系至密。围绕这一点，笔者下面再谈一谈。

---

[1] 申小龙：《汉语人文精神论》，辽宁教育出版社1990年版，第10页。

20 世纪语言学认为，任何语言都有其独立的特点，而任何语言的艺术都要建立在这些特点的基础上；也就是说，语言本身先验地决定了艺术地运用语言的形式。中国古诗词之所以能够既直接有力，又奇幻迷离，既排布整齐，又音韵铿锵，在几十字之内，张弛有致，舒卷自如，让读者如梦如晕，却又神思飞动，这和汉语的单音节、开音节、四声划分及组合自由等特点有不可分割的联系。用具有另一套特点的欧洲语言追求中国古诗词的效果，绝无可能。假如把白话作为一个坐标系横轴的零点，文言文和欧化就是这个横轴的正负两极。文言在历史上之所以能和口语分家，而后又一直充当书面语的角色，我认为，原因很简单，不过是中国古人直觉地掌握了使用汉字的绝妙艺术：用文言写作，在高古之中求切近，在简约之中求富厚，在含蓄之中求激荡，在宏大之中求精美，这个游戏真是魅力无穷！不能认为文言或白话纯粹是个形式问题。在古代文人，文言比白话能更加有力地表达他们的感情、趣味和生命——这也是他们迷恋文言的主要原因。当然，谁进入了这一游戏场地，谁就进入了智力和文化的优越地带，可以与大众俗人隔开，这是文言吸引文人的世俗性因素。当白话小说兴起以后，文人们将民间原始材料加工整理，免不了在语言上来一番添油加醋、浓涂重抹，于是出现了这种亦文亦白、且诗且散、也雅也俗的作品，虽不正统，却是别有风味。而继起的白话小说家，因袭这一体式，写成了不少皇皇巨著。所以，总的来说，传统的文学，无论文言还是白话，都发挥了汉语的特长，展示了汉语的美感。

那么，欧化呢？汉语欧化对汉语美感的作用又是如何呢？我认为，汉语欧化对汉语美感的作用是有伤害的。大而言之，可以有几个方面。首先，汉语被固定化了。汉语本是非形态语言，汉字在文章圣手的笔下，如同琴键在出色钢琴家的指端，可以做到信手一拂，玉音铮铮，千变万化，动心悦耳。这是由于汉字组句的灵活。但是，由于欧化，各种附加成分一起套在句子自身，语序平直，千篇一律，汉语一下子不灵活了、笨重了、呆滞了。像一只穿花乱飞的蝴蝶，变成了缘檐结网的蜘蛛。其次，汉语被稀释了。汉语的一大长处就是其凝练有力，这是由意义之密集、节奏之紧凑、排列之整齐、声韵之美妙结合而成的，而欧化以后，句子加长，意义单一而限定，节奏松垮下来，排列七零八落，音韵之美更是无从提起。好比汉语是一个紧张的弹簧，越是挤压，弹力越大，而一旦将其拉得过长，失去弹性，力道全失。再次，汉语被抽象化了。汉语的具象性是它的一个重要特色与倾向，即不光汉语的字词本身多取具体事物及其特点，人们说话写作的时候也爱用多重形象来表达，于是汉语中充满了隐喻性和多义性，虽不精密，但是含蓄蕴藉、亲切有味。而由于科学态度的确立，人们必须尽可能地选择含义明确却较为抽象的语汇表达自己，这就使汉语变得刻板、枯燥。汉语本来是意象画里的鱼，借用欧化，人们想把它变成油画里的鱼，结果只是把它变成了一幅鱼的解剖图而已。

在一定程度和一定范围上说，由于欧化的作用，汉语正在变成一种二流的、模仿性的语言，正在失去个性，失去感情和神采。"五四"以来不光白话化而且欧化了的文字，其所能体现的汉语艺术之美，如不化用一些文言，与古人相比连万一也比不上，这是不消说的。拿这样的语言进行文学创作，不忌讳地说，是一种不幸。仅凭这一点，我们对自己手中的文学，就不能评价过高。忽略这一点，对中国现、当代文学业已取得的成就，自我膨胀，沾沾自喜，这不是在艺术上迟钝，就是太容易满足。

如此说来，汉语欧化对汉语文学创作就是毫无益处了吗？也不尽然。比如说，套用一些欧式的句型、句子的联系形式、辞格等，中国作家可以获得以前从未获得过的某种语言效果。但是，这不是主要的。欧化的最大贡献，是它帮助"五四"以来的中国文学建立了一个巍峨的现实主义大厦。在 20 世纪中国文坛占据着统治者地位的现实主义文学之所以能够成为现实，与汉语的欧化是分不开的。汉语的欧化是对汉语的深刻改造：短短十数年，借助西方对人类和客观事物一大套确定的概念，欧化把汉语从一种中国人朦胧自得体味人生意趣的手段，变成了一件冷静地观察、分析和反映事物的认识工具。汉语失去了自然、纯洁和流畅，变得扭曲、生硬、疙里疙瘩，可是，它的表义功能却大大加强了，这是代价。欧化的精神就是科学化、具体化、明确化。没有这种改变，汉语只能依照故事"点睛""白描""传神写照"，而根本无力去精细地描摹事物、再现生活，那么也就不会写出以细致写实为核心特征的现代现实主义文学，这是铁定的。固然，汉语的词汇至今仍然贫少，我们的作家也不大能像西方作家那样仗着手里更精密的工具不厌其烦精雕细刻，但用它作一般性的描写以呈现事物的逼真的形态，也尽可以胜任了。

　　"五四"以来的现实主义文学有传统文学所没有的两样东西：西方的思维方式和欧化的语言。这种新式的文学，对中国人有吸引力吗？肯定有的。从《狂人日记》到《废都》，许多作品在不同的年代里都曾非常轰动。这也没什么好奇怪的。这种文学的突出力量，就在于它能形象地、历历如画地揭示生活的真相，由此满足我们的好奇心、求知欲、政治热情，或某某情结等。剔除这些原因，还有一个一般性的理由，就是人类对事物差异性的趋近。喝惯了中国茶，喝一杯煮咖啡为什么不好呢？吃惯了中国饭，来一顿西餐岂不别致吗？可以推测，三四十年代于传统文化浸润很深的一部分中国读者，会把"五四"以来的新式文学当作一个娶进家门的"洋媳妇"那样，欣然"受用"的。

　　但是，话说回来，"洋媳妇"到底不容易像"土媳妇"那样令人心里熨帖，处处安适，而西方式的笔法也终究与中国人几千年养成的心理习惯相隔膜。在这个喧嚣的 20 世纪的最后一段，中国老百姓从"抗日""运动""改革"这一系列紧扣人心的主题中解放出来，得到百年来少有的宁静和休息，而纯文学也随即陷入了百年来少有的孤寂。中国读者从 20 世纪伊始就绷紧了表情跟着文学一步步走向崇高，在失去目标以后，又陡然退回到物我交融、玩味人生这样一种传统的文学欣赏习惯中去。文学艺术要成为一种大众化的、世俗性的享乐，大家在一起，人人都有份儿。这也就是伴着纯文学的冷清，评书、相声、小品、电视剧反而更加热闹的原因。当然也不能不提到另一个因素，就是语言。对纯文学的崇仰感消退以后，除了作家自己，读者对文学创作的技法失去兴趣，更不愿为他们作品中的语言受累。一方面，人们排斥呆板乏味的书面语和作家炮制出来的"实验语"；另一方面，人们又热衷于鲜活的、痛快的土语方言。大家钦佩评书、小品、相声等演员们的演技高超，绘声绘色，更叹服他们的语言简练明白，直入人心。在评书、小品、相声之外，还有民间颇为流行的讽刺社会不良现象的"顺口溜"，更将汉语的特点发挥得淋漓尽致，令人绝倒。这些语言的独家"绝活儿"，是典型的中国功夫，是使用吃力的欧化汉语的纯文学——戏剧、小说、诗所难与争锋的。

　　我们需要清醒地看到这样的事实：现在，中国人一出生就处于一个已经欧化的汉语环境里，他每天读的、听的、说的很大一部分就是这样一种语言。他不自觉地认为这就是自己的母语，是天造地设的东西，他并且对它滋养着感情。

倒退几十年，中国的诗人、作家也是这样。我们的作家有一个下意识的信念，就是认为使用汉语一定可以写出艺术上伟大的文学。他们对汉语绝对信赖。但是，他们大概很少意识到，他们手里的汉语，和曾经铸造出伟大作品如《红楼梦》的汉语，已经天悬地隔了。"文学是语言的艺术"这句话，我们听得多了，但是，语言对于文学能重要到何种程度，有多少人真正认识到了呢？"五四"以来，在艺术上，中国作家不谓不认真，不谓不精勤，学这一种写法，效那一种主义……辛辛苦苦之后，仍然没写出足以震烁古今、与东西方经典相揖抗的大作。我认为，关键的问题，不在思想，不在感受，还在语言。一部真正伟大的作品，是一座金子铸就的雄大建筑，它的构架固然要牢固，式样固然要新颖，但每一块砖也都应该是黄澄澄坚硬的。可除了在传统语言中，我们的汉语已不容易找到精美的砖块了。欧化已使现代汉语由金砖变成了土坯。可以设想，让一个晋朝的皇帝颁布制命，或者让一个汉代的大臣呈进奏议，使用今日的汉语，他们会是何等心有不甘。从艺术的立场来说，给汉语披枷带锁的，不是"骈四俪六"，而是"因为所以"；从表义的立场说，情况则正相反。这真是汉语的两难！假如我们的作家一律用西方语言写作，以中国人的智慧、才能、语言天赋，得一两个诺贝尔奖真真何足道哉？然而，实际的情况是，一方面，以古为鉴，我们必须追求汉语写作的艺术，叫它灵动飘逸，自在天然，保有节奏声韵精练之美；另一方面，以今为准，我们又必须追求作品的社会功能，叫它老实精确，包罗万有，记录纷杂而又陌生的现代生活。这二者又几乎是无法统一于一体的。这才是中国文学的最大困惑！

　　一种语言作为文学创作的媒介究竟能够使文学达到什么样的艺术高度，这是值得研究的。现代汉语与（狭义的）现实主义文学之间有着一种艺术追求上的深刻矛盾，也就是说，试图在西方式的写实文学中充分体现汉语的精妙之处，是很困难的。而在语言上达不到艺术性，整部作品也就达不到艺术性。关于西方文学的引进对未来中国文学将发生的影响，梁启超1902年曾乐观地说，"彼西方美人，必能为我家育宁馨儿以亢我宗也。"[①]一百年行将过去，这个"洋媳妇"带来的一整套银器和我们家传的坛坛罐罐还是不大能摆到一起去。有意思

---

① 陈平原：《中国小说叙事模式的转变》，上海人民出版社1988年版，第154页。

的是，像金庸、柏杨、汪曾祺这类作家，纯用中国传统招数创作，倒打出了一片天地，广受欢迎（相应地，他们的语言精工打造，绝少欧化之痕）。但是，大家全都像金庸那样，写历史武侠，或者全都像汪曾祺那样，用中国的写意法，怕也不行。文学还是要给自己趟出一条宽广的大路来。可是，什么时候我们能够有幸读到时人的伟作，还得看什么时候我们的作家找到了解决文学与语言相矛盾的法门。如果没有，我们就只好等着。因为，美最终决定一切，而美，又是丝毫不会迁就的。

原载于《文艺评论》1999 年第 2 期

汉语的欧化

——历史与现状

最近读到意大利人马西尼的著作:《现代汉语词汇的形成——十九世纪汉语外来词研究》，其中一页的注解上顺便提到了"欧化"的概念。他说:"就我所知，还没有人就 20 世纪以前西方语言对汉语句法的影响做过研究。"[①] 这里所谓"西方语言对汉语句法的影响"实指汉语的欧化现象。至于"还没有人做过研究"这一论断是否言过其实，本文下面还会讨论。但事实上，"欧化"这个术语本身现在也是难得一见了。不仅一般的文化人士不谈，就是专门研究语言的学者也很少提及。例如，查《中国大百科全书. 语言文字卷》(包括 1994 年版《语言文字百科全书》)、《词源》和常见的基本语言学词典，均没有这个条目。但是，笔者在警官教育出版社 1996 年出版的《汉语知识辞典》中，意外发现了"欧化句式"和"欧化句法"两条。这里截取其中关于"欧化语法"的一段释文:

在运用汉语时，因受印欧语言的影响而产生的与印欧语言用语习惯相同或相近、与汉民族用语习惯不同的特殊语法现象。如，汉语的因果复句一般习惯是表示原因的分句在前，表示结果的分句在后，受印欧语果在前、因在后的表达格式的影响，有人使用因果复句时常常把表示结果的分句放在前，表示原因的分句放在后，这种现象便属于欧化的语法现象。

该词典同一条目还指出，欧化语法主要表现为欧化句法，多出现于书面语中，如"对于本国的古典缺少系统研究，对于欧洲文学所知有限，而政治水平

[①] 马西尼：《现代汉语词汇的形成——十九世纪汉语外来词研究》，黄河清译，汉语大辞典出版社1997年版，第251页。

很低的那时的我，却居然敢放言高论，岂非大胆？"

　　这是今天语言学界比较通行的解释。依据该解释所举例句来看，用欧化的语法造出的句子既别别扭扭，又不伦不类，完全是语言的怪物，要不得的东西。在翻译界，也常有人把不够地道，甚至直译、死译加在"欧化的句法"头上。刘炳章在《新闻英语汉译漫谈》一文中举了一例："……主要问题是：有毛病的曙光七号控制系统、飞行时过热的太空服、严重的燃料缺乏和在……以后漏进曙光七号的水。"他说，这个译文也"未免太欧化了"[①]。

　　然而早在20世纪30年代，却有人以写作或翻译的"欧化的句法"为荣。如林语堂指出，有人将"the apple of my eye"译为"我目的苹果"，将"took the heart out of him"译成"将其心拿出"，"否则不足以表现中文'欧化之美'"[②]。林语堂同时指出，"此种非中国话之中国话，实不必'欧化'之名自为掩饰，因为他是与欧化问题不同的。"

　　那么，"欧化"到底是什么，它是怎样提出来的，它原来是什么意思，后来又怎样受到曲解，这就是本文要探索的。

　　今天对"欧化语法"作这样的理解，把它看成是佶屈聱牙、不伦不类的表达方式或句法的代名词，大概是80年前倡导汉语欧化的人们始料不及的。"欧化"到底是谁最先提出，笔者浅陋，无从考据。但可以肯定，"欧化"的主张是在白话文运动中产生的，先是白话文的口号通过激烈的争论站稳了脚跟，而后白话文的写作实践大规模地展开了。1918年《新青年》杂志的第四五期即全用白话。在此形势下，1919年，傅斯年在《新潮》杂志上发表《怎样做白话文》一文，胡适总结其一个重要的观点，即是"白话必不能避'欧化'，只有欧化的白话才能够应付新时代的需要。"[③] 这是早期鼓吹汉语欧化的最重要的文章。傅斯年的观点立刻得到胡适的赏识，成为胡适"文学的国语"思想的有机成分。1922年胡适作《五十年来中国之文学》，谈到周作人时，即从欧化的立场对他1918年的翻译文字作了肯定：

---

① 中国对外翻译出版公司选编：《翻译理论与翻译技巧论文集》，中国对外翻译出版公司1985年版，第161页。

② 中国对外翻译出版公司选编：《翻译理论与翻译技巧论文集》，中国对外翻译出版公司1985年版，第22页。

③ 姜义华主编：《胡适学术文集·新文学运动》，中华书局1993年版，第251页。

> ……欧洲新文学的提倡……在这一方面，周作人的成绩最好。他用的是直译的方法，严格的尽量保全原文的文法和口气。这种译法，近年来很有人仿效，是国语欧化的一个起点。[①]

胡适大书"国语的欧化"，可谓立场鲜明。后来，鲁迅也表示"支持欧化式的文章"，瞿秋白也说，"现代普通话的新中国文，应当用正确的方法实行欧洲化。""应当明白中国言语自己的文法，根据中国文法来采用欧洲日耳曼族的文法。"[②]

欧化的提出可以说是一种历史的产物。在白话文的倡导者们推倒了文言的正统地位，身体力行做起白话文章之时，他们发现自己能下笔写出的，除了素常所说的"官话"，再就是从几部古代白话小说中学来的话语，很难充分地表达较之以往更加纷繁复杂的社会生活，更难表达西方输入的各种新知。虽然胡适说，"我们可尽量采用《水浒》、《西游记》、《儒林外史》、《红楼梦》的白话，有不合今日用的，便不用他；有不够用的，便用今日的白话来补助；有不得不用文言的，便用文言来补助，这样做去，决不愁语言文字不够用……"[③]但实际上，他还是感觉不够用。所以傅斯年的欧化论一出，立刻得到胡适的赞同。今天看来，80年间，现代汉语（尤其是书面语）的面貌和精神都发生了深刻的变化，而促成这种变化的一个主要动力，就是当年所提出的欧化。实际上，欧化为现代汉语的发展打通了一条宽广的大路，为它的壮大提供了一个方面军的支持，这是不能否认的。

但是"国语的欧化"也是一个相当复杂的过程。当"五四"白话文运动一日千里之际，翻译作品如潮涌来，译者为了充分表达原文的意义，就用心揣摩原文的句式语气，遂使用了不少有印欧语法印记的句子。这些东西大部分是人们可以读得通畅、看得明白的。也有一些"欧化"，读者消化不了，于是成了问题。另有许多人，或者因为熟读洋文心里不自觉有了洋文的语言模子；或者因为追求洋腔洋调以为时髦，在自己作文章的时候也下笔写出一些叫人一时摸不

---

① 姜义华主编：《胡适学术文集·新文学运动》，中华书局1993年版，第153页。
② 吴文祺主编：《语言文字研究专辑》（上），上海古籍出版社1982年版，第421页。
③ 姜义华主编：《胡适学术文集·新文学运动》，中华书局1993年版，第49页。

着头脑的句子，引起读者的疑问。比如 1923 年 3 月，陈望道在《民国日报》的副刊《觉悟》上，就曾经回答过读者这样的问题："……现在的白话有两种：一种是纯粹欧法的、显然合于文法，却是我们本国人看了它，常常的不懂，还有种是纯用中国法的，虽然好懂，即与那真正的文法，又有不合了。我们究竟应当谁与适从呢？"① 这个问题进一步发展，就造成对欧化的语法的"公愤"。30 年代关于语言的争论是很激烈的，而人们从不同立场都要说到"欧化"。比如鼓吹文言复古的汪懋祖就说："近年文字，往往以欧化为时髦，佶屈不可理解，须假想为英文而意会之，始能得其趣味。使学生童而习之，其困难几同读经，而语调奇变，几非中国人矣。"② 而有支持大众语的论者也认为，"五四下来的白话文，……造成了一种全不能为一般的大众所能懂的，充满了欧化气与八股气的'买办文字'"③。连当年提倡"国语的欧化"的胡适，也驳斥时人的文字"文法是不中不西的，语气是不文不白的"④。虽然仍还有人持折中的态度，主张"有欧化的必要不妨欧化"（陈子展），或"批判地采用欧化"（高荒），但"欧化"究竟是蒙了恶名。此后，大约社会上的一般人都只把叫人读不懂或读得别扭的欧化句子称为"欧化"了。这里再举个例子。30 年代曾有人写文章，把"欧化"区别为"完全欧化"和"补充中国语法之未完备处的欧化"，批评鲁迅的"硬译"是"完全欧化"，并举鲁迅译卢那察尔斯基《艺术论》中的句子如：

　　问题是关于思想的组织化之际，则直接和观念形态，以及产生观念形态的生活上的事实，或把持着这些观念形态的社会底集团相联系的事，是颇为容易的。和这相反，问题偏触到成着艺术的最为特色底的特质的那感情的组织化，那就极其困难了。"（着重号为评论者所加）⑤

①　复旦大学语言研究室编：《陈望道语文论集》，上海教育出版社1980年版，第139页。
②　《文言、白话、大众话论战集》，《民国丛书》第1编第52册，上海文联出版公司1980年版，第139页。
③　《语文论战的现阶段》，民国丛书第1编第52册，上海文联出版公司1980年版，第69页。
④　姜义华主编：《胡适学术文集·语言文字研究》，中华书局1993年版，第327页。
⑤　中国社会科学院文学研究所鲁迅研究室编：《1913—1983 鲁迅研究学术论著资料汇编》第一卷，中国文联出版公司1985年版，第1033页。

议者对鲁迅的评论是以偏概全，而且脱离鲁迅的翻译主张[①]，这里姑且不论；要说的是，粗心的读者见多了这类例子，就会不管什么"完全欧化"或"部分欧化"，反正这就是"欧化"，而"欧化"就是坏东西无疑了。

这里应指出，30年代以后，我国老一辈杰出的语言学家对"欧化"这个概念仍然持有正确的理解。40年代初，王力著《中国现代语法》一书，其中一章即为"欧化的语法"，用相当大的篇幅从六个方面对汉语的欧化表现进行了细致的讨论。1951年，吕叔湘、朱德熙著《语法修辞讲话》，称"语法欧化的趋势是很自然的，一切反对力量都遏止不住这个潮流"[②]，黎锦熙为他的《新著国语文法》再版作序，也特意讨论了处理欧化句子的语法这一问题。

王力是中国第一位精心研究汉语欧化现象的语言学家。这项研究为他的《中国现代语法》增色不少，朱自清曾有定评。但是50年代初以后，大陆的学者就很少有这一方面的研究成果问世。以笔者浅学所知，直到1990年香港光明图书公司出版谢耀基的《现代汉语欧化语法概论》，对汉语欧化问题的研究才有新的进展。

纵观历史，汉语欧化的主张提出以后，曾受到广泛的支持，但是随着欧化的"加剧"，"欧化"这个概念受到普遍的曲解，最后连这个话题本身也归于沉寂了。"欧化"概念之被改造，前文已略有说明；至于欧化这个话题的失落，笔者以为其中的原因主要有二：一个可说是"想不到"，一个可说是"不愿承认"。说想不到，是说现在的中国人一出生就处在一个已经欧化的汉语环境里，他每天读的、听的、说的很大一部分就是欧化的东西。于是他不自觉地认为这就是天造地设的东西，想不到要把这种成分从自己的语言中分别出来。这一点大多数专门研究汉语的人士恐怕也不能例外。有人说，"欧化语文深入到汉语的血脉之中。他为半个多世纪来套用西方各种语法模式分析汉语的一代一代现代语言学者提供着完美的例证"[③]，这话并不为过。欧化话题的失落还有一个"不愿承认"的问题。这是对欧化问题"想得到"的人而言的。这样的人对西洋语言

---

① 中国对外翻译出版公司选编：《翻译理论与翻译技巧论文集》，中国对外翻译出版公司1985年版，第4—9页。

② 吕叔湘、朱德熙：《语法修辞讲话》，中国青年出版社1979年版，第231页。

③ 申小龙：《汉语人文精神论》，辽宁教育出版社1990年版，第10页。

深刻影响了汉语其实是心中有数的，但碍于民族的自尊心理，他们不愿承认、不愿揭开这个事实。朱自清是不讳言"欧化"的，但他曾经主张，把"欧化"称为"现代化"或许更确切些[①]。这个主张给试图回避或掩饰欧化事实的人们帮了一个不大不小的忙。现在，汉语界就有一个非常流行的名词，叫"语文现代化"。何谓呢？照周有光的说法，"语文现代化运动开始于清朝末年，先后包括国语运动、白话文运动、拼音化运动、汉字简化运动、民族语文运动等"[②]。"欧化"悄悄地消失在"现代化"之中了，这就是它的"去脉"。

原载于《宁波大学学报（人文科学版）》2000年第1期，作者张明林、尹德翔

---

① 王力：《中国现代语法》，朱序，商务印书馆1985年版，第12页。
② 周有光：《新语文的建设》，语文出版社1992年版，第345页。

后 记

本书是 25 年来我对中西文学与文化关系从事研究的文章结集。

本书收集的论文，可直观呈现笔者在这个领域不断思考和探索的过程；也从一个侧面反映了四分之一世纪以来相关学术研究在兴趣、题目、文献、形式规范和语言风格方面的变化。这也许是本书最主要的意义。

虽然一些观点和数据已经陈旧，但为了尊重历史，在编辑过程中，除了明显的文句错误，基本未做改动。个别文章一些段落、文字有重合处，因论文各有其旨，删削为难，予以保留。

逝者如斯，倏忽已近耳顺。海内外高明云集，自己拿出这么一点成绩，不免汗颜。然桑榆未晚，一段途程的结束，正是新途程的开始。这本论集，正可用为自励。

本书的出版得到宁波大学人文与传媒学院中文系的学科经费支持，浙江大学出版社人文与艺术出版中心主任宋旭华先生关心本书的出版，编辑牟琳琳精心校对，改正了许多错误，大大提高了本书质量，在此特表深深的谢意。